HILARION
L'ARAIGNÉE D'APOLLON

DU MÊME AUTEUR

HILARION. L'ÉNIGME DES FONTAINES MORTES (prix *Historia* du roman policier historique, prix Interpol'Art), Actes Sud, 2012 ; Babel noir n° 88.

HILARION. L'ARAIGNÉE D'APOLLON, Actes Sud, 2016 ; Babel noir n° 268.

HILARION. LA COULEUR DE L'APOCALYPSE, Actes Sud, 2022.

ISBN 978-2-330-16344-0

CHRISTOPHE ESTRADA

HILARION

L'ARAIGNÉE D'APOLLON

roman

BABEL NOIR

À Muriel Heurtebize, ma très chère épouse.

Première journée

*L'an de grâce 1777, le mercredi 12 février, jour des Cendres, célèbre sainte Vitaline. Depuis le 8, la nouvelle lune est à 19 degrés et 51 minutes du Verseau. Mais ces précisions, délivrées par l'*Almanach royal, *n'auront aucune incidence sur l'histoire qui suit.*

1

Une secousse à l'épaule réveilla Hilarion. Pierre se pencha à son oreille.

— *Monssu*, un inspecteur des Bâtiments est ici.

Le chevalier se leva de méchante humeur. Pierre l'habilla rapidement, le coiffa et, sur un signe de son maître, laissa la perruque sur son reposoir. Le chevalier ceintura son épée, puis il ouvrit un nécessaire de toilette et s'empara de l'un des flacons. Quelques gouttes tombèrent sur un mouchoir, qu'il glissa dans sa manche. Il se couvrit d'un manteau de laine, cadeau de sa tante d'Espinouse. "Méfie-toi, Hilarion, le château est un labyrinthe traversé de vents trop chauds l'été, très froids l'hiver", l'avait-elle mis en garde avant son départ d'Aix.

— Le Service du roi, soupira en guise d'explication M. Trouard, après avoir salué le chevalier.

Deux exempts attendaient dans le couloir. L'aube n'éclairerait pas le château avant trois heures. Il faisait très froid, la température était tombée en dessous de zéro. Hilarion examina l'homme qui se dressait devant lui : petit, sec, de mise soignée. Il le rencontrait pour la première fois, mais il savait l'inspecteur au service du directeur général des Bâtiments du roi, M. d'Angiviller.

Le chevalier renvoya un rapide salut et passa devant celui qui n'avait pas hésité à le réveiller en pleine nuit. Le Grand Commun était glacial et ses couloirs vides. Hilarion logeait au premier étage, le commandant des Mousquetaires et le secrétaire du Cabinet du roi étaient ses voisins. Ceux-là ne verraient pas leur nuit interrompue par l'arrivée inopinée d'un inspecteur des Bâtiments.

Les cinq hommes sortirent par la porte nord. Leurs pieds s'enfoncèrent dans une couche de neige tombée la veille au soir. Des flocons voletaient encore sans se fixer. Ils remontèrent dans l'air glacé la rue de la Chancellerie qui séparait le Grand Commun de l'aile sud des ministres. Hilarion ignorait la destination de cette escapade nocturne et il se garda de poser la question. Ils avaient rapidement et silencieusement traversé la rue de la Surintendance et pénétrèrent dans l'aile sud du château, "l'aile des princes". Le petit groupe passa devant la loge du garde Suisse. L'inspecteur referma à clef la porte derrière lui, puis on franchit une cour. Soudain une exhalaison violente envenima l'atmosphère. Pierre murmura quelque chose, Hilarion tira son mouchoir et le respira à plein nez.

— Des fosses d'aisances, se crut obligé de préciser l'inspecteur. Nous longeons la cour de l'Apothicairerie et celle de la Bouche.

Trouard, d'un geste, indiqua sur leur droite une galerie qu'ils suivirent jusqu'au bout. L'inspecteur tâchait avec un soin méticuleux de ne pas faire craquer les planchers. Il s'agissait de ne pas réveiller monseigneur le duc d'Orléans. La lanterne que tenait l'un des exempts oscilla : les ombres sur les hauts murs se déchirèrent. Le groupe accéléra le pas pour lutter contre le froid. Dans la salle des gardes, des corps étaient assoupis à même le sol ou allongés sur des lits de toile : certains ronflaient sous leur couverture. Les cinq hommes s'engagèrent dans une première antichambre, où ils croisèrent un valet, un seau dans chaque main. Hilarion aperçut une tête hirsute émerger au milieu d'autres lits, d'où s'élevaient des grognements âpres et gutturaux.

— Qui va là ? marmonna-t-on avec un fort accent.

Immédiatement l'un des exempts se fit connaître. Les deux hommes échangèrent quelques mots et le garde Suisse se recoucha. La neige s'était arrêtée et les nuages, poussés par un vent qui arrivait du nord, laissaient jaillir par intermittence une lune blanche qui se multipliait dans les miroirs. Pierre suivait de près le chevalier, craignant de se perdre. En traversant salons, antichambres et vestibules, les cinq hommes retrouvèrent une obscurité presque complète. Hilarion ne reconnaissait plus ces lieux plongés dans des ténèbres à peine dissipées par leur unique lanterne. L'inspecteur n'osait pas interrompre le silence, épiant le chevalier qu'il ne connaissait guère : "Monsieur Trouard, lui avait poliment expliqué M. d'Angiviller deux jours plus tôt, vous obéirez au chevalier Hilarion de S." Devant le froncement de sourcils de son subalterne, le directeur général des Bâtiments avait cru bon d'ajouter : "C'est un ordre de M. de Maurepas et de Sa Majesté." L'inspecteur avait dû s'incliner. Il s'était néanmoins renseigné sur ce "chevalier", qui, avait-il appris, appartenait à l'une des meilleures familles de

Provence, origine confirmée par un léger accent. Celui-ci servait dans la Compagnie des chevau-légers du roi et avait été détaché au château. Trouard en ignorait la raison. Le chevalier avait tué au moins six hommes en combat singulier et, disait-on, plus de dix en combat rien de moins que… singulier. La rumeur laissait entendre que ce jeune homme choisissait une essence parfumée différente – jasmin, genêt ou bergamote de préférence – selon le combat et l'adversaire qui l'attendaient. Jeune et beau… Mais de cela l'inspecteur n'était pas sûr, tant la nuit, en ce 12 février 1777, s'accrochait de manière inquiétante au visage du chevalier.

Ils arrivèrent non loin de la chapelle. À l'extrémité nord de la galerie, plus froide encore, l'inspecteur demanda à l'exempt d'approcher sa lanterne. Il sortit pour la seconde fois son trousseau de clefs et ouvrit une petite porte dissimulée dans la boiserie. Les cinq hommes entrèrent dans une immense salle, l'opéra. La scène, sur leur droite, était encombrée de décors peints. Hilarion n'y prêta aucune attention.

— Monsieur, par là, dit l'inspecteur en ouvrant une porte.

Elle dissimulait un escalier étroit qui tournait plusieurs fois sur lui-même avant d'arriver sous les toits.

— Nous sommes au-dessus de la scène, précisa Trouard.

La température avait encore baissé, Hilarion dut remonter le col de son manteau. Il commençait à trouver cette promenade nocturne un peu longue. Devant lui, l'inspecteur poussa une porte non verrouillée, alluma la mèche d'une lanterne posée à terre, puis s'avança au milieu de ce qui semblait être de vastes combles. L'exempt posa la sienne sur le plancher, éclairant d'un coup la pièce pour ne laisser que d'étroites zones périphériques à l'ombre.

Hilarion s'était arrêté sur le seuil. Pierre, à sa gauche, le dépassait d'une tête. Le chevalier ne sut ce qui attira d'abord son attention : les grandes roues dentées, hautes de neuf à dix pieds, sous la monumentale charpente, ou bien, devant lui, un homme pendu, haut et court, la tête curieusement tirée en arrière et retenue par une corde à l'une des dents supérieures de la première roue. Ou tout simplement l'incongruité de la situation. Accompagné de quatre hommes, il contemplait au milieu d'une nuit glacée de février un cadavre à moins de trois cents pas de la chambre du roi. L'inspecteur observa le chevalier, chacun admit silencieusement l'inconvenance de la scène. On ne se pendait pas au château, tout au plus se noyait-on dans le Grand Canal ou tombait-on d'un toit. Hilarion se tourna alors vers l'inspecteur Trouard.

— Le premier acte !

L'inspecteur des Bâtiments du roi haussa un sourcil inquiet.

— Qui est le pendu ? questionna Hilarion.

Trouard se rapprocha, puis se souleva sur la pointe des pieds en direction de l'oreille du chevalier.

— Jean-Baptiste de Rancy, murmura-t-il. Ci-devant maître d'hôtel ordinaire de Sa Majesté !

2

Ce nom, Hilarion l'avait entendu pour la première fois une semaine plus tôt. Convoqué par M. de Chaillou, ministre de la Maison du roi, le chevalier devait rendre compte de ses différentes missions en Provence. L'affaire d'Aix s'était conclue avec une brutalité qui lui avait valu une cicatrice à la joue et de multiples blessures. Quant à Pierre, Dieu seul savait comment cet homme était encore en vie !

M. de Chaillou s'était présenté droit, comme si par le grand air qu'il voulait offrir il tâchait de faire oublier qu'il venait de la Robe. Le ministre avait le front vaste de celui qui est à la veille d'être reçu à l'Académie royale des sciences. Le nez plongeait un peu, mais c'était surtout cet air de satisfaction, sans doute appuyé sur de réelles compétences d'administrateur, qui désignait M. de Chaillou, ce qui aux yeux d'Hilarion constituait la première qualité du robin. À côté de lui, un peu en retrait, un homme assez grand, l'air ouvert, observait le chevalier, un maroquin sous le bras. Habillé plus modestement, il portait avec élégance perruque, bas de soie et un habit gris.

Les trois hommes se saluèrent. Une fois le ministre assis, Hilarion souleva d'un geste l'arrière de son habit et s'installa sur la première chaise à bras. M. de Chaillou, étonné, devina immédiatement chez ce gentilhomme un sujet difficile. Il l'avait initialement rangé dans cette catégorie de hobereaux aussi fats que pauvres. Race de solliciteurs, avait-il rapidement conclu. Mais le chevalier, avait-il appris depuis, n'était ni l'un ni l'autre. Il s'éclaircit légèrement la gorge, puis ouvrit devant lui un dossier.

— Sa Majesté, désirant récompenser vos services, monsieur, vous a remis la croix de Saint-Louis par les mains de M. de La Tour, intendant de Provence.

Hilarion avait croisé les jambes, et de sa canne il exécutait des petits moulinets au-dessus de la boucle de son soulier.

— Satisfaite de la manière… sans doute expéditive, commenta le ministre, dont vous avez défait ces trop fameux pénitents rouges et réglé la méchante affaire qui a troublé sa bonne ville d'Aix, Sa Majesté vous attribue la première enseigne aux Chevau-légers auxquels vous appartenez… – Chaillou chercha dans ses papiers – depuis trois années.

Les moulinets de la canne d'Hilarion ralentirent sous l'effet de l'annonce.

— Vous serez, monsieur, détaché à titre exceptionnel. Votre capitaine est averti.

— Puis-je en connaître la raison ?

— Peut-être M. de La Chapelle, premier commis de M. le comte de Maurepas, sera-t-il en mesure de vous éclairer ?

L'homme, qui s'était tenu en retrait, esquissa un sourire.

— M. de Maurepas, dit-il, semble vous reconnaître certains talents, qu'il vous prie, monsieur, de mettre au service du roi.

Ce fut tout. L'imprécision n'étonna guère Hilarion : elle soulignait la secrète animosité qui régnait entre les départements ministériels. Par les grâces reçues, le chevalier appartenait dorénavant à M. de Maurepas, principal ministre et conseiller du jeune Louis. M. de Chaillou se leva, échangea quelques mots avec le premier commis, puis sortit.

— Dois-je comprendre que notre conversation se poursuivra en l'absence de M. de Chaillou ?

M. de La Chapelle ferma la porte, s'approcha de la cheminée et tendit les mains vers l'âtre qui brûlait. Il nota le léger accent du chevalier.

— En effet, monsieur, répondit-il enfin.

— Pourquoi donc ici, chez le ministre de la Maison du roi ?

— Sa Majesté et son ministre tiennent à la plus grande discrétion. Votre dossier…, lança-t-il en exhibant plusieurs feuillets.

Hilarion n'apprécia guère la tournure que prenait l'entretien, un peu vexé d'être réduit à quelques notes griffonnées à la hâte. La Chapelle leva le nez de ses papiers.

— Des duels ?

Le chevalier sourit et esquissa un geste vague de la main.

— Que sont devenus vos adversaires ?

La canne se souleva, désignant le plafond.

— Au Ciel, pour plusieurs d'entre eux…

— Il ne m'appartient pas de juger de ces sortes d'affaires, mais ne prenez-vous pas à la légère les édits royaux ?

Hilarion sortit alors sa montre et l'examina.

— Monsieur, je suis assis devant vous depuis six minutes sans connaître encore la nature des services que M. de Maurepas attend de moi.

L'homme au maroquin reprit une feuille. Jeune, peu bavard et capable de tuer, songea-t-il, et froid comme le nord ! Ce qui surprenait le premier commis, pour qui un homme arrivé de Provence n'était que feu et paroles creuses. Il hésita quelques instants avant d'enchaîner.

— La reine, encore inexpérimentée, est entourée de jeunes seigneurs et de dames qui parfois entraînent Sa Majesté dans une conduite que beaucoup ne considèrent pas être digne d'une reine de France. Des pamphlets circulent l'accusant de ruiner le Trésor par ses folles dépenses au jeu. Voix anonymes et lâches qui lui reprochent son entourage et ses relations.

Le premier commis pensait-il au jeune duc de Coigny qui avait trouvé les faveurs de Sa Majesté ? s'interrogea Hilarion.

— Certains de ces libelles sont même parvenus à Versailles, poursuivit La Chapelle, malgré l'efficacité de la police de M. Lenoir.

Le commis tendit à Hilarion un ensemble de feuilles imprimées et brochées. Le titre, *Charlot et Toinette*, mettait en scène un couple singulier : la reine et le comte d'Artois, frère du roi. Point n'était besoin d'aller plus avant dans la lecture. Le libertinage obscène du contenu ne faisait aucun doute.

— Depuis quand ces feuilles circulent-elles ?

— Nous les avons découvertes il y a deux semaines, posées sur une cheminée de la salle de l'Œil-de-Bœuf.

— Sait-on qui les a déposées ?

— Nous soupçonnons un maître d'hôtel de la Chambre du roi, un certain M. de Rancy.

— Pourquoi ne pas l'interroger ?

L'hésitation du commis ne fut pas longue.

— Il ne s'agit que de soupçons, non de preuves. M. de Rancy dément, criant à qui veut l'entendre qu'il ne craint pas le scandale.

Hilarion s'étonna d'une telle mansuétude.

— M. de Rancy, continua M. de La Chapelle, appartient au duc d'Orléans et, pour régler des affaires personnelles, il est absent depuis quelques jours.

— Que dois-je faire ?

— Observer, écouter et rendre compte. Il faut protéger la reine contre elle-même, prévenir tout scandale. Chaque incident devra être l'objet de votre attention.

— M. le premier valet ne rend-il pas déjà compte au roi ?

— M. de Ville-d'Avray est entièrement dévoué au roi. Mais Sa Majesté désire pour cette affaire délicate un homme étranger à la cour.

— Pourquoi ne pas confier ce rôle à une dame d'honneur ou à une première femme de chambre ? Leur proximité avec la reine les rendrait plus efficaces.

M. de La Chapelle afficha l'un de ces sourires qui abaissent ostensiblement ceux à qui ils s'adressent. Il se tut.

— Monsieur, poursuivit Hilarion, votre sourire est trop haut pour atteindre son but. Je suis assis et vous êtes resté debout. Station qui convient à votre condition, devant celui qui ne la partage pas !

La Chapelle rougit. Il baissa légèrement la tête, et peut-être Hilarion aperçut-il dans les yeux de son interlocuteur cette lumière sombre qui le rangeait définitivement dans la catégorie des jaloux. Mais le commis principal de M. de Maurepas était trop homme du monde pour ne pas reprendre immédiatement le contrôle de ses expressions. Il sourit avec affabilité.

— En somme, résuma le chevalier, je dois porter le masque de l'espion, tâche que d'aucuns trouveraient incompatible avec la qualité de gentilhomme.

— Vos états de service nous ont montré que vous ne vous embarrassiez point de tels scrupules.

3

Ainsi M. de Rancy, absent pour une quelconque affaire, était rentré à Versailles et pendait au bout d'une corde. Hilarion observait le cadavre. D'un geste, il ordonna aux exempts de s'éloigner. L'un d'eux jeta un coup d'œil à l'inspecteur, qui confirma l'ordre. Le chevalier aperçut sur le plancher un soulier de maroquin. Il leva les yeux vers le pied déchaussé : la chaussure, en tombant, avait roulé loin de son propriétaire.

— Pierre, examine le sol. Il me faudrait un escabeau, ajouta-t-il en se retournant vers Trouard.

— Ne pourrait-on décrocher ce malheureux ?

— Un escabeau, monsieur, répéta doucement Hilarion.

L'inspecteur recula malgré lui d'un pas et s'exécuta.

Perché sur la dernière marche, le chevalier se trouvait à hauteur du visage de M. de Rancy. Il posa sa main sur la joue du maître d'hôtel comme il l'aurait fait avec un enfant à consoler. Une joue glacée, rêche et grise. Si la mort ne l'avait jamais effrayé, Hilarion n'aimait pas la douleur qui la précédait, et cet homme avait visiblement souffert. En choisissant de se pendre, Rancy n'avait-il pu s'empêcher de chercher l'air qui manquait ? Dans un dernier et inutile effort, n'avait-il pas regretté son geste ? S'il s'était véritablement suicidé… La langue sortait en partie de la bouche, presque noire. Le chevalier examina les yeux révulsés, puis les cheveux retenus en arrière par un ruban de soie. L'homme avait largement passé la quarantaine. Hilarion souleva une main, froide comme le marbre et presque aussi dure. Les doigts ne portaient aucun bijou, et le poignet aucune manchette. La cravate qui entourait le cou s'était défaite sous la traction de la corde. Une fouille des poches révéla peu de choses : un mouchoir, 2 sols de cuivre, un morceau de pain blanc, une petite boîte vide recouverte de velours. Le chevalier tira entre deux doigts une chaîne et sa montre d'argent finement ouvragée. Il s'étonna de trouver un objet si précieux sur un homme qui n'affichait dans son apparence aucun luxe. Il s'intéressa à la doublure du vêtement, palpa toute la surface de la veste, en pinça les extrémités. Ce n'était que du coton, tout comme les bas. Hilarion crut saisir une essence. Il se rapprocha un peu du visage et respira doucement, le nez pointé vers le col du cadavre. Il ferma les yeux mais ne put identifier l'exhalaison.

Trouard et les deux exempts l'observaient. Ils crurent, dans les vagues de lumière jetées par les lanternes, que le chevalier se penchait pour embrasser le cadavre. Ils échangèrent une mine dégoûtée. Hilarion descendit de son escabeau sous les regards perplexes.

— Ne peut-on décrocher le corps ? demanda prudemment l'inspecteur.

— Pas encore. Quels sont les médecins de service ?

M. Trouard réfléchit quelques instants.

— M. Lieutaud.

— Assurez-vous de sa venue.

— Monsieur le chevalier, outre son grand âge, je ne peux déranger le premier médecin du roi.

— Il me faut un homme de l'art ou au pire un chirurgien !

L'inspecteur soupira et s'en alla donner ses ordres, puis revint auprès du chevalier. Il tenait à l'avoir à l'œil, c'était l'ordre formel de M. d'Angiviller.

— Ces combles ont-ils une fonction ?

— Non.

— La porte est-elle verrouillée ?

— Uniquement pendant les jours de répétition. Les comédiens français vont jouer devant le roi dans deux jours, un divertissement de M. de Marivaux. Comme vous le constatez, il n'y a rien à voler ici.

— Comment a-t-on pu accéder à l'opéra qui lui, je le suppose, est fermé à clef ?

— La porte était ouverte lorsque le cadavre fut découvert.

— Ouverte ?

— Oui.

— Qui dispose des clefs ?

— L'ensemble des inspecteurs du service des Bâtiments. Ils doivent pouvoir se rendre partout dans le château pour évaluer les réparations qu'exige le mauvais état général. Mais aucune clef n'a disparu.

— L'une d'elles doit pourtant circuler, et aucune ne se trouve dans les poches de notre pendu.

Trouard ne répondit pas. Hilarion comprenait mieux la raison pour laquelle M. d'Angiviller avait justement envoyé l'un de ses officiers le prévenir en pleine nuit.

— Qui a découvert le corps ?

— M. Maucourt, l'un des frotteurs.

Le chevalier l'interrogea du regard.

— Les frotteurs de la Chambre de la reine ont eu l'autorisation d'entreposer leur matériel dans une armoire.

— Pour quelle raison ? Les appartements de la reine sont situés dans l'aile sud.

— Vous ne m'apprenez rien, monsieur, répliqua un peu vexé l'inspecteur.

— Je cherche, monsieur Trouard, à comprendre, rien de plus.

— Les combles servent pour l'heure à entreposer le matériel des cireurs et des frotteurs. Plusieurs d'entre eux, comme M. Maucourt, ont été affectés au nettoyage de l'opéra.

— Ici, *monssu*, dit Pierre, levant une lanterne vers un coin à gauche.

Un meuble haut était plaqué contre le mur à droite de la porte. Le Marseillais l'ouvrit et s'écarta.

— Monsieur Trouard, pourriez-vous approcher votre lampe ?

Une série de pots s'alignaient sur les trois étagères de l'armoire. Hilarion en saisit un, en souleva le couvercle. Une crème épaisse et jaune libéra un parfum de miel. Des brosses et des carrés de chiffon soigneusement pliés en quatre étaient rangés sur l'étagère la plus basse. Le chevalier jeta ensuite un œil derrière chaque pot. Rien que de très normal.

— Pourquoi le sieur Maucourt est-il monté jusqu'ici ?

— Pour retrouver un mouchoir qu'il aurait égaré la veille. Il a prétendu que la porte était entrouverte. Cet homme ment, j'en suis convaincu. Il n'a prévenu personne, insista l'inspecteur, et s'est fait attraper non loin de l'appartement de M. le grand aumônier par des gardes de la Porte qui se rendaient à leur service peu après minuit. Ils ont voulu savoir ce qu'un frotteur des appartements de la reine faisait là, à une heure pareille, d'autant qu'aucun ne loge au château. Maucourt leur a débité son histoire de mouchoir, puis un garde est monté dans les combles et ils l'ont arrêté.

— Qui était l'officier ?

— M. de Loupiac. Cela a-t-il de l'importance ? Cet homme, dit-il en montrant du doigt le pendu, s'est suicidé ?

— Peut-être.

— Peut-être ? Je ne comprends pas.

— Pourquoi alors, monsieur, m'avoir réveillé pour un suicide ?

L'inspecteur regarda par-dessus son épaule. Les deux exempts, près de la porte, murmuraient. Le valet du chevalier furetait autour de la roue, son corps dégingandé disparaissant dans l'ombre et reparaissant déformé dans son habit façonné en gros de Tours. M. Trouard soupira : un valet qui ne portait point de livrée et un maître aussi pointilleux que de méchante humeur. Voilà qui augurait mal du reste de la nuit.

4

— La pièce est propre, *monssu.*

Le Marseillais de la paroisse des Accoules, ancien forçat, observait la scène avec des yeux de poisson mort, blancs et dangereux, un regard qui aurait pu passer pour de l'insolence. Pierre devait au chevalier la vie et sa réconciliation avec le monde, du moins avec une partie de ses habitants. À Versailles, il était loin de chez lui, de ses souvenirs et des cadavres qui avaient jalonné la route de son maître. Ici, il devrait montrer de la prudence. Les domestiques du château étaient aussi nombreux que les hirondelles au printemps et aussi dangereux que les loups qui hantent les montagnes entre Digne et Briançon. Le chevalier l'avait prévenu : "On se moquera de toi, Pierre. À Versailles, on a plus d'esprit que dans tout le royaume réuni. On te jalousera de servir un maître qui a l'oreille du roi."

Hilarion regarda autour de lui. L'inspecteur attendait à la porte lorsqu'un homme âgé, le visage chiffonné, entra dans les combles. Il salua avec cette heureuse aisance que l'on ne rencontre véritablement qu'à Versailles.

Laurent Lacroix, chirurgien du Grand Commun, avait pris le temps de se vêtir avec soin. Il semblait ignorer le froid, portant un habit bleu ouvert sur un gilet brodé. Un tour de cou de fine mousseline flottait avec légèreté. Hilarion perçut une odeur d'amidon, poudre dont le sieur Lacroix devait enduire ses cheveux coiffés, frisés et enroulés sur les tempes en cadenettes.

— Messieurs, suis-je le seul chirurgien capable de constater… – il jeta un œil au pendu – la mort de cet individu, assez grossier pour mobiliser un honnête homme en pleine nuit ?

— Maître Lacroix, je vous rends grâce d'être venu si vite. M. le chevalier est chargé de confirmer et de rapporter à M. de La Chapelle les conclusions que vous ne manquerez pas de tirer après un premier examen.

Hilarion cacha son étonnement. Trouard connaissait, Dieu savait comment, ce qui s'était dit dans le bureau de M. de Chaillou.

— Monsieur le chevalier, ai-je l'honneur de vous connaître ?

— J'ai celui de vous rencontrer pour la première fois dans ce lieu incongru, répliqua Hilarion en saluant à son tour.

Le cadavre de M. de Rancy fut descendu, l'examen rapide. Si la situation ennuyait celui qui avait vu sa nuit troublée, M. Lacroix n'en prit pas moins au sérieux ses devoirs. On allongea le corps sur le sol de grosses planches. La température était si basse que Trouard, jusqu'ici indifférent, se frotta quelques instants les mains. À genoux, le vieux chirurgien souleva les deux paupières du maître d'hôtel. Il s'agissait moins de vérifier le décès que de se laisser guider par des habitudes professionnelles. Il extirpa une montre de son gousset.

— Je situerais la mort autour de minuit.

Maître Lacroix manipula délicatement la nuque.

— Brisée avec netteté, murmura-t-il.

Puis s'adressant au valet qui l'accompagnait, il demanda :

— As-tu pris de quoi écrire ?

Sur la réponse affirmative de son domestique, il dicta : "Le sillon creusé par la corde est parcheminé, blanchâtre. Il oblique vers le haut." Le chirurgien palpa ensuite le cou. Hilarion nota l'épaisseur des doigts qui se promenaient avec précision sur le corps.

— Les déchirures musculaires semblent exceptionnelles. La nécropsie, si elle m'est accordée, nous en apprendra davantage.

Le front soudainement barré d'une ride horizontale, il réfléchit, observa la corde et, retournant à son examen, glissa les doigts dans les cheveux amidonnés du cadavre.

— Je cherche les éventuelles traces d'un choc ou d'un coup, mais l'examen ne peut être réalisé ici, conclut-il en rangeant ses instruments.

— Déplacer le corps ? s'écria Trouard.

— Oui, monsieur l'inspecteur. Calme et sérénité sont nécessaires. À propos, notre pendu a-t-il une identité ?

— Comme chacun d'entre nous, monsieur, répondit Hilarion qui ne tenait pas à ce que le nom de Rancy circulât trop rapidement dans toutes les antichambres du château.

Le chirurgien lança un regard amusé au chevalier, qui poursuivit :

— Monsieur Trouard, après l'enlèvement du corps, il conviendrait de mettre les scellés sur l'appartement de ce malheureux.

L'inspecteur s'écarta et rejoignit les exempts. L'un d'eux sortit aussitôt.

— Notre homme avait bien un valet ? s'enquit Hilarion.

— Sans doute, objecta Trouard.

— Retrouvez-le, je l'interrogerai après avoir vu le sieur Maucourt.

Maître Laurent Lacroix consulta de nouveau sa montre.

— Allons nous coucher. Il nous reste deux ou trois heures. Vous ferez déposer le défunt dans la cave du fourrier, sous la chapelle du Grand Commun. Je préviendrai l'aumônier de service. Il fait assez froid pour conserver le corps. La neige a succédé à la pluie. Leurs Majestés pourront se promener en traîneau dans les jardins.

5

Pierre avait ajouté une bûche, ranimant le feu qui avait chauffé peu à peu une partie de l'antichambre. Enfoncé dans son fauteuil, Hilarion s'était endormi sans avoir ôté son manteau. En se réveillant, il trouva sur le guéridon une tasse de chocolat brûlant et une assiette de fruits confits, que son valet se procurait dans les nombreuses échoppes construites, avec la permission du roi, contre les murs extérieurs du Grand Commun. Il versa un peu de poivre dans la tasse et but à petites gorgées, habitude qu'il tenait de sa tante d'Espinouse.

Avait-il rêvé dans son sommeil ? Il ne se souvenait de rien. Ses rêves confus furent immédiatement dissipés par l'image de la vieille marquise. Pendant toute l'affaire d'Aix, elle lui avait prodigué ses conseils et avait tenu tête à une partie de la noblesse locale, hostile au chevalier. Hilarion se leva et se déshabilla devant la cheminée. Il frotta à sec son corps avec un gant de crin, se parfuma. Il préféra la jonquille, cette essence délicate se figerait dans le froid et persisterait peut-être plus longtemps. Il enfila rapidement une chemise et choisit dans sa garde-robe un habit et des culottes rouge groseille, un gilet ivoire au semis de fleurettes. Il était encore trop tôt pour assister à la messe, le roi était sans doute au Conseil. Le Marseillais entra et, refermant la porte, parla avec cette lenteur qui parfois exaspérait.

— Dois-je vous coiffer ?

— Oui. T'es-tu renseigné ?

Pierre opina du chef. Contrairement à ses concitoyens, il était économe en matière de bavardages et le chevalier était souvent obligé de lui tirer les mots de la bouche. Cette fois-ci, il attendrait patiemment le bon vouloir de son valet.

— Perruque, Pierre. Après l'examen du corps de Rancy, je dînerai à la table du comte d'Escars.

— Le premier maître d'hôtel du roi ?

— Tu apprends vite.

— Jean-Baptiste de Rancy, commença le Marseillais, était originaire du Clermontois.

Il dessina d'un coup de peigne une frange sur la tête de son maître, ajusta la perruque un peu en arrière du front, puis rabattit les vrais cheveux sur les faux.

— Le Clermontois ? Cette province appartient aux princes de Condé. Le maître d'hôtel était peut-être l'un de leurs clients. Pourtant M. de La Chapelle a affirmé que M. de Rancy appartenait au duc d'Orléans.

— Cela fait beaucoup de princes, *monssu*.

Pierre déroula une serviette qu'il posa sur les épaules du chevalier et poudra la perruque pour lui donner une teinte uniforme. Opération subtile et délicate, qui enveloppa toute la tête d'Hilarion dans un nuage de poudre de riz. Il noua en bourse les cheveux avant de les attacher avec un large ruban de velours noir et d'essuyer le visage.

— Le pendu était maître d'hôtel depuis deux ans et servait au quartier de janvier*.

— Vivait-il seul ?

— Il avait un valet. Un Lorrain lui aussi.

— Point de femme ?

— Elle est restée à Varennes.

— Ainsi, Mme de Rancy, de janvier à mars…

Hilarion ne termina pas sa phrase.

— Lui connaissait-on une maîtresse ?

Pierre ne savait pas.

— Où logeait-il au Grand Commun ?

— Au premier étage, à quelques pas d'ici. L'appartement s'ouvre sur la cour. Nous sommes presque voisins.

— Renseigne-toi sur les trois autres maîtres d'hôtel de trimestre. Et le domestique ?

— Un certain Augustin Boureuilles, vingt-cinq ans et malin comme un chat.

— Assieds-toi, Pierre.

Le Marseillais hésita, puis tira un tabouret sous lequel il replia ses jambes avec précaution. Sur les genoux, il posa deux mains carrées, et baissa un peu les yeux. Le chevalier se taisait. Pierre ne put deviner quelles idées s'agitaient derrière ce front de porcelaine, barré de coups de griffes reçus au cours de duels. Une violence dont il avait fait les frais, mais qui l'avait aussi sauvé. Il passa machinalement les doigts sur la fine ligne bleue qui cisaillait sa joue gauche, un cadeau du chevalier qui entendait mettre au pas son valet récalcitrant. Pierre tressaillit, assez pour

* Les officiers à la cour servaient par trimestre ou quartier (quartier de janvier, quartier d'avril, etc.).

croire avoir été deviné par son maître, mais celui-ci restait immobile. Était-il lui aussi assailli par les souvenirs ?

— Dois-je allumer la lampe ?

Hilarion remua les doigts de la main droite. Deux bagues scintillèrent : l'une d'elles était un rubis, la seconde sa chevalière.

— J'ai froid.

— Je vais rajouter du bois.

— Te plais-tu ici à Versailles, Pierre ?

Le Marseillais leva lentement les yeux.

— C'est un pays où il ne fait pas bon vivre pour des hommes tels que moi.

— Nous avons l'honneur de vivre auprès du roi.

— Son grand-père m'a envoyé aux chaînes sur les bancs de ses galères.

— Tu avais tué, Pierre.

— Moins que vous, *monssu*, mais vous êtes noble.

Hilarion ne répondit pas.

— Deux fois dans les couloirs du château, j'ai été insulté par des marauds, continua le Marseillais.

— Tu as le cœur orageux. La raison ?

— Mon accent abîme l'oreille délicate de certains. Mon cœur n'est point à l'orage, mais gris de cette lumière qui jamais n'éclaire.

— Nous retournerons en Provence, je te le promets. Garde-toi de provoquer quiconque en mon absence. N'oublie pas que ton accent est le mien. Personne n'insultera impunément celui qui porte ma livrée.

— Devrai-je vous attendre pour me défendre ?

— Tant que nous serons à Versailles, oui. Tes railleurs, les connais-tu ?

— Ils portent la livrée de M. de Montmort.

— Montmort, répéta pensif Hilarion.

Le nom était si voisin de celui d'Isabeau. Isabeau de Montfort… Le chevalier ne s'interdisait plus le souvenir d'Isabeau. Parfois, il attendait la nuit pour la rejoindre dans l'impatience de ses pensées. Ils s'étaient revus à Avignon, sous le soleil, dans la poussière, au milieu des insectes ; ils s'étaient séparés à Paris, dans le bruit de la ville ; ils se retrouveraient en Bretagne, il le lui avait juré.

— M. de Rancy, reprit Hilarion, arrivé de sa province il y a deux ans à peine, a-t-il pu se suicider ?

Pierre soupira, il s'était habitué à ces conversations qui changeaient de cap sans prévenir. Il baissa à nouveau la tête.

— Le chirurgien Lacroix paraît en douter… et le maître d'hôtel allait tous les jours à la messe, *monssu*.

Le détail avait son importance. Pouvait-on imaginer un homme pieux, et peut-être dévot, se suicidant ?

— Connais-tu le Clermontois, Pierre ?

— Le régiment où j'ai servi n'a jamais pris ses quartiers au-delà de la Loire.

— Beaucoup de forêts, peu de lumière et des loups. Quoique ceux-là, nous les trouvions aussi à Versailles.

— Nous en avons connu en Provence…

Pierre n'osa pas se lever sans en avoir reçu l'ordre.

— Pourquoi M. de Maurepas m'a-t-il confié cette mission ?

— La reine, m'avez-vous dit. Elle doit être protégée.

— De qui ? Et ce cadavre, que vient-il faire ici ? On ne tue pas pour des libelles.

Une visite de l'appartement de Rancy s'imposait.

— Éteins le feu, ordonna le chevalier en se levant, et donne-moi mon épée.

La cheminée commençait à fumer.

6

Il leur suffit de tourner à l'angle du couloir au premier étage du Grand Commun pour se retrouver devant l'appartement de M. de Rancy. Des valets, en livrée ou non, et des femmes, chargées de linge, de fagots, un panier au bras, se pressaient. Les odeurs de cuisine et de feu de bois mêlées à l'humidité persistante finirent de mettre de mauvaise humeur Hilarion. Ce logement attribué aux maîtres d'hôtel ordinaires était habité de janvier à mars par M. de Rancy, le temps de son service à la Table du roi, avant qu'il ne l'abandonne à son successeur. Louis avait à peine le temps de se familiariser avec un nouveau visage que celui-ci s'évanouissait.

Un garde envoyé par M. Trouard interdisait l'entrée du logis. Il reconnut le chevalier et le salua avant de s'écarter. Hilarion, suivi de Pierre, pénétra dans une première pièce et fut assailli par des odeurs de viandes rôties et de sauces. Incommodé, il respira un petit flacon qu'il extirpa de la poche intérieure de son gilet.

— D'où viennent ces effluves ?

— Les cuisines du Grand Commun sont situées au rez-de-chaussée, *monssu*.

L'antichambre, très sombre et sans ouverture extérieure, servait de garde-robe. À gauche, un petit escalier grimpait à l'entresol. Pierre alluma les bougeoirs de cuivre qu'il trouva sur la cheminée. Le plafond et une partie de la boiserie avaient noirci. La pièce était en ordre, rangée et glacée !

— Monte. Le domestique de Rancy couche probablement là-haut.

Hilarion ouvrit un coffre dans lequel étaient pliés avec un soin méticuleux les vêtements du maître d'hôtel. Il souleva une première pile : deux habits, quatre gilets, une douzaine de chemises. À côté, des mouchoirs blancs, des cravates, plusieurs manchettes, des bas de soie, de coton et de laine. Deux paires de boucles de chaussures, l'une en argent. La garde-robe ordinaire d'un serviteur du roi.

Il se leva et entra dans la petite chambre du maître d'hôtel. Une seconde cheminée, surmontée d'un trumeau, occupait le mur de droite. La pièce, plus lumineuse, ouvrait sur la cour et ses odeurs. Il repéra dans la demi-obscurité un lit défait et deux chaises près de la fenêtre. À gauche, une table s'appuyait contre la boiserie du mur aveugle. Hilarion s'y installa. Il posa ses poignets contre l'arête du meuble et balaya du regard la surface : une série de plumes taillées, rangées dans un pot, des feuilles de papier vierge à côté d'un encrier de porcelaine décoré de minces guirlandes de fleurs. Il en souleva le couvercle : le réservoir était plein. Ce qui l'intéressa fut un portefeuille, en réalité un cahier recouvert de maroquin. Aucun blason n'affichait le nom de son propriétaire.

Le portefeuille ouvert devant lui, Hilarion parcourut l'ensemble des feuillets : il s'agissait des comptes de M. de Rancy. Une première colonne renseignait sur la nature des opérations : bail, rente, procuration... Une deuxième précisait, au denier près, les sommes modestes mises en jeu, puis venaient la date de l'opération et le nom de celui avec qui l'affaire avait été conclue. De parfaits inconnus. Hilarion apprit cependant que M. de Rancy avait acquis sa charge d'un certain M. de Valcourt, ou du moins de ses héritiers, en juillet 1775. Il se reporta aux dernières feuilles : plusieurs opérations retinrent son attention. À la fin du mois de novembre 1776, le maître d'hôtel indiquait que ladite charge était entièrement remboursée.

Le chevalier s'adossa, les deux coudes posés sur les accoudoirs, les mains jointes sous le menton. Quel était le prix d'un office de maître d'hôtel ? Au bas mot, pas moins de 90 000 livres. Comment Rancy avait-il pu si rapidement rembourser les emprunts nécessaires à l'acquisition de son office ? Sa garde-robe ne laissait pas entrevoir une telle fortune. Il se renseignerait auprès de M. d'Escars.

Hilarion reprit l'examen des documents.

En date du 5 septembre 1776, il découvrit le versement par le duc d'Orléans d'une rente allouée au maître d'hôtel. La somme relativement importante, pas moins de 5 000 livres, était-elle une récompense ? Ou le remboursement d'un prêt accordé au duc ? Mais les Orléans passaient pour les princes les plus riches et les plus fastueux du royaume.

Le chevalier ouvrit le tiroir du secrétaire plein de factures et de reçus classés chronologiquement. Il trouva celui concernant le versement de sa rente par un certain

Desnoyers, trésorier du duc, à la date du 2 décembre précédent. Ainsi la pension avait-elle été versée intégralement, soit 5 000 livres, pour l'exercice de 1776, alors que celle-ci ne courait que depuis le mois de septembre ! Hilarion glissa encore ses mains dans le fond du tiroir, puis sur les côtés. La table était trop simple pour avoir un casier secret. De plus, l'appartement serait occupé à partir d'avril par le successeur de Rancy. Celui-ci n'aurait pas pris le risque d'y dissimuler quoi que ce soit. Si le maître d'hôtel avait envisagé de cacher quelque chose – et cela était pure supposition –, il aurait pris d'autres précautions. Le chevalier se leva et revint dans l'antichambre au moment où Pierre descendait l'escalier.

— L'entresol ?

— Chambre digne d'un valet : inconfortable, sombre et sans air. La seule fenêtre est celle qui donne sur cette antichambre, expliqua-t-il en levant le doigt vers une ouverture, ronde comme l'œil d'un hibou.

— Serais-tu en train de me reprocher les conditions de ton hébergement ?

— Je suis logé comme un prince, répondit le Marseillais, goguenard.

— Tu es devenu délicat, Pierre, pour un ancien galérien. Qu'as-tu trouvé ?

— Rien. C'est bien là ce qui est étrange.

Le chevalier observa le Marseillais. Il connaissait la sagacité de son domestique.

— Un valet, même ancien forçat, possède quelques effets personnels : un ou deux mouchoirs, un ruban, une lettre, une boîte, que sais-je ?

— Ne me dis pas que tu détiens de tels objets !

— *Monssu*, je garde avec moi la montre que vous m'avez offerte et l'*Almanach* qui me permettrait de connaître à la minute près l'emploi du temps de notre roi si je savais lire.

Hilarion rehaussa l'une de ses manchettes et le laissa poursuivre.

— Je n'ai rien trouvé de tout cela dans la pièce à coucher de l'entresol. On a fait le ménage, *monssu*, j'en jurerais !

— Et qui se cacherait derrière ce "on" ?

— Le valet de M. de Rancy lui-même. Il a fait ses bagages et s'en est allé.

— Pourquoi aurait-il abandonné son maître ?

Le Marseillais haussa les épaules.

— Il y a peut-être une autre explication, reprit-il. En faisant disparaître ses affaires, "on" voudrait nous faire croire que le domestique de M. de Rancy est parti.

— Quelle que soit l'identité de notre visiteur, il nous aurait ainsi précédés. Se serait-il épargné la peine de fouiller l'appartement ? J'en doute… Si tu as raison, continua Hilarion en ouvrant à nouveau le coffre à vêtements de Rancy, il s'agit de vérifier si tes prétendus visiteurs ont trouvé ce qu'ils cherchaient.

Il posa un genou à terre tandis que le Marseillais élevait un bougeoir. Il examina d'abord les affaires sans les toucher. Il étala sur le plancher un premier habit et pinça le satin entre ses doigts, les coutures, les revers de pans évasés, les manches. Il répéta la même opération sur le second. Les rabats des poches étaient enrichis de parements dorés. Celui de droite semblait pourtant plus épais.

— Ton couteau !

Le valet souleva sa veste et retira du creux des reins son arme. Hilarion sectionna les fils puis défit l'ourlet de la doublure, suffisamment pour y glisser les doigts. Il secoua l'habit et parvint à saisir une feuille de papier qu'il déplia délicatement, remarquant immédiatement le format inhabituel de la feuille.

— Une moitié de lettre, observa-t-il.

Le billet avait été soigneusement découpé sur toute sa hauteur. Où la seconde partie pouvait-elle se trouver ? L'écriture était élégante et régulière. Peut-être celle d'une femme. Hilarion parcourut silencieusement le texte : il n'avait aucun sens. L'auteur priait son destinataire de détruire "cette note". Toutefois le destinataire, imprudent, n'avait pas obtempéré à l'injonction. Ou alors le billet avait-il été intercepté ? Comment s'était-il retrouvé entre les mains de Rancy ?

— Pierre, lève ta bougie !

Le chevalier maintint la feuille devant la flamme. Il aperçut les nervures du papier en filigrane, quelques grains d'argent brillant à la surface. On avait pris le temps de sécher le billet.

— Que dit cette lettre, *monssu* ? demanda calmement le Marseillais.

Hilarion lut à haute voix.

— "À M.

Il est de la plus haute… / nos projets de retrouver… / aurait dû vous remettre… / que vous servez n'en… / Nos intérêts et ceux… / et ce dès maintenant… / rompre tous les liens… / Je continuerai à rendre… / Détruisez cette note… / d'effacer… / certains…"

— Cela est incompréhensible, *monssu* !

Le chevalier rangea le billet dans sa poche. Seuls le hasard, la chance ou la providence permettraient d'en retrouver la moitié manquante.

7

Les réverbères au sommet de la fontaine éclairaient encore la vaste cour du Grand Commun lorsque le chevalier et Pierre la traversèrent en direction de la chapelle. L'horloge sur le fronton sonna le quart de 9 heures. Des femmes en bonnet accélérèrent le pas mouillant ainsi le bas de leur robe ; un vieil homme glissa sur la neige. Les pensées d'Hilarion ne cessaient de revenir au billet. Il en avait retenu le texte, essayant vainement d'en combler les lacunes. Que s'agissait-il de "retrouver" ? Avec qui l'auteur de ce billet partageait-il des "intérêts" ?

Les murs noircis soutenaient des voûtes dont le plâtre humide s'effritait. "La cave du fourrier du roi est au bas de l'escalier à gauche", leur avait-on indiqué. Pierre alluma sa lanterne et précéda son maître. Une odeur de salpêtre et de chaux souleva d'indignation le nez délicat du chevalier, qui se réfugia immédiatement derrière son mouchoir parfumé à l'œillet. Le corps de M. de Rancy était allongé sur une longue table de réfectoire. Aux quatre coins, sans souci d'économie, maître Lacroix avait disposé lampions de cuivre et chandeliers. Il avait revêtu un tablier de cuir et chaussé ses lunettes.

— Julien, déshabille-moi ce monsieur, ordonna-t-il à son valet, qui souleva le cadavre sans états d'âme, sous le regard vide de Pierre.

Il dégrafa le gilet. M. de Rancy se retrouva en chemise. Le linge, très propre, ne portait aucune trace.

— Enlève-lui aussi ses bas.

Des pieds extraordinairement blancs apparurent.

— C'est suffisant, Julien.

En homme de cour averti, le chirurgien savait ménager ses effets. Ses mains disparurent sous la chemise et glissèrent sur toute la poitrine du cadavre, cherchant la preuve d'une intuition.

— Retourne-le.

Le valet s'exécuta avec la même habileté. Le chirurgien répéta l'opération, mais la main droite arrêta sa course. Le front de maître Lacroix se plissa. Les doigts du praticien tournèrent autour d'un point caché par le tissu. Il les retira et examina le vêtement. Puis, comme s'il lui fallait une confirmation, il s'empara du gilet et de la veste, et découvrit rapidement ce qu'il cherchait.

— Un trou, messieurs !

Pierre se pencha. Le chevalier avait immédiatement saisi l'importance de la découverte.

— Un trou à peine visible dans l'étoffe de la veste et du gilet, à son tour reproduit dans la chemise et suscitant une légère marque dans le dos de notre infortuné cadavre… Julien, finis de déshabiller ce malheureux.

Le garçon s'exécuta. Au milieu d'une peau uniformément blanche, un point noir semblait jaillir, incongru, s'imposant comme le symptôme d'une vie qui n'aurait pas eu le dernier mot.

— Une goutte de sang. Voyez, elle a légèrement auréolé la chemise.

— Une blessure qui ne peut avoir tué Rancy…

— M. de Rancy ? N'était-il point l'un des quatre maîtres d'hôtel du roi ?

Hilarion rangea son mouchoir parfumé sans répondre.

— Le silence est d'or, soupira le chirurgien, et fort rare en ce pays-ci.

— Une blessure anodine et sans lien avec le décès de cet homme, hasarda le Marseillais.

— Si vous voulez nous révéler, cher ami, que cette piqûre n'a pas provoqué la mort de M. de Rancy, vous énoncez une vérité que mon neveu aurait pu aussi bien formuler les yeux fermés.

Pierre, vexé, se tut.

— Mais si vous ajoutez que ce point de sang est d'une inconvenante solitude, alors je vous suivrai.

— M. Lacroix tente de nous expliquer, Pierre, qu'un objet fut appuyé avec force dans le dos du maître d'hôtel.

— La pointe d'une épée, murmura le Marseillais dont les traits s'animèrent subrepticement, comme agités par une brise intérieure. On aurait ainsi menacé cet homme ?

— La victime a dû montrer quelques réticences à se laisser pendre.

Hilarion eut soudainement froid. Sa curiosité satisfaite, son corps se rappelait à lui. Tous entouraient le cadavre, ruminant les découvertes du chirurgien.

— Mais M. de Rancy, finit par s'enquérir le chevalier, est bien mort étouffé par la corde au bout de laquelle l'inspecteur Trouard l'a retrouvé ?

Maître Lacroix fit le tour de la table, les mains sur son tablier.

— Le visage de M. de Rancy, puisque ainsi se nomme notre infortuné pendu, est d'aspect blanchâtre, ce qui indique une interruption de la circulation sanguine.

— Est-ce la trace de la corde ? demanda Pierre en pointant une marque sur le cou.

— Oui, son empreinte a dessiné au-dessus du larynx un sillon en rigole, légèrement parcheminé. L'extrémité des membres est livide, une lividité dont l'intensité dépend de la durée de la pendaison.

— Quelles sont vos conclusions, monsieur Lacroix ?

— Nous avons découvert le cadavre vers 3 h 30. Je dirais que notre homme a commencé à se balancer au bout de sa corde un peu avant minuit.

— Pas plus tôt ?

— Le froid et l'absence d'insectes nécrophages ne m'autorisent pas à être plus précis.

Hilarion apprécia intérieurement la modestie du praticien. Le chirurgien glissa ses deux mains sous la nuque du cadavre.

— L'os hyoïde du cartilage thyroïde a été fracturé. Les lésions sont nombreuses.

Devant l'air perplexe de Pierre, Lacroix crut bon d'apporter quelques précisions.

— Il s'agit d'un os en fer à cheval au-dessus du larynx.

Il ferma les yeux et pressa toute la longueur du cou.

— Une dissection…

— Est-elle nécessaire ? l'interrompit Hilarion.

— Rassurez-vous, je n'abîmerai point le corps de M. de Rancy, sa famille pourra le récupérer entier. Une dissection, disais-je, montrerait que les muscles ont été anormalement déchirés.

— Que voulez-vous dire ?

— Le poids de notre homme, au bout de sa corde, ne justifie pas de telles lésions.

Il retira ses mains, les frotta contre son tablier, rangea son binocle. Tous les éléments s'additionnaient avec une étonnante facilité, mais le chirurgien n'avait pas encore terminé.

— Nous observons, monsieur le chevalier, des signes de lutte, dit-il en soulevant les affaires de Rancy. Le premier bouton du gilet est arraché. Une couture intérieure de la veste est déchirée sur une bonne moitié. Les ongles de notre maître d'hôtel sont sales.

— Et alors ?

— J'ai pu identifier des morceaux de fibres de la corde qui a servi à pendre M. de Rancy. Chevalier, votre silence n'est pas, j'en jurerais, indifférence…

— Non, monsieur, simplement de la perplexité devant la maladresse des assassins. Une marque dans le dos, une clef non retrouvée, un soulier jeté trop loin pour que M. de Rancy pût être l'auteur d'un tel exploit, des traces de lutte et ces déchirures comme si…

— … comme si, continua Pierre qui comprenait enfin, on avait tiré sur les jambes de M. de Rancy pour accélérer sa mort.

— Un maquillage fait dans la précipitation, reprit Hilarion.

— M. de Rancy est bien mort par pendaison, conclut le chirurgien. Mais des âmes charitables ont probablement pris soin d'accélérer son trépas. Je vous souhaite bonne fortune, chevalier. Vous en aurez besoin, croyez-moi.

8

La table du grand chambellan – pas moins de trente couverts – était présidée, en son absence, par M. d'Escars, premier maître d'hôtel du roi. Le comte d'Escars, pour qui le service de Sa Majesté n'était pas un vain mot, présentait une belle taille, une tête noble, expressive avec mesure, et des manières simples.

Le chevalier était arrivé après le bénédicité. Quelques domestiques servaient leur maître. Hilarion avait préféré envoyer Pierre se nourrir dans les boutiques qui longeaient le Grand Commun, rue de la Surintendance. "Et réchauffe-toi en te renseignant sur Rancy", avait-il insisté. Avant de sortir, Pierre s'était contenté d'un imperceptible hochement de tête et avait glissé son couteau de chasseur au creux des reins.

— Ah ! monsieur, s'écria M. d'Escars, je suis bien aise de vous voir !

Plusieurs têtes poudrées se retournèrent. Hilarion s'inclina et reconnut Hector de Simiane en conversation avec son voisin.

— Prenez place, chevalier.

Un domestique rapprocha un pliant. Hilarion souleva d'un geste gracieux les pans de son habit et s'assit.

— Aujourd'hui, monsieur, vous accepterez de manger comme le roi.

Le cliquetis des couverts, la vibration des verres heurtant les assiettes, tous ces bruits mêlés aux conversations plaisaient au chevalier qui y trouvait une manière d'oublier qu'il avait froid. D'éloigner aussi ce qu'il venait d'apprendre du chirurgien. Les domestiques circulaient dans tous les sens. Sur un ordre, l'un d'entre eux apporta une bassine d'eau, dans laquelle Hilarion se lava les mains avant de se tourner vers M. d'Escars.

— Monsieur, j'aurais une grâce à vous réclamer.

Le comte répondit par le sourire de celui qui reçoit une dizaine de sollicitations quotidiennement.

— Tout ce que vous me demanderez me sera fort agréable.

— Vous n'ignorez pas que l'un des officiers de votre département a été retrouvé hier dans la nuit en fort fâcheuse position…

Le comte s'inclina légèrement vers le chevalier.

— C'est bien la première fois qu'un maître d'hôtel agit de la sorte, murmura-t-il avec une étrange douceur.

— Sa Majesté voudrait s'assurer que la mort de M. de Rancy est tout au plus… regrettable.

D'Escars, à qui Hilarion reconnut ce grand air que l'on ne rencontrait qu'à la cour, adressa à l'assistance, peut-être étonnée de cet aparté, son plus gracieux sourire.

— Monsieur de Simiane, dit-il en pivotant un peu vers sa gauche, ne cousinez-vous pas avec le chevalier qui nous est arrivé de Provence à la demande de Sa Majesté ?

Hilarion comprit que le comte apportait à qui voulait les entendre ces quelques éléments qui satisferaient, du moins provisoirement, la curiosité des dîneurs et seraient bientôt colportés dans tout le château. Hector de Simiane répliqua avec cet air qui avait séduit tant d'hommes et de femmes.

— Monsieur le comte, mesdames nos grands-mères, du même ventre, jouaient ensemble avec la princesse de Condé.

Un voisin leva son couteau.

— Toute la Provence se serait-elle réunie autour de cette table ?

D'Escars se pencha un peu plus à l'oreille du chevalier.

— J'avais présenté M. de Rancy à Sa Majesté. Un brave homme qui nous venait du Clermontois.

— Comment a-t-il pu justifier son absence alors qu'il était de quartier ?

— La mort d'un parent, si je crois me souvenir. Il conviendra de confirmer auprès de M. de Montdragon.

— Qui sont les maîtres d'hôtel de trimestre ?

D'Escars examina le chevalier. Il connaissait la famille et n'aurait pas hésité à donner à cet Hilarion la plus jolie de ses filles. Mais cet homme l'inquiétait. Il sentait bien qu'aucun obstacle n'arrêterait ce jeune homme au visage de porcelaine, zébré par deux estafilades en trait de plume. Le chevalier perçut les réticences de son interlocuteur.

— Ma dernière question, monsieur, avant de continuer à profiter de votre table. Je vois là les entremets.

— Je vous conseille le hachis de viande à la gelée. MM. Boutel d'Éguilly, Valfray de Salomay et de Fromont, ajouta-t-il d'une traite et sans transition.

Sur ce, M. d'Escars, le plus naturellement du monde, s'intéressa au duc d'Aumont qui racontait à son voisin la chasse du roi.

Simiane, qui avait profité de la vacance d'une place, s'invita près d'Hilarion et commanda à l'un des domestiques de faire suivre assiette et couverts.

— Hilarion, je te conseille d'avoir ton valet avec toi. Tu serais servi et les meilleurs morceaux arriveraient dans ton assiette, sans que tu ne t'en aperçoives. Quelle est cette histoire de pendu ?

— J'avais évalué à un peu plus d'une demi-journée le temps que mettrait la nouvelle pour parvenir à tes oreilles.

— C'est que, mon cousin, vous méconnaissez l'acuité de mes appendices aussi discrets qu'efficaces.

Un gentilhomme de la Chambre s'approcha d'eux.

— Ah ! Simiane, saviez-vous que la cheminée de la cuisine de M. de Bouillac avait brûlé ?

— M. de Bouillac n'a-t-il rien trouvé de mieux que l'immolation pour s'attirer les faveurs du roi ?

— Si fait, il y a un mois, avant que les glaces ne figent l'eau, Bouillac est tombé dans le Grand Canal !

— J'oubliais, mon cher Chauvelin, de te présenter le chevalier Hilarion, mon parent.

— J'ai, monsieur, entendu Mesdames faire votre éloge. Elles ont suivi avec plusieurs d'entre nous l'affaire d'Aix.

Hilarion inclina la tête en guise de remerciement. Le marquis de Chauvelin, s'approchant du duc d'Aumont, s'éloigna vers un autre public, plus prestigieux, sans doute.

— Qui est ce Chauvelin ? s'enquit Hilarion.

— L'un des gentilshommes de la Chambre. Ambitieux et fat.

— J'apprends que tu épouses bientôt Mlle de Damas, ou sa dot.

Simiane avala la moitié d'une tranche de jambon.

— Les deux, Hilarion. Mlle de Damas et toutes les espérances qui l'accompagnent.

— Est-elle jolie ? s'amusa Hilarion en cherchant des fruits.

— C'est une demoiselle que l'on écoute des deux yeux, répliqua sérieusement Hector.

Il se lava les mains dans une bassine que son domestique lui tendit.

— Hilarion, où te rends-tu ce soir ?

— Il y a soirée d'appartement chez la princesse de Guéménée et chez le comte de Maurepas.

— Nous nous y retrouverons, mon cousin. Attention, on joue gros jeu chez la princesse.

9

Ce fut à l'angle des rues de la Chancellerie et de la Surintendance que Pierre fut hélé. Le Marseillais se rendait aux Enfers, l'une des principales cuisines du château située au rez-de-chaussée du bâtiment. Cheminées et rôtisseries transformaient les cuisines en une véritable chambre ardente ! Il lui fallait pourtant se remplir le ventre, et l'odeur de viande grillée aiguisait son appétit. Il pourrait, qui sait, y glaner des informations.

— Holà ! Toi ! Je t'ai déjà vu et ce n'est pas chez le roi !

Pierre se retourna lentement, les deux bras le long du corps. Il vit près d'une échoppe un homme épais, large et le cheveu aussi clair que la cendre. La voix, l'allure, la silhouette réveillèrent chez lui d'imprécis et lointains souvenirs. L'autre, sans se démonter, s'approcha.

— Tu portais une autre livrée !

Les deux hommes se toisèrent. Pierre avait appris par expérience que le silence, ici au château, pouvait le transformer en objet dangereux de curiosité. D'autant que l'homme qui se dressait devant lui n'était pas un inconnu. Le visage était de ceux qui s'étaient frottés au vent, au soleil et au sel. Un marin ? La mâchoire puissante était prête à tout avaler et l'œil aurait pu appartenir aussi bien à la hyène qu'au poisson. Le corps désarticulé du Marseillais n'avait pas remué. "Ennemi ou ami ?", s'interrogea-t-il en glissant une main dans le dos, sous sa veste.

— Tu ne serais pas de la paroisse des Accoules ? demanda l'autre.

L'homme avait posé sa question sans aucun accent. Cependant, elle ne surprit qu'à moitié l'ancien galérien, qui rétorqua :

— Qui es-tu ? Tu n'es pas de Marseille !

Des soldats passèrent devant eux avec un fort accent suisse, suivis de plusieurs femmes qui regagnaient leur service au château. Quelques flocons de neige tourbillonnaient dans l'air et venaient s'accrocher aux vêtements.

— Alors, mon Joseph, te voilà transformé en statue de sel ! lança l'une d'entre elles.

— Qui porte la culotte ? jeta une seconde aux deux hommes.

Toutes étaient chargées de sacs ou de paniers recouverts d'un large mouchoir.

— Joseph Théus, de la paroisse Notre-Dame ! s'écria Pierre, indifférent aux quolibets.

Ce n'était pourtant pas dans les rues de Marseille que les deux hommes s'étaient rencontrés.

— Joseph Théus, continua-t-il, ci-devant matelot sur la *Victoire*, voleur et pipeur, auteur de bien des exploits non reconnus par le roi et mon voisin, à cinq bancs de distance, sur la galère *La Fourbine*… Pourquoi ne t'ai-je pas reconnu ? Qu'as-tu fait à tes cheveux ? Et ton accent ?

L'autre lui prit le bras.

— As-tu dîné ? s'enquit-il. Je parie que non ! Mes cheveux sont devenus blancs en une nuit après la mort de ma fille, enlevée par la peste.

Un marchand vanta sous la neige la fraîcheur de ses maquereaux. Des Savoyards, au carrefour, attendaient qu'on les emploie.

— Regarde-les ! Des gagne-deniers, des crocheteurs ou des décrotteurs, siffla avec mépris Théus. L'accent, j'ai appris à le perdre, avant qu'il ne me perde, ici, dans la Maison du roi.

Les deux anciens galériens débouchèrent dans la cour du Grand Commun. La neige avait redoublé, emportée par des courants d'air qui giflaient les visages. Des gardes du corps entrèrent derrière eux, l'épée au côté et parlant fort. L'un d'entre eux battait des mains pour se réchauffer.

— J'allais aux cuisines, répondit enfin le Marseillais.

Ils traversèrent la cour enneigée sans un regard pour l'obélisque de la fontaine. Deux hommes prélevaient de l'eau des bassins en demi-lune, un troisième cassait la glace.

— Hé ! Joseph ! lui cria une voix de la fontaine. N'oublie point !

— Plus tard, s'exclama l'ancien galérien.

Pierre l'interrogea du regard.

— Jean-Baptiste Luthier, écuyer de la Bouche du roi. Il loge à l'hôtel de Duras de l'autre côté de la rue.

Avant d'entrer, ils secouèrent la neige accrochée à leurs semelles.

10

Les bruits de chaises et d'assiettes obligèrent Hilarion à répéter sa question.

— La reine se rend-elle chez la princesse de Guéménée ?

Hector de Simiane recula d'un bon pas, comme s'il cherchait à observer un cas rare ou une danseuse d'opéra.

— Voyons, cher cousin ! La reine adore jouer, et la table de Mme de Guéménée est celle où l'on mise le plus.

Le chevalier remercia Hector et l'abandonna à sa fatuité, avant d'aviser le marquis de Montdragon.

— Monsieur pouvons-nous parler ? lui demanda-t-il après l'avoir salué.

— Je n'ai que quelques instants à vous accorder, répondit le marquis. Le Service du roi, ajouta-t-il en manière d'excuse.

Hilarion proposa de marcher un peu. Les deux hommes se rapprochèrent de la cheminée, le chevalier tendit ses mains vers l'âtre.

— M. de Maurepas m'a ordonné, en toute discrétion, de m'assurer que le geste de Rancy est bien celui d'un homme qui a perdu toute sa raison.

Le ministre avait instruit M. de Montdragon de l'enquête du chevalier de S. Un jeune homme sur lequel couraient d'ailleurs des bruits contradictoires. Des rumeurs qui n'avaient cependant pas entamé la confiance de Sa Majesté. Au demeurant, cet Hilarion appartenait à l'un des lignages les plus brillants de Provence. Cela suffisait à la vanité du marquis.

— Un geste que je ne comprends guère, dit-il. M. de Rancy assurait son service avec exactitude. Peut-être était-il tracassier ?

— Tracassier ?

— Il a écrit plusieurs fois à M. le directeur des Bâtiments.

— M. d'Angiviller ?

— Oui ! confirma Montdragon. Rancy réclamait des travaux dans son appartement, le trouvant insalubre, comme la moitié des habitants du château.

Les sollicitations de ce genre étaient continuelles et s'entassaient sur le bureau du directeur des Bâtiments. Hilarion n'y attacha aucune importance.

— Pour quelle raison M. de Rancy s'est-il absenté de Versailles ?

— Le décès d'un parent.

— Du Clermontois ? Il s'y serait rendu en quelques jours ?

— Non, de Paris.

— Vous a-t-il donné un nom ?

— M. de Rancy était un homme d'honneur comme tous ceux qui servent Sa Majesté. Pourquoi devais-je douter de ce qu'il m'affirmait ? De toute façon, ses gages, le temps de son absence, étaient retenus.

Hilarion recula ses mains de la cheminée et observa son interlocuteur. Le marquis était un peu plus grand que la moyenne. Le visage ouvert et les manières rompues aux usages de la cour signalaient un homme qu'aucune situation, hormis l'éloignement forcé de Versailles, n'effrayait. Pourtant Hilarion devina une inquiétude sourde, un léger frémissement. Un nuage était passé sur le noble front.

— Néanmoins, insista le chevalier, des bruits fâcheux se sont répandus sur le compte de M. de Rancy.

— Cette affaire de libelle ? Je ne peux y croire et je parierais bien que ce n'est qu'une calomnie.

— … qu'il convient d'étouffer de bonne heure, compléta le chevalier, avant qu'elle n'enfle et ne vienne entacher la réputation des officiers de la Bouche du roi et de ses maîtres d'hôtel.

— Précaution d'autant plus nécessaire que l'impression qu'elle laissera s'effacera difficilement. J'espère, monsieur, la plus grande discrétion.

— M. de Maurepas dans sa sagesse désire que l'action malheureuse et si peu chrétienne de M. de Rancy soit rapidement éclairée.

Le marquis haussa un sourcil, soudainement étonné par la jeunesse du chevalier et par le choix ministériel. Il doutait un peu que ce jeune homme, si bien né fût-il, parvînt à démêler les fils de cette histoire qui n'intéressait déjà plus la cour. Une preuve supplémentaire de la grande légèreté du ministre !

— Les livres de comptes de M. de Rancy nous apprennent que celui-ci avait remboursé plusieurs emprunts.

Hilarion attendit que sa phrase fût assimilée par Montdragon avant de reprendre.

— Prêts nécessaires pour financer l'acquisition de sa charge.

— Monsieur, sourit le marquis de Montdragon, quel est le gentilhomme au monde qui n'a pas de dettes ?

— Justement, M. de Rancy ne s'était-il pas libéré de ces ennuyeuses questions ? Je m'étonne simplement de cette célérité. Disposait-il d'une fortune personnelle ?

M. de Montdragon, que ces points de détail n'intéressaient guère, resta évasif.

— Je ne crois pas. Je sais qu'il empruntait à ses proches de menues sommes car il jouait.

— Je ne m'explique pas comment un homme sans moyens est parvenu à rembourser ses créanciers en moins de deux années.

— Je ne l'explique pas non plus, dit M. de Montdragon avec grâce. Peut-être les maîtres d'hôtel de quartier vous en apprendront-ils davantage ?

C'était là une façon de clore la conversation.

— Monsieur, ajouta-t-il, j'espère vous retrouver chez Mme de Guéménée, ce soir, après souper.

Hilarion s'inclina. Le marquis leva la tête vers la droite en direction du bout de la table.

— Je crois apercevoir justement M. Boutel, l'un des quatre maîtres d'hôtel de trimestre. Il a été rappelé pour remplacer M. de Rancy.

11

— Que mange-t-on à la table des maîtres ? lança Théus à l'un des aides-cuisine.

Des maîtres-queux s'activaient devant des pots, les potagers découpaient à toute allure des légumes qu'ils jetaient sans se tromper dans d'énormes marmites, un hâteur réglait le mécanisme d'un tournebroche sur lequel était enfilée une dizaine de volailles, pendant qu'un jeune garçon alimentait le feu en bûches qu'il allait chercher dans une pièce voisine. Sur les tables, viandes, lard, beurre, légumes s'amoncelaient dans un ordre parfait. Une odeur de vin chaud flottait avec entêtement dans la salle.

— Viens, suis-moi.

Théus entraîna Pierre vers la sortie pour immédiatement pénétrer dans une baraque en bois construite sous le grand escalier.

— C'est au sieur Lesage, marchand mercier, il loue l'échoppe au roi.

Le Marseillais ne fit pas de commentaires. Théus alluma une chandelle. Quelques minutes plus tard, on gratta à la porte : le jeune aide leur apporta un ragoût trempant dans une assiette de bois, que se partagèrent les deux hommes. L'un sortit de sa poche un gros morceau de pain noir et un couteau. L'autre extirpa de la sienne deux cuillères d'étain. Ils mangèrent en silence. Six années qu'ils ne s'étaient pas revus ! Théus avait été condamné pour vol, sans que l'on sût si ce délit avait été le seul motif de son séjour sur les bancs d'une galère du roi. Il mangeait sans bruit. Pierre posa sa cuillère. Il entendit au-dehors les pas et les paroles de ceux qui entraient ou sortaient du Grand Commun. La bougie posée entre eux n'éclairait que leurs mains. Le Marseillais se demanda lesquelles étaient les plus criminelles.

— Pourquoi ?

— Pourquoi, quoi ?

— Pourquoi cette invitation ?

— Les Provençaux sont trop rares à la cour pour les éviter. Ici, nous nous devons entraide. Et le bruit des exploits de ton maître, à Aix et à Grasse, a couru dans toutes les antichambres du château. Le savais-tu ?

— Un bruit de plus qui sert à la conversation du jour avant d'être oublié l'heure suivante.

— Sans doute, acquiesça Joseph Théus en hochant lentement la tête.

— Que veux-tu ? Je te connais…

— Allez, Pierre ! s'écria Théus en s'adossant au mur de l'échoppe. Le chevalier est bien en cour. Il connaît le comte d'Escars et le grand maître.

— Et alors ?

— Une charge d'écuyer à la cuisine du Commun. J'ai besoin de l'agrément du grand maître.

— Toi, écuyer de la Bouche du roi ?!

— J'ai travaillé dans les cuisines du duc d'Orléans.

— Que ne te recommandes-tu de ton duc d'Orléans ?

Les visages avaient disparu complètement dans l'ombre. Les mots sortaient de bouches invisibles.

— Le respect des princes, Pierre ! Tu l'apprendras vite, rétorqua Théus un peu piqué. D'autant que je suis en délicatesse auprès du duc de Chartres.

— Le duc de Chartres ? Qui est-ce ?

Théus soupira.

— Il faudra rapidement connaître tous les princes qui entourent le roi. Chartres est le fils aîné du duc d'Orléans !

— Que donnes-tu en échange ?

— Je t'informe gratis sur ce qui se passe au Grand Commun et ailleurs.

— Qui te dit que le chevalier a besoin de tes informations ? Les nouvelles à la main, je peux les ramasser dans toutes les antichambres du château.

L'autre se redressa, se pencha en avant le visage à l'aplomb, ou presque, de la bougie.

— Ne m'insulte pas, Pierre !

La flamme vacilla.

— Je sais ce que tu ne sais pas, continua-t-il.

La lumière arracha au visage de Théus ses ombres creuses.

— Ce que je sais concerne ton maître… et toi.

Pierre attendit la suite. Attendre avait été l'une des principales leçons reçues sur les bancs de la galère, les fers aux chevilles… Attendre et s'obliger à tuer toute espérance. Survivre au présent, minute après minute, sans aucune montre d'aristocrate pour regarder l'heure. C'était comme un muscle qu'il avait entretenu et qui avait gagné en puissance. Il sourit lorsque l'autre, incapable de taire ce qu'il savait, parla.

— M. de Montmort et ses domestiques vous provoquent.

— Tu n'espères pas échanger la protection du chevalier contre ça ?

— Ils vous provoqueront jusqu'à ce que le chevalier accepte l'affrontement.

— Un duel ?

Pierre s'attendait à des détails sur la mort de M. de Rancy, il dissimula sa déception.

— Oui, un duel.

— Que cherche-t-il ?

— Le marquis de Montmort ? Je te l'ai dit : il veut se battre.

— Se battre, simplement ?

— Non.

— Je t'écoute.

— Je ne sais pas grand-chose. Je l'ai appris de Marion, la femme de chambre de la marquise de Chalmazel. Montmort a la tête folle, il veut chercher querelle à ton maître et le tuer. Peut-être une histoire de vengeance.

— Que racontes-tu ? Le chevalier n'a jamais croisé ce Montmort ailleurs qu'à la cour et sans doute pas plus d'une ou deux fois ! Connais-tu ce gentilhomme qui l'accompagne ? Un certain Moreton ?

Théus hésita.

— C'est le capitaine des gardes du comte d'Artois. C'est tout ce que je sais. Hé ! Je ne peux connaître tout le monde ! s'écria-t-il d'un air enjoué. Je me renseignerai.

Pierre réfléchit à haute voix.

— Les duels sont interdits. Mon maître ne peut pas prendre le risque de se battre ici, au château. Le châtiment tomberait aussitôt.

— Ils chercheront à attirer le chevalier en dehors de la prévôté, sur le chemin de Paris ou de Marly. Je te le dis et te le répète : on veut la mort de ton maître.

— Que peux-tu me dire sur celle de M. de Rancy ?

— La mort du maître d'hôtel n'intéresse personne. Celui-là jouait beaucoup, perdait plus encore et, ne pouvant satisfaire ses dettes, il s'est pendu. On joue de plus en plus à la cour, tu le sais.

— Peut-être, concéda Pierre. Était-il sous la protection d'un prince ?

— Je ne le crois pas, répondit trop rapidement Théus.

Le Marseillais des Accoules saisit à nouveau sa cuillère et tapota lentement l'assiette de bois.

— Te souviens-tu ? demanda-t-il doucement. Nos cuillères frappaient les écuelles lorsque nous décidions de faire justice nous-mêmes. Les âmes délicates s'éloignaient ou tournaient la tête…

— Et alors, Pierre ! Qu'essaies-tu de me dire ? Nous ne sommes plus à Toulon ! Je ne te crains pas !

— Sans doute, mais je n'en jurerais pas.

12

Le marquis de Montdragon essuya ses mains élégantes et blanches, puis salua le chevalier. Il était trop tard pour retrouver M. Boutel. Le maître d'hôtel avait disparu dans la cohue qui se pressait autour de la table du grand chambellan. Hilarion décida de terminer son repas. Il tendit un verre, qu'un valet remplit de vin. Au même moment, Pierre entra dans la salle. Il chercha du regard son maître et, de son long pas tranquille, le rejoignit.

— As-tu retrouvé Augustin Boureuilles ?

— Non, *monssu*.

Depuis quelques instants, les yeux du Marseillais s'étaient posés sur un domestique en livrée, debout à l'extrémité de la table. Le silence du Marseillais alerta le chevalier.

— Que se passe-t-il ?

Pierre désigna d'une grimace un groupe de gentilshommes bruyamment attablés. Deux d'entre eux les fixaient.

— Les connais-tu ?

— Eux, non ! Le valet derrière le seigneur en habit noir, oui !

— Ne porte-t-il pas la livrée de M. de Montmort ?

— Oui, *monssu* !

— Ont-ils continué à te provoquer ?

— Pas plus tard que ce matin, devant les boutiques de la rue de la Surintendance. Le gel rend la marche difficile. Les marchands ont beau éparpiller de la paille, je suis tombé. Ils ont ri, j'ai sorti mon couteau !

— Ensuite ? s'enquit Hilarion amusé.

— Ils ont détalé.

— Que cherche donc ce Montmort ?

— Atteindre le maître à travers le valet.

Le domestique s'était penché à l'oreille de Montmort, dont le regard froid avait glissé du Marseillais au chevalier. Leurs yeux se croisèrent. M. de Chauvelin, qui avait saisi cet échange silencieux, s'était rapproché.

— Je constate que vous êtes déjà l'objet de bien des curiosités.

— Qui est Montmort ?

— Le fils d'un général. Il sert dans les Mousquetaires, mais, pour je ne sais quelle raison, il espérait votre enseigne aux Chevau-légers. M. le duc d'Aiguillon lui avait promis son appui.

Hilarion s'en étonna.

— Vous avez rendu jaloux bien des personnes, chevalier !

— J'ose croire, monsieur, que vous n'appartenez pas à cette espèce !

— Je n'ai point l'âme guerrière, le rassura Chauvelin. Je me garderais bien de me mettre en travers de votre chemin, comme de celui de Montmort dont la réputation n'est plus à faire.

Hilarion tiendrait compte de l'avertissement discret.

— Votre sagesse vous honore, complimenta-t-il, mais je crains qu'elle ne soit point partagée.

— Montmort est un proche des Polignac. Il appartient au premier cercle de la reine.

— Qui est à côté de lui ?

Chauvelin balaya du regard la table comme s'il cherchait à noyer dans la foule l'objet précis de son attention. La prudence semblait la qualité première de cet homme.

— Le baron de Moreton, capitaine des gardes du comte d'Artois, laissa tomber Pierre qui venait de reconnaître l'homme.

Chauvelin jeta un œil indifférent au Marseillais et revint au chevalier.

— Votre valet semble mieux informé que son maître, c'est une qualité à Versailles. Le mien ne sait pas encore faire la différence entre un commis et un lieutenant des gardes, soupira-t-il.

— Que fait ce Moreton à la table du chambellan ? demanda Hilarion.

— Invité par M. d'Escars qui aura ainsi cherché à complaire au frère du roi.

Le chevalier détailla les deux hommes. Le premier était beau, de cette beauté qui ne doute pas d'elle-même. Grand, bien découplé, le geste souple. Chaque partie de son corps respirait la puissance. Quant au baron, engoncé dans un habit gris, il n'attirait guère l'attention. M. de Montmort s'était levé, entouré de cinq ou six gentilshommes.

— Le marquis arrive en force ! commenta Chauvelin. Vous craindrait-il, chevalier ?

La dizaine de personnes restée à table se retourna vers le groupe. Le Marseillais gardait dans sa ligne de mire le domestique du marquis, resté en arrière. Il savait que la violence qui ne tarderait pas à éclater resterait verbale. Le combat, s'il avait lieu, attendrait son heure. Chauvelin s'écarta d'un pas. Plusieurs dîneurs s'étaient levés : les domestiques, qui en savent toujours un peu plus, avaient glissé à quelques oreilles les informations nécessaires. Hilarion attendit. Il était seul, la prudence devrait guider chaque mot.

Le Marseillais ne comprendrait jamais pourquoi son maître choisissait toujours de se battre contre des adversaires plus hauts que lui, d'une tête au moins. Le marquis toisa Hilarion. S'attendait-il à ce que le chevalier se présentât ? Les yeux plantés dans ceux de son interlocuteur, Hilarion gardait le silence. Chauvelin dut admirer la maîtrise du jeune homme. En un lieu où les mots fusaient à tout propos, le silence du Provençal étonna. Quelques murmures s'élevèrent. M. de Moreton campait à droite du marquis, une jambe en avant-garde. "Ce Montmort porte son menton à hauteur des étoiles", observa Pierre qui s'y connaissait en comédie. Le chevalier n'en ferait qu'une bouchée !

Hilarion arrangea ses manchettes qui s'agitèrent comme deux ailes d'hirondelle et pinça entre l'index et le pouce le lobe rose de son oreille droite. Pierre savait que le chevalier cherchait autant à décontenancer ses adversaires qu'à rendre sa couleur carminée à une oreille trop pâle. Chauvelin salua Moreton et Montmort.

— Messieurs, puis-je vous présenter au chevalier de S. ?

— Nous nous sommes jusqu'ici épargné cet honneur, répondit M. de Moreton.

— Messieurs ! Que d'hostilité à l'égard d'un serviteur du roi !

— Votre nomination, monsieur, à la première enseigne aux Chevau-légers, déclara enfin Montmort en toisant Hilarion, aurait dû être mienne !

— Le roi en a décidé autrement.

— Vos intrigues, monsieur, ont suppléé vos qualités. Chacun sait que vous avez travaillé à vous attirer les bienfaits de Sa Majesté.

— Monsieur, il me suffirait d'un ordre pour vous mettre aux arrêts, dit calmement Hilarion.

— Me mettre aux arrêts ! Venez donc chercher mon épée !

Le chevalier arrangea tranquillement sa manchette.

— Encore faudrait-il que vous en ayez une. À vous revoir, monsieur.

Il tourna les talons et s'en alla tranquillement, suivi de Pierre.

13

— Où allons-nous, *monssu* ?

— Interroger le sieur Maucourt, frotteur des parquets du roi. M. Trouard a eu l'obligeance de retenir notre principal témoin.

L'inspecteur les attendait en effet à l'extrémité sud de la Grande Galerie. Il y avait peu de monde et la neige qui tombait reflétait sa pâleur cotonneuse dans les miroirs. La galerie était une véritable glacière. Aucun poêle, aucune cheminée ne pouvait réchauffer les courtisans, qui ne s'attardaient guère et accéléraient le pas lorsqu'il s'agissait de la traverser. Le roi, à l'instant présent, devait se lever de table et se retirer chez les princesses, ses tantes.

— Comment peut-on vivre ici ? maugréa Pierre.

— La proximité avec le roi vaut tous les sacrifices.

— Le roi ! Voilà quinze jours que nous sommes arrivés et je n'ai vu que le haut de son chapeau !

— Qu'est-ce qui te préoccupe, Pierre ?

— La provocation de Montmort. J'ai rencontré par hasard, ce matin, un ancien de la chiourme, Joseph Théus. Il travaille maintenant au château. Je me méfie de l'homme, c'est un hâbleur, mais ce qu'il m'a appris est troublant.

En quelques mots, Pierre rapporta les propos de Théus : le désir de vengeance de Montmort, les rumeurs. Théus ignorait pourquoi, mais les provocations devaient se conclure par un duel. Peut-être même Montmort chercherait-il à tuer le chevalier.

— Tout cela est pure folie !

— Mais de cette folie, vous devez, *monssu*, vous protéger. Vous l'avez entendu, le marquis se croyait déjà premier enseigne aux Chevau-légers ! Sans l'intervention du roi en votre faveur, cet honneur devait lui revenir.

Pierre avait peut-être raison. Montmort était un jaloux et, s'il voulait se battre, il y parviendrait. Les occasions de provoquer le chevalier ne manqueraient pas à la cour. Hilarion devait se tenir sur ses gardes.

14

Trouard revenait des appartements nord du château après une inspection. Tout le monde se salua, à l'exception d'un homme qu'Hilarion devina être Maucourt, frotteur des parquets du roi. Propre dans sa livrée bleue, il sentait la cire blanche et l'huile de lin.

— Monsieur, dit l'inspecteur à l'intention d'Hilarion, le comte d'Angiviller regrette de n'avoir pas eu encore l'honneur d'une rencontre. Aussi espère-t-il vous retrouver ce soir chez M. de Maurepas.

— Vous remercierez M. le comte. Avez-vous retrouvé le domestique de M. de Rancy ?

— Monsieur ! s'offusqua l'inspecteur, cela n'entre pas dans mes attributions.

La police du château incombait au gouverneur, le maréchal de Noailles. Hilarion n'aurait pas dû poser la question.

— Qui est-ce ? demanda-t-il en désignant l'homme qui sentait la cire.

— Votre témoin ! répondit l'inspecteur avec un peu de hauteur.

— Je n'ai jamais rien eu de la sorte en ma possession, monsieur Trouard.

L'inspecteur rougit légèrement et continua néanmoins.

— Mathieu Maucourt, ci-devant frotteur de la Chambre de la reine.

— Et aujourd'hui ?

— Affecté à l'opéra, auprès de M. Beccard, chef des frotteurs et des balayeurs. Je l'ai autorisé à reprendre son travail ce matin.

L'ancien frotteur de la Chambre de la reine affichait cette aisance que la cour parvenait à modeler au moindre personnage, dès lors qu'il respirait l'air de ce pays. Hilarion prit par le bras l'inspecteur et s'éloigna de quelques pas.

— Savons-nous comment Rancy est entré dans le grenier de l'opéra ?

Trouard, surpris par le geste familier du chevalier, n'osait se dégager.

— La porte n'a pas été forcée, confia-t-il. Une fois que les frotteurs ont terminé leur travail dans l'opéra, ils déposent leur matériel dans l'armoire, à la fin de la journée. L'un de mes hommes leur ouvre les combles et referme à clef la porte.

— De telle sorte que les frotteurs n'ont pas accès au grenier.

— Bien sûr, monsieur.

— Pourquoi de telles précautions ? Vous aviez prétendu qu'il n'y avait rien à voler.

— La cire entreposée est coûteuse. Elle pourrait être revendue dans l'une des boutiques qui entourent les grilles du château.

Le chevalier haussa les sourcils d'étonnement.

— Les vols sont nombreux. Saviez-vous que la robinetterie des bassins du jardin a été dérobée ?

Hilarion ne s'intéressait pas aux nombreux larcins qu'occasionnait l'ouverture du château à tous les sujets du roi.

— Les combles sont ainsi fermés à clef le soir et, je suppose, ouverts le matin.

Trouard acquiesça silencieusement.

— Toutefois hier au soir, M. de Rancy a pu pénétrer dans l'opéra et s'y pendre tranquillement.

L'inspecteur hoqueta presque d'indignation.

— Monsieur, le respect des morts…

— Allons, monsieur Trouard, l'un de vos hommes aurait-il pu oublier de refermer la porte ?

— Non, monsieur.

— Donc Rancy a disposé d'une clef…

— Cela est impossible et la clef n'a pas été retrouvée.

— … et ne le sera sans doute pas. Voilà qui est inquiétant.

— Inquiétant ?

— La clef n'a pu disparaître sans l'intervention d'un tiers.

Trouard réfléchit, son regard glissant du gentilhomme au frotteur.

— Ma responsabilité est en cause, monsieur. Avec l'accord de M. le comte d'Angiviller, je mènerai une enquête concernant cette clef.

Hilarion remercia l'inspecteur avant de s'intéresser au frotteur. L'endroit était peu propice à un interrogatoire et Hilarion n'appréciait guère d'exhiber ainsi aux yeux de tous son travail d'enquêteur. Trouard sembla deviner ses pensées.

— Voulez-vous me suivre ?

15

— Le cabinet des perruques, indiqua Trouard en poussant une porte sur sa droite.

Ils pénétrèrent dans une petite pièce qui ouvrait, à gauche, sur la chambre du Conseil, en face sur la chambre à coucher, à droite sur un second cabinet et la Chaise du roi. Il n'y avait plus qu'à espérer que Sa Majesté ne traverserait pas ses appartements. Les murs étaient couverts de peintures dont les thèmes de chasse disaient le goût du souverain. Le chevalier n'était toutefois pas là pour apprécier les raffinements du lieu. L'inspecteur alluma les bougies qu'il avait apportées. Une odeur de cire envahit immédiatement la pièce. Le parquet brillait sous les chaussures, le froid persistait. Le regard d'Hilarion s'arrêta sur le visage de Maucourt, que l'exiguïté de la pièce rendait plus proche. Son examen, sans être appuyé, obligea néanmoins le frotteur à baisser légèrement la tête, ni belle, ni laide, mais percée de deux yeux vifs placés à mi-distance entre le menton et des cheveux châtain clair. Les mains portaient les traces de leur activité, les ongles étaient sales.

— Monsieur Maucourt, depuis quand assurez-vous le cirage des parquets de l'opéra ? commença le chevalier.

— Deux jours, monsieur.

— Expliquez-moi un peu votre travail.

Maucourt sembla rassuré par la tournure de l'interrogatoire et la sollicitude apparente de ce gentilhomme.

— Nous sommes quatre à entretenir les planchers de l'opéra, ceux des loges, du foyer et des escaliers. Notre travail dure deux journées, parfois trois, chaque mois.

Hilarion se tourna vers l'inspecteur.

— L'opéra est ainsi entretenu tous les mois ?

— Oui, monsieur, il y a comédie trois fois par semaine.

Le chevalier revint au frotteur.

— Que faites-vous le reste du temps ?

— Nous retournons aux pièces du château qu'il nous incombe de nettoyer.

— Hier soir, les gardes de la Porte vous ont surpris près de l'opéra vers 1 heure après minuit. Ce qui n'est guère un moment, à moins d'un zèle excessif pour le service du roi, pour cirer ses planchers.

Maucourt hésita, jeta un œil à l'inspecteur des Bâtiments, à Pierre, et pesa ses paroles.

— J'avais perdu un mouchoir, monsieur.

— L'avez-vous retrouvé ?

Maucourt parut décontenancé.

— Non, monsieur.

— Se rend-on la nuit à l'opéra pour y chercher un mouchoir égaré dans la journée ?

Hilarion d'un geste gracieux désigna les personnes qui l'accompagnaient.

— Allons, monsieur Maucourt, nous désirons vous entendre dire la vérité. Celle que vous venez de débiter n'a pas l'heur de me satisfaire.

Y avait-il une menace dans le ton du chevalier ? Personne n'aurait pu l'affirmer, mais Trouard plissa le front. Seul Pierre, dans son coin d'ombre, sourit. Maucourt sembla comme aspiré par les deux cicatrices de son interlocuteur. Elles annonçaient la violence de leur élégant propriétaire. Il eut peur de ce gentilhomme qu'il rencontrait pour la première fois.

— Monsieur, un mouchoir que je tiens de ma mère, brodé et ajouré de dentelles.

Hilarion s'approcha du frotteur et se pencha à son oreille.

— La vérité, rien que la vérité, lui murmura-t-il.

L'inspecteur des Bâtiments et son commis échangèrent un regard inquiet.

— M. Maucourt a trop d'esprit pour ne pas sentir les inconvénients d'une attitude qui, dans son obstination à farder la vérité, indisposerait fâcheusement les vœux de Sa Majesté, déclara Hilarion à haute voix.

— Le mouchoir de ma mère n'est peut-être pas la seule raison de ma présence en ces lieux.

— Continuez, monsieur.

— Je me trouvais près des appartements de la comtesse de Noailles…

— Qu'y faisais-tu ? intervint Trouard qui craignait les vols. La comtesse, à cette heure, se trouve au jeu de la reine.

— J'y ai rencontré plusieurs laquais de Mme la comtesse, et d'autres.

— D'autres ? Que nous racontes-tu là ?!

— Nous jouons, avoua penaud le frotteur.

— À quoi ?

— Pharaon, bouillotte et piquet.

— Ces jeux sont interdits. Qui était avec toi ?

— Monsieur l'inspecteur, l'honneur m'interdit d'en dire plus.

Le chevalier sourit. Dieu seul savait où cet honneur si français allait se cacher.

— Votre intérêt n'est-il pas de répondre ? Un homme est mort non loin de votre salle de jeu !

— A-t-il été assassiné ?

Hilarion observa le frotteur. Sa question avait fusé comme s'il connaissait déjà la réponse.

— Pourquoi l'aurait-il été ?

— Je ne sais pas. J'ai imaginé que vous ne vous seriez pas donné la peine de m'interroger, moi, un simple frotteur, s'il ne s'était agi d'un meurtre.

La réponse dans sa logique ne satisfit qu'à moitié le chevalier. Il échangea un rapide coup d'œil avec Pierre.

— Qui était avec vous hier soir ?

— Monsieur, à ma place, livreriez-vous le nom de vos compagnons de jeu ?

— Je n'aimerais pas être à votre place.

Maucourt réfléchit rapidement, puis débita sur un ton neutre une liste de noms. Pierre Cordier, matelot au canal de Versailles, Augustin de La Rue, garde et faisandier au Petit Parc, Louis Guillemaut, garçon fontainier, Pierre Perquet, de la livrée de Mme de Montausson, et deux domestiques, de celle de la comtesse de Noailles, les sieurs Simon et Bouteville. Hilarion enregistra tous les noms dans un coin de sa mémoire.

— M. le gouverneur sera averti et prendra les mesures qui s'imposent, lança l'inspecteur.

— Monsieur Maucourt, reprit le chevalier, à quelle heure votre partie s'est-elle terminée ?

— Vers 1 heure du matin. Non, un peu avant ! C'est à cette heure que le comte et la comtesse de Noailles reviennent de chez la reine. Bouteville et Simon devaient être présents à leur retour.

— Poursuivez.

— Alors, nous sommes sortis les uns après les autres. Il fallait éviter les gardes.

— L'un d'entre vous a-t-il quitté la partie plus tôt ?

— Non.

Hilarion réfléchit.

— Pourquoi, une fois votre partie terminée, êtes-vous retourné à l'opéra avant d'emprunter l'escalier qui mène aux combles ?

— Le mouchoir, monsieur.

— Ah oui, le fameux mouchoir… Mais pourquoi le chercher à cet endroit précis ?

— Je ne l'avais point trouvé chez moi.

— Chez vous ?

— Oui, à l'hôtel des Louis.

— Vous ne l'y aviez point trouvé…

— Non, monsieur. Je l'avais sorti hier au soir après le rangement des pots de cire, des balais et des hardes qui servent au cirage. Je désire l'offrir à une demoiselle à qui j'ai l'heur de plaire.

— Que s'est-il passé une fois arrivé devant la porte de l'opéra ?

— Je suis entré… la porte était entrouverte.

— Impossible, s'écria Trouard. La porte était fermée.

— Elle ne l'était pas, monsieur, s'offusqua le frotteur.

— Monsieur Maucourt, interrompit le chevalier, vous entrez donc. Racontez-nous ce que vous faites ensuite.

— La pièce était obscure. J'ai allumé la bougie que j'avais emportée avec moi.

— D'où te vient cette bougie ? demanda sèchement l'inspecteur. Seul le chef ordinaire de la Fruiterie est habilité à fournir les chandelles et les bougies ! Les frotteurs qui ne vivent pas au château n'ont droit à aucun don de cire de la part de Sa Majesté.

Hilarion se tut, habitué à ces droits, accordés ou non, à certains officiers.

— Un huissier de la Chambre me vend plusieurs des siennes.

Trouard soupira trop bruyamment pour les oreilles du chevalier.

— Continuez, monsieur Maucourt.

— Je n'ai pas découvert immédiatement… le corps.

— Pourquoi donc ?

— Je cherchais à terre le mouchoir.

— Et puis ?

— J'ai heurté de la tête quelque chose qui s'est trouvé être le pied du pendu.

— Le pied ? Comment était ce pied ?

— Comme tous les autres, monsieur ! Dans son bas et son soulier.

— Qu'en était-il de l'autre pied ?

— Je ne comprends pas ?

— Le second pied de M. de Rancy était-il chaussé comme le premier ?

— Monsieur, je n'y ai pas prêté attention. J'étais effrayé. Un pendu ici au château ! Et moi simple frotteur auprès d'un cadavre. J'ai couru, je suis sorti en vitesse avant de tomber sur les gardes.

Mathieu Maucourt se tut. Le chevalier laissa le silence s'installer. Douze heures après la découverte du cadavre de M. de Rancy, cet homme s'accrochait à son histoire de mouchoir sans modifier sa première déclaration. Hilarion décida de lâcher la bride au frotteur du roi, comme on le fait avec certaines montures rétives. Il se pencha à l'oreille de l'inspecteur et lui souffla quelques mots.

16

Hilarion donna ses ordres à Pierre. De leur poste, ils pouvaient surveiller la porte du cabinet des perruques.

— Maucourt est en train de recevoir les admonestations de notre ami Trouard, dit le chevalier. Tu le suis lorsqu'il sortira. Où qu'il aille ! Puis tu viendras me rendre compte. Renseigne-toi aussi sur Boutel, l'un des quatre maîtres d'hôtel. Nous devons le rencontrer.

— Où vous retrouverai-je, *monssu* ? Je me perds dans ce château !

— Rejoins-moi au Grand Commun. Je vais faire ma cour chez Mesdames, les tantes du roi.

Après quelques minutes, ils virent le frotteur se diriger, l'air préoccupé, vers le salon de la Paix. Il s'engagea rapidement à gauche, pénétrant dans l'antichambre de l'Œil-de-Bœuf. Pierre disparut à sa suite. Quant au chevalier, il parcourut les salons du premier étage qui longeaient la façade septentrionale du château : "Apollon, Mercure, Mars, Diane", énuméra-t-il, avant de s'engager à droite et de descendre le degré du roi. L'appartement des trois filles du défunt Louis le quinzième, au rez-de-chaussée, alignait une dizaine de pièces au nord de la cour de Marbre, entre le péristyle à voûte et les jardins. Hilarion ne fut pas étonné de trouver auprès des princesses dix à douze dames aussi laides les unes que les autres. Comme si on avait eu soin de "donner les monstres à Mesdames", selon les mots du comte de Kaunitz. Mais il aimait ces femmes d'un autre âge et venait régulièrement faire sa cour. Il savait pourtant cette coterie plus ou moins "soufflée" par les dévots.

"Adélaïde, Victoire et Sophie", récita-t-il mécaniquement avant de pénétrer dans les premières antichambres, sombres et glacées. Les princesses recevaient dans le grand cabinet que plusieurs girandoles éclairaient médiocrement. Une cheminée brûlait sans parvenir à réchauffer la pièce.

Le chevalier salua avec toutes les grâces du monde les princesses et les dames assises en cercle. Madame Adélaïde lui adressa un sourire affable, suivi d'une légère inclinaison de la tête, avant d'esquisser le mouvement de se lever, sans toutefois se mettre debout. Les deux cadettes imitèrent leur aînée. Adélaïde était celle des trois qui avait conservé quelques restes de beauté. Victoire, petite et assez grosse, ressemblait beaucoup au roi son père. Sophie, triste et taciturne, la plus timide aussi, aurait préféré à la cour, disait-on, la vie religieuse. Les trois sœurs gardaient, à des degrés divers, les marques de la petite vérole que leur royal père leur avait léguée avant de mourir.

Tous les yeux se tournèrent vers le gracieux chevalier, interrompant les conversations ralenties par la digestion. Les princesses, qui venaient de déjeuner, buvaient un café. Un parfum un peu âcre flottait dans l'antichambre. Les mains, aussitôt la gorgée bue, retournaient se réchauffer dans les manchons.

— Monsieur le chevalier, lança Madame Adélaïde, j'ai appris que le roi, mon neveu, désirait en savoir davantage sur les causes de la mort de l'un de ses commensaux.

— En effet, madame. Il s'agit de M. de Rancy.

Le nom circula sur toutes les bouches. Ce jour-là, Mesdames avaient peu de monde : une dizaine de dames d'honneur et d'atour, le duc d'Ayen, capitaine des gardes, M. de Chastellux et quelques autres.

— M. de Rancy ? N'appartient-il pas à la Bouche du roi ? interrogea Madame Sophie.

Quelques dames s'écrièrent. Le soubresaut des épaules de Mme de Narbonne fit tomber un nuage de poudre de ses cheveux.

— Quelle est cette histoire ? intervint Mme de Civrac.

— Une histoire qui laisse une veuve, commenta Madame Sophie.

— Étrange affaire, renchérit le duc d'Ayen qui ne voulait pas passer pour ignorant. Ne dit-on pas que ce Rancy a composé un libelle contre la reine ?

— J'ignore s'il l'a écrit, précisa Hilarion, tout au moins fut-il soupçonné de l'avoir déposé sur la cheminée de l'Œil-de-Bœuf.

— Ce M. de Rancy a-t-il pu être l'auteur d'une telle infamie ? s'indigna Mme de Civrac.

— Pourquoi ne le serait-il point, ma belle ?

La dame d'honneur se tourna vers le duc d'Ayen qui lui sut gré de lui rendre la parole.

— Mesdames, ce matin même, le Suisse de l'antichambre a découvert un nouveau libelle.

Hilarion retint son étonnement.

— Voilà qui innocente ce malheureux maître d'hôtel, s'exclama Madame Sophie. Mais, chevalier, ces libelles ont-ils une relation avec sa mort ?

— Madame, je suis chargé par M. de Maurepas d'en apprendre davantage.

— En avez-vous appris plus ? s'enquit Mme de Narbonne en déposant sa tasse.

— Je crains de vous décevoir. M. de Rancy allait à la messe tous les jours, conclut simplement Hilarion. Je ne peux imaginer qu'un officier du roi s'interdise, par un geste si peu chrétien, les portes du Ciel.

— La pendaison a pourtant été confirmée, affirma M. de Bouillac.

— Sans doute, reprit Hilarion en arrangeant ses manchettes. Néanmoins les combles où fut découvert Rancy étaient fermés à clef et celle-ci n'a pas été retrouvée.

De toute évidence, personne dans l'assemblée ne connaissait ce détail. Le duc intervint.

— Je tiens de M. Boutel…

— Qui est ce Boutel ? demanda, agacée, Madame Adélaïde.

— Un maître d'hôtel, madame. Il est cousin de mon intendant. Ce Boutel, donc, m'a appris que Rancy jouait plus que de mesure.

Le chevalier écouta attentivement. Cela faisait beaucoup de joueurs depuis ce matin.

— J'ose croire, monsieur, s'exclama Adélaïde en s'adressant au chevalier, que vous ne ressemblez pas à ce petit Lauzun qui parie, comme en Angleterre, sur des chevaux ?

— Non, je ne joue pas sur les chevaux, madame, je les monte.

— Le jeu est l'activité préférée de ceux qui vivent au château, dit avec regret la comtesse de Civrac.

— La reine tient désormais sa table, intervint Madame Sophie. Nous nous y rendons pour faire une ou deux mises. N'est-ce pas, Adélaïde ?

Cette dernière, qui tenait sa sœur pour assez sotte, éluda la remarque.

— Notre nièce, la reine, ne perd-elle point par ses frivolités le crédit qu'elle s'est acquis ?

Personne n'osa répondre.

— De plus, nous attendons toujours un héritier…

— De grâce d'Ayen ! interrompit Madame Adélaïde. Rendez justice à M. de La Martinière des soins qu'il apporte au roi.

On abandonna vite Sa Majesté et son premier chirurgien. La conversation se poursuivit languissante. Le froid engourdissait les corps. D'Ayen attisa un feu maigre. Hilarion se leva, il était temps d'aller interroger les collègues de Rancy.

17

— Qu'as-tu appris sur Maucourt ?

Le Marseillais écarquilla les yeux en découvrant la robe de chambre de son maître. Le vêtement de satin couleur de feu était une véritable volière avec ses perroquets rehaussés de fil d'or, perchés çà et là dans un décor d'arbres brodés de vert.

— Il est rentré chez lui se changer. Je l'ai vu ressortir vêtu du "petit habit".

— Tous les domestiques qui travaillent pour le roi au château le portent, Pierre. Où loge-t-il ?

— À l'hôtel des Louis, comme il nous l'a dit, rue de l'Orangerie, près du Grand Commun.

Maucourt s'était acquitté consciencieusement de son travail avec les hommes qui ciraient et balayaient les appartements de la reine.

— Il ne travaille donc plus à l'opéra ?

— Non, *monssu*. Aussi ne dépend-il plus de M. de Noailles.

— Maucourt n'est donc plus payé sur la caisse du Domaine du roi, mais sur celle de la reine.

— Cela a-t-il de l'importance ?

— Je l'ignore. Ensuite ?

— Il est sorti en ville, du côté des réservoirs, et s'est dirigé vers les écuries de la reine.

— Y a-t-il retrouvé de la famille ? s'étonna le chevalier.

— Non, *monssu*. Je l'ai suivi, à m'y tremper les pieds, jusqu'à l'auberge Saint-Antoine, rue des Bons-Enfants, non loin de Notre-Dame.

— Continue.

— L'établissement est tenu par un certain Marquier. J'ai interrogé une femme qui tient une boutique de mercerie dans la rue. Beaucoup de monde fréquente à l'enseigne Saint-Antoine. Elle a essayé de m'expliquer que des carrosses qui l'empêchent de dormir déposent chaque nuit des seigneurs. Ils viennent jouer, ça se passe au premier étage.

— Et Maucourt ?

— Il y était encore quand les vêpres ont sonné à Notre-Dame.

Hilarion s'était mis à grelotter malgré sa robe de chambre. Le chevalier regrettait les fauteuils à oreilles. La tête pouvait s'y appuyer et être protégée des courants d'air. La cheminée lâchait une fumée qui s'échappait par petits nuages gris dans l'antichambre, noircissant les boiseries. Il tendit les pieds posés sur un coussin devant le feu. Pierre avait allumé deux lampes à bras, mais la pièce restait en partie plongée dans l'obscurité. Il ajouta du bois. Les deux hommes se turent.

Le chevalier tenait à la main une lettre, le bras tendu sur l'accoudoir élimé. On la lui avait remise, arrivée de Bretagne, une heure plus tôt. L'adresse avait cette limpidité de tracé qu'Hilarion avait immédiatement reconnue. Pierre n'avait posé aucune question, il savait.

— Des nouvelles d'Augustin Boureuilles ?

— J'ai interrogé à droite, à gauche. On ne l'a plus revu depuis hier.

Hilarion se perdit dans la contemplation des flammes pendant que les mains de Pierre s'affairaient à sa toilette, puis il ferma les yeux.

— Tu penses encore à Montmort, n'est-ce pas ?

— Le marquis cherchera l'affrontement jusqu'à ce qu'il l'obtienne. Et il l'obtiendra, conclut froidement le Marseillais.

— Je ne pourrai pas, sans me ridiculiser, éviter indéfiniment de le rencontrer.

Pierre entoura le cou de son maître d'un vaste entonnoir de carton. La tête ainsi isolée du corps aurait pu passer pour celle d'un décapité.

— De qui ce Théus est-il le client ? demanda sans transition le chevalier.

— Il a travaillé chez le duc d'Orléans.

— Le duc d'Orléans, répéta pensivement Hilarion.

Rancy bénéficiait aussi de la protection de ce prince.

Pierre s'était emparé d'une boîte de poudre d'amidon qu'il versa dans une assiette.

— Et ce billet, *monssu*, retrouvé dans la couture de l'habit de Rancy ?

— Je ne l'ai pas oublié. On ne dissimule pas ainsi un billet sans de sérieuses raisons.

Avec un mouchoir, le Marseillais tamponna la frange afin de lui donner la teinte de la perruque. Il prit ensuite l'assiette d'amidon qu'il souleva à hauteur de sa bouche et souffla à petits jets sur la poudre qui s'envola vers la tête du chevalier.

— Un blanc de neige, Pierre, assez tendre pour apprivoiser tous les regards ce soir chez le comte de Maurepas.

Le Marseillais balaya d'un soupir les excès d'amidon qui laissaient des blancheurs de lait cru et de plâtre frais.

— Quant au billet, si l'écriture est bien celle d'une femme, j'en ignore l'identité, et plus encore le destinataire, déplora Hilarion.

— Il pourrait s'agir d'un rendez-vous amoureux ?

— Sans doute.

— Qui intéresserait des personnages assez importants pour que la découverte de ce billet représentât un danger.

— Poursuis.

— Une liaison est une pratique courante à la cour.

— Mais par discrétion, les amants choisissent Paris pour cacher leurs amours, corrigea le chevalier, jamais Versailles.

— La possession de ce billet…

— Peut-être Rancy en possédait-il d'autres ?

— *Monssu*, laissez-moi terminer ! Ce billet, donc, aurait permis à M. de Rancy d'exercer un chantage auprès de nos amants qui décident d'éliminer le maître chanteur ?

— Peut-on imaginer un simple maître d'hôtel, arrivé du Clermontois, se procurer des lettres et s'en servir comme moyen de pression auprès de personnages plus puissants que lui ?

— Plus puissants que M. de Rancy ? Pourquoi le seraient-ils ?

Hilarion ne répondit pas.

— Ainsi les victimes, désireuses de se débarrasser du maître chanteur, l'assassinent, mais de toute évidence sans avoir pu récupérer l'ensemble de la correspondance.

— À supposer, Pierre, qu'il y ait plusieurs lettres.

— Ne venez-vous point de le suggérer ?

— Je réfléchis à haute voix, dit simplement Hilarion. J'ai besoin de t'entendre.

Le Marseillais s'empara d'une rosette de ruban de velours noir et noua les cheveux qui tombaient sur la nuque.

— Quel habit, *monssu* ?

— Velours de soie à semis de fleurs. J'en oublierai peut-être ce froid !

Pierre revint avec un habit et des culottes vert émeraude, un gilet clair et une chemise à jabot. Comme chaque fois qu'il habillait son maître, Pierre ferma les yeux. Il ne pouvait supporter de voir le corps du chevalier, plus martyrisé que celui de saint Sébastien par la main folle d'un bourreau. Même aux galères il n'avait jamais vu tel spectacle. Qui s'était ainsi acharné sur le corps de son maître ?

Hilarion se leva et le Marseillais lui enfila sa chemise, puis les culottes qu'il attacha sous le genou.

— Pierre, tu me loueras une chaise.

— Où irons-nous ?

— Nulle part. J'ai simplement besoin de me déplacer d'une aile à l'autre du château.

— Mon *Diou*, un valet vous suffisait pour vous transporter dans les rues crottées d'Aix, voilà qu'il vous en faut deux !

Hilarion ne releva pas la remarque. L'affaire le préoccupait plus qu'il ne l'aurait souhaité. Il n'était plus à

Aix au milieu de robins faciles à étourdir et à plier à ses volontés.

— Montmort…, murmura-t-il en tendant les mains vers le feu.

Hilarion se contempla dans la glace. Le jabot jaillissait du tour du cou avec une légèreté qui le satisfit. Il tira un peu sur ses manchettes en bouillons.

— Mon épée, Pierre.

Le Marseillais découvrit deux rangées de dents, blanches et mal plantées.

— De parade ou de combat, *monssu* ?

18

Hilarion, le poing sur la hanche, entra dans les salons du ministre au milieu d'une soixantaine de personnes. Le pied, enfermé dans un soulier de maroquin à boucle d'argent, glissa lentement sur le parquet grinçant, entre les robes de velours et les parfums de violette et d'iris qu'exhalaient des peaux blanchies à la poudre d'amidon. Quelques ministres aux mines roses et à la gravité légère bavardaient entre eux. Le chevalier aperçut M. de Chaillou en compagnie de Mme de Maurepas, posée au milieu de ses chats. Le ministre, son époux, accueillait chaque soir les dames pour un grand souper. Le plus grand nombre, ne dînant pas, "politiquait" autour des tables de jeu.

Le chevalier déambula, désirant pour l'heure ne s'asseoir à aucune table ni se mêler aux conversations qui lui arrivaient par bribes.

— M. de Polignac entend recueillir des mains de la reine la charge de M. de Tessé.

— Les Polignac ont un appétit insatiable.

— La comtesse Jules, susurra-t-on, envoie sa femme de chambre chez le droguiste chaque matin.

Tous attendirent la suite.

— Elle revient avec de l'opium qui arrive de Perse ou de Chine.

La nouvelle, déjà vieille d'une semaine, déçut. Hilarion s'éloigna. C'est dans la seconde antichambre qu'Hector de Simiane retrouva son cousin.

— Nous rejoindras-tu ? Je suis avec Bonneval et Rambures à la table de la marquise de Chalmazel.

Hilarion répondit distraitement. Il avait cru reconnaître M. de Montmort, plus loin, près d'une table de jeu.

— Sais-tu comment on nomme ceux qui ne jouent pas ? interrogea Hector. Des "meubles" ! Suivrais-tu l'exemple du roi ?

Le chevalier ne réagit pas.

— Hilarion, tu n'oublies pas assez ce que tu es pour réussir à la cour !

— Prendre d'autres sentiments et recouvrir la franchise d'un ton de finesse… Voilà ce que tu attends de moi, Hector ?

— Tu parles comme un philosophe ! L'air de la cour, Hilarion, rien de moins. Ton épée n'y suppléera point.

— L'air qu'on respire ici est-il si différent de celui de Provence ?

Simiane appuya son poing sur la hanche et soupira.

— La Provence a son prince et celui-ci vit à Versailles. Cela devrait suffire à ta vanité.

— Monsieur, comte de Provence. Je sais cela, Hector.

Hilarion ébouriffa ses manchettes, et d'un œil ennuyé observa les plafonds des appartements où quelques Hercules reluquaient des régiments de nymphes.

— Simiane, là-bas, près de la table de Mme de Boufflers…

Hector leva sa canne jusqu'au menton et plissa ses yeux à la manière des myopes.

— Montmort.

Plusieurs petits-maîtres, que le chevalier fut surpris de rencontrer chez Maurepas, entouraient le marquis.

— Ils rejoindront bientôt le jeu de la reine, précisa Simiane.

Certains circulaient dans les salons et les antichambres en dévidant leur esprit recopié sur celui de quelques grands, assez généreux pour leur en laisser les reliefs. Ils avaient les joues pâles, le visage pointu, la voix aiguë.

— Regarde-les, Hilarion, dangereux comme des teignes.

— Et aussi inutiles à l'avantage de leur famille qu'à eux-mêmes.

— Il suffira au roi de les envoyer quelques semaines à la Bastille.

— Cela ne les empêchera point d'acheter à crédit une boucle de chaussure deux fois son prix, pourvu qu'elle vienne d'Angleterre.

— Peu résistent à l'épidémie.

— Ce Montmort est-il aussi anglais que tes petits-maîtres ? demanda Hilarion.

— Sans aucun doute, et plus dangereux ! Il a les moyens de soutenir une susceptibilité que chacun serait en droit de redouter. Cela devrait t'inviter à la prudence, mon cousin, même si je connais ta réputation en ce domaine.

— On dit que Montmort ne laissera aucune occasion pour se battre. Tu en connais la véritable raison ?

— Non, mais tu as trop d'usage, Hilarion, pour ne pas discerner ce qui est bien de ce qui est mal. Il court quelques bruits. Évite qu'ils ne parviennent jusqu'à l'oreille de nos princes et de leurs ministres.

— Je ne pourrai sans cesse me dérober aux provocations de Montmort sans passer pour un lâche.

Un groupe de femmes poudrées et hautement perruquées passa, chacune suivie de sa traîne.

— Ah ! mon Dieu, pourquoi ne pouvons-nous épouser une femme différente chaque jour ? soupira Hector, assez haut pour être entendu.

L'une d'elles s'arrêta, élégante dans sa robe de damas enrichi de fil d'or. De jolies mains sortaient d'une série de manches, de volants et de dentelles.

— Une maîtresse par nuit ne vous suffit-elle pas, vous voulez désormais les épouser toutes ?

— Madame, s'inclina Simiane, c'était avant de vous rencontrer.

— Vous êtes bien aimable, monsieur de Simiane. À vous revoir.

Les deux cousins durent s'écarter devant un deuxième escadron volant et tourbillonnant. Une main lisse et douce se glissa dans celle du chevalier pour s'en retirer aussitôt. Hilarion se retourna prestement, mais la main et sa propriétaire s'étaient fondues dans un nouveau groupe qui se dirigeait vers les tables de jeu. Il n'aperçut qu'un certain nombre de traînes, d'habits et de nuques frisottantes.

— J'ai eu plus de chance que toi, murmura Hilarion en montrant un billet.

— Bravo mon cher ! De qui vient-il ?

— Tu es indiscret. Je ne l'ai pas encore ouvert et j'ignore par qui il me fut remis.

— Bah ! mon cher Hilarion, je ne te donne pas une semaine pour oublier ta petite Bretonne.

Sur cette prévision, Hector quitta son cousin.

Hilarion balaya du regard le salon puis l'antichambre : il avait perdu de vue le marquis de Montmort. Simiane avait rejoint une table et s'était mis à jouer. Des domestiques renouvelaient les bougies, d'autres apportaient du bois, des pages servaient le ministre et ses hôtes les plus illustres. L'œil noir du chevalier fut attiré par une dame qui l'observait depuis quelques instants. Si jolie qu'Hilarion comprenait mal ce qui, chez lui, intéressait la jeune femme. Était-elle l'auteur du message glissé dans la main ? Il l'observa à son tour. Elle baissa les yeux et s'inclina vers un gentilhomme à ses côtés. Hilarion s'écarta un peu pour lire tranquillement le billet. La feuille de papier, pliée en quatre, était scellée par un simple point de cire rouge. Les quelques mots tracés dans une écriture élégante et légèrement penchée indiquaient peut-être une certaine précipitation.

Lorsque le chevalier leva les yeux après sa lecture, l'inconnue avait disparu. Le message n'était pas signé. On lui fixait rendez-vous après minuit dans le salon de la Paix. Là commençaient les appartements de la reine. Il regarda sa montre. Il restait deux heures pleines.

19

Le chevalier salua respectueusement le comte de Maurepas. Quelques têtes poudrées se tournèrent vers lui. Le chef du Conseil renvoya courtoisement un salut, avec cette exactitude souple et lointaine à la fois. Le comte avait tous les agréments d'un homme du monde et les talents d'un homme de cour. Distribuant les bons mots, il se tenait au centre d'un cercle de jolies femmes et de ministres qui lui devaient leur portefeuille. Hilarion devina l'instant d'hésitation pendant lequel le principal ministre chercha à mettre un nom et un titre sur le nouveau venu. Il adressa un signe de tête tout aussi lointain et minéral.

— Monsieur le chevalier, dit-il enfin, êtes-vous comme M. de Vergennes entiché des colonies anglaises ?

Hilarion se pinça l'oreille entre le pouce et l'index qu'il avait aussi fins que ceux d'une jeune fille.

— Monsieur le comte, ma vue, quoique bonne, ne porte pas si loin. N'ayant pas les bésicles de M. Franklin, je ne peux suivre aucune idée au-delà du cercle qui compose toute bonne compagnie.

— Ce Franklin ne serait-il pas de bonne compagnie ? demanda-t-on faussement étonné.

— Un homme qui ne porte pas l'épée au côté, renchérit M. de Maurepas, point de perruque, ni de boucles à ses chaussures peut-il l'être ?

— Quel est ce joli chevalier ? murmura, derrière son éventail, une dame à son voisin.

— Il nous vient de Provence, comme le maréchal de Muy, dont il est un peu le cousin.

Maurepas sortit une petite boîte d'écaille dans laquelle il puisa une pastille. Le chevalier fit bouffer l'une de ses manchettes.

— Je n'ai pas l'honneur de connaître M. Franklin. Tout au plus l'ai-je aperçu dans plusieurs antichambres du château.

— Ces marques sur le visage du chevalier, s'enquit suffisamment fort une dame pour être entendue, ne sont-elles point seyantes ?

— Je crains, madame, répondit Hilarion, qu'elles ne puissent disparaître aussi facilement que les mouches sur le visage d'une jolie femme.

— Monsieur, répliqua-t-elle en alignant une rangée de petites dents presque grises, les mouches ne sont plus de mode.

Le chevalier s'inclina en manière d'excuse.

— Quelle est cette histoire de pendu ?

Si la question surprit Hilarion dans sa brutalité, il n'en fit rien voir.

— L'histoire d'un malheureux qui a décidé de disparaître pour éviter la honte.

— La honte n'est-elle pas de mourir ainsi, si près de Sa Majesté ?

— Laquelle, ajouta M. de Maurepas, dans sa grande

bonté, avait accepté M. de Rancy parmi ses maîtres d'hôtel.

— On prétend qu'il ne se serait pas pendu tout seul, précisa quelqu'un.

M. de Maurepas laissa courir un sourire pâle et rangea dans un coin de sa mémoire le nom de cet importun.

— Je vous assure que M. de Rancy était seul au bout de sa corde.

Quelques petits rires s'échappèrent discrètement. La dame aux dents grises pouffa.

— Seul au bout de sa corde, reprit le chevalier, seul et déchaussé du pied droit.

L'incongruité du détail cloua sur place la curiosité de l'auditoire. On ne comprit pas immédiatement. Un éventail de soie s'agita, affolé.

— De grâce, monsieur, ces détails n'intéressent pas ces dames !

— Oui, le pied droit, répéta consciencieusement le chevalier indifférent au conseil, dans un ultime tremblement du corps a lancé loin devant lui son soulier.

La femme aux dents grises poussa un petit cri d'oiseau. Un ministre, dont Hilarion avait oublié le nom, hoqueta, scandalisé. Les autres attendirent la réprimande. L'impertinent devait payer !

— Monsieur, lança le comte de Maurepas, il n'est pire crime que d'effrayer l'âme tendre d'une dame et celle de Mme de…

— … et celle de madame l'est au-delà de tout soupçon, le coupa Hilarion.

L'auditoire fut déçu. On attendait un “mot”, le ministre temporisait. On s'interrogea sur tant de mansuétude.

— Il suffira, madame, susurra le chevalier en s'inclinant, d'un peu de poudre pour réparer les dégâts de votre frayeur.

— Monsieur, ne dépassez-vous pas certaines bornes ! s'écria presque le ministre qui, sous les regards ébahis des courtisans, avait attiré le chevalier dans une croisée.

— Je crains que ces bornes, cher comte, au-delà desquelles tout gentilhomme perdrait sa raison d'être, ne fussent ignorées de celui qui, par compassion, a usé de toute sa force pour accélérer le suicide de M. de Rancy.

— Un meurtre à Versailles !

— Confirmé par les observations de M. Lacroix.

— Qui est ce Lacroix ?

— L'un des chirurgiens du Grand Commun. Certaines marques sur le cou et dans le dos prouveraient…

— Laissons ces détails aux praticiens !

— Monsieur, il ne s'agit plus simplement d'enquêter sur les activités de M. de Rancy, mais bien sur un meurtre. Cela change tout.

Ennemi des contrariétés, le comte, quoique troublé, éluda.

— Pourquoi n'avoir pas confié l'examen au premier chirurgien du roi ?

— M. de La Martinière ? Ses conclusions n'auraient pas différé de celles de maître Lacroix.

— Vous êtes bien péremptoire, chevalier ! Un meurtre à Versailles ! Vous n'y pensez pas ! Officiellement, M. de Rancy s'est suicidé, vous m'entendez ? C'est un ordre.

Le ministre ne désirait pas avoir un scandale sur le dos. Cet homme, trop occupé de lui-même et de son repos, ne chercherait pas à en apprendre davantage. Hilarion le découvrit ce jour-là, sans étonnement. Cependant, M. de Maurepas voulut retrouver un peu de cette considération que son indifférence avait compromise. Il se fit grave et cérémonieux.

— Je vous invite, chevalier, à régler votre éloquence. L'oreille de Sa Majesté n'aura peut-être pas toujours l'indulgence des miennes.

— Monsieur, je vous sais gré de vos lumières en matière d'usage. J'en ferai bonne mesure, n'oubliant pas que je suis au service du roi.

20

Le chevalier quitta les appartements de M. de Maurepas avant minuit. Plusieurs domestiques remontaient rejoindre leur maître une lanterne à la main. D'autres rentraient, portant sur le dos quelque vieillard épuisé. Hilarion descendit jusqu'au premier étage du château et traversa les salons plongés dans l'obscurité. Un vent arrivé du nord poussait dans le ciel des nuages d'un violet presque noir. La lune éclairait par éclipse la longue galerie, déposant par intervalles de grandes taches de lumière pâle. D'une fenêtre, il scruta les jardins agités. Presque blanches, les silhouettes de bronze couchées sur les bordures du premier parterre d'eau attendaient, indifférentes, sous les tourbillons de poussière de givre soulevés par le vent.

Derrière la vitre, Hilarion sentit l'air froid, presque hostile. Il recula. Il entendit alors des pas résonner dans son dos, trois ou quatre personnes. Leur accélération soudaine, martelant le parquet, sonna à ses oreilles comme une menace. Trop d'ombre, de précipitation inexpliquée, de solitude ! Et des Suisses qui dormaient d'un sommeil bien profond à l'autre bout de la galerie. Sans se retourner, Hilarion s'écarta de sa trajectoire et s'évanouit près de l'une de ces girandoles portées à hauteur d'homme par des angelots dorés. À sa gauche, sur son piédestal, un empereur romain en buste l'accueillit silencieusement. Le chevalier prit place sur l'un des tabourets, croisa les jambes et attendit.

Un domestique ouvrait la marche du groupe, une lanterne en avant, suivi de silhouettes muettes. Sans doute arrivaient-elles des appartements du comte de Maurepas, toutes en habit de cour, l'épée au côté.

— Où est-il ? murmura une voix agacée.

— Je ne le vois plus, monsieur le marquis.

— Soulève ta lampe, imbécile ! ordonna une seconde voix.

Arrivés à la hauteur du chevalier, ils s'arrêtèrent, déplaçant le halo de lumière autour d'eux.

— S'est-il rendu chez la reine ?

Hilarion se redressa sans un bruit. Un nuage cacha la lune et plongea la galerie dans une nuit presque complète. Les lueurs maigres de la lanterne suivirent la courbe d'un large cercle autour des trois hommes. Les doigts du chevalier se posèrent sur la poignée froide de son arme. L'épée glissa hors de son fourreau dans un murmure aigu. L'un des hommes se retourna. Penché en avant, il examina les miroirs et leva la tête vers le buste.

— Que se passe-t-il ? demanda une voix derrière lui.

Hilarion s'était avancé d'un pas. Le bras tendu, la pointe de l'épée sur la gorge de son observateur, il répondit à sa place.

— À qui ai-je l'honneur de m'adresser ?

— Que se passe-t-il ? répéta la voix.

Les silhouettes sombres se rapprochèrent en demi-cercle, puis s'immobilisèrent à quelques pas. Elles découvrirent d'abord l'épée, presque invisible, dont l'acier parfois attrapait les éclats rapides de la lune. Hilarion crut saisir un parfum de bergamote, peut-être aussi de violette. Des bourrasques de neige frappèrent les hautes fenêtres, la flamme de la lanterne vacilla.

— Messieurs, pourquoi me suiviez-vous ?

Il enfonça un peu plus avant la pointe de l'épée dans le tour de cou de l'inconnu. Celui-ci voulut reculer mais, rattrapé par la lame, il s'immobilisa.

— Comment osez-vous, s'écria une voix, menacer un gentilhomme à quelques pas des appartements de Sa Majesté ?

Le chevalier appuya un peu plus son arme. Il distinguait mal les visages, à peine quelques traits ravalés par une lumière instable et fugitive. Les silhouettes ne lui étaient cependant pas inconnues.

— Pourquoi me suiviez-vous ? martela-t-il à nouveau.

Il devait mettre un terme à une situation qui risquait de lui coûter cher. Se servir d'une arme à Versailles était un abus qui pouvait du jour au lendemain l'envoyer à la Bastille.

— Vous suivre, chevalier ? Vous déraisonnez !

— En déclinant mon titre vous m'apprenez que vous savez qui je suis ! Comment croire que votre intention n'était pas malveillante, messieurs ? On ne suit pas un homme, la nuit, sans arrière-pensées.

Le domestique qui tenait la lanterne se retourna vers son maître. La flamme raccourcissait et menaçait de s'éteindre.

— Monsieur le marquis, dois-je appeler les Suisses ?

— Tais-toi, imbécile !

— Vous ne pouvez rien contre nous. Nous sommes trois, menaça l'une des voix.

L'incertitude gagnait les inconnus privés de l'effet de surprise. Une fenêtre s'ouvrit brutalement. La flamme fut emportée par un violent courant d'air. Le domestique recula, le choc de la lanterne sur le sol retentit dans toute la galerie. Le verre se brisa, répandant une forte odeur d'huile. On ne voyait plus rien. Le domestique poussa un juron, puis s'excusa. Hilarion fut le plus rapide : il tira à lui le premier homme. Les deux autres hésitèrent à sortir leurs épées.

— Nous saurons vous retrouver ! lança la première voix.

Puis ils disparurent. Déjà, ils couraient vers le salon de la Guerre, abandonnant leur complice.

Le chevalier serra d'une main le cou de son adversaire paralysé. L'homme, au bord de l'étouffement, bégaya quelques mots, agita ses bras. De l'autre main, Hilarion lui cisailla la bouche. Un mouvement bref et rapide. De droite à gauche. Un hurlement effrayé éclata dans la galerie, contre les glaces, les lustres et les plafonds abandonnés à la nuit. Dans le vent qui s'engouffrait par rafales, le chevalier approcha alors ses lèvres de l'oreille de l'inconnu.

— Partout où tu iras, tu ne seras qu'un éternel sourire. Je saurai te retrouver.

Il relâcha son étreinte pour éviter de se salir, et poussa devant lui l'inconnu. L'homme vacilla, porta la main à sa bouche et s'en alla, chancelant.

— Je vous tuerai, balbutia-t-il en trébuchant, je vous tuerai !

Le chevalier avait reconnu, au passage de la lune, l'un des gentilshommes qui avait pris la fuite. Il rangea son épée, renversa la tête en arrière et inspira lentement. Il lui faudrait bientôt régler un différend, dont il ignorait l'origine, avec ce marquis de Montmort. Apprendre pourquoi, en pleine nuit, on avait sans doute cherché à l'assassiner.

Deux Suisses accoururent.

— Qui a crié ? Qui êtes-vous ?

— Vous arrivez bien tard, s'exclama froidement Hilarion. Des maraudeurs ont essayé de me voler. Vous n'avez donc rien entendu ?

— Il fait si froid dans la galerie que nous dormons dans l'antichambre, reconnurent penauds les deux soldats.

— En auriez-vous reçu l'ordre ?

— Non, monsieur, une simple permission de M. le duc de Brissac.

21

Minuit sonna. Les lustres gigantesques cliquetaient doucement. Le chevalier gagna rapidement le salon de la Paix et s'arrêta sur le seuil de la pièce. La main sur le pommeau de son épée, il s'obligea à un examen minutieux des lieux. Les événements l'invitaient désormais à la prudence. Sur sa gauche, il perçut vaguement la cheminée de marbre. Il devina le défunt roi cuirassé donnant la Paix à l'Europe. Ses yeux se familiarisèrent avec l'obscurité presque complète du salon. Formes et couleurs se perdaient dans la solitude glacée, silencieuse et morte de la voûte. À gauche de la cheminée, les miroirs lui renvoyèrent une image troublée.

Puis il y eut un grincement. Le chevalier se retourna. Une robe éclairée par la flamme timide d'un bougeoir apparut.

— Monsieur, êtes-vous là ?

Hilarion s'avança d'un pas.

— Ici, madame.

Une forme souple, mince et parfumée, se rapprocha.

— J'ai entendu des cris. Que s'est-il passé ?

— Un homme condamné à rire éternellement, madame.

— Je ne comprends rien à ce que vous me récitez. L'honnête homme ne rit pas, il sourit. Enlevez vos souliers, monsieur. Nous ferons moins de bruit.

Elle s'avança, le dépassa et entra dans la galerie.

— Voulez-vous bien m'accompagner ? murmura-t-elle, comme si elle désirait lui confier un secret.

Ils parvinrent rapidement aux trois portes qui, à droite, ouvraient sur l'antichambre du roi. La femme poussa doucement l'une d'elles et ils pénétrèrent dans l'Œil-de-Bœuf.

— Attention, monsieur. Les Suisses et les gardes du roi logent à côté.

Au lieu de traverser la pièce vers la première antichambre, la femme désigna une petite porte. Ils s'introduisirent dans un corridor, qu'ils franchirent en quelques pas seulement avant d'arriver dans un cabinet. Une girandole l'éclairait fort mal. Hilarion fut surpris de trouver une pièce si étroite dans cette partie du château, mais il savait n'être pas très loin de la chambre de la reine. On les attendait.

— Allez vous coucher, Julie ! ordonna une voix.

La jeune femme s'inclina et disparut sans que le chevalier ne sache comment.

Hilarion reconnut celle qui se tenait devant lui. Ils restèrent ainsi quelques instants, debout l'un en face de l'autre, puis il s'inclina pour saluer la femme qui, de toute évidence, lui avait fixé ce rendez-vous.

— Ne soyez pas surpris, monsieur, de me voir à cette heure et dans cet équipage. C'est un motif pressant qui m'oblige à cette rencontre. Ce que j'ai à vous révéler ne peut souffrir aucun écho, et s'il fallait que mes propos vinssent aux oreilles de M. de Maurepas, nous dirions hautement que vous avez menti.

— Nous ? Ce pluriel, madame, me paraît singulier.

— Les mots ne sont pas de mise, ici. Nous désirons apprendre, monsieur.

— Je suis à vos ordres.

La lumière qui flottait autour de la jeune femme trembla quelques instants, puis la flamme mince retrouva son immobilité.

— Nous savons sur vous, chevalier, bien des choses que nous pourrions ne point taire si vous nous étiez infidèle.

— Que savez-vous, madame, qui pourrait ainsi menacer ma réputation ? demanda Hilarion amusé.

Elle hésita, réfléchit. La main avait baissé sa garde de telle sorte que le bougeoir qu'elle tenait n'éclairait plus que les parties saillantes de son visage. Hilarion semblait guetter une proie. Le silence gêna la jeune femme sans doute habituée au babil incessant des conversations. Le silence était une faute de goût. Il était pour l'instant l'arme d'Hilarion, il attendit.

— Monsieur, vous aimez.

— Est-ce, madame, un crime ?

— Nous savons que vous avez tué.

Hilarion sentit battre son cœur un peu plus vite qu'il ne l'aurait désiré.

— Quelques duels entre gens d'honneur, rien de plus.

— Le comte Henri, votre père, a disparu.

Hilarion se tut. Il s'interdit de reculer. Il ne craignait rien dans ce cabinet, seul avec une femme. Il ferma un instant les yeux. Le comte Henri. Il le vit soudain, allongé dans la poussière d'un chemin de montagne, une marque rouge au côté droit. Tout à coup, la flamme vacilla, le parquet de bois craqua légèrement. Le chevalier sentit un courant d'air froid : quelqu'un avait ouvert une porte, était entré et restait dans l'obscurité. Puis Hilarion attrapa une exhalaison un peu fruitée, une essence fine, aiguë. Une seconde femme se tenait derrière la première, silencieusement.

— Oui, monsieur, nous n'ignorons rien de la disparition du comte Henri, laissa enfin tomber une seconde voix.

Une voix posée, un peu chantante, sans colère, avec cette pointe de fraîcheur qui inquiéta Hilarion.

— Madame, je suis le seul à connaître la vérité.

La première femme leva le bougeoir à hauteur du visage du chevalier et découvrit alors les deux cicatrices.

— Non, monsieur, vous n'êtes plus le seul. Peut-être même ignorez-vous toute la vérité.

— Quel est ce mystère, madame ?

Le silence comme une coulée de lave pétrifia les mots qui suivirent.

— Votre père, monsieur, est vivant !

Hilarion recula. La révélation peu à peu envahissait son esprit, faisant surgir des souvenirs qu'il avait pourtant, avec un soin méticuleux, rangés dans un tiroir de sa mémoire, condamnés, croyait-il, à n'en plus ressortir. Il ferma une nouvelle fois les yeux. Il devait se ressaisir, oublier momentanément le comte Henri, son père.

Le préambule était terminé. Hilarion tira sa manchette, prêt à écouter ce que ces deux femmes allaient sans aucun doute lui demander en échange de leur silence.

— M. de Rancy est-il mort pendu ? questionna la première voix.

Le maître d'hôtel. Voilà ce qui les intéressait.

— Oui, madame.

— Je voulais dire, s'est-il donné la mort ?

— Non, madame.

— Expliquez-vous !

L'injonction avait été jetée avec une exaspération non feinte, au bout de laquelle Hilarion crut saisir une intonation étrangère.

— Il s'agit d'un meurtre.

— En êtes-vous certain ? s'enquit-on avec une pointe d'inquiétude.

— Oui, madame.

Ses yeux fouillèrent l'obscurité. Il chercha à deviner celle qui se tenait dans l'ombre. Que désirait-elle lui dissimuler ?

— N'auriez-vous rien découvert chez M. de Rancy qui puisse éclairer les raisons de ce… meurtre ?

— Qu'aurais-je pu ou dû trouver ?

— Monsieur, laissez-moi poser les questions ! Vous semblez réticent à répondre.

— Je pensais au libelle sur monseigneur le comte d'Artois…

Hilarion hésita à poursuivre.

— … et la reine, n'est-ce pas ? Abandonné sur la cheminée de l'Œil-de-Bœuf. Nous savons cela.

— On soupçonnait M. de Rancy de l'y avoir déposé, mais rien dans ses papiers ne prouve qu'il en fut l'auteur.

— Ainsi vous avez fouillé l'appartement des maîtres d'hôtel ?

— L'enquête l'imposait.

— Certes. Des lettres, peut-être ?

— Non, madame.

Hilarion se tint sur ses gardes. Les questions devenaient pressantes, précises. Jusqu'où devait-il révéler ce qu'il avait appris ? Il soupçonnait ces femmes d'appartenir au cercle proche de la reine elle-même. L'accent – ou plutôt l'intonation légèrement accentuée de la seconde – le troublait, tant elle se confondait avec celle que Mesdames nommaient avec dédain l'"Autrichienne".

— Nous vous écoutons, chevalier.

— Une moitié de billet… Une écriture de femme. Sans doute un rendez-vous donné.

— Et cette moitié de billet vous permet-elle d'aller si loin dans sa compréhension ?

— Il s'agit, madame, de simples hypothèses.

— Auriez-vous reconnu l'écriture ?

— Non, madame.

— Poursuivez.

— Il était dissimulé dans la doublure de l'habit de M. de Rancy. Ce qui laisse entendre l'importance que le maître d'hôtel lui accordait.

— Une signature ?

— Non, mais M. de Rancy était probablement en mesure de mettre un nom sur son auteur.

— Où se trouve la seconde moitié de ce billet ?

— Je l'ignore, madame, je n'ai en main que la première.

— Nous vous prions, monsieur, de bien vouloir nous la remettre.

— Cette enquête est diligentée sur ordre du roi. Toutes les pièces s'y rapportant reviendront à Sa Majesté.

— Monsieur, laissez là cette manière de penser. Vous n'êtes point revêtu de la robe de magistrat. Ces traces que vous portez au visage comme une croix de Saint-Louis conviennent mieux au gentilhomme qu'au robin dont vous prétendez adopter le style.

— Vous me flattez, madame. Néanmoins, si cette moitié de billet devait vous être remise, j'aurais à en référer à M. de Maurepas. Son contenu, qui ne tarderait point à faire le tour du château, est trop imprécis pour ne pas donner lieu aux hypothèses les plus dangereuses.

— Est-il nécessaire que M. de Maurepas soit informé ?

— Je le crains, madame.

La femme au bougeoir se retourna, puis revint à Hilarion.

— Bien, monsieur. Vous garderez ce billet à la condition que vous conserviez le secret de son existence. Comme vous conserverez celui de notre conversation. Puis-je avoir votre parole ?

Hilarion s'inclina.

— Cependant si votre enquête vous conduisait à certaines lettres, votre honneur exigerait que nous soyons immédiatement averties.

— Je rêverais presque, madame, de les retrouver pour connaître le bonheur d'un nouvel entretien.

— Je crois, monsieur, que nous nous comprenons.

Le chevalier murmura presque.

— Madame, connaissiez-vous le comte Henri ?

La première femme tourna légèrement la tête comme si elle attendait l'ordre qui l'autoriserait à répondre. Le silence fut presque total. Le parfum avait disparu, Hilarion eut soudainement froid.

— Vous avez su, monsieur, nous satisfaire. Mais sachez que rien ne vous préservera de notre colère si cette conversation n'était point ensevelie dans le plus profond silence.

La femme au bougeoir s'inclina légèrement et disparut, laissant le chevalier dans la plus complète obscurité. Hilarion éternua et remit ses souliers.

22

Le chevalier trouva Pierre endormi près de la cheminée, roulé en boule sous une couverture. Il ajouta du bois et le feu jaillit des braises comme une respiration trop longtemps retenue. Il rapprocha sa chaise et observa les flammes. Le corps du Marseillais remua, paraissant se détendre sous l'effet de la chaleur retrouvée. Pierre leva sa tête échevelée.

— *Monssu*, depuis quand êtes-vous là ?

— Mon père.

Pierre ne comprit pas. Il s'essuya le visage de sa main large.

— Une femme, à l'instant, vient de m'apprendre que le comte Henri vivait.

— *Monssu*, vous m'en parlez comme si c'était un fantôme.

Si Hilarion avait eu la force de taire en lui la mort du comte, il avait assez de courage pour ne pas se dissimuler une vérité qui, avec une violence inattendue, retrouvait aujourd'hui ses droits. Le comte Henri vivant ressuscitait un danger, que l'épée du chevalier, croyait-il, avait définitivement éliminé. Comment ces femmes avaient-elles eu connaissance de l'affaire ?

— Je le craindrais moins si j'étais sûr de le savoir vivant.
— Je ne comprends pas. L'auriez-vous cru mort ?
— Je l'ai tué.
— *Monssu*, que me dites-vous ?
— La vérité, Pierre.
Gêné par la tournure que prenait cette conversation, le Marseillais se leva, les muscles raidis par le froid. Un voile opaque couvrait les yeux d'Hilarion. Le chevalier refusa d'écouter les souvenirs qui s'abattaient sur lui comme une volée d'oiseaux se jetant sur un champ. Mais il ne put lutter longtemps : il raconta.

Premier baron sur les hautes terres de Provence, le comte Henri contrôlait des vallées entières, les passages de l'une à l'autre, dans ce pays dont le roi ne connaissait l'existence que de nom. À la tête des pénitents rouges, une confrérie qui enrôlait dans ses rangs des gentilshommes de toute la province, Henri avait décidé de relever certains impôts sur ses terres. En vertu d'un ordre qui reconnaissait de moins en moins l'autorité royale, il avait fait assassiner nombre de paysans, des bergers, des manouvriers récalcitrants, et brûler plusieurs granges.
L'intendant de la province avait reçu des plaintes, que les menaces des pénitents n'avaient pu empêcher. Envoyé secrètement, lui, l'enfant du pays, Hilarion avait combattu ceux qui s'étaient rebellés contre l'autorité du roi, n'hésitant pas à prendre les armes contre ses propres parents et amis. Dans cette guerre sans merci, il était accompagné de cinq hommes, les "loups".
— Dont Foulques, le muletier, se souvint Pierre.

Le Marseillais n'avait pas oublié ce géant bavard, qui, à Toulon, s'entourait la taille d'un long fouet plombé. Foulques et les autres. Hilarion repoussa certaines images.

— Une histoire de trahison, comme il en existe tant entre un père et un fils, murmura-t-il.

Machinalement, l'ancien galérien repoussa une bûche qui menaçait de rouler.

— Un père peut-il trahir son fils ?

Hilarion éluda la question. Ses loups avaient fait belle besogne, mais ils avaient aussi payé. La confrérie des pénitents rouges avait néanmoins été anéantie, ou presque.

Et le comte ? Il l'avait retrouvé, un matin, là-haut, seul, sur le chemin qui menait au château, longeant toute la vallée. Les deux hommes s'étaient arrêtés près d'une chapelle de pierre grise. La mort ce jour-là, se souvint Hilarion, avait le parfum sucré et un peu gras du genêt, dont quelques massifs s'abritaient contre le porche, et celui, plus acide, du thym sauvage.

Combien de temps avait duré ce combat ? Hilarion ne savait plus, mais les deux hommes s'étaient battus pour tuer. Son bras n'avait marqué aucune hésitation lorsque l'acier s'était enfoncé dans le flanc de son adversaire. Une grande étoile plus rouge qu'un soleil de crépuscule avait rayonné sur la chemise du comte. Henri avait chancelé et posé les genoux à terre, l'un après l'autre. Une main s'était appuyée contre l'herbe, sa main à quatre doigts. L'autre avait cherché, incertaine, devant elle. Son père s'était écroulé sur le côté. Du pied, le chevalier avait repoussé ce qu'il avait cru être un cadavre. À son tour, il s'était agenouillé, avait soulevé la main gauche du comte et retiré du doigt la chevalière à l'écu d'argent et de gueules.

Deuxième journée

Jeudi 13 février, jour de saint Lézin, évêque d'Angers. Le soleil se lève à 7 heures, se couche à 5 heures du soir. La lune levée à 9 h 55 disparaîtra vers 11 h 54. La déclinaison du Soleil est de 13 degrés et 8 minutes, précisions qui ne laisseront pas Hilarion totalement indifférent.

23

— Monsieur, êtes-vous le chevalier de S. ?

Sans attendre la réponse, le laquais expliqua que le sieur Lacroix l'envoyait le chercher.

— Où se trouve M. le chirurgien ?

— Près du Grand Canal, il vous prie de le rejoindre.

— À quelle livrée appartiens-tu ?

— À celle de M. d'Angiviller.

Hilarion n'avait jamais vu le parc de si près. Triste et désert depuis que le roi avait décidé de remplacer tous les arbres, plantés autrefois par son aïeul. Ce n'était plus qu'une longue plaine à perte de vue ponctuée çà et là de signes à peine visibles : vasques grises, statues et fontaines s'évanouissaient sous la neige. Seuls les coups réguliers des cognées retentissaient dans l'air, parfois jaillissait le cri d'un corbeau. Les bûcherons, après une année de travail, continuaient à débiter les derniers arbres abattus. Plus loin, de vagues silhouettes armées de maillets brisaient la glace des bassins.

Le chevalier longea des bosquets que l'on avait débarrassés de leurs corsets de grillage. Il glissa deux fois, pesta contre Lacroix. Pourquoi ce rendez-vous ? Si tôt, si loin ? Le chirurgien l'attendait près du bassin d'Apollon. Il observait le gentilhomme qui marchait en posant délicatement ses pieds dans la neige épaisse.

Laurent Lacroix s'avança et salua. Il avait pris soin de s'habiller chaudement d'un manteau doublé et de bottes hautes qui montaient au-dessus du genou. Il était accompagné. Dans le groupe, Hilarion reconnut le garçon silencieux qui l'avait assisté pendant l'autopsie de Rancy.

— Pourquoi m'avoir fait venir jusqu'ici ?

Lacroix prit familièrement le bras du chevalier. Ils s'écartèrent un peu.

— Nous l'avons sans doute retrouvé, chuchota-t-il après un moment de silence.

— De qui me parlez-vous ?

— Le domestique de M. de Rancy, précisa le chirurgien.

Dans la neige, derrière deux inconnus, une forme allongée qu'Hilarion n'avait pas remarquée disparaissait sous une toile grossière.

— Qui sont ces hommes, maître Lacroix ?

— Des bûcherons. Et sous cette toile, Augustin Boureuilles.

Tous s'écartèrent devant le gentilhomme. Autour du cadavre, la neige avait été piétinée. Hilarion ordonna que l'on soulevât le drap. Devant le spectacle, il comprit la raison qui obligeait le chirurgien à la prudence.

La tête d'Augustin Boureuilles avait été consciencieusement écrasée. Les yeux, les oreilles, la bouche, le nez, tout avait disparu, comme sous le burin d'un sculpteur dément, avant d'être remodelé ou mélangé en une matière dure et molle à la fois. La violence des coups n'était point celle d'un homme. La température avait figé la masse informe sous une pellicule de paillettes transparentes.

Le chevalier se pinça longuement le bout de l'oreille, il lui faudrait savoir comment le chirurgien était parvenu à identifier le valet de M. de Rancy. D'un coup sec, il débarrassa le corps de son drap. Les vêtements de la victime s'incrustaient, durs comme la pierre dans la peau. Les pieds étaient nus. L'autopsie ne serait pas aisée. La manche gauche était retroussée au-dessus de la main, découvrant une blessure, sans doute récente. Le chevalier revint au visage. On l'avait délibérément effacé, avec méthode.

— Qui a trouvé le corps ?

Un homme immense s'avança, vêtu de culottes de grosse laine terminées par des sabots à guêtres. Une veste de mouton retourné couvrait de larges épaules. Le regard en moins, cet homme rappela à Hilarion Foulques, le muletier. Même taille, même force. Il interrogea silencieusement le chirurgien.

— Gérard Dunand, monsieur. Il travaille dans le parc.

— Que fais-tu dans les jardins du roi ? demanda le chevalier.

— Je débite les marronniers autour de la colonnade, là-bas, au-delà du bassin d'Apollon, dit l'homme en pointant le doigt derrière eux.

Hilarion ne se retourna pas.

— Pourquoi t'es-tu éloigné du bosquet ? Il y a bien deux cents pas entre la colonnade et le canal.

— Je venais pour la glace.

— As-tu besoin de glace pour découper les marronniers du roi ?

Le bûcheron pivota lentement vers son compagnon, aussi grand et large que lui. Une même fratrie.

— Non, monsieur, concéda Gérard Dunand.

Hilarion devina l'un des nombreux trafics que les autorités, et le maréchal de Noailles en particulier, préféraient sagement ignorer, n'ayant aucun moyen de les empêcher. Il évalua les deux hommes. Leurs mains étaient grandes comme deux fois les siennes.

— Nous vendons la glace, finit par avouer Gérard Dunand.

— La glace du roi ! s'écria le chirurgien.

L'autre se taisait toujours, le regard planté dans celui du chevalier. Il avait conservé sa hache d'abattage. En cas d'affrontement, l'épée du gentilhomme serait bien fragile !

— Le roi n'en saura rien, affirma Hilarion.

Les pensées de Dunand s'animèrent.

— Qu'attendez-vous de nous ?

— Vous serez mes yeux dans le parc. Vous m'informerez sur tout ce que vous verrez d'insolite dans les jardins du roi.

— Point d'argent ? s'enquit le second bûcheron.

— Une question sans intérêt, messieurs.

Le chirurgien hocha légèrement la tête en signe d'assentiment.

— Si nous refusons ? insista en souriant Gérard Dunand.

Derrière lui, son acolyte s'était avancé. Se sentaient-ils assez protégés pour oser provoquer un gentilhomme au sein même de la résidence du roi de France ? Hilarion s'interrogerait plus tard. Il était assez proche du géant pour sentir son haleine et l'odeur de résine qui imprégnait ses vêtements.

— Montre-moi ta main. La gauche.

Les yeux s'étrécirent, essayant de comprendre ce que dissimulait l'ordre de ce petit gentilhomme. Le bûcheron découvrit les deux cicatrices. Il leva lentement la main comme un enfant devant un maître d'école prêt à sévir. Celle du chevalier saisit soudainement le poignet, l'écrasa entre ses doigts. Gérard Dunand grimaça de douleur et s'affaissa à terre, genoux au sol. Dans un mouvement sec, le bras fut tordu, provoquant un bruit étrange et un hurlement qui sembla se propager dans tout le parc. Deux corbeaux s'envolèrent dans les bosquets et près des bassins, des gardes et des jardiniers se retournèrent. Lacroix avait reculé. Le second bûcheron, stupéfait, s'était figé devant la rapidité de l'attaque.

— À partir de maintenant, toi et ton frère êtes à mon service !

Hilarion ne relâcha pas immédiatement sa prise.

— As-tu compris ?

Dunand secoua la tête.

— Maître Lacroix, voulez-vous bien examiner le bras de ce monsieur ? Quant à vous, lança le chevalier aux deux frères, vous avez désormais ma protection.

Le chirurgien était penché sur le bûcheron qui lui avait abandonné son bras.

— Quand avez-vous découvert le corps ? s'enquit Hilarion.

— Ce matin vers 7 heures. Il faisait encore nuit, j'ai failli marcher dessus. Il était entièrement recouvert de neige.

— Hier au soir, à quelle heure avez-vous quitté le parc ?

— Avant 5 heures. On ne voit plus assez pour travailler. Le charroi chargé, nous sortons par l'allée, là, à gauche, celle qui est fermée par la grille des Matelots. Un Suisse surveille l'entrée.

— Êtes-vous retourné près du Grand Canal hier ?

— Non.

— De sorte que le cadavre pouvait déjà s'y trouver. Vous n'avez rien vu ?

— Non. Cette partie du parc est déserte en hiver. Pendant la journée, il y a seulement les jardiniers du roi qui travaillent.

— Aucun promeneur ?

— Parfois des pages qui descendent jusqu'à la Petite Venise, répondit le bûcheron en désignant près du canal une longue palissade qui abritait des maisons de bois.

— Les logements des gondoliers, expliqua Lacroix en rougissant. Un repaire de filles.

Hilarion comprit que Versailles réservait bien des surprises.

— Il faisait trop froid, continua Dunand. Personne n'a de raison de s'approcher du canal, sauf pour sortir du parc.

Hilarion jeta un regard autour de lui. Les jardins étaient un chantier que la neige ne parvenait pas totalement à masquer. Il remercia avec une exquise politesse le sieur Dunand, qui se releva lourdement en se tenant le bras.

— À bientôt, messieurs.

Aucun ne rendit son salut au chevalier.

24

— Pourrez-vous avoir confiance en eux ?

— Je l'ignore, monsieur.

Laurent Lacroix ressentait cette impression d'avoir été, malgré lui, complice d'une violence inutile. Sa surprise était d'autant plus grande que la parfaite urbanité du chevalier ne laissait point présager une telle brutalité, inaccoutumée à Versailles. Le chirurgien se tiendrait sur ses gardes.

— Ce marché avec ces rustres est-il nécessaire ?

Sans répondre, Hilarion s'agenouilla à même la neige, à droite du cadavre. Il en commença l'examen, s'arrêtant sur les pieds nus de la victime.

— A-t-on retrouvé des chaussures ?

— Non, chevalier.

— Comment peut-on se promener la nuit ainsi ?

— Avez-vous observé leur propreté ?

Le chevalier avait noté ce détail. Les jambes courtes semblaient n'avoir reçu aucun coup. Hilarion observa la main gauche. Il y avait bien le commencement d'une marque. Longue d'un pouce, elle traversait en diagonale toute la paume.

— Cette cicatrice est récente. C'est elle qui m'a permis de mettre un nom sur ce… visage, expliqua le chirurgien.

— Vous connaissiez cet homme ?

— Pas vraiment. M. de Rancy me l'avait envoyé. Son valet souffrait des bronches. L'entresol de l'appartement des maîtres d'hôtel est souvent enfumé et l'air ne s'y renouvelle point. Je l'ai adressé au médecin du Grand Commun, M. de Lamotte.

— Boureuilles n'est donc pas venu vous consulter pour cette blessure ?

— Non. Il m'a affirmé s'être blessé en coupant du bois.

Hilarion se pencha sans émotion. Ce n'était plus qu'un magma de chairs informes. Un œil avait disparu de son orbite, le front était défoncé, quelques morceaux désarticulés de mâchoire pendaient. Toutes les dents, ou presque, avaient été brisées. Augustin Boureuilles avait perdu la vie et son visage avec, mais il conservait un nom grâce à sa maladresse à couper du bois. Un détail oublié par l'assassin qui tracassait le chevalier.

Il glissa son doigt le long du cou avec l'impression de caresser une surface accidentée de glace et balaya quelques paillettes de cristal. Il ne put aller plus loin dans son examen tant les vêtements adhéraient à la peau. Le médecin aurait bien du travail pour déshabiller le cadavre.

Hilarion se redressa.

— Que s'est-il passé ?

Ce fut au tour du chirurgien de s'accroupir avec difficulté.

— Observez mieux, monsieur.

Le chirurgien essaya de nettoyer le visage de ses cristaux.

— Dans la chair et la peau, vous verrez de minuscules éclats. Et d'autres plus effilés et plus longs…

Le chevalier se pencha, mais dans cette boucherie il avait du mal à séparer les différents éléments.

— Les seconds sont des éclats d'os : l'os frontal, les cloisons nasales, l'os malaire, la partie pariétale…

— Et les premiers ?

— Du calcaire. L'agresseur a frappé à coups de pierre – une pierre d'un certain poids – le visage d'Augustin Boureuilles. Le crâne a éclaté comme la coquille d'un œuf. Tous les os ont été minutieusement brisés, ou presque !

Hilarion doutait qu'il y ait eu de la minutie dans un tel acharnement.

— Les chairs et les muscles sont déchirés ou écrasés comme le font nos maîtres bouchers pour attendrir la viande.

— Et cela ? demanda le chevalier, en désignant une boule plus ou moins gélatineuse.

— L'œil gauche : il a été énucléé…

Les deux hommes se turent.

— L'absence de traces sur le corps sera probablement confirmée par l'autopsie.

— N'est-ce pas singulier ? Seul le visage a subi les coups.

— En effet, admit Laurent Lacroix, s'il s'était défendu, bras, épaules et mains auraient dû recevoir leur compte.

Sans cette cicatrice à la main gauche, Lacroix n'aurait pu reconnaître le domestique de M. de Rancy. Là était l'essentiel. De quoi Boureuilles s'était-il rendu coupable pour subir pareil châtiment ?

Le chevalier fit une dizaine de pas et décrivit un cercle autour de lui. Il ne vit rien qui aurait pu servir à écraser le visage du valet. Il élargit son rayon, accomplissant un tour entier sans résultat. La neige recouvrait tout. Peut-être dissimulait-elle sous son manteau glacé, quelque part dans le parc, l'arme du crime. À moins que la victime n'ait été déplacée. Les pieds étaient étrangement propres, sans trace de neige, de boue ou de poussière. Le domestique de M. de Rancy n'était sans doute pas arrivé jusque-là tout seul.

Hilarion se trouvait d'un côté avec un premier cadavre dont on avait essayé de dissimuler le meurtre, de l'autre avec un carnage dont le caractère meurtrier était clairement signifié.

À ce moment, dans un crissement de neige écrasée, trois hommes arrivèrent. Les deux premiers portaient un brancard. Sur un signe de Lacroix, ils soulevèrent le corps qu'ils déposèrent sur la toile. Un drap fit disparaître à la vue de tous le visage du cadavre. Le chirurgien donna ses ordres et revint vers le chevalier.

— Monsieur, dit-il, le thermomètre a baissé de deux degrés depuis hier. La journée s'annonce froide, sans doute convient-il de rentrer nous réchauffer.

Il observa les nuages.

— Il va bientôt neiger.

— Que ferez-vous de Boureuilles ?

— Mes commis le déposeront dans l'une des caves de la chapelle du Grand Commun. Je l'examinerai après la messe.

— N'y a-t-il pas un endroit plus discret ? Tout le monde saura dans l'heure ce qu'est devenu le valet de M. de Rancy.

— Rien ne se peut cacher ici, vous l'apprendrez bien vite.

Le chevalier remonta le col de son manteau. Il avait froid aux pieds, et commençait tout comme Pierre à regretter la Provence, son vent et l'ombre de ses arbres.

Le groupe s'ébranla en direction du château, Hilarion marchait en tête.

— Monsieur, avez-vous plus de précisions sur l'heure à laquelle Rancy a été pendu ?

— Question légitime, chevalier. Peu après 10 heures mais avant minuit.

— Il reste à établir la chronologie des faits. Le maître d'hôtel est-il mort avant ou après son domestique ?

— L'examen nous l'apprendra. Mais je parie 10 louis que Rancy est mort avant son valet. La rigidité des membres, même accélérée par la température, semble indiquer un décès de quelques heures à peine. Or le sieur Dunand affirme avoir buté sur le corps de ce malheureux un peu avant le lever du jour. Je dirais donc que Boureuilles a été massacré vers 3 ou 4 heures, au moment où nous nous trouvions, vous et moi, dans les combles de l'opéra. Au demeurant, si Boureuilles avait précédé son maître dans la mort, son cadavre aurait dû être attaqué par les animaux du parc.

— Le corps a été déplacé. On a tué et défiguré cet homme ailleurs avant de le déposer près du bassin d'Apollon.

— Le maître est pendu et le valet tué quelques heures plus tard. Toutefois transporter un cadavre à l'insu de quelques milliers de personnes n'est pas une affaire aisée, objecta le chirurgien.

— Tout est question d'organisation. Voilà qui confirme que notre assassin n'agit pas seul.

— Mais pourquoi tous ces efforts ? N'est-ce point étrange ? insista le chirurgien.

— Je l'ignore. Les meurtriers n'ont pas cherché à dissimuler le cadavre. Peut-être même ont-ils agi de telle sorte que nous le découvrions rapidement.

— Tout cela est du chinois, monsieur, soupira Lacroix.

Les meurtriers de Rancy s'étaient débarrassés d'un témoin. Pourquoi ici et de cette façon ? Boureuilles savait quelque chose. Peut-être même avait-il assisté au "suicide" de son maître. Le caractère ostentatoire du meurtre ne manquait pas d'étonner Hilarion.

Le chirurgien chaussa des lorgnons qu'il sortit d'une petite boîte oblongue en cuir. Ainsi, il n'était pas sans ressembler à M. Franklin, récemment arrivé à Versailles et qu'Hilarion avait aperçu quelques jours plus tôt au milieu d'Américains "insurgents" dans la Grande Galerie. Laurent Lacroix ajusta ses bésicles et fixa au loin un point devant lui.

— Notre promenade, elle, n'est pas passée inaperçue, dit-il en désignant de sa canne un groupe de trois ou quatre personnes qui venaient à leur rencontre.

Ils furent rejoints peu après le bassin de Latone, sur l'une des rampes qui le prenaient en tenaille. Hilarion identifia l'uniforme rouge des gardes du corps du roi, mais il ne connaissait pas l'homme qui sortit d'une chaise que deux porteurs déposèrent avec précaution.

25

Marc-Antoine Thiery de Ville-d'Avray, premier valet de la Chambre du roi, chaudement vêtu, salua le chevalier. Ainsi Hilarion se rapprochait-il, quoique indirectement, de Sa Majesté. M. de Maurepas lui avait promis plusieurs fois une entrevue. Promesse retardée ou simplement oubliée. Homme aimable, M. de Ville-d'Avray avait de l'esprit, une jolie figure, l'humeur égale et surtout l'oreille du roi. Peut-être même "les deux oreilles", avait soufflé maître Lacroix. Le premier valet, lorsqu'il était de service, ne couchait-il pas dans la chambre de Louis ?

Sans un regard pour le chirurgien, M. de Ville-d'Avray s'adressa directement au chevalier. Les gardes du corps étaient restés en arrière, intrigués par ce que pouvait dissimuler le drap sur le brancard. Sur un ordre du sieur Lacroix, les commis posèrent à terre leur fardeau.

— Chevalier, Sa Majesté désire savoir ce qui se passe dans ses jardins.

Hilarion, d'un geste vague mais gracieux, désigna les deux commis.

— Un cadavre, monsieur.

— Dans les jardins de Sa Majesté ? Qu'est-il arrivé, monsieur, à ce cadavre ?

Posée avec cette pointe d'étonnement dénué de tout intérêt pour son objet même, la question suscita un peu d'agacement chez Hilarion.

— Peut-être, monsieur, conviendrait-il de me questionner sur ce qui est arrivé à cet homme avant qu'il ne se transformât en cadavre.

Le chirurgien sourit, le premier valet pâlit un peu mais invita le chevalier à poursuivre. Hilarion conta par le détail la découverte du corps du valet de M. de Rancy.

— Cet Augustin Boureuilles m'est inconnu.

— Mais point celui que servait ledit Boureuilles, ajouta Lacroix.

M. de Ville-d'Avray sembla découvrir la présence du chirurgien.

— M. de Rancy était l'un des quatre maîtres d'hôtel du roi.

Le premier valet opina doucement du chef.

— Comment Sa Majesté a-t-elle appris notre présence dans le parc ?

L'homme leva un œil vers les toits du château, puis s'inclina.

— Sachez défendre ce que vous savez si bien aimer, monsieur, tel est le souhait du roi. Soyez demain dans la Grande Galerie lorsque Leurs Majestés se rendront à la messe.

Il tourna les talons. On lui ouvrit la portière de la chaise, M. de Ville-d'Avray prit place et frappa contre la paroi de la caisse qui fut soulevée d'un coup.

— À vous revoir, monsieur, lança-t-il par la fenêtre.

La chaise gravit la petite rampe à droite et disparut aussitôt vers l'aile sud. Qu'avait signifié le regard lancé par le premier valet vers les toits du château ? Le chevalier observa les terrasses du palais au-dessus de l'attique qui surplombait les fenêtres nord de la Grande Galerie. Il crut alors apercevoir une silhouette derrière la longue balustrade entre deux trophées sculptés. Elle disparut si vite qu'Hilarion se demanda s'il n'avait pas rêvé.

— Notre souverain a l'habitude de se promener sur les terrasses de son château, expliqua le chirurgien. Il tue les chats qu'il croise !

— Que dites-vous ?

— Oui, continua Lacroix, par un enfantillage un peu prolongé, Sa Majesté se livre à cette espèce de chasse. Le chat de Mme de Maurepas, un bel angora, en a fait les frais.

— Le roi s'y promène-t-il seul ?

— Le plus souvent, mais il s'adonne aussi à un autre plaisir : de là-haut, il observe sa cour au moyen d'une lunette. Sa Majesté nous aura surpris et peut-être même aura-t-elle découvert au même moment que nous le cadavre d'Augustin.

— Connaissez-vous le premier valet de la Chambre ?

— M. de Ville-d'Avray ? De réputation, je ne bénéficie d'aucune entrée dans les appartements du roi.

Le constat avait été formulé sans le dépit qu'Hilarion avait déjà senti chez certains courtisans tenus à l'écart.

— Un honnête homme, dit-on. Un peu haut, comme vous l'avez sans doute remarqué, mais qui jamais ne trahira la confiance de notre souverain.

Puis le chirurgien leva sa canne en direction des jardiniers.

— Ah, monsieur ! Si vous aviez connu les bosquets avant ce grand remue-ménage ! Des allées couvertes, enfermées dans des grillages de bois tressé. De charmantes prisons, chevalier ! De charmantes prisons !

Hilarion se redressa un peu. Il n'avait pas l'esprit bucolique. Les premiers flocons virevoltaient sans réussir à se poser. L'air vif excitait le sang. Le chevalier se pinça le lobe de l'oreille, craignant qu'elle ne gelât, et pensa à ce roi solitaire promenant sa lourde silhouette sur les toits du plus grand château du monde.

26

Dans la cour du Grand Commun, la neige tombait à gros flocons, brouillant le ciel à hauteur d'oiseau. Pierre qui, depuis le matin, avait accepté de revêtir la livrée du chevalier, ne parvenait pas à se réchauffer. Certains rêves, la nuit, le ramenaient en Provence. Des nuits de mistral. Il rêvait de cette lumière qui découpe chaque objet comme s'il était un don unique de Dieu. Ses bas de laine, sa veste de grosse toile et sa culotte de velours cramoisi, plus digne d'un gentilhomme que d'un valet ci-devant condamné aux galères, laissaient pénétrer des courants d'air glacé. Le chevalier lui avait promis un manteau.

Une jeune femme remplissait un seau à la fontaine. Un abbé entra dans la chapelle en soulevant sa soutane noire, un œil en direction du ciel. Des servantes, enroulées dans leur châle, rejoignaient rapidement les cuisines. Derrière la jeune femme, Théus. Il lui parlait. Pierre les observa. La neige avait redoublé, elle s'accrochait aux vêtements comme de petits fruits blancs. À cet instant précis, il sut qu'il n'aimerait jamais Théus, qu'il s'en ferait même un ennemi si les circonstances l'exigeaient. Était-ce à cause de cette femme qui semblait, avec obstination, tourner le dos à son interlocuteur ou bien parce que Théus avait toujours, depuis les galères, représenté un danger ? La neige les dissimulait presque aux regards de ceux qui s'aventuraient dans la grande cour. Leur conversation, étouffée par le silence, parvenait par bribes étranges, presque inaudibles.

Soudain, la jeune femme cria, la main sur la bouche. Le seau tomba, l'eau s'éparpilla, creusant de petits cratères dans la neige. Théus lui avait saisi les poignets. Des gestes désarticulés suivirent sous la pluie de flocons épais. Des mots asphyxiés, jetés dans le silence.

Pierre s'était avancé à grands pas feutrés. Il n'oubliait pas la leçon de son maître. Théus sentit sa présence, lâcha le bras et se retourna lentement. Les deux hommes se firent face. La femme se dégagea, mais au lieu de fuir elle s'écarta un peu et, protégée par son châle, observa tour à tour les deux hommes. Devant elle, Pierre n'eut plus froid. Il sourit, offrant à Théus le spectacle de ses dents mal rangées. Théus, lui, ne souriait pas : l'autre ne venait pas en ami. Conscient de la menace, son corps ramassé était prêt à se détendre vers son adversaire.

— Un ancien galérien qui porte désormais la livrée de son maître, dit-il en crachant.

Pierre avala l'insulte.

— En as-tu reconnu la couleur ? demanda le Marseillais.

— Elle est rouge. Et alors ?

— La couleur du sang.

— Tu me menaces ?

— Et toi, menacerais-tu cette demoiselle ?

Le Marseillais souleva les pans de sa veste avec des gestes si lents que Théus mit quelques instants à comprendre. Pierre sortait un couteau du creux de ses reins. L'autre n'eut pas le temps de reculer qu'une main l'attrapait au cou et serrait. Il lança son poing contre les côtes du Marseillais et frappa. Indifférent, Pierre continuait à serrer pendant que la lame de son couteau glissait sur la joue de Théus, abandonnant derrière elle un mince filet rouge. Lorsque les doigts de Pierre desserrèrent leur étreinte, l'homme chancela et s'appuya contre la margelle du bassin. Il cracha à terre et essuya du revers de la manche le sang qui coulait plus abondamment.

— Je te tuerai ! lâcha-t-il en toussant.

Elle avait d'abord hésité, mais Pierre la fit entrer dans l'appartement. Il alluma les bras de lumière qui encadraient la cheminée, puis il prépara une tasse de chocolat pris sur la réserve du chevalier et apporta des fruits secs. Elle n'osait pas s'asseoir et baissait un peu la tête. Il l'y invita silencieusement. Elle but à petites gorgées le liquide chaud, épais et âcre.

— Voulez-vous du poivre ?

Elle refusa d'un mouvement gracieux de la tête, sortit un mouchoir de batiste et s'essuya le visage, les mains, puis finit par lisser le dessus de sa robe.

— Quel est votre nom, mademoiselle ?

— Toinette Luthier, répondit-elle calmement. Vous êtes Pierre, n'est-ce pas, au service du chevalier Hilarion ?

Le Marseillais confirma l'information d'un hochement de tête.

— Est-il vrai que vous êtes un ancien galérien ?

Il acquiesça. Il lui était aussi difficile d'oublier son passé que de se débarrasser des chaînes qui avaient entravé ses chevilles pendant quatre ans. Toinette Luthier posa sa tasse sur le guéridon que Pierre avait rapproché. Elle ajusta son châle. Même s'il se cachait derrière des yeux qui ne regardaient rien, cet homme lui plaisait.

— Avez-vous froid ? s'enquit Pierre. Je peux allumer le feu.

— Votre maître vous gronderait si vous utilisiez son bois pour réchauffer une simple lavandière.

— De qui lavez-vous le linge ?

— De Mesdames.

Les tantes du roi occupaient au château une place singulière, lui avait expliqué le chevalier. Les filles de Louis XV représentaient l'ancienne cour. Mais Pierre ne s'intéressait guère aux vieilles princesses, moins encore à leur linge que l'on voyait sécher, disait-on, certains jours de beau temps près de l'orangerie. C'était Théus qui l'inquiétait. Pierre avait délibérément ouvert les hostilités. La première rencontre avec l'ancien galérien n'était pas fortuite. Il se souvint de sa requête : obtenir l'agrément pour une charge d'écuyer de la cuisine au Commun du roi. Aujourd'hui, Théus avait menacé Toinette. Cherchait-il à donner plus de poids à ses prétentions auprès de cette jeune femme ? Ou était-ce pour se livrer plus facilement à l'un de ses nombreux trafics ?

— Comment avez-vous connu Théus ?

— C'est mon frère qui nous a réunis.

— Comment monsieur votre frère souffre-t-il le commerce d'un tel fripon avec vous ?

Toinette l'ignorait. Elle se mit à sourire. Pierre l'interrogea des yeux, réveillés par la présence de cette femme. Elle ne voulait plus parler de Théus.

— Votre accent ! C'est la première fois que je l'entends, dit-elle en se levant.

— On m'a conseillé de le corriger.

Elle ajusta son châle, jeta un œil dans le miroir, remisa une mèche que tenait un petit peigne d'ivoire.

— Je crois, monsieur, que nous serons amenés à nous revoir, conclut-elle en lui offrant une élégante et rapide révérence.

C'était la première fois qu'une demoiselle s'intéressait, avec une telle liberté, à lui. Confus, Pierre inclina lentement la tête.

— Méfiez-vous de Théus.

Elle répondit par un nouveau sourire et sortit.

27

Hilarion retrouva Pierre sous le porche du Grand Commun. Il discutait avec un garde Suisse, sanglé dans son uniforme. Plusieurs personnes, les pieds dans la neige sale, faisaient la queue devant la fontaine, d'autres sortaient de la messe. Les cuisines et les fours charriaient les parfums lourds de pain et de viandes rôties, pendant que des paysans déchargeaient des cages de bois d'où s'échappaient les caquets de poules affolées.

— *Monssu ?*

— Le cadavre de Boureuilles a été retrouvé près du bassin d'Apollon.

Pierre ignorait où se trouvait ce bassin, mais la mort du domestique de Rancy ne l'étonna guère. Hilarion résuma brièvement la découverte.

— Après le maître, le valet ! Cela avance-t-il nos affaires ?

— Je n'en sais rien, avoua Hilarion. Qu'en est-il de Boutel ?

— Il nous attend, il loge au premier étage, dans le second appartement des maîtres d'hôtel du roi.

L'homme qui les accueillit avait toutes les qualités nécessaires à un officier commensal : la politesse et l'affabilité, sans laquelle la première perdrait de son indispensable vernis. Un feu crépitait agréablement. Sur une cheminée trônait un petit buste en marbre du roi, côtoyant quelques livres. Lorsqu'ils s'assirent, Pierre recula dans le coin le plus sombre de l'antichambre. Sans attendre, le valet de M. Boutel déposa sur une table à en-cas deux tasses et une chocolatière qui dégageait son arôme épais et vanillé.

— Monsieur d'Éguilly…, commença le chevalier.

Le sieur Boutel, satisfait d'être désigné par le nom d'une terre qu'il possédait, opina discrètement du chef.

— Le malheur qui accable la Maison du roi, et plus particulièrement le service de sa table, ne peut laisser Sa Majesté indifférente.

— M. de Rancy laisse, je crois, une veuve et quatre enfants.

— Le roi désire comprendre, poursuivit Hilarion indifférent au malheur de la veuve.

— Comprendre ?

— Oui, monsieur, afin d'étouffer tous les bruits qui pourraient entacher la réputation de Sa Maison.

— Pensez-vous, monsieur, au libelle contre la reine. M. de Rancy n'a-t-il point été accusé de l'avoir composé ?

— C'est exact. L'avez-vous lu ?

— Oh non ! monsieur ! Une telle obscénité ! On dit que le geste si peu chrétien de M. de Rancy suit de bien près la découverte du libelle dont on l'accuse d'être l'auteur.

— Aussi dois-je m'assurer des raisons qui l'ont poussé à commettre un acte qui heurte notre foi commune.

— Nous sommes tous consternés.

— Quand M. de Rancy est-il arrivé à la cour ?

— Il y a de cela deux années. Il fut présenté au roi par M. le comte d'Escars, premier maître d'hôtel en l'absence du grand maître de France.

— Le prince de Condé…

M. Boutel confirma d'un bref mouvement de la tête.

— Combien coûte une charge de maître d'hôtel ?

— Son prix varie selon que vous la tenez du roi ou du grand maître.

— Certes, monsieur, certes.

— Disons entre 90 000 et 130 000 livres.

— Je suppose que l'argent mobilisé est souvent emprunté ?

— Oui, monsieur, personne ne dispose, comptant, d'une telle somme.

— Pourtant les comptes de M. de Rancy montrent que la charge a été remboursée intégralement !

Boutel marqua sa surprise. Il sembla se concentrer sur l'information reçue.

— Sans doute a-t-il remboursé un premier emprunt par un second ? La pratique est courante.

— Il n'y a aucune trace d'un second emprunt.

Hilarion regardait pensivement le feu.

— M. de Rancy avait-il personnellement les moyens de financer sa charge ?

— Je ne le crois pas. Il appartenait à une famille honnête du Clermontois.

— D'où provient alors cet argent ?

Le maître d'hôtel haussa les épaules.

— M. de Rancy aurait-il pu compléter ses gages par le jeu ?

— En effet, soupira M. Boutel. Il était de ceux qui jouaient beaucoup.

— À quelle table ?

— Ici même, au Grand Commun. Plusieurs sont tenues par des officiers de Sa Majesté. Je crois qu'il fréquentait aussi une auberge, à l'enseigne de Saint-Antoine, non loin de Notre-Dame. Elle est tenue par le sieur Marquier. On y joue au billard, mais je sais qu'une arrière-salle est destinée aux jeux : pharaon, lansquenet…

Hilarion désirait revenir à cette question d'argent.

— Qui aurait pu prêter à M. de Rancy une telle somme, s'il ne l'a pas gagnée au jeu ?

Boutel prit quelques secondes de réflexion, clignant rapidement des yeux avant que ceux-ci ne finissent par retrouver leur tranquille immobilité.

— M. de Rancy rencontrait, je crois, monseigneur le duc d'Orléans.

L'information, se souvint Hilarion, lui avait été donnée par M. de La Chapelle.

— Avait-il des raisons de fréquenter le duc ?

— Peut-être. Je les ai vus à deux ou trois reprises ensemble, au dernier bal de la reine, ainsi qu'à la messe.

— Rien toutefois qui laisserait penser que M. de Rancy était un familier du prince ?

— M. de Rancy, par vanité, a évoqué sa familiarité avec monseigneur. Mais leur relation semblait assez neuve.

Néanmoins, M. de La Chapelle semblait sûr de son information, songea Hilarion.

— Il se vantait devant nous d'avoir reçu une montre d'argent de sa part, continua Boutel.

Celle retrouvée sur le cadavre qui n'avait pas été dérobée, ni par ses meurtriers ni par le frotteur Maucourt.

— Un tel cadeau récompense un service, s'étonna Hilarion.

— Sans doute, monsieur, cependant j'ignore lequel.

Pourquoi Rancy avait-il reçu cette montre et d'où tirait-il ses revenus ? Interroger le premier prince du sang ne serait pas une mince affaire. Par chance, le chevalier n'aurait pas à se rendre à Paris pour le rencontrer. Il savait le duc à Versailles.

En sortant de l'appartement, le chevalier demanda à Pierre si Théus avait eu connaissance des habitudes de Rancy à l'auberge du sieur Marquier. Pierre hésita.

— Que se passe-t-il ?

— J'ai un peu malmené Théus, tout à l'heure.

— Malmené ? Je crains le pire avec toi !

— C'est que, *monssu*, je suis à bonne école. Un coup de canif sur la joue ! N'est-ce point de la sorte que vous marquez ceux qui vous appartiennent ?

Hilarion se contenta de sourire. Le vent s'était levé et emportait la neige de la cour en nuages de poussière pâle. C'est à Aix qu'il avait corrigé Pierre, le Marseillais le lui rappelait. Cette nuit dans la Grande Galerie, il avait récidivé.

— Pour quelle raison t'es-tu battu ?

— Ce malotru importunait une demoiselle… Toinette Luthier, précisa-t-il.

— Théus ne t'a donc rien appris.

— Il remue du vent et laisse croire à qui veut l'entendre qu'il est au courant de tout. Il monnaie des informations qui ne valent pas un sol de cuivre, il est comme tous les Marseillais de Notre-Dame.

— Montmort, des nouvelles ?

— Non, *monssu*.

Hilarion tira sa montre. Il était temps de se rendre au dîner du roi et de trouver une table où se restaurer. Il donna ses ordres au Marseillais.

— Je t'attendrai vers 1 heure, près de la salle des gardes. Nous irons nous promener.

— Jusqu'à l'enseigne Saint-Antoine ?

— Nous saurons alors ce qu'y faisait M. de Rancy.

— M. de Rancy et Maucourt…

— En effet. Le maître d'hôtel et le frotteur étaient des habitués de l'auberge. Ce que M. Maucourt a omis de dire !

Hilarion examina Pierre. C'était la première fois qu'il le voyait porter une livrée. Il ne dit rien et s'achemina vers l'aile des princes.

28

Pierre marchait à côté de la chaise louée pour le chevalier. Confortable, celle-ci éviterait de salir souliers et bas.

— Ton Théus est sans doute un fripon !

Ils suivirent la rue des Réservoirs qui longeait l'aile nord du château, puis obliquèrent à droite vers la vieille ville. Les porteurs avançaient avec précaution, la chaussée restait glissante. Ils croisèrent un groupe de femmes, des paniers de linge aux bras. Pierre chercha parmi elles Toinette. Il pensait à Théus. Par son geste l'avait-il mise en danger ?

— Cette Toinette Luthier doit être bien jolie pour que tu prennes le risque de provoquer Théus !

Pierre éluda la question.

— Mlle Toinette est lavandière de Mesdames.

Hilarion baissa un peu plus la vitre de la fenêtre. Il jeta un œil étonné à son valet.

— Est-elle jolie ? insista-t-il.

— En douteriez-vous ? répondit avec humeur l'ancien galérien.

Ils parvinrent place Dauphine et tournèrent à gauche. Pierre aperçut au bout de la rue l'église Notre-Dame et en avertit le chevalier. La rue des Deux-Poules, couverte sur toute sa longueur, reliait le marché Notre-Dame et la rue de la Pompe. Elle était pleine de monde. Un tonnelier dans sa cour martelait de grands cercles de fer, on entendait le son d'un violon et le bruit d'une scie, pendant qu'un marchand de beurre vantait la qualité de ses produits. L'auberge du sieur Louis Marquier n'était plus qu'à une trentaine de pas devant eux, comme l'indiquaient visiblement saint Antoine sur son enseigne de tôle et la présence, devant le bâtiment, de chevaux attachés aux anneaux, de chaises et d'un cabriolet. Dans la cour de l'hôtel, une puissante odeur de fumier, de cuir et de bêtes assaillit le chevalier. Un chien, retenu à sa chaîne, aboya. Un garçon d'attelage les salua, un harnais sur l'épaule, avant de rejoindre dans la rue les chevaux. Hilarion sortit de sa caisse, ajusta ses manchettes et jeta un regard désolé sur le sol boueux.

Dans la première salle, de nombreux clients déjeunaient autour de plusieurs tables. Des bourgeois, des gentilshommes fraîchement arrivés de province ou de Paris, des militaires bien frisés, des marchands, quelques veuves corpulentes, une demoiselle boudeuse drapée dans son châle, toutes et tous assis devant leur assiette d'étain, leur chope de plomb débordant de mousse ou leur gobelet de gros verre. Les conversations allaient bon train, on ne s'entendait pas.

— *Monssu*, ils causent des Américains. Qui est ce docteur Franklin ?

— Un rebelle qui porte le masque de la victime ayant pour bourreau le roi Georges.

— Un rebelle à son roi ?

— Plus tard, Pierre. Plus tard.

Perplexe, le Marseillais n'insista point. Le chevalier se dirigea vers la grande cheminée, tandis que Pierre cherchait des yeux le propriétaire des lieux. Un homme, vêtu avec une élégance discrète, s'approcha d'eux. Il les salua, reconnaissant en Hilarion l'un de ces seigneurs qui étaient sa principale source de revenus. Il repéra derrière le chevalier un grand escogriffe coincé dans sa livrée, aux yeux désagréablement éteints.

— Monsieur, soyez le bienvenu à l'hôtel Saint-Antoine, dit-il aimablement.

Hilarion déclina ses titres et sans transition ajouta :

— Monsieur Marquier, je voudrais voir l'appartement de M. de Rancy.

— … maître d'hôtel à la Table du roi ?

Hilarion acquiesça.

— C'est que je dois l'en avertir.

Ainsi le maître d'hôtel avait bien loué un appartement. Pierre expliqua d'une voix morne au sieur Marquier que Rancy ne viendrait plus. Peu désireux de s'adresser à un simple domestique, l'hôtelier jeta un regard méfiant au Marseillais.

— M. de Rancy n'a pas fini de payer son terme ! protesta-t-il.

— Les plaintes sont à formuler auprès de M. le prévôt général. Je peux peut-être glisser un mot à M. de La Chapelle, premier commis et secrétaire de M. le comte de Maurepas, proposa Hilarion.

Le sieur Marquier s'inclina et les conduisit au premier étage, jusqu'à un petit appartement meublé ouvert sur la cour.

— Il y faisait ses affaires, commenta-t-il mystérieusement.

Le chevalier s'arrêta, les deux hommes se firent face. Hilarion se déganta et posa sur la hanche une main trop blanche au goût de l'hôtelier.

— Quelles affaires ?

— M. de Rancy invitait chez lui certaines personnes qui ont la folie du jeu.

— Connaissiez-vous les joueurs ?

— Non, monsieur, mentit l'hôtelier. Quelques Anglais de passage à la cour se joignaient à sa table.

— Le sieur Maucourt ?

L'aubergiste hésita, cherchant la réponse qui fût la moins compromettante.

— M. Maucourt n'est-il point frotteur de la reine ?

— Je ne réponds pas aux questions, monsieur Marquier, je les pose.

L'aubergiste se ravisa. Il crut recevoir en pleine figure une giclée de glace.

— Il accompagnait souvent M. de Rancy.

— À quel titre ?

— Les deux hommes semblaient bien se connaître. C'est tout ce que je peux vous apprendre.

— Les mises montaient-elles ?

— Oui, mais M. de Rancy préférait tenir le rôle de banquier.

— Ce qui réclame des sommes d'argent importantes. D'où les tenait-il ?

— Je l'ignore.

— Allons ! Comment un homme dont la réputation est parvenue jusqu'aux oreilles de M. de Maurepas ignorerait-il ce qui se passe exactement chez lui ?

— Je peux donner des noms, mais je ne sais pas qui finançait la banque de M. de Rancy.

— Je n'ai besoin que de votre avis, insista doucement Hilarion.

— Une personne de ma condition et de mon état n'a pas d'avis à formuler à haute voix. Sa réputation en pâtirait dans l'instant même.

— Contentez-vous alors de me le glisser à l'oreille.

L'hôte hésita un moment. Un parfum de jasmin parvint jusqu'à ses narines. Puis il murmura un nom et recula aussitôt.

— Je vous remercie, monsieur. Est-ce l'appartement ? demanda Hilarion en désignant une porte derrière son interlocuteur.

Louis Marquier s'écarta devant le chevalier, puis s'en retourna à ses propres affaires. Il ne tenait pas à s'attarder avec ce gentilhomme.

29

Hilarion se dirigea immédiatement vers les fenêtres. Il vit l'hôtelier traverser la cour avant de regagner la salle principale et ses clients.

— Que cherchons-nous, *monssu* ?

— Des lettres. Celles dont Rancy est entré en possession et qui ont, sans doute, un lien avec sa mort.

La chambre était meublée simplement. Deux tables carrées, qui devaient servir au jeu, et des chaises alignées contre les murs. Les bougeoirs de la cheminée avaient laissé des traînées de cire blanche sur le marbre. Ils fouillèrent sans rien trouver avant de passer dans la pièce suivante, une chambre à coucher dont le lit avait été fait. Le chevalier glissa une main entre les draps humides. Pierre s'agenouilla et examina le parquet.

Hilarion s'avança vers une commode. Il ouvrit le premier tiroir qui n'était pas fermé à clef, et en sortit un portefeuille de cuir frappé aux armes de Rancy. Il découvrit une liasse de papiers qu'il posa sur le meuble. Le premier d'entre eux était le contrat de mariage du maître d'hôtel. Sans intérêt. Le chevalier passa aux suivants. Des brouillons de correspondance, des suppliques diverses au directeur général des Bâtiments, des lettres de remerciements au prince de Condé, devant lequel Rancy avait juré fidélité au roi après l'obtention de sa charge. Une réponse de M. d'Angiviller. Celui-ci refusait aimablement les travaux demandés par le maître d'hôtel dans l'appartement du Grand Commun.

Un brouillon de lettre au duc d'Orléans attira l'attention d'Hilarion. Rancy y exigeait, ni plus ni moins, une lieutenance pour son fils dans le régiment du prince. Les termes sans détour, presque brusques, l'étonnèrent. Il fourra le brouillon dans sa poche. Hilarion repéra des quittances, dont les sommes ajoutées les unes aux autres atteignaient un total de 12 000 livres. Le chevalier lut le nom des débiteurs. Il s'arrêta sur l'un d'eux. Montmort. Rancy lui avait versé 900 livres. Était-ce une dette de jeu ? Le marquis avait donc été en relation avec Rancy. Mais Hilarion doutait, après l'incident de cette nuit, de pouvoir l'interroger.

Il resta songeur. Cette histoire reliait des personnages aussi différents les uns que les autres. Rancy, Maucourt, le duc d'Orléans, une femme mystérieuse mais proche de la souveraine et sans doute la reine elle-même. Et maintenant, ce fat de Montmort qui cherchait à le provoquer depuis plus d'une semaine. Peut-être oubliait-il un dernier anneau à ce collier aussi fragile qu'incertain ?

— *Monssu !*

Le Marseillais avait soulevé une planche de la boiserie, derrière laquelle on avait aménagé une cache. Il en sortit un coffret de velours grenat. Pierre le tendit au chevalier, qui l'examina. L'objet, fermé à clef, était en réalité une boîte en fer habillée et renforcée par des bandes cloutées.

— Ton couteau, Pierre.

— Ce Rancy a bien des choses à dissimuler, dit le Marseillais.

Hilarion ne parvint pas à briser la serrure.

— Nous l'ouvrirons au Grand Commun.

Les deux hommes continuèrent leur fouille. Les derniers tiroirs de la commode étaient remplis de hardes et de linge : gilets, bonnets, mouchoirs de poche, camisoles. Le cabinet obscur ne leur apprit rien d'autre.

— Avez-vous remarqué, *monssu* ?

Hilarion se tourna vers son valet.

— Que dois-je remarquer ?

— Il n'y a aucune affaire d'Augustin Boureuilles.

Pierre avait raison. Les domestiques avaient peu d'affaires, Boureuilles n'en avait aucune. Ni ici à l'enseigne Saint-Antoine ni dans l'appartement du Grand Commun, ou plutôt Hilarion et Pierre n'en avaient découvert aucune.

— Elles doivent bien se trouver quelque part !

— Nous n'avons plus rien à faire ici, conclut le chevalier.

— Que vous a soufflé à l'oreille le sieur Marquier tout à l'heure ?

— Un nom, répondit Hilarion. Celui du duc de Chartres.

— Le fils du duc d'Orléans !

— M. de Chauvelin a raison, tu en sais plus que son valet.

30

Ce fut devant la grille qui ouvre sur la petite cour de la chapelle que l'incident survint. L'endroit, choisi à dessein, était à cette heure de l'après-midi traversé par une foule importante. Beaucoup de courtisans revenaient du dîner du roi et se répandaient à travers le château. On se rendait chez les princes ou les ministres pour y faire sa cour. Des officiers rentraient se reposer, une heure ou deux, avant de reprendre leur service. Les chaises qui se croisaient provoquèrent une cohue telle qu'elle dissimula d'abord au chevalier les trois gentilshommes. Le premier le heurta brutalement à l'épaule. Le chevalier d'instinct recula d'un pas, bousculant Pierre qui le suivait. Le marquis de Montmort le toisait, marque si appuyée de mépris qu'elle en devenait ridicule, songea Hilarion en retrouvant son équilibre.

— Votre grossièreté, monsieur, n'a-t-elle donc point de mesure ?

Pierre surveillait les deux acolytes du marquis, prêt à intervenir. Des laquais s'attroupèrent, flairant un affrontement qu'ils pourraient rapporter aux oreilles de leur maître. Deux ou trois militaires observaient la scène, le poing sur la hanche, dentelles en bataille. Tout était bon à prendre pour nourrir les conversations ; un événement était une denrée recherchée. Des chaises s'étaient arrêtées à hauteur de la scène, servant de loges improvisées à leurs occupants. Le marquis s'avança encore, un sourire aux lèvres, et gifla le chevalier. Pierre, sortant son couteau, poussa un cri rauque. Hilarion le retint par le bras.

— Non, Pierre, pas ici !

Un mouvement parcourut l'assemblée de curieux, suivi d'un long murmure de consternation.

— Un domestique armé à Versailles ! se scandalisa un vieillard.

Deux dames commentèrent le geste de Montmort et le calme inattendu du chevalier. Était-ce lâcheté ou parfaite maîtrise ? Un garde Suisse voulut intervenir, quelqu'un l'en empêcha. On s'agglutina, on se poussa même un peu, on voulait voir.

— Le marquis de Montmort vient de souffleter ce jeune cavalier ! cria une voix dans la foule.

— Le connaissez-vous ? hasarda une seconde.

Les paris furent lancés, un commis de bureau servit de banque. Hilarion caressa la joue frappée. Tout le sang refluait à cet endroit du visage, celui de la honte. Immobile devant le marquis, il s'interrogeait sur la publicité que Montmort et ses amis entendaient donner à l'affront. Plus personne à la cour ne pourrait l'ignorer.

Les nuages filaient au-dessus des toits du château. Y avait-il un juste retour des choses, une remise en ordre ? Les vents qui bousculaient si haut le ciel agité parviendraient-ils à nettoyer l'affront ? Le chevalier en doutait, mais cette pensée lui fit du bien. Hilarion ne s'entendit pas prononcer les mots qui suivirent.

— Demain, sur le chemin de Marly à la hauteur de Beauregard, à la pointe du jour. Deux témoins. Ils fourniront les armes.

Le marquis considéra le chevalier en silence, tourna les talons et disparut dans la foule. Les commentaires fusèrent, houle ondulante oscillant entre bienveillance et condamnation.

— Est-il moral de se battre ? s'interrogèrent les philosophes.

— Une nécessité, affirmèrent les militaires sous l'œil mouillé de quelques dames.

Un jeune seigneur franchit le barrage des curieux. C'était Hector de Simiane qui accourait, suivi à pas tranquilles d'un homme aux yeux intelligents et bienveillants, dont les cheveux filasse couronnaient un crâne dégarni.

— Que s'est-il passé, Hilarion ? demanda soucieux Hector.

— Tu seras mon témoin, demain.

— Montmort ? Je viens de le croiser, le visage blanchi à la chaux !

— Oui, le mien est rougi au fer !

— Je dois vous reconnaître, monsieur, pour votre âge, beaucoup de sang-froid, s'exclama l'homme sans perruque. Ne seriez-vous pas un peu anglais ?

Hilarion s'était tourné vers son interlocuteur, jetant un regard à l'étrange personnage qui accompagnait son cousin.

— Monsieur Franklin ?

L'Américain, les deux mains appuyées sur sa canne, salua le chevalier.

— Ah ! Pardonnez-moi, monsieur Franklin ! Puis-je vous présenter mon parent, le chevalier Hilarion de S. ? dit Hector.

Benjamin Franklin chercha quelque chose dans sa poche.

— Un cousin à la mode provençale, continua Hector.

L'Américain haussa un sourcil broussailleux.

— Nous nous considérons cousins jusqu'à la huitième génération.

— Allez-vous vous battre ? s'enquit tranquillement le docteur Franklin.

Hilarion le dévisagea.

— Ne se bat-on point chez vous lorsque l'on est giflé ? s'étonna Hector.

— La réaction de mes concitoyens est, disons, plus immédiate. Les Français, eux, aiment entourer de cérémonies la mort d'un homme…

— Le diable nous a amené une tentation bien conditionnée, reprit le chevalier.

— Une tentation ? répéta l'Américain en soulevant sa canne.

— Celle de pouvoir tuer en conscience.

— Car vous pensez tuer le marquis de Montmort ?

— Non, mais la gravité de son geste m'y invite. Tuer pour ne pas être tué me semble un principe de bon sens, répliqua calmement Hilarion.

— Mais pourquoi le marquis de Montmort ne voudrait-il pas s'arrêter au premier sang qui est, je crois, suffisant pour laver l'honneur d'un gentilhomme ?

— Tout le sang d'un Montmort est une lessive insuffisante pour nettoyer l'honneur de notre race, s'insurgea

Hector de Simiane qui n'aurait pas à se battre le lendemain.

— L'intention du marquis, poursuivit Hilarion, s'est voulue absolue dans son geste. Une réponse aussi radicale doit lui être donnée. Il y a eu assez de témoins pour le lui rappeler s'il venait à l'oublier.

Le docteur Franklin avait coincé sa canne sous le bras et sortit une petite boîte à priser.

— Que faites-vous des interdictions royales ? demanda-t-il intéressé.

— Le roi n'est-il pas le premier gentilhomme du royaume ? répondit Hector. Comment ne pourrait-il pas comprendre la gravité de l'insulte ?

Benjamin Franklin découvrait l'esprit de cette noblesse française, moqueur, léger, irréfléchi, s'enivrant de tout et de rien.

Cependant cet Hilarion, il en était sûr, était d'une autre étoffe. Le gentilhomme l'intéressait. Il fourra une pincée de tabac dans sa narine droite. Par prudence, Hilarion s'écarta un peu. L'homme sans perruque éternua. Les curieux s'étaient dispersés, retournant à leurs occupations.

Plus loin, en bas derrière la grille, près de la rampe qui bordait la Cour d'Honneur, deux hommes dans leur carrosse avaient observé la scène. Le premier ferma le rideau qui les protégeait des regards indiscrets.

— Que fait le chevalier avec M. de Simiane ?

— Laissez Simiane. Hector n'est qu'une tête creuse.

— Je ne donne pas cher de la vie du petit Montmort. Le chevalier n'en fera qu'une bouchée.

— N'est-ce point ce que nous voulions ?

La canne frappa le plafond et le carrosse s'ébranla lourdement.

31

Hilarion s'était assis après avoir déposé son épée sur le sol. Un paravent barrait l'air froid de la fenêtre. Le coffret trouvé dans la chambre de Rancy à l'hôtel Saint-Antoine trônait sur la table. Que s'était-il passé avec Montmort ? Il récapitula chaque geste, chaque mot. La bousculade, la gifle, Pierre et son couteau, le rendez-vous donné, Benjamin Franklin éternuant. Qu'avait-il vu à ce moment-là ? Son regard portait à l'autre bout de la rampe. Il avait remonté jusqu'à la chapelle, glissé vers le péristyle. Des chevaux piaffaient au-delà de la grille, le bruit des essieux, des cris aussi, des chiens qui avaient aboyé. Qu'avait-il vu ? Si fugitivement, sans savoir. Sa conscience avait retenu et enregistré un détail, une impression susceptible d'entrer dans un tableau intime. Ses yeux avaient continué à balayer la cohue avant qu'il quitte Hector. Oui, un détail le troublait mais il ne parvenait plus à l'isoler.

L'esprit du chevalier se mit alors à coloniser des régions jusqu'ici inconnues. Comme s'il descendait, marche après marche, cet escalier qui, dans le château familial, le conduisait aux caves. L'esprit de l'homme possédait-il aussi ses propres souterrains que la raison et le bon sens éclairaient à peine ? Il devait se ressaisir. Ses ennemis, qu'ils prissent le visage de Montmort ou celui fantomatique du comte Henri, semblaient surgir comme des jets incontrôlables de lumière, tantôt blafards, tantôt aveuglants. Était-il raisonnable de superposer la figure du marquis sur celle du comte Henri ? Le feu jaillit d'un coup des bûches consciencieusement disposées dans l'âtre. Pierre maugréa et se leva, puis ferma lentement les yeux.

— *Monssu !*

— Oui, Pierre ?

Hilarion devinait la proposition qui, depuis leur retour, tournait en rond dans la tête de son valet. Il le laissa parler.

— Cette nuit, *monssu*, je sors. Le Suisse, j'en fais mon affaire. S'il refuse de m'ouvrir, je m'en débarrasse. J'entre dans l'aile des princes, je sais où loge Montmort. Je tue le marquis au couteau et je fuis. Vous me laissez la nuit pour quitter la ville, puis vous prévenez la prévôté.

— Mon cher Pierre, ai-je un jour reçu plus belle déclaration d'amour ?

— Vous vous gaussez, *monssu* !

— Je ne te sacrifierai pas à un courtisan qui ne vaut pas même l'épée que je tiendrai demain pour l'affronter, et vaut moins encore que l'ancien galérien qu'un jour j'ai blessé à la joue.

Il y eut un moment de silence. Pierre, cherchant confusément à parler, à protester, à imposer sa volonté. Hilarion du menton désigna le coffret.

— Peux-tu le forcer ?

Pierre se résigna et sortit son couteau. La serrure finit par céder.

— Une feuille de papier, point de lettres, dit le Marseillais.

Le chevalier parcourut les quatre mots écrits sur la moitié supérieure de la page. Dans sa précipitation, l'auteur avait fait une tache. Quelques grains de sable brillaient encore.

— L'Araignée d'Apollon, lut-il à haute voix.

— L'Araignée d'Apollon ? répéta Pierre surpris.

Puis il se racla la gorge, comme chaque fois qu'il posait une question qui soulignait son ignorance d'ancien forçat.

— Qui est Apollon, *monssu* ?

Hilarion expliqua ce que les Jésuites lui avaient enseigné au collège de Marseille. Un dieu d'harmonie en un monde qui ne l'était pas. Un dieu de beauté, dont s'était emparé Louis le Grand avec un orgueil inconnu jusqu'ici parmi nos rois pour en faire son image magnifiée parmi ses sujets.

— Le roi Louis le Grand était-il un dieu ? demanda le Marseillais perplexe.

— Non, Pierre, un homme. Du moins c'est ce qu'ont affirmé les philosophes et ses maîtresses.

— N'ont-ils pas raison ?

Hilarion ne savait pas. Les certitudes avaient aujourd'hui la fragilité des branches en hiver, prêtes à se briser au moindre souffle d'air.

— Est-ce l'écriture de M. de Rancy ?

— Je ne crois pas. Ici, les boucles et les déliés sont élancés. Celle de Rancy dans son livre de comptes est ramassée sur elle-même. Non, ce billet n'est pas de lui.

— Rancy était donc en possession d'un billet qui ne serait pas de sa main. Il ne ressemble pourtant pas à celui que vous avez retrouvé dans la doublure de son habit !

Pierre avait raison. Les deux textes n'étaient pas du maître d'hôtel, mais provenaient de deux mains différentes.

— L'Araignée d'Apollon, répéta à haute voix Hilarion. Je ne crois pas qu'il s'agisse d'un billet mais plutôt d'un code, d'une formule comprise par son seul auteur.

— Une clef destinée à lui ouvrir une porte ?

— L'image est pertinente, Pierre, une porte secrète.

L'absence de nom pouvait-elle indiquer que ces mots tracés n'étaient destinés qu'à suppléer un défaut de mémoire ? Peu probable. On ne pouvait oublier ces quatre mots, tant ils sonnaient désagréablement à l'oreille. À qui alors étaient-ils destinés ?

Rancy les avait jugés assez importants pour les enfermer et les cacher dans ce coffret. Apollon, le dieu des arts, avait été en effet l'objet, au temps de Louis le Grand, d'un culte qui avait d'abord surpris la cour. Apollon était à peu près partout, dans le château, dans les jardins, dans le parc. L'étrangeté et le malaise venaient de son association avec l'insecte. La laideur accouplée à la beauté. Apollon avait-il pouvoir sur ces étranges créatures ? Les Jésuites de Marseille n'avaient jamais évoqué devant lui un tel rapprochement. Tout cela parut incohérent au chevalier, qui plia la feuille et l'enfonça dans sa poche.

32

— Je cherche Maucourt.

Le commis des Bâtiments avait d'abord hésité à répondre à ce malandrin. Mais devant ce regard voilé d'aveugle, il l'avait considéré avec un peu de commisération. Pierre avait alors sorti un sol à l'effigie du roi, qu'il avait manipulé avec adresse entre l'index et le pouce. "Tout se paie à Versailles", l'avait prévenu le chevalier en lui confiant une bourse de cuir. Le commis ne jeta pas un regard sur la pièce de cuivre.

— Mon domestique ne pourrait pas même remplacer le bouton de sa livrée avec… ça ! lança-t-il.

— Comment ! protesta le Marseillais.

Pierre exhiba alors un louis d'argent. Un louis ! Pas moins de 4 livres ! Cela faisait beaucoup, mais il lui fallait le renseignement. Le commis sourit. Il se retourna et, comme personne ne les surveillait, il s'empara lestement de la pièce.

— Les appartements de la reine, dit-il simplement.

Il s'apprêtait à partir quand Pierre l'attrapa au col.

— Pour un louis, j'ai droit à plus ! menaça-t-il.

Le commis se dégagea avec une dignité qui était tout ce dont il disposait pour s'opposer au Marseillais.

— Joseph Théus ? Un homme râblé, les cheveux blancs. Il traîne du côté de l'échansonnerie.

— Théus ? Je ne connais pas ce nom.

— Dois-je insister ? s'enquit l'ancien galérien.

Le commis se ravisa. Théus ? Oui, oui, il servait d'intermédiaire entre les marchands de vin et le Bureau du roi.

— C'est là qu'ils se présentent devant le chef de l'échansonnerie, précisa-t-il.

De mèche avec lui, Théus devait toucher sa commission sur chaque transaction. Les trafics de l'ancien galérien ne surprenaient pas le Marseillais, il avait agi de même à Toulon. Les menaces ne seraient pas suffisantes, Pierre devait trouver un moyen de neutraliser Théus, dont il pourrait avoir encore besoin.

Le Marseillais chercha le Bureau du roi, arrêtant plusieurs domestiques pour demander son chemin. On lui indiqua quatre pièces avec cheminées situées dans l'aile des princes, au rez-de-chaussée, toutes donnant sur la cour de la Bouche. Il descendit l'escalier de la reine et traversa une foule qui, au bas du degré, se réunissait, le visage rougi de froid, pour évoquer les nouvelles du jour. Une odeur puissante le saisit immédiatement à la gorge, si entêtante qu'il se serait cru dans une cuve. Des tonneaux étaient entreposés et des dizaines de bouteilles vides s'alignaient contre les murs. Un marchand tirait du vin de l'une des barriques et en offrait dans un gobelet d'étain à un homme, sans doute le maître échanson, qui goûta le vin offert. "Pour la table de M. le grand chambellan", entendit Pierre. L'homme recracha le liquide. Le marchand, satisfait, distribua ses ordres. On cachetait à la cire les tonneaux sélectionnés. Le Marseillais fit rapidement le tour des pièces sans trouver l'ancien galérien. Puis il sortit, il lui fallait retrouver Maucourt le frotteur.

Il se dirigea vers les appartements de la reine. C'était l'heure des relèves, les domestiques de tout rang circulaient dans leur livrée bleue, rouge, verte, sans que Pierre pût les distinguer dans leur fonction. Il chercha des yeux le frotteur.

Tout à coup, un grondement de soie et de talons, de rires et de paroles éclata de la première antichambre. La rumeur enfla, grossie d'aboiements. Pierre aperçut alors trois ou quatre petits chiens que le chevalier lui avait appris être des "bichons". Ils couraient en tous sens, aboyant, flairant sous les lourds rideaux de brocart, aux pieds des courtisans. Puis l'ancien galérien entendit des ordres donnés par une voix féminine. Les courtisans présents s'inclinèrent les uns après les autres. Pierre ne comprit pas immédiatement. Quelques femmes entrèrent dans l'antichambre en riant, une main soutenant les robes doublées de velours. Un huissier courut presque pour ouvrir à deux battants la porte de l'antichambre suivante. À côté de Pierre, deux gentilshommes s'inclinèrent à leur tour, et toutes les personnes présentes agirent de même. Enfin, le gros de la troupe apparut. Jaillirent alors une quinzaine de dames, toutes jeunes. Pierre se figea, il n'avait jamais rien vu de pareil. Les cheveux blancs comme neige et amidonnés portaient chapeaux, plumes, aigrettes et rubans. Les robes plus courtes pour certaines dégageaient les chevilles. Les mains s'étaient réfugiées dans des manchons épais, d'où pointait parfois le museau d'un animal, qui aboyait à son tour.

L'une d'entre elles semblait régner sur les autres. Blonde, la tête haut placée sur un cou long et blanc, coiffée d'un immense chapeau. C'était la reine. Accordant un sourire gracieux et bienveillant autour d'elle, elle tendit sa main gantée à l'un des hommes qui la saluait sur son passage. Puis elle lança un ordre. Le groupe repartit dans un même mouvement vers la seconde antichambre, et les rires s'évanouirent lentement.

Pierre avait vu la reine. Il se frotta les joues. Le Marseillais en aurait presque oublié Maucourt, qu'il trouva plus loin, dans l'un des salons. Trois autres compagnons nettoyaient, accroupis, un parquet qu'ils enduisaient de cire jaune sous la surveillance d'un Suisse.

33

— Monsieur le chevalier ! Monsieur le chevalier !

Une voix aiguë franchit la dizaine de pas qui la séparait du chevalier. Hilarion se retourna, et se trouva face à l'inspecteur Trouard, accompagné du chirurgien Laurent Lacroix. Une cohorte de dames, suivies de quelques gentilshommes, montait au premier étage. L'une d'elles lança au chevalier un regard dont la franchise l'étonna.

— Monsieur, tout le monde sait ! dit Trouard essoufflé. Vous n'irez point, n'est-ce pas ?

— Où ne devrais-je point aller, monsieur l'inspecteur ?

— Mais enfin, chevalier ! Votre duel demain avec le marquis de Montmort ! M. le premier maître d'hôtel et M. le directeur des Bâtiments craignent pour vous !

— Que craignent ces messieurs, demanda Hilarion, n'ont-ils pas confiance dans mon épée ?

— Les paris sont en faveur du marquis de Montmort, précisa Laurent Lacroix.

L'inspecteur jeta un regard froid au chirurgien. Homme d'ordre, le duel était pour ce serviteur fidèle une pratique qui contrevenait aux édits royaux et l'honneur de ces gentilshommes était une source de désordre. Il n'en oubliait pas cependant qu'il s'adressait à l'un d'entre eux.

— L'histoire est gênante. Le comte d'Angiviller craint que votre duel ne compromette la suite de votre enquête et M. de Montdragon partage cet avis.

— Je remercierai ces messieurs de leur confiance dans l'issue d'un combat qu'ils n'envisagent pas de me voir perdre ! Font-ils partie des parieurs ?

— Oh ! monsieur, s'écria l'inspecteur des Bâtiments.

Laurent Lacroix sourit discrètement.

— À ce propos, monsieur Trouard, savez-vous où loge l'Académie de M. Boisvin ?

— Le maître d'armes ?

L'inspecteur, piqué de n'avoir pas été entendu par le chevalier et du peu de cas que l'on faisait de l'avis du comte d'Angiviller, son supérieur, répondit dans un soupir désolé.

— À l'hôtel du Croissant, rue de l'Orangerie. Mais cette salle n'est fréquentée que par les gendarmes de la garde.

L'inspecteur s'en alla après un bref salut.

Le chirurgien tira de sa poche une tabatière et offrit une pincée de tabac au chevalier, qui refusa poliment.

— Monsieur, je dois vous entretenir d'un fait qui me trouble.

Ils étaient arrivés dans la salle des Hoquetons, qui servait d'antichambre aux appartements des tantes du roi.

— Que se passe-t-il ? s'enquit Hilarion devant l'air préoccupé du chirurgien.

— Le corps d'Augustin Boureuilles a été déposé dans la chapelle du Grand Commun, mais devant les protestations des aumôniers, je l'ai fait déplacer dans l'une des caves de la fourrière. Une belle cave, et pas moins de quelques milliers de bouteilles ! C'est à ce moment-là que je me suis rendu compte que les effets du pauvre homme avaient été volés.

— Que pouvait-on lui dérober ? s'étonna Hilarion.

— Peu de choses : sa chemise, ses bas et les deux ou trois objets qui étaient en sa possession.

— Lesquels ?

— Je ne sais plus exactement : un ruban, un couteau, que sais-je encore ? Le greffier de la prévôté en a dressé un inventaire.

— Pouvez-vous me procurer cette liste ?

Le chirurgien s'engagea à la fournir rapidement.

— J'aurai sans doute besoin de vos services, continua Hilarion.

— Votre duel avec M. de Montmort… Je serai présent, monsieur.

Hilarion le remercia et entra chez Mesdames.

34

— Que fait notre nièce ? demanda Adélaïde.

Sophie prit une petite lunette d'argent et la dirigea vers les jardins que l'on apercevait du grand cabinet de Madame Victoire.

— Elle descend du premier traîneau.

— Qui l'accompagne ?

Sophie ajusta l'instrument d'optique et le pointa comme un chef d'escadre vers l'ennemi anglais.

— Je distingue mal. Nous pourrions envoyer M. d'Osmond aux nouvelles.

Ledit d'Osmond s'inclina poliment. Il n'avait aucune envie de sortir par ce froid.

— Chevalier, dit Adélaïde en se retournant lentement vers Hilarion resté debout depuis son entrée, de vilains bruits sont parvenus à nos oreilles.

Madame Sophie s'installa devant le petit clavecin et égrena quelques notes. Il faisait froid dans le grand cabinet.

— Il ne s'agit, madame, que d'un bruit parmi tant d'autres. De ceux qui disparaissent à peine prononcés et se mêlent à la vapeur incolore que nous respirons chaque jour.

— Auriez-vous l'âme mélancolique ? demanda Mme de Narbonne.

— Les gens de Provence méconnaissent de telles humeurs, Narbonne ! dicta Adélaïde. Monsieur, nous comprenons que votre réputation ne puisse être réparée autrement que par les armes. Néanmoins, le roi punit une telle pratique et nous serions fâchées de vous voir retourner sur vos terres.

— Le comte de Maurepas ne vous le pardonnera pas, renchérit Mme de Narbonne.

— Sans doute, madame ! Mais pouvais-je refuser le combat ? Si j'avais accédé aux désirs du roi, la cour, pour ma couardise, m'aurait condamné à fuir Versailles. Je désirais la paix, M. de Montmort l'a refusée. Beaucoup témoigneront de la patience que j'ai mise à éviter l'affrontement, au-delà de laquelle je ne pourrais passer aux yeux de tous, et aux miens d'abord, que pour un lâche.

— Le duel est le fruit de ce pays ! voulut conclure Mme de Noailles.

— Mais le point d'honneur ne peut-il prévenir ce duel ?

— Encore faudrait-il que ce tribunal soit saisi. M. le maréchal de Richelieu, qui le préside, est plus préoccupé de recoudre les différends entre ses maîtresses que de réparer ceux qui opposent deux gentilshommes !

— Mesdames, coupa Hilarion, *in medio stat virtus* ! Je promets de n'être ni trop éveillé, ni trop endormi. M. le marquis de Montmort et moi-même sortirons de cette affaire l'honneur en bandoulière et fort camarades.

— Ce Montmort est un brutal, confia Mme de Bassompierre. Je l'ai vu au loto de Mme de Maurepas, suivi de Moreton. Il a frappé un page de Madame Élisabeth qui refusait de lui servir à boire, ne recevant ses ordres que de la sœur du roi.

— Je n'ai pas l'heur de connaître ce M. de Moreton, mentit Hilarion.

— Un libertin, que l'on ne voit que trop rarement à la messe ! Il appartient à l'entourage du comte d'Artois. Monseigneur est trop galant pour ne pas servir de mauvais exemple à tous ceux qui lui sont attachés.

Madame Sophie arrêta enfin de jouer et se rapprocha de la cheminée. Deux dames lui abandonnèrent leur place.

— Que la reine nous donne un héritier !

— La providence y pourvoira, affirma Madame Victoire qui somnolait, sa tasse à la main.

— La providence et M. de La Martinière. Le premier médecin se rend souvent chez le roi. Il n'y a rien trouvé à redire, susurra Mme de Beauvillier.

— Attendons la venue de Son Altesse impériale Joseph. Il saura parler à la reine, sa sœur, et chacun remplira ses devoirs.

Hilarion était un peu las d'entendre se répéter les mêmes et inlassables conversations à chacune de ses visites chez Mesdames.

— Monsieur le chevalier, lança soudain Madame Adélaïde, est-il vrai que vous recevez la *Gazette* de Leyde ?

— Oui, madame.

— Et vous la lisez ?

— Oui, madame.

— C'est incroyable !

Personne ne l'interrogea sur l'enquête. La mort de M. de Rancy avait intéressé le temps de quelques soupirs pour être aussitôt oubliée. Si les conversations étaient le calice qui recueillait les potins, les bruits ou les rumeurs, les nouvelles à la main étaient remplacées plus rapidement ici qu'en province. Mlle de Laval laissa tomber son mouchoir. Hilarion le ramassa et le lui tendit en le retenant par un coin brodé.

— Monsieur, dit-elle dans un murmure parfumé, on a émis le vœu de vous revoir.

Elle sentait bon et, de sa position, il pouvait examiner la ligne du cou, longue et presque soyeuse.

— Ce "on", madame, est bien mystérieux et je voudrais qu'il prît votre visage.

— Il a pour l'heure les traits d'une dame aux ordres de laquelle il me faut obéir.

— Madame, les affaires du monde ne peuvent m'interdire, en vous voyant, de rêver un peu.

— Gardez pour plus tard vos soupirs, mais j'accorde pleine liberté à votre imagination.

La ligne du cou avait vibré comme si un courant d'air froid avait réveillé les chairs douces.

— On vous attendra, monsieur, articula la bouche pleine et rouge, ce soir au salon de la Paix vers minuit.

— J'oserai une autre fois recueillir vos confidences, madame.

— Je sais démêler, monsieur, la vertu d'avec les apparences et ne hasarde jamais trop tôt mon estime.

Hilarion s'inclina et lui rendit son mouchoir. Il fit quelques pas au milieu du salon, posa une main gantée sur la hanche et servit aux princesses la plus élégante des révérences.

— Au plaisir de Dieu, monsieur ! lui répondit gravement Madame Adélaïde.

35

Hilarion s'était installé devant la cheminée qui fumait. La température avait baissé avec le jour. Maucourt se tenait debout dans un coin. Préoccupé, le frotteur ne disait rien. C'était la seconde fois qu'il rencontrait le chevalier, une fois de trop. Le prévôt lui avait enjoint de ne point quitter le château et de se mettre à la disposition de "M. le chevalier", sur ordre du gouverneur. Mais il n'avait pas aimé la façon presque brutale dont le Marseillais l'avait tiré du sol, saisi par le col et forcé à le suivre. Lui, frotteur des appartements de la reine, payé sur la cassette du Domaine du roi et vêtu du petit habit bleu !

— Où logez-vous, monsieur Maucourt ? demanda Hilarion.

— Rue de l'Orangerie, à l'hôtel des Louis, répondit avec impatience l'homme.

Il n'appréciait pas de s'adresser au dos du gentilhomme.

— Rue de l'Orangerie, répéta à haute voix le chevalier. Non loin de l'hôtel de Duras, n'est-ce pas ?

Le frotteur opina du chef, oubliant que le chevalier ne le regardait pas.

— Monsieur Maucourt, avant de revenir à cette fameuse soirée où vous découvrîtes le corps de M. de Rancy, ci-devant maître d'hôtel du roi et habitué d'un autre hôtel, celui de Saint-Antoine, venons-en à vos fréquentations. Car vous frayez avec l'enseigne Saint-Antoine, n'est-ce pas ?

— Je joue au billard, avoua-t-il.

— Bouillotte, pharaon… ?

Le frotteur acquiesça d'un mouvement discret de la tête.

— Mon maître te tourne le dos ! Il veut t'entendre ! rugit Pierre.

— Oui, monsieur.

— Avec qui ? interrogea Hilarion.

— Les partenaires de jeu varient.

— Des noms, cher monsieur, des noms ! Le reste ne m'intéresse pas, murmura le chevalier en se retournant.

Le frotteur du roi fit enfin face à son interlocuteur. Le gentilhomme portait un habit de velours noir et un gilet brodé à l'orientale de couleur claire. La main droite du chevalier laissait pendre ce que le frotteur devina être un médaillon, au centre duquel il aperçut le portrait d'une femme. Sous le regard du chevalier, Maucourt releva immédiatement les yeux.

— M. de Rancy, après son service, venait à l'établissement du sieur Marquier.

— Est-ce une façon délicate de nous apprendre que vous jouiez avec lui ?

Le frotteur confirma. Hilarion glissa le médaillon dans sa poche.

— Votre passion commune pour le billard n'était pas le seul motif de vos rencontres ?

— Non, monsieur. Des dettes de jeu.

— Mon *Diou* ! s'écria le Marseillais. Tout le monde joue dans ce pays-ci !

— Vous deviez de l'argent à Rancy ?

— Oui, monsieur. Je m'apprêtais à…

Maucourt ne termina pas sa phrase. Il comprit où on voulait le conduire.

— … à rembourser M. de Rancy, malheureusement assassiné avant que vous n'en ayez eu le temps.

— M. de Rancy assassiné ! répéta le frotteur.

— Ne t'amuse pas avec nous ! menaça Pierre. Tout le Commun du roi est au courant de l'assassinat du maître d'hôtel.

— Je reste, monsieur, l'obligé éternel des héritiers de M. de Rancy, bégaya le frotteur.

— Argument que le prévôt avalera aussi facilement que l'arête de l'une de ces carpes que Madame Élisabeth pêche dans le Grand Canal.

— Je ne l'ai pas tué !

Maucourt avait presque hurlé, abasourdi. Il se frotta les yeux, les ferma, les rouvrit, ahuri, répétant que non, il n'avait point assassiné le maître d'hôtel.

— Calme-toi ! ordonna Pierre.

— Vos dettes vous désignent comme principal suspect, poursuivit Hilarion. Qui rencontriez-vous encore à l'hôtel Saint-Antoine ?

— Jean-Baptiste Luthier. Il est écuyer de la Bouche du roi, répondit sans hésiter Maucourt.

— Luthier, le frère de Toinette ? gronda presque le Marseillais.

Hilarion ne le laissa pas continuer.

— Devait-il aussi de l'argent à Rancy ?

— Je ne crois pas, objecta le frotteur presque rassuré par la nouvelle direction que prenait l'interrogatoire.

— Qui d'autre ?

— Des Anglais.

— Les Anglais sont nombreux à Versailles. Des gentilshommes ?

— Oui, monsieur. M. de Rancy semblait bien les connaître.

— Des noms peut-être ?

— M. de Rancy avait exigé de tous la plus grande discrétion.

Hilarion se leva et fit quelques pas.

— Revenons à votre découverte de M. de Rancy à qui vous deviez de l'argent… Beaucoup d'argent ?

— Oui.

— Des précisions, monsieur, sur ce que la mort inopinée de M. de Rancy vous a rapporté.

— Je rembourserai, je le jure !

— Combien ?

— 2 000 livres, bredouilla le frotteur.

— Quoi ! s'écria Pierre, comment peut-on perdre autant ? Ce sont les gages d'un capitaine en pied.

Maucourt baissa la tête comme un mauvais élève surpris en train de voler un ruban. Au même moment on gratta à la porte. Un garçon entra, un billet à la main, le visage rouge de froid.

— Pour M. Pierre, dit-il avant de refermer la porte derrière lui et de disparaître.

Le Marseillais et le chevalier échangèrent un regard, étonnés par cette apparition. Hilarion lut rapidement le message. Il fit un signe à Pierre, et les deux hommes s'écartèrent.

— Toinette Luthier, souffla le chevalier. Elle veut te rencontrer. Cela semble urgent. Tâche de te renseigner sur son frère.

Le Marseillais sortit après avoir lancé un regard mauvais au frotteur.

Maucourt éternua, s'excusa.

— Bien, reprit Hilarion, expliquez-moi maintenant la raison pour laquelle c'est à vous qu'est revenu le déplaisir de découvrir le cadavre de M. de Rancy. Je veux la vérité, monsieur.

Le soir de la mort du maître d'hôtel, Maucourt avait reçu un billet. On le priait avec insistance de se rendre après minuit à l'opéra. Le billet était signé par le maître d'hôtel lui-même.

— Vous ne vous êtes pas étonné de l'heure ni du lieu du rendez-vous que vous fixait M. de Rancy ? Le théâtre est pourtant interdit à cette heure de la nuit !

— On me précisait qu'il s'agissait d'obtenir mon concours dans une affaire difficile. En échange de quoi mes dettes seraient annulées. Il suffisait d'emprunter l'escalier derrière la scène pour arriver dans les combles, les portes seraient ouvertes.

— M. de Rancy disposait-il des clefs ?

— Sans doute.

— Quelle "affaire difficile" M. de Rancy devait-il traiter ?

Maucourt l'ignorait. Hilarion insista. Le frotteur se tut, tortillant un mouchoir qui sortait de sa manche.

— Des dettes de jeu non payées ? Des lettres disparues ?

Un pamphlet contre la reine, peut-être ? Que sais-je encore… J'aimerais connaître vos préférences.

— J'ai d'abord cru à des dettes de jeu. Mais M. de Rancy en avait peu, remplissant presque toujours le rôle de la banque pendant les parties. Je n'en sais pas plus.

— Les suites de votre ignorance, monsieur, me font entrevoir pour vous un avenir bien incertain.

— Je suis innocent, murmura le frotteur.

— Avez-vous encore ce billet ?

— Non, en découvrant le corps, j'ai préféré le détruire. On pouvait, par sa seule existence, me condamner à la roue.

— Qu'est-ce qui prouve que vous n'avez pas tué Rancy pour vous débarrasser de votre créancier ?

— Ma parole seule, monsieur ! N'ai-je pas accepté de vous dire la vérité ?

— Après nous l'avoir cachée.

Que pouvait espérer le frotteur avec la mort de M. de Rancy ? L'effacement de ses dettes était un motif insuffisant pour justifier l'assassinat du maître d'hôtel, et Maucourt un personnage trop modeste pour avoir pu imaginer un meurtre qui avait nécessité des complices. De cela le chevalier était certain. Le frotteur n'était qu'une proie, trop naïve, qu'on lui jetait dans les jambes. Maucourt était innocent.

36

La cloche des Récollets retentit au moment où Pierre entrait dans l'hôtel de Duras, rue de la Chancellerie. Des commis se hâtaient encore vers les différents ministères bordant la rue. La neige tombait de nouveau, étouffant le martèlement des pas. Le concierge, un dénommé Candon, lui indiqua le premier étage. Il s'arrêta sur le seuil, hésita, puis frappa doucement à la porte.

Toinette Luthier lui ouvrit. Le Marseillais fit deux pas et s'immobilisa, les bras le long du corps, au milieu de la pièce. La cheminée brûlait, une table à en-cas était disposée devant l'âtre, ainsi que deux chaises à bras. Elle l'invita silencieusement à s'asseoir. Le cou blanc de Toinette était entouré d'un ruban de velours rose auquel pendait une petite croix d'argent, un châle recouvrait ses épaules. Pierre rassembla ses jambes et, pliées, les glissa sous la chaise. Il posa ses mains sur les accoudoirs trop petits, puis accepta la tasse de café que lui tendit la jeune femme. Toinette examina cet homme grand et maigre, presque laid, presque beau, songea-t-elle. Elle but une gorgée de café, évaluant les mots qu'elle devait dire ou non à cet inconnu.

— Monsieur, une affaire grave m'oblige auprès de vous.

Il écouta, la mine concentrée.

— Mon frère…

L'inquiétude habitait des mots hésitants.

— Jean-Baptiste Luthier, l'encouragea-t-il.

— Oui, mon frère, répéta-t-elle doucement… a disparu.

Les mains de Pierre resserrèrent leurs doigts autour des accoudoirs.

— Depuis quand ?

Il n'était pas rentré la veille. Quelqu'un des cuisines du Grand Commun était venu le chercher et il n'avait pas reparu depuis. Elle avait interrogé les officiers de quartier, ses amis, ses connaissances. Pierre se souvint d'une silhouette dans la cour du Grand Commun. Un homme près de la fontaine, qui avait interpellé Théus. Que lui avait-il dit d'autre ?

— Joseph Théus connaît-il bien votre frère ?

Toinette acquiesça, les yeux du galérien se fermèrent un peu.

— Je voulais savoir où était Jean-Baptiste.

— Qu'a-t-il répondu ?

— Rien. Mais il m'a proposé sa protection en me demandans en mariage.

— Sont-ils en affaire ?

— Ils se rencontrent souvent. Mais Jean-Baptiste est honnête. Il a toujours refusé de participer aux trafics de Théus.

— Quand avez-vous vu votre frère pour la dernière fois ?

— Hier. Je partais aux lavoirs de Lagny.

— Si loin ? s'étonna Pierre.

Le directeur des Bâtiments avait interdit que l'on nettoyât le linge dans le bassin des Suisses.

— Et monsieur votre frère, où se rendait-il ?

Toinette sourit devant la marque appuyée de respect qui lui était indirectement adressée.

— Aux cuisines du Grand Commun. Il y a toujours rempli sa charge avec exactitude.

La voix s'était pourtant alourdie d'un sanglot.

— Un homme peut-il disparaître ainsi, sans donner de nouvelles ?

Que pouvait-il répondre ? Il marqua un temps avant de poser la question suivante.

— A-t-il une maîtresse ?

— Oh ! monsieur, rougit-elle, mon frère n'est pas un libertin.

Le Marseillais s'excusa. Les paroles de Maucourt l'agitaient pourtant : Luthier et le frotteur se rencontraient à l'auberge Saint-Antoine.

— Votre frère joue-t-il ?

— Jean-Baptiste disparaît souvent le soir et rentre tard dans la nuit.

— Quel motif vous donne-t-il ?

— Il n'y a pas grand mal. Il joue au billard à l'enseigne Saint-Antoine, chez maître Marquier.

Pierre aurait préféré ne pas entendre prononcer le nom de l'auberge ni celui de son propriétaire. Il n'aimait pas savoir Jean-Baptiste Luthier associé de près ou de loin à Maucourt ni à M. de Rancy. Le châle de Toinette Luthier glissa de son épaule qu'elle ne recouvrit pas. Ses yeux brillaient de larmes. Pierre se leva et s'approcha de la jeune femme, il lui prit la main. Elle ne la retira pas et leva les yeux vers le Marseillais.

— M. de Rancy fréquentait aussi l'établissement de M. Marquier. Y rencontrait-il votre frère ?

— Oui. Ils sont… ils étaient en affaire, rectifia-t-elle après une hésitation. Pour acheter sa charge, Jean-Baptiste a emprunté une somme importante à M. de Rancy.

— A-t-il fini de le rembourser ?

— Je l'ignore, rougit-elle.

— Connaissez-vous un certain Maucourt ? Il est frotteur chez la reine.

Elle fit signe que non. Une réponse trop rapide.

— J'ai aperçu votre frère, hier, dans la cour du Grand Commun. Théus lui a donné un rendez-vous.

— Je l'ignorais.

Toinette évoqua alors ce frère aîné. Il avait pris soin de ses trois sœurs après la disparition de leur père d'abord, un marchand orfèvre d'Amiens, de leur mère ensuite, morte de chagrin et de maladie. C'était arrivé avant leur départ pour Paris. Elle montra à son cou la petite croix d'argent.

— C'est tout ce qui me reste de ma mère, chuchota-t-elle. Jean-Baptiste porte la même.

L'ambition de son frère l'avait un peu effrayée d'abord, mais il avait pu obtenir l'agrément du grand maître et acquérir une charge en partie grâce à l'héritage paternel.

Toinette se leva et remplit une seconde fois la tasse de Pierre. Elle avait ravalé ses larmes naissantes. C'était la première fois que le Marseillais voyait une femme pleurer, il en fut bouleversé.

— Monsieur Pierre, m'aiderez-vous ?

Il jura. Pierre ferma complètement les yeux. Il demeura ainsi quelques instants. Il lui fallait rapidement mettre la main sur Joseph Théus.

37

Pour la première fois depuis son arrivée à Versailles, le corps d'Hilarion avait retrouvé cette euphorie que seul le combat était en mesure de lui rendre. À l'hôtel du Croissant, le maître d'armes, M. Boisvin, le reçut avec les égards dus à un homme dont on savait la proximité avec M. de Maurepas et le roi.

— Monsieur, je vous fais mes compliments, dit-il en s'inclinant. Sa Majesté a su récompenser à leur juste valeur vos services en vous élevant au rang d'enseigne aux Chevau-légers de sa garde.

On fit cercle autour du chevalier, qui tira contre deux gentilshommes. Son immobilité de prédateur dérouta ses adversaires aussi bien que l'assistance. Des murmures admiratifs peut-être, inquiets sans doute pour le marquis de Montmort dont chacun pourtant connaissait la réputation, commentèrent, dans le froid de la salle, chaque geste du chevalier qui emporta les deux assauts. C'était suffisant pour que l'on ne doutât plus de ses talents.

En sortant de l'Académie de maître Boisvin, Hilarion observa le ciel étouffé d'une épaisse couverture de coton gris que la nuit ne parvenait pas entièrement à absorber. La neige ne tarderait pas à tomber, encore et toujours. Il leva une main en direction des écuries du roi. Ses muscles, dans leur souplesse retrouvée, lui donnaient une envie de se battre qui le fit sourire. “Gare à celui qui rencontre le Loup !”, claironna-t-il en ajustant ses gants taillés dans un cuir retourné par des artisans de Grasse.

Il rentra au château, se frotta le corps, se parfuma, se vêtit, assista au souper du roi au milieu d'une centaine de personnes et, plus tard, il retrouva Simiane au jeu de la reine, si entourée qu'il fut impossible de l'approcher. Hilarion se retira avant que les horloges du château ne frappent les douze coups de minuit pour attendre son inconnue dans le salon de la Paix. Il se fit reconnaître par le garde Suisse assoupi, avant de s'arrêter, plus loin, à l'entrée du salon, côté galerie. Là, le silence enveloppa Hilarion. Il eut froid. Dans quelques heures, il se battrait. Dans quelques heures, il mourrait peut-être sans en connaître la raison exacte. Le visage d'Isabeau disparaîtrait à jamais. Il ne la rejoindrait pas en Bretagne. Son corps lui disait pourtant le contraire. “Isabeau”, murmura-t-il.

— Ici, monsieur, répondit une voix.

Il se retourna brusquement, ses pensées brutalement interrompues.

— Vos souliers, monsieur, chuchota-t-elle, vous pouvez les garder aux pieds.

Hilarion ne reconnut pas celle qui, la veille, lui avait servi de guide. L'inconnue n'avait pas de quoi s'éclairer, mais son pas était sûr. Hilarion reçut la main de la jeune femme. Une main tiède qui ne portait pas de gant. Ils empruntèrent le même chemin : la salle de l'Œil-de-Bœuf, puis les cabinets de la reine, plongés dans l'obscurité. Mais ils n'avaient pas fait deux pas que la dame ouvrit sur sa droite une porte que le chevalier n'avait pas remarquée la première fois. Ils gravirent un escalier étroit en colimaçon. Hilarion savait être dans les appartements privés de la reine, là où, disait-on, Sa Majesté pouvait vivre en bourgeoise et recevoir ses intimes.

Le couloir dans lequel ils débouchèrent était faiblement éclairé. Ils le suivirent jusqu'à un premier cabinet de petite dimension, puis dans un second plus grand. Une cheminée brûlait. Deux fauteuils s'alignaient contre le mur, une table à jouer devant l'un d'eux, un sofa près d'un guéridon. Une simplicité bourgeoise, mais raffinée. La dame se retourna, Hilarion reconnut celle qui, la veille, dans les appartements de M. de Maurepas, lui avait glissé le premier billet. Il s'inclina.

— Madame, je suis votre serviteur.

— Réservez votre politesse, monsieur, à qui la mérite plus que moi.

Elle était vraiment belle : des lèvres roses, savamment humectées, sur un teint de lait. Elle portait une coiffure dont les volutes neigeuses semblaient l'élever vers un ciel inaccessible. Sa robe à la française laissait supposer une femme de condition, de même que son parfum.

— Me direz-vous à la fin votre nom ?

Elle s'écarta et accomplit une rapide révérence.

— Mme de Miséry, première femme de chambre de la reine.

Puis elle disparut. Au fond, une porte s'ouvrit, un chien fit irruption, suivi d'un second. Une femme entra, s'inclina. Il crut reconnaître la princesse de Chimay, première dame d'honneur. Apparut la reine. Les chiens tournèrent autour du chevalier, Hilarion posa immédiatement un genou à terre.

— Relevez-vous, monsieur.

Hector de Simiane et son ami le comte de Tilly ne l'avaient point trompé, qui disaient d'elle qu'elle avait ce qui vaut mieux sur le trône que la beauté parfaite : la figure d'une reine de France. Ses yeux, sans être beaux, avaient pris, devant Hilarion, le caractère de la bienveillance. La peau admirable était encore adoucie par la faiblesse de l'éclairage. Un vaste chapeau de gaze coiffait ses cheveux poudrés. De belles mains reposaient sur les plis bouillonnants de la robe. Tout, chez la reine, inspirait le respect.

— Relevez-vous, chevalier, reprit-elle avec une politesse à la fois digne et affectueuse. Nous avons appris la méchante affaire qui vous opposera demain au marquis de Montmort. Nous sommes fâchée, monsieur.

— Madame, rien ne pourrait plus m'affliger que le malheur de déplaire à Sa Majesté.

— On veut porter le roi aux dernières rigueurs contre vous, intervint la princesse de Chimay.

— Madame, c'est me faire trop d'honneur. Je ne suis à la cour qu'un inconnu qui ne désire rien tant que servir Leurs Majestés. Je connais trop le monde pour ne pas entendre ou imaginer ce que certains pourraient se plaire à dire et laisser dire.

— Sans doute, monsieur, opina la reine. Néanmoins, nous ne serions point mécontente si M. de Montmort recevait la leçon que méritent ses impertinences.

— Je ne comprends pas, s'étonna Hilarion, qui commençait au contraire à deviner ce qu'on allait lui proposer.

— M. de Montmort a ce genre d'esprit qui ne vise qu'à l'effet et qui s'épuise dans celui-ci. À peine est-il capable de ramasser l'esprit que d'autres lui abandonnent, commenta la princesse de Chimay.

— Connaissez-vous, chevalier, les raisons des provocations du marquis ? demanda la reine.

— Madame, nous sommes dans un pays où les raisons de se battre sont si nombreuses que j'ai tendance à les oublier. M. de Montmort ne m'a pas fait l'honneur de me les préciser. Sans doute le roi, en me récompensant par une enseigne aux Chevau-légers, a-t-il déclenché la colère du marquis.

— Cet homme n'a pas assez de talent pour se servir des autres, moins encore pour décider ce qu'il doit faire ou ne point faire.

— Et de qui, madame, le marquis serait-il le bout de l'oreille ?

— Cela, monsieur, il vous appartient de le découvrir.

La reine fit quelques pas en direction du fauteuil et s'assit, droite, une main caressant distraitement l'un des chiens qui avait posé sa tête sur le coussin. Mme de Chimay, restée debout, poursuivit.

— Sa Majesté est en mesure d'adoucir la colère du roi, ainsi que celle de M. de Maurepas, que votre conduite ne tardera pas à provoquer.

— Je porterai avec honneur et discrétion les couleurs de la reine, affirma Hilarion en s'inclinant.

Celle-ci sourit aimablement.

— Si M. de Montmort a su déplaire à la reine, poursuivit impassible la première dame d'honneur, le marquis ne mérite pas d'être tué par vos soins. Contentez-vous, monsieur, de le rappeler… à plus de respect. La bonté de la reine est à ce prix.

— Notre protection ne se marchande pas. C'est donc à votre honneur de gentilhomme que j'en appelle.

Hilarion retint le mince sourire qui menaçait de se dessiner. Les clauses du marché allaient se préciser.

— Nous espérons, monsieur, que vous n'avez pas oublié les devoirs qui sont les vôtres.

— Ils guideront ma main lorsque j'affronterai le marquis de Montmort.

— Nous pensions à votre service auprès du roi, corrigea la princesse, et à ce que votre enquête vous amènera à trouver.

— Les lettres ?

— Oui, monsieur, trancha la reine.

— Concernent-elles Votre Majesté ?

Un silence s'installa. Hilarion insista en s'adressant à la princesse de Chimay.

— Ont-elles pu servir à nourrir les libelles que l'on fait circuler au château ? Libelles dont on a soupçonné M. de Rancy d'être le…

— Chevalier, coupa la princesse de Chimay, on n'interroge pas ainsi la première dame d'honneur, moins encore la reine de France.

Hilarion avait sa réponse. Il se tourna vers la souveraine qui, depuis quelques instants, semblait avoir oublié l'objet de leur conversation. Son regard se perdait dans le spectacle des flammes.

— Madame, je promets d'informer Sa Majesté.

— Gardez-vous du caquet de Mesdames mes tantes. Prenez garde qu'il ne vous gâte l'esprit, chevalier !

Il s'étonna.

— Ne suis-je pas l'Autrichienne ? Nous désirons vous voir demain à notre bal, ajouta-t-elle en se levant.

Elle sortit vivement, précédée de ses chiens et suivie par la princesse.

38

Hilarion s'était arrêté sur le seuil de son appartement, barrant de son bras droit le passage à Pierre. Il posa un doigt sur sa bouche. Aussitôt, le Marseillais sortit son couteau et ferma silencieusement la porte derrière eux. Pierre avait attendu le chevalier au coin de la galerie et de l'Œil-de-Bœuf. Il ne s'agissait plus de laisser son maître seul. L'agression de la veille, le meurtre de Boureuilles, la disparition de Luthier n'étaient pas pour le rassurer. À croire que les corridors, les cabinets et les antichambres du château étaient plus dangereux encore que les rues les plus mal famées de Toulon ! Le chevalier avait senti une présence étrangère, encore mal appréciée, proche et lointaine, s'évanouissant peu à peu. Il ne savait pas encore. L'animal, à la chasse, laisse toujours des traces derrière lui, une odeur, des empreintes dans le sol humide ou dans l'herbe piétinée. Le logis qu'ils occupaient depuis leur arrivée à Versailles avait été l'objet d'une visite. Il convenait d'en évaluer les conséquences et les motifs.

Sur un signe, Pierre alluma sa lanterne. Le silex du briquet cracha quelques étincelles avant que la flamme ne s'empare lentement de la mèche et repousse l'obscurité humide de l'antichambre. Sans faire craquer les planches du sol, il s'était écarté de son maître, prêt à agir. Ils restèrent ainsi de longues minutes. Dans le champ de vision du chevalier, les détails s'accumulaient, ou plutôt d'imperceptibles écarts. Sur le bras de lumière à gauche, la bougie penchait du mauvais côté. La chaise était trop rapprochée de la cheminée. Un coffret, laissé ouvert le matin, avait été refermé, par ce réflexe qui refuse inconsciemment qu'une boîte puisse ne pas être fermée. Mais surtout il y avait cet effluve que le chevalier parvint à séparer de l'odeur de cendres froides et de fumée qui contaminait tout l'appartement.

Hilarion désigna du menton l'entresol. Pierre s'y précipita. Le chevalier entra dans sa chambre. La discrétion avait commandé une grande prudence, car Hilarion n'observa que peu de signes de dérangement. Pierre revint rapidement, et tout aussi silencieusement.

— Oui, *monssu*, on a fouillé ma chambre. Notre curieux ne connaît pas les règles élémentaires de la chasse pour abandonner au vent autant de traces.

— Qui est au courant de l'enquête que je mène ?

— Tout le château ou peu s'en faut !

— Certes. Mais on est venu ici dans le but de trouver quelque chose de précis.

— Que possédons-nous qui aurait pu ainsi intéresser notre inconnu ?

— Le billet retrouvé dans l'ourlet de l'habit de Rancy ? Ou le message du coffret ?

— L'Araignée d'Apollon ? Peut-être s'agit-il simplement d'un voleur ? Ils ne sont pas rares au Grand Commun.

— Non, Pierre, rien n'a été dérobé.

Il avait interrogé Maucourt. Il avait rencontré Mesdames, puis la reine. Boutel, l'inspecteur, Lacroix. Trop de noms, de visages, d'incertitudes. Pierre versa du vin dans un gobelet. Hilarion s'installa devant le feu que le Marseillais tentait de ressusciter. Il savoura le vin en silence, dessinant devant lui, dans le vide, une série de gestes brefs qui reproduisaient ceux d'un combat dont il ne connaissait pas l'issue.

— N'irez-vous pas dormir, *monssu* ? s'inquiéta Pierre.

— Dormir ?

— Mais, *monssu*, votre duel, à l'aube !

Le duel ! Comment, le chevalier, après s'être battu, arriverait-il le lendemain à parler au roi dans la Grande Galerie ?

Troisième journée

L'an de grâce 1777, vendredi 14 février, jour des Cinq Plaies de N.-S. Le premier quartier de la nouvelle lune s'est fixé dans le ciel à 7 h 05 minutes du soir, étant à 26 degrés et 33 minutes de la Vierge.

39

Un cahot souleva la voiture, Simiane pesta contre le cocher. La lune semblait fuir vers l'ouest. Le chirurgien Lacroix observait le ciel.

— Messieurs, nous sommes accompagnés depuis quatre nuits par la nouvelle lune. Le premier quartier est apparu hier soir à 7 h 58. L'avez-vous observé ?

Personne ne répondit. Le chirurgien ne se découragea pas.

— À 26 degrés de la Vierge.

— Paix, Lacroix ! s'écria Hector de Simiane. Je n'ai point terminé ma nuit.

Le matin, Pierre, avec un soin exact, avait habillé et coiffé son maître qui l'avait laissé faire. Son corps avait pu se reposer, point son esprit, traversé par des images brèves. Le comte Henri, Grasse, la Provence et cet Américain aussi, rencontré la veille. Au-delà des grilles du château, Hilarion et Pierre avaient ensuite rejoint Hector, Lacroix et le second témoin, M. de Monséju, brigadier aux Chevau-légers. Le chevalier était monté dans la voiture en appuyant sa botte sur le marchepied, que Pierre avait déplié devant lui, avec la légèreté d'un homme qui sait pouvoir mourir dans l'heure qui suit.

D'un coup, il avait décollé la neige qui s'était attachée à ses bottes.

Les nuages avaient ralenti leur course. Peu après le village de Roquencourt, la voiture s'engagea sur un chemin qui traversait la plaine de Beauregard à l'est, vers l'aqueduc. Elle s'arrêta plus loin dans le silence d'une neige pâle. Hector de Simiane tira sa montre. Il était 7 heures passées de 15 minutes. Lui, qui détestait ces rencontres, s'était tu pendant le trajet, tandis que Monséju l'assommait d'anecdotes. Le chevalier n'avait écouté que d'une oreille. Le brigadier haïssait Montmort, qui lui avait soufflé une maîtresse.

— Mlle Desève, très bien faite. Elle végète, dit-il avec regret, en chambre garnie, et pelote en attendant Montmort.

— Je le croyais avec cette Mlle Conway, une Anglaise qui accompagne le chevalier Hamilton, intervint Hector étonné ?

La voiture s'arrêta. Montmort était déjà là. Il attendait, les bottes enfoncées dans la neige, ses deux témoins bavardaient.

— Poyanne et Sillery, précisa Monséju. Ils servent dans les Mousquetaires.

On avait fixé les conditions de l'assaut. Elles furent soumises au chevalier d'abord, puis à son adversaire, qui les repoussa. Hector insista sur la nécessité de se mettre d'accord. M. de Poyanne essaya de convaincre le marquis. Montmort n'avait d'yeux que pour le chevalier, qui déboutonnait sa cravate blanche et enfilait une paire de gants immaculés.

— Messieurs, le combat imposera ses propres lois, laissa-t-il tomber.

— Marquis, votre détermination enfreint les règles élémentaires de l'humanité et de l'honneur.

Montmort haussa les épaules. Ses yeux disaient tout ce qu'il était nécessaire de savoir sur le degré de haine de cet homme. Simiane en avisa le chevalier.

— Méfie-toi, c'est un fou ! Si tu venais à le tuer, j'ai préparé un cheval et un laissez-passer qui te permettront de fuir en Angleterre.

Hilarion remercia son cousin, Hector n'était pourtant pas sûr de l'issue d'un combat dont Montmort s'imposait comme le favori. Le marquis l'inquiétait. Sa rage avait pris un tour froid qui rendrait plus efficace chacun de ses gestes.

Après une révérence, les deux tireurs se mirent en garde. Le marquis de Montmort impressionnait par sa taille. Le chevalier se tint dans la ligne haute droite et attendit immobile comme un marbre antique. Impatient, Montmort se fendit de quinte avec le désir de taquiner la cravate du jeune homme qui, dans une soudaine parade-riposte, toucha plus qu'il ne frappa l'épaule gauche de son adversaire. Les fers s'étaient à peine rencontrés, l'assemblée resta bouche bée. Personne n'avait osé applaudir le coup, de crainte d'offenser le marquis. Montmort, livide, avait reculé de plusieurs pas.

— Monsieur a gardé quelques traces de l'école italienne. Je m'en souviendrai ! s'écria-t-il de rage.

— *A vaillant home, courto espaso*, murmura Hector à l'oreille de son voisin.

À cet instant, le chevalier ressemblait à la nuit. Le silence creusait dans son visage des ravines et des gouffres.

Son adversaire eut froid. L'attente muette et immobile déconcerta sans doute les témoins. M. de Poyanne grimaça un peu. Le chevalier avait le sang froid et il savait attendre. Cela n'augurait rien de bon pour Montmort.

— Le marquis ne se laissera pas surprendre une seconde fois, bougonna-t-il à l'adresse de Simiane.

Monséju jubilait l'œil mi-clos et, se tournant vers M. de Sillery, il paria 5 livres que la seconde touche serait au profit du chevalier.

Maître Lacroix éternua et s'excusa. Quant aux deux adversaires, ils ne se quittaient plus des yeux. Montmort avait retrouvé son équilibre, ses appuis et sa confiance, attribuant à la chance ce premier succès. Le chevalier devait avoir, comme chacun, un point vulnérable : il suffirait de le pousser un peu. Le marquis conserverait la pointe basse, mais contrairement à l'assaut précédent il porterait une contre-attaque en obligeant son adversaire à se découvrir. Tout reposerait sur le seul travail de la lame.

Hilarion déconcerta par un changement soudain de garde, si basse que la pointe sembla traîner dans la couche de neige. L'autre voulut prendre le fer et ne trouva rien. Un coup droit, un dégagement suivirent. Le chevalier tenait le marquis hors de portée, mais à une distance qu'il franchirait d'un éclair.

— Le cercle, monsieur ! lança-t-il d'une voix claire.

— Quel cercle ? Allons-nous enfin nous battre ?

— Celui, invisible, dont vous ne sortirez point, marquis.

Il avança rapidement d'un pas. L'autre recula de surprise, les témoins s'inquiétèrent. Pierre sourit. C'est à cet instant qu'Hilarion attaqua en flèche, bras tendu, dans un bond en ligne, faisant voler la neige autour de lui. Montmort, trompé par une première intention, n'eut guère le temps – ni le poignet, pensa avec mépris Simiane – de parer. La lame du chevalier s'écrasa d'abord sur la veste, avant de s'enfoncer dans l'épaule droite. Sous la violence de l'assaut, le marquis recula encore. Mais Hilarion, contre toutes les règles, poursuivit son attaque.

Montmort se retrouva poussé contre un arbre, le souffle coupé. Son épaule douloureuse lui interdisait le moindre mouvement. La pointe de son adversaire lui chatouillait désagréablement le menton. L'éclatante supériorité du chevalier se transformait en insulte.

— Monsieur, dit Hilarion, je suis prêt à tailler dans votre chemise ce col de dentelle qui fait défaut à votre habit.

Il se rapprocha, saisit le marquis à la gorge et fit glisser proprement la taille de son arme sur la joue de son adversaire, laissant derrière elle une ligne rouge. Montmort étouffa un cri. Hilarion avait marqué de son fer le visage du marquis.

— Ne se fâche pas avec moi qui veut, lui murmura-t-il.

— Messieurs, cessez ! ordonna M. de Poyanne, qui découvrit horrifié le filet rouge.

Pierre s'avança vivement. Monséju tendit sa paume vers Sillery.

— Il faut payer.

Lacroix termina sa pipe. Rien que l'intelligence de l'instinct promu au rang de bel art, songea-t-il. Puis il examina sa montre.

— Quatre minutes et trente-deux secondes ! Nous ne pourrons guère reprocher à ces messieurs de nous avoir fait perdre notre temps.

40

Montmort s'était effondré sur le côté droit, transpirant à grosses gouttes. Hilarion, épuisé, laissait pendre son arme au bout d'un bras sans nerf. Pierre s'approcha de son maître, recouvrit ses épaules d'un manteau, puis se saisit lentement de son arme. Le chevalier regardait les témoins du marquis, penchés sur le corps de leur champion. Plus loin, Simiane échangeait quelques mots avec le chirurgien, qui s'était relevé après avoir constaté la blessure du marquis. "Épaule perforée", entendit-il prononcer. La vie de M. de Montmort n'était pas en danger, mais il garderait une belle cicatrice sur la joue. MM. de Poyanne et de Sillery s'étaient d'ailleurs indignés devant le geste inqualifiable du chevalier. Hector avait immédiatement réagi. M. de Montmort n'avait-il pas refusé les lois élémentaires qui règlent ce genre d'affaires ?

— Voilà ce qu'il en coûte, messieurs, avait-il conclu, pour un geste que d'aucuns pourraient expliquer. Un prix que beaucoup trouveront très bas au regard de l'honneur d'un gentilhomme.

M. de Poyanne avait mollement protesté, secrètement soulagé de n'être pas mêlé à une affaire plus grave.

Hilarion, depuis quelques instants, observait la voiture du marquis. Elle s'était un peu avancée, entre les arbres, laissant derrière elle deux ornières sombres dans la neige. Il fit deux pas en avant.

— Que se passe-t-il, *monssu* ?

Sans un mot, Hilarion arracha l'épée des mains du Marseillais et courut vers le carrosse. La neige s'écrasait, crissant sous ses bottes. Il s'arrêta devant la portière blasonnée et tendit sa main droite vers le dessin. Son index en suivit les lignes, puis il ouvrit violemment la portière, l'épée tendue.

— Où êtes-vous ? hurla-t-il soudain.

Le chirurgien redressa la tête, Pierre se précipita.

— *Monssu*, que vous arrive-t-il ?

— Il est là, murmura Hilarion.

Le Marseillais monta dans la voiture et en ressortit aussitôt.

— Elle est vide, *monssu* !

— Hilarion, que se passe-t-il ? s'inquiéta Simiane.

Sans répondre le chevalier se lança aussitôt vers les témoins et empoigna au collet le premier, M. de Poyanne.

— Où est-il ?

— Que dites-vous ? Êtes-vous devenu fou, monsieur ?

— C'est sa voiture, ses armes ! Où est-il ?

Simiane, qui avait compris, se dirigeait déjà vers la voiture. Il examina le blason : un écu rouge et argent au centre duquel s'élevait une tour. Une simple tour. Les armes du comte Henri !

— Descends de ton siège, ordonna-t-il au cocher.

L'homme obéit. Petit, un crâne dégarni protégé par un chapeau de feutre, il ne portait aucune livrée. Il sauta à terre et se tint à quelque distance, le menton pointé vers le sol.

— Le comte Henri ?

— Le comte Henri ? Connais pas.

Il avait chargé, le matin même, le marquis de Montmort à la grille du château. Puis il avait pris du côté des réservoirs MM. de Poyanne et de Sillery. Il n'en savait pas plus. Pierre attrapa par la manche le cocher et le fit tomber. Un coup dans les côtes arracha à l'homme un cri douloureux.

— À qui appartient cette voiture ?

Le cocher essaya de se relever, le fouet en main, prêt à s'en servir. Le Marseillais écrasa de sa botte le poignet de l'homme.

— À qui est cette voiture ? répéta-t-il.

— Lâche-moi !

Pierre posa un genou dans la neige. Il saisit au cou le cocher qui vit immédiatement le couteau. Hilarion se taisait, Hector laissa faire l'ancien galérien.

— Pour la dernière fois, à qui est cette voiture ? demanda Simiane au cocher.

— Je l'ignore. Ce n'est pas la mienne ! Un homme a juste loué mes services pour que je conduise le marquis.

— Qui ?

— Je ne le connais pas.

— Décris-le !

Il s'agissait d'un gentilhomme grand et sec. Oui, et même un grand seigneur, il l'avait deviné à ses manières, son habit, ses paroles, “des mots qui commandent”, précisa-t-il. Hector interrogea Hilarion du regard.

— D'où venait-il ? reprit le chevalier.

— Je… Je ne comprends pas.

— Parlait-il avec un accent ?

— Oui, oui, un accent ! Et, si j'osais, un peu comme le vôtre.

Hector soupira.

— Ses yeux étaient très noirs. Ils m'ont fait peur, monsieur.

— Continue ! ordonna Hilarion.

— Sa main, la gauche.

— Parle ! menaça Pierre.

— Je ne sais pas. Elle était gantée, mais il y avait quelque chose d'étrange, comme s'il ne pouvait plus se servir de tous ses doigts.

Hilarion ordonna à Pierre de rentrer avec le cocher. Il fallait en apprendre davantage sur le comte Henri. Il ne pouvait plus douter de la présence de son père à Versailles, et celui-ci le lui faisait savoir. Pourquoi donc le comte avait-il utilisé Montmort pour cette tâche ?

Hilarion, suivi de Simiane, rejoignit le marquis.

— Monsieur ! Pourquoi cette voiture ?

Montmort était pâle.

— Nous ne sommes pas en état de vous donner plus d'explications, répliqua Sillery.

Le marquis sourit avec amertume, puis ferma les yeux de douleur. On le transporta dans sa voiture. Pierre s'installa aux côtés du cocher. Le chevalier monta dans son carrosse. Machinalement, il sortit de sa poche le médaillon d'Isabeau. Dans un mouvement de l'esprit qu'il ne chercha plus à retenir, la figure encore imprécise du comte Henri se compliqua de cette main gantée qui “avait quelque chose d'étrange”. Son père était vivant.

Aujourd'hui, sur le chemin de Marly, après Roquencourt, le comte Henri s'était plu à provoquer son fils. Il avait commencé avec lui ce jeu qu'il connaissait bien. Celui du chasseur transformant le chevalier en une bête qu'il tenterait de pousser là où il le désirait. Avant la curée.

Hilarion se frotta les mains, il avait froid. Il devait se battre, se battre encore contre la tyrannie des images, et rétablir sans délai l'équilibre en retrouvant le comte. Pour la première fois, il s'enfonça avec méthode dans les ténèbres qui le mèneraient jusqu'à son père.

41

Un chat traversa en courant la galerie et disparut par une porte entrebâillée. Une montre à la main, plusieurs courtisans, penchés à l'oreille de leurs voisins arrivés fraîchement de province, parièrent sur l'arrivée incessante de Leurs Majestés qui, jamais, n'étaient en retard.

— La vraie politesse des rois, releva un militaire appuyé sur sa canne.

— La reine s'est couchée bien tard, dit-on.

— Se serait-elle encore rendue au bal de l'opéra ?

Hilarion n'entendit pas la réponse. Il se retourna et parcourut du regard, au-dessus des têtes et des perruques, toute la galerie. Il y avait deux nuits à peine, à l'endroit même où le roi et la reine s'arrêteraient peut-être pour échanger un mot, il avait défiguré un homme. Opération répétée le matin même. Moreton, Montmort. Qui serait le suivant dans cet étrange jeu de l'oie ? Le chevalier se frotta le bout de l'oreille. Il avait eu juste le temps de se changer en revenant de Roquencourt, convoquant un barbier de la rue de la Surintendance pour le coiffer et le poudrer.

Le brouhaha s'éleva d'un ton. Tout à coup, à l'extrémité de la galerie, la foule des courtisans aperçut, sortant du salon de la Paix, les gardes de la Manche armés de leur hallebarde, puis le duc de Fronsac, premier gentilhomme de la Chambre. Plusieurs grands officiers suivaient, le pas martelant les parquets de bois.

— Le roi arrive, murmura-t-on.

Hilarion se mêla à la foule et, dérangeant quelques gentilshommes offusqués, il s'approcha du premier rang des curieux. Le roi parut enfin avec, à ses côtés, la reine. Les pages calaient leurs pas sur ceux de leur maître avec un sérieux et une dignité qui amusèrent le chevalier.

— La comtesse Jules, souffla une dame derrière lui.

Hilarion découvrit alors près de la reine, Gabrielle de Polignac. Et, reconnut-il, il eût été difficile de ne pas succomber devant tant de grâce. Aussi jolie qu'était laide la comtesse Diane, sa belle-sœur.

Le cortège progressait avec une noble lenteur. Au premier tiers de la galerie, les souverains se séparèrent le temps d'accorder quelques mots bienveillants à des courtisans. Louis, charmant, s'adressa à plusieurs dames.

— Jamais aux jeunes, expliqua le voisin d'Hilarion, un vieux seigneur courbé sur sa canne. Je suis là chaque jour et jamais encore Sa Majesté ne m'a adressé la parole, ajouta-t-il.

Hilarion se posta au premier rang des spectateurs, les deux mains croisées devant lui. Il examina successivement les dames qui accompagnaient la reine. L'une d'elles, il en était sûr, lui avait parlé dans la nuit du petit cabinet. Il reconnut la princesse de Chimay mais ne vit pas Mme de Miséry. La reine offrait à quelques-uns ses compliments, une invitation, un bienfait avec une grâce que chacun, adorateur et ennemi secret, s'accordait à lui reconnaître. La stature haute, le roi salua, écouta, échangea avant de s'arrêter, la canne en avant, devant le chevalier qui s'inclina. Louis examina le gentilhomme de son œil bleu, un peu vague sous la paupière.

— Monsieur le chevalier, nous sommes bien aise de vous rencontrer en notre maison.

Hilarion s'inclina une seconde fois.

— Nous vous savons, monsieur, soucieux de notre gloire et préoccupé du désir de nous servir au mieux de nos intérêts.

Le souverain sourit, puis, d'un même pas, revint au centre de la galerie. Ce fut tout.

Des seigneurs se rapprochèrent de celui qui avait ainsi attiré l'attention du monarque. On murmura autour du chevalier en lui jetant des regards d'envie. Le cortège s'ébranla enfin. Le roi savait-il pour son duel ? Hilarion ne doutait pas que la nouvelle ne fût parvenue jusqu'aux royales oreilles. Il décida de rentrer se reposer avant le retour de Pierre.

42

“— Monsieur, le comte Henri, votre père, est ici, ne le saviez-vous pas ?

— Cela est impossible, madame !

— Et pourquoi donc ?

— Le comte Henri est mort. Je l’ai tué !

— Alors, il est ressuscité.

— Impossible, vous dis-je ! Cela est impossible !”

Hilarion cria. Rien ne sortit qu’un gémissement répété, douloureux. Lorsqu’il se réveilla, il ne sut pas immédiatement où il se trouvait. Il respira lentement et regarda autour de lui. Il recouvrait ses esprits. Pierre n’était pas encore rentré. Le chevalier enfila sa robe de chambre de taffetas de soie rouge sang. Il tisonna les flammes, qui se réveillèrent d’un coup dans un souffle de velours caressé. Les bruits extérieurs finirent par le rassurer. Une porte claquée, un ordre lancé par le Suisse de garde, la cloche du couvent voisin. Les flammes le réchauffèrent. Un bougeoir éclairait pauvrement la pièce. Dans les couloirs, les pas de ceux qui se pressaient vers les cuisines ou vers le château pour le Service du roi résonnaient sur les gros planchers du Commun. Hilarion, entendant la porte s’ouvrir, tourna la tête.

— Pierre ! s'écria-t-il en se levant.

Le Marseillais venait d'entrer, le visage tuméfié, les vêtements souillés de boue et sa livrée déchirée. Le chevalier le fit asseoir et le recouvrit de sa robe de chambre.

— Un piège, *monssu*, c'était un piège !

Le carrosse avait déposé MM. de Poyanne et de Sillery au coin de la rue des Réservoirs, des chaises les y attendaient. La voiture était ensuite repartie avec M. de Montmort.

— On n'abandonne pas un blessé, s'étonna Hilarion.

— Ce fut sur l'insistance du marquis lui-même. À hauteur des écuries de la reine, nous avons été arrêtés à cause de paysans qui déchargeaient des marchandises. Soudain, une main m'a tiré du siège où je me trouvais. Je suis tombé à terre. Le cocher, lui, a fouetté ses chevaux et il est reparti vers Notre-Dame.

— Tu n'as pu le suivre ?

— Non, *monssu*. Deux hommes me sont tombés dessus. Ils m'ont roué de coups de botte. Je jurerais qu'il s'agissait d'anciens soldats. Les coups étaient rudes. L'un m'a maintenu au sol, l'autre a réussi à s'emparer de mon couteau.

Hilarion parut surpris.

— Tu le dissimules toujours sous ta livrée, au creux des reins, n'est-ce pas ?

— Oui, *monssu,* et voilà ce qui m'inquiète. Ils savaient que j'étais armé et où je cache mon couteau.

— Tu as raison. Ton agression n'est pas une coïncidence.

— Ce cocher devait être un complice et, celui-là, on ne le retrouvera plus.

— Montmort était-il toujours dans la voiture ?

— Je crois bien, *monssu*, mais je ne l'ai pas vu. Pourquoi m'attaquer ? Était-ce pour m'empêcher de faire le lien avec le comte, votre père ?

— Non. Ce lien est établi. Il y a une autre explication.

Montmort était-il complice ? Sans doute pas. Il n'avait pas eu le temps de prévenir ses acolytes de la présence du Marseillais. Avaient-ils été, Simiane et lui, suivis depuis leur départ du château ce matin même ? L'hypothèse s'imposait à Hilarion. Mais le plus inquiétant restait ce couteau. Pierre sembla deviner les pensées du chevalier.

— Pourquoi, *monssu*, me l'a-t-on volé ?

— Le piège se referme sur nous. On veut nous mêler à une sale affaire. Je crains que ton arme ne serve à quelque basse besogne et tu seras un coupable parfait.

— De quel crime pourrait-on m'accuser ?

— Nous le saurons bien assez vite.

— Cela nous éloigne du meurtre de M. de Rancy.

— … et de l'assassinat de Boureuilles !

Les deux hommes se turent. Le Marseillais se souvint d'un détail : deux hommes l'avaient attaqué, il en était sûr, mais il lui avait semblé en apercevoir un troisième, entre deux coups reçus.

— Oui, *monssu*, un troisième larron observait la scène. Un homme de condition, il portait l'épée.

— Décris-le.

— Son manteau était resté ouvert malgré la température. Dessous, j'ai vu un habit noir. Et je crois bien qu'il souriait. Mais d'une façon étrange.

Le Marseillais se caressa le menton.

— Ne serait-ce point l'homme que vous avez blessé dans la Grande Galerie l'autre nuit ?

La nouvelle survint plus tôt que prévu. Un domestique d'Hector de Simiane était arrivé essoufflé et avait remis un billet.

— La catastrophe ne s'est pas fait attendre, murmura Hilarion.

Le message avait au moins l'avantage d'être d'une clarté toute française. Le cadavre du marquis de Montmort avait été retrouvé dans le quartier neuf, derrière l'église Saint-Louis. "Ou du moins ce qu'il en reste, avait précisé Hector, un couteau enfoncé jusqu'à la garde entre les omoplates. Que Dieu l'ait en pitié." Dans un post-scriptum, Simiane demandait à son cousin de se rendre chez le chirurgien Lacroix. "Il t'expliquera", terminait-il. Le chevalier exposa rapidement la situation à Pierre.

— Le couteau qui a tué Montmort…

— Oui, *monssu*, c'est le mien, n'est-ce pas ?

Hilarion secoua lentement la tête. On accuserait Pierre d'avoir assassiné le marquis sur son ordre. Voilà ce que serait la version que l'on ferait circuler dans toutes les antichambres, et ce jusqu'aux oreilles de M. de Maurepas.

Le Marseillais avait retrouvé ses yeux blancs, noyés au milieu de chairs gonflées et curieusement colorées par les coups reçus.

— Sais-tu où te cacher ?

— Oui, *monssu*, chez Toinette.

— Le concierge ne te dénoncera-t-il pas ?

— J'en fais mon affaire.

Pierre se prépara, Hilarion lui remit une bourse. Il examina son valet et découvrit combien celui-ci avait changé depuis leur première rencontre à Aix.

— Prends cette épée, ordonna-t-il en désignant l'une de ses armes de combat.

Pierre s'empara de la première, la soupesa et la glissa au milieu de ses hardes. Les deux hommes se quittèrent sans un mot.

43

Hilarion avait gagné l'aile des ministres pour rejoindre Lacroix, se faufilant entre les échoppes qui longeaient la rampe d'accès à la Cour d'Honneur. Des feux étaient allumés et des marchands dégageaient la neige à coups de pelle. Deux gardes de la prévôté, dans leur cotte d'armes et fusil à l'épaule, vérifiaient le contenu d'une charrette.

— Chevalier ! cria-t-on au milieu des passants.

Maître Lacroix arrivait à petits pas précipités. Il s'empara sans manière du bras d'Hilarion pour l'attirer entre deux boutiques, l'une de rubans, l'autre de dentelles.

— M. de Montmort… est mort. Et sûrement pas des blessures qu'il reçut de vos soins.

Le chirurgien connaissait son jour d'esprit, songea Hilarion.

— Où est le corps ? interrogea-t-il.

— M. de Simiane ne vous a-t-il pas informé ? Entre de bonnes mains. J'avais envoyé mon valet aux nouvelles chez le marquis, lorsque l'un des cousins de ma femme est venu me trouver. Une chance, croyez-le bien ! Il venait de découvrir devant sa porte un homme allongé et probablement dépouillé ! Il s'agissait, vous l'avez deviné, du marquis !

— Comment votre cousin l'a-t-il identifié ?

— M. de Montmort a séduit la cousine de sa femme. Elle est lingère chez Madame Élisabeth. Tout le monde se connaît un peu à Versailles et la réputation du marquis a fait le reste.

Lacroix sortit de sa poche une boîte à priser qui sentait bon la bergamote.

— Mon parent a tiré le cadavre chez lui. Il ne pouvait décemment pas le laisser dans la rue. Depuis, j'ai fait transporter le corps chez l'un de mes confrères en ville. Un homme discret, mais qui devra déclarer la mort à la prévôté ou au bailliage.

— Peut-il attendre ?

— Pas plus d'une heure, je le crains.

— Alors ne perdons pas de temps. Conduisez-moi.

Derrière l'église Saint-Louis, ils dépassèrent un hôtel garni, À la Belle Image, et entrèrent un peu plus loin dans une maison à deux étages. Une femme de chambre les accueillit et les conduisit sans un mot dans une petite pièce aux murs blancs. Sur une longue table gisait le cadavre de Montmort, qu'un homme corpulent au ventre rond et recouvert d'un tablier de toile finissait de rhabiller. Il se retourna et salua le chevalier.

— Un parent, sans doute ? demanda-t-il en désignant le cadavre.

— Non, répondit Hilarion. Tout au plus une connaissance, rencontrée ce matin.

Le gros médecin secoua la tête qu'il avait aussi ronde que le ventre et s'écarta de quelques pas. Allongé sur le dos, M. de Montmort présentait un visage qui avait pris une couleur de terre grise. Sa perruque s'était un peu déplacée de sorte qu'elle rejoignait le sourcil droit, raccourcissant le front, tout en allongeant la cicatrice encore fraîche. Hilarion se tourna vers le médecin.

— Comment est-il mort ?

— Poignardé dans le dos.

— Où est l'arme ?

— Elle est restée chez mon cousin, s'interposa le chirurgien. Il ne pouvait allonger le corps sans la retirer.

— Ce qui n'est guère malin, Lacroix ! grogna le médecin, dont Hilarion ignorait toujours le nom.

— Il a cru bien faire !

Le médecin posa ses mains sur le ventre.

— Messieurs, permettez-moi de me retirer. Une fois la mort déclarée, Lacroix, je compte sur vous pour m'enlever le marquis. Malgré le froid, il commence à sentir, ma femme ne va pas tarder à se plaindre.

— L'arme est une signature assez claire pour qu'elle dût disparaître, expliqua Lacroix après le départ de son collègue.

— Vous prenez des risques, monsieur.

— Vous remercierez mon cousin qui, dans sa naïveté, a accompli ce que nous aurions fait avec calcul.

Hilarion revint au cadavre.

— L'avez-vous fouillé ?

— Je crains que des marauds ne se soient guère privés pour ravir au marquis tout ce qu'il possédait.

Les bagues avaient en effet disparu des doigts et toutes les poches avaient été retournées. Le meurtre de

Montmort pouvait passer pour la conséquence malheureuse d'une agression sur la voie publique.

— Monsieur Lacroix, il conviendrait que l'arme…

— Un couteau, précisa le chirurgien, un couteau de marin…

— … me soit adressée rapidement, compléta le chevalier.

— Je crois savoir qu'elle appartient à votre valet.

Hilarion examina le chirurgien, lissa l'une de ses manches.

— Pierre ne tue que sur mon ordre, monsieur, répliqua-t-il sèchement. Cet ordre-là, je ne l'ai pas donné.

Lacroix se racla discrètement la gorge.

— Prenez garde, chevalier. L'art de la guerre s'exerce sans cesse à la cour. Chacun attend les erreurs que vous commettrez.

— Je dois pour cette raison récupérer le couteau de mon valet.

— Une arme qui accuse le valet aussi bien que le maître.

— Vous comprenez la situation.

— Que comptez-vous faire ?

— Me prévenir en allant parler au comte de Maurepas ou à son commis.

— M. de La Chapelle ? Un drôle qui a pour tout esprit celui de l'intrigue au plus haut point ! s'exclama le chirurgien.

— Ne disiez-vous pas que la cour est une arène ?

Les deux hommes sortirent.

— Monsieur Lacroix, ne deviez-vous pas me remettre la liste des affaires d'Augustin Boureuilles ?

— Mon valet ne vous l'a-t-il pas apportée ? s'écria, confus, le chirurgien. Le garnement recevra son coup de canne ! Vous l'aurez immédiatement, chevalier.

— Une question encore. Auriez-vous sous la main un valet qui sache coiffer et poudrer ? L'affaire de quelques jours…

44

Au moment où il pénétra dans l'hôtel de Duras, le concierge posté sur sa chaise se leva et l'arrêta.

— Où vas-tu, le Marseillais ?

Le sieur Candon cassait la croûte. Une soupe épaisse fumait dans une assiette posée sur une petite table. Pierre n'avait pas le nez aussi sensible que son maître, mais l'odeur réveilla son appétit.

— Palsangué, un arbre du parc t'est tombé sur la tête ? Tu es encore plus laid que d'ordinaire.

— Ma laideur, concierge, t'évitera de me souffler dans l'oreille tes mots doux.

Pierre déposa ses hardes sur la table.

— Hé là ! Que fais-tu ?

— Toinette Luthier est-elle rentrée ?

— Que lui veux-tu ?

Le Marseillais soupira. Il prenait les habitudes de son maître, acceptant de moins en moins souvent qu'on lui résistât. De mauvaises habitudes, il en convenait, surtout à Versailles où tout se payait, s'échangeait ou se négociait. Il sortit la bourse que lui avait remise le chevalier.

— Toinette Luthier ?

Le concierge s'empara des sols de cuivre et, dans un réflexe que le Marseillais avait déjà constaté depuis son arrivée, il frotta du bout des doigts le relief usé du royal profil.

— Je ne l'ai pas vue. Elle n'est pas rentrée.

— C'est bien ici qu'elle loge !

— Je ne dis pas le contraire. Mais elle n'est pas rentrée, te dis-je !

Pierre fut pris d'un pincement au cœur.

— Et son frère ?

— Jean-Baptiste ? Disparu lui aussi, sans crier gare.

— Trouves-tu normal que le frère et la sœur, à un ou deux jours d'intervalle, s'évanouissent ainsi ?

— Toinette m'a sommé de me taire sur la disparition de Jean-Baptiste.

— La prévôté n'a pas été prévenue ?

— Non, grommela le concierge tout en rangeant dans sa poche les pièces de monnaie.

Pierre jeta un regard autour de lui. Quelle raison obligeait Toinette à tant de discrétion ? À moins d'imaginer Jean-Baptiste mêlé à quelque trafic, que craignait-elle des autorités ?

— Pourquoi ne portes-tu pas la livrée de ton maître ? demanda le concierge. Tu es habillé comme un bourgeois que l'on aurait dévalisé dans les bois de Marly.

— Trop de questions, éluda le Marseillais. Ouvre-moi l'appartement de Mlle Luthier.

— Pour quelles raisons devrais-je t'obéir ?

Pierre plissa les yeux qu'il avait déjà presque fermés. Il se méfiait de cet homme qui, en l'absence des Luthier, entendait peut-être faire main basse sur leurs affaires.

— Ordre du chevalier, mon maître. Je m'installe chez Toinette, déclara-t-il simplement, et l'attendrai chez elle.

— Et si elle ne revient pas ?

— Elle reviendra, concierge.

L'autre soupira.

— Jamais encore la demoiselle Luthier ne s'est absentée aussi longtemps.

Le linge de Mesdames exigeait une présence quotidienne aux lavoirs, mais voilà une nuit et presque une journée que Toinette avait disparu.

— Crois-moi, je regrette à présent de n'avoir pas averti la prévôté.

Pierre sortit un louis d'argent, ce qui était bien cher payé le service, et le posa sur la table.

— Personne ne doit savoir que je suis là, dit-il derrière son œil à demi fermé.

— Un louis pour le logement, un second pour le silence, rétorqua l'autre en gardant la main tendue.

— Candon, ne me prends pas pour une bête ! rugit Pierre. Quand Toinette rentrera, tu en recevras peut-être un second, si mon maître est content de toi. Encore une question : Théus est-il passé ?

Non, le concierge ne l'avait pas revu et n'y tenait pas vraiment. Il remit une clef au Marseillais et s'en retourna finir sa soupe.

Dans la pièce il faisait froid. Pierre fit du feu et, voulant économiser les bougies, n'en alluma qu'une seule, qu'il plaça sur un guéridon. Il s'approcha de la fenêtre. La neige s'était alourdie et tombait presque verticalement, assourdissant tous les bruits. Quelques femmes revenaient du château, recouvertes de leur manteau et d'un simple bonnet de coton protégeant mal les cheveux. Un domestique remontait la rue en sens inverse, la tête dans les épaules. Puis, plus rien que le silence.

Pierre défit ses affaires. L'épée du chevalier en main, il exécuta quelques moulinets qui auraient surpris son maître, s'il l'avait vu. Il posa délicatement l'arme en équilibre sur la chaise. Ses pensées couraient de la disparition de Toinette Luthier à sa propre agression et à Théus. Cet homme-là était bassement féroce, cruel sans justesse, c'est-à-dire sans nécessité. Il tenait son rang de la force, jusqu'à sa rencontre avec Pierre, qui avait imposé sa propre violence. Théus s'était-il vengé de l'affront subi ? Le couteau dérobé et l'assassinat de Montmort pour solde de tout compte ! L'hypothèse, fragile, ne s'appuyait sur aucun élément. Pierre essayait de comprendre. Le plaisir imparfait d'avoir giflé l'ancien galérien devant Toinette disait autant son désir de punir l'insolent que celui d'être aimé et remarqué par celle à qui il avait offert sa protection.

— Piètre protection, ricana-t-il. Théus est un serpent à qui j'écraserai la tête entre mes deux mains.

Il se dirigea vers la chambre. La pièce était assez grande pour contenir un lit et, à son pied, une caisse de bois que fermaient des ceintures de cuir. Il entrouvrit le coffre qui laissa s'échapper un effluve de violette. Il ferma les yeux et respira longuement la vapeur parfumée. Pierre observa une robe de ratine, l'effleura délicatement, puis il referma le coffre. Fatigué, il revint dans la petite antichambre, tira le fauteuil devant la cheminée et s'assoupit.

45

Un valet, dont la livrée froissée et maculée ne leur apprit rien, rattrapa Hilarion et Hector Simiane, en grande conversation dans la salle de l'Œil-de-Bœuf.

— Êtes-vous le chevalier de S. ? demanda-t-il.

— Que lui veux-tu ? s'interposa Hector avec une méfiance agacée.

— Lui remettre un billet. En personne !

— Donne. Je suis celui que tu cherches, dit Hilarion. Qui t'envoie ?

— Maître Lacroix, chirurgien ordinaire du roi au Grand Commun.

Le domestique s'en retourna avec quelques pièces que Simiane lui avait abandonnées. Hilarion rangea le billet dans sa poche après l'avoir rapidement parcouru ; son cousin l'interrogea du regard.

— Les vêtements d'Augustin Boureuilles, le domestique de Rancy, ont été volés. Lacroix m'adresse la liste des objets dérobés.

— Tout cela est-il bien digne d'un gentilhomme ?

Indifférent à la remarque, Hilarion continua.

— Une liste intéressante, Hector.

— Une liste est une liste. Que nous apprend-elle, Hilarion ? Je n'aime pas les devinettes.

— Pendant l'examen du cadavre de Boureuilles, le chirurgien a découvert, enfoncée dans les chairs, une croix en argent au bout de sa chaîne. Or ce bijou n'appartient pas au domestique de Rancy.

— Qu'essaies-tu de me dire ? Que ce Boureuilles porte une croix qui n'est pas à lui. Eh bien, il l'aura tout simplement volée.

— Cher Hector, ce bijou est celui d'un certain Jean-Baptiste Luthier.

— Comment l'as-tu appris ?

— La sœur de ce Luthier, une certaine Toinette, a évoqué ce détail devant Pierre.

Hector commençait lentement à saisir où voulait le conduire, sur ce ton parfois exaspérant, son cousin.

— Il n'y a que deux hypothèses, Hilarion.

— Je n'en retiendrai qu'une.

— Soit Boureuilles a volé son bijou à Luthier. Soit le cadavre retrouvé n'est autre que celui de Luthier lui-même. Mais je te le répète, le premier a pu voler le second. Ou le second avoir perdu son bijou…

— Peut-être. Cela explique toutefois l'acharnement avec lequel on a défiguré le cadavre du bassin d'Apollon.

Hilarion pensa alors à cette cicatrice à la main destinée à donner le change. Boureuilles s'était blessé, lui avait appris Lacroix. L'assassin avait alors taillé une même cicatrice sur la main du cadavre. Mais il y avait eu ce détail oublié, la chaîne et la croix en argent. Le vol des affaires de "Boureuilles" n'avait d'autre but que de réparer cette erreur, avant qu'elle ne fût découverte.

— Alors Boureuilles se ferait passer pour mort ?

— Assurément. Le cadavre retrouvé près du bassin d'Apollon n'est pas le sien, mais bien celui de Jean-Baptiste Luthier.

Pour le chevalier cela signifiait au moins deux choses. La première était que le domestique de Rancy était probablement complice dans l'assassinat de son maître. Hilarion devait rapidement mettre la main sur lui. La seconde mêlait un nouvel acteur à l'affaire : Jean-Baptiste Luthier. Il restait à savoir quel rôle Toinette jouait dans toute cette affaire.

46

Maurepas, plus petit qu'Hilarion, leva légèrement la tête. Le chevalier admira la teinte délicate de la perruque du ministre. La poudre amidonnée renvoyait des nuances qui glissaient du blanc pâle au gris tendre.

— Messieurs, M. le prévôt général m'a appris ce matin le décès du marquis de Montmort, dit le ministre en pivotant vers M. de Sourches. Sa Majesté en a été immédiatement avertie. Celle-ci m'a fait part de son mécontentement… Un mécontentement, ajouta-t-il après un temps qui devait permettre à ses interlocuteurs de digérer la royale colère, que la reine eut bien du mal à tempérer.

— Comment ne pas être attristé par l'assassinat d'un gentilhomme aux portes mêmes de la Maison du roi ? déplora calmement Hilarion. N'est-ce pas, Simiane ?

Hector prit un air désolé.

— Nous avons appris ce drame, précisa-t-il, il y a à peine une heure, monsieur le comte.

— Tout cela est fâcheux, chevalier ! Très fâcheux ! Le roi vous avait accordé sa confiance. L'enquête exigeait moins de publicité.

— J'y travaille, monsieur, répondit Hilarion en se frottant des doigts qui s'engourdissaient de froid.

— Les résultats se font attendre. Nous ne sommes point contents de vous. D'autant que les libelles continuent à circuler ! Monsieur le prévôt général, je vous en prie.

M. de Sourches sortit de sa poche un ensemble de feuilles brochées, qu'il tendit au chevalier. Le titre, en lettres soigneusement calligraphiées, s'alignait au milieu de la première page. "Les Amours de Toinette et Charlot", lut-il. Il était inutile d'aller plus avant. Peu à peu une hypothèse frayait son chemin dans les méandres de cette affaire. Un lien se tissait entre les lettres volées et le libelle qui accusait la reine et le comte d'Artois de relations adultères et libertines. Hilarion conserva la brochure, néanmoins étonné que le ministre mêlât une assez commune affaire de duel au meurtre de M. de Rancy.

— Il sera désormais difficile d'accuser M. de Rancy d'en être l'auteur, intervint Hector.

— À moins que ce libelle n'ait été composé avant le "suicide" du maître d'hôtel, ce qui est très probable, rectifia Hilarion. Si médiocre et odieuse que soit cette littérature, il a bien fallu l'écrire avant que de l'imprimer. Cela impose un certain délai.

— Nous avions espéré, rétorqua avec humeur le ministre, que vous mettriez un terme à de tels agissements.

— Cette affaire, monsieur, si elle exige de la discrétion, réclame aussi temps et patience.

— Sans doute, sans doute. Le meurtre en pleine rue du marquis de Montmort sera bientôt connu de toute la cour, monsieur. Était-il besoin de vous battre ?

— Monsieur le comte, les nombreuses provocations du marquis de Montmort m'interdisaient de n'y point répondre. D'autant plus que celui-ci aurait cherché tous les moyens pour parvenir à ses fins.

— Le duel est interdit, dois-je vous le rappeler ?

— Une gifle donnée publiquement est un geste que même le roi ne peut guérir. Il m'appartenait, monsieur, de trouver le baume qui en apaisât la douleur.

— En tuant le marquis de Montmort ! intervint subitement M. de La Chapelle.

Le comte et M. de Sourches se retournèrent vers le premier commis. Celui-ci baissa un peu la tête en manière d'excuse, mais poursuivit pourtant.

— Car il s'agit bien d'un meurtre, monsieur le comte. On ne saurait trop exciter la sévérité des lois contre ce reste de barbarie qui infecte encore nos mœurs.

— M. de La Chapelle, qui n'est point gentilhomme, répondit doucement Hilarion, ne fait sans doute pas la différence entre un duel qui s'arrête au premier sang et l'assassinat pur et simple. Peut-être pourrais-je vous l'apprendre, monsieur ?

Le premier commis rougit de rage contenue.

— Vous auriez dû, monsieur, vous sentir au-dessus des censures et des basses calomnies. Le sang versé n'ajoute aucun degré de gloire à vos ancêtres.

— Sauf celui versé pour le roi sur les champs de bataille.

Le premier commis repoussa la remarque.

— Le duel, monsieur le premier commis, affirma Hilarion, a toujours nourri la valeur française. Trop de nos jeunes gens aujourd'hui préfèrent la fréquentation de l'opéra à celle des salles d'armes. Il ne saurait y avoir de politesse sans violence.

Devant ce paradoxe, toutes les têtes en perruque examinèrent le chevalier.

— La menace que fait peser cette loi de l'honneur oblige chacun à plus de circonspection. Observez cette prétendue politesse. Jamais on ne fut plus grossier qu'aujourd'hui. Jamais les airs, l'insolence et le persiflage n'ont régné davantage que dans ce siècle prétendument poli.

Hilarion se tut. L'assistance attendait une suite.

— Dans le temps où une grossièreté pouvait coûter la vie, on s'observait avec plus de soin, et les premiers commis s'épargnaient la peine de s'adresser ainsi, en moralistes, à un gentilhomme !

M. de La Chapelle blêmit et peut-être, à cet instant, regretta-t-il de ne pouvoir gifler l'impudent.

— Monsieur, si peu gentilhomme que je sois, je ne puis accepter vos propos. MM. de Poyanne, de Sillery et de Monséju jurent avoir vu votre valet accompagner le marquis.

— De grâce, messieurs !

Le comte de Maurepas leva une main apaisante vers son premier commis.

— Chevalier, vous ne voudriez pas en plus me priver de M. de La Chapelle dont j'ai besoin ?

M. de Sourches intervint.

— Mes hommes ont été appelés rue de la Paroisse, ce matin, vers 10 heures, ce qui semble tard pour un duel qui a débuté à l'aube. Des témoins ont rapporté que le valet de M. le chevalier, assez aisément identifiable, a été attaqué par deux hommes qui l'ont débarqué de la voiture du marquis de Montmort et l'ont frappé avant de disparaître.

Hilarion se garda bien d'annoncer que la voiture n'était pas celle de Montmort, mais il se félicita de la diligence et de l'efficacité des services de M. de Sourches.

— Aussi conviendrait-il, monsieur, conclut-il en s'adressant au chevalier, que votre valet puisse être interrogé.

Hilarion remercia le prévôt général.

— Si vous n'avez pas participé, de près ou de loin, à la mort du marquis de Montmort, reprit le ministre, votre parole, chevalier, suffira au roi. De plus, la reine semble vous garder sa confiance.

Hector jeta un œil étonné à son cousin.

— Néanmoins, comme je vous l'ai déjà signifié, il reste que les duels sont interdits, continua-t-il. Il me paraît difficile de ne pas vous retirer l'affaire.

— Monsieur, intervint une nouvelle fois le prévôt général, permettez-moi de vous rappeler que la mort de M. de Rancy, dont nous savons désormais qu'elle n'est pas un suicide, est liée à celle de son domestique, assassiné dans d'horribles et inacceptables conditions.

— Eh bien ? interrogea Maurepas.

— Ajoutons la disparition d'un officier du roi. Un certain Jean-Baptiste Luthier, aperçu à l'auberge Saint-Antoine en compagnie du maître d'hôtel. Les deux hommes s'y rencontraient régulièrement.

— M. de Rancy a prêté de l'argent au dénommé Luthier, expliqua Hilarion qui s'étonnait des informations que détenait M. de Sourches.

— Monsieur, que voulez-vous que je fasse de cet officier ? Dois-je m'inquiéter de la disparition des carpes du

Grand Canal ? Allons, ces détails ne relèvent pas d'un ministre du roi.

Il balaya de la main l'espace. Hilarion fit tourner entre le pouce et l'index la fine chevalière qu'il avait enfilée sur son gant gauche.

— Monsieur, insista-t-il, les éléments que je possède m'invitent à croire que la disparition de lettres, les libelles contre Sa Majesté et les morts de M. de Rancy et de Jean-Baptiste Luthier…

— Mort ? Je le croyais simplement disparu ? s'étonna Maurepas en s'adressant au prévôt général.

— Je le croyais aussi. Mais le chevalier dispose sans doute d'informations que je n'ai pas.

Hilarion avait cessé de tourner sa bague.

— Le corps que nous avions cru être celui d'Augustin Boureuilles, le valet de M. de Rancy, n'est autre que celui de Jean-Baptiste Luthier.

— Comment ? s'écria presque le marquis de Sourches.

— En avez-vous la preuve ?

— Oui, monsieur le ministre.

Hilarion rapporta la découverte du bijou.

— Mon Dieu, chevalier, ces gens n'ont pourtant pas même figure ! Comment ne point les distinguer ?

— L'homme retrouvé mort près du bassin d'Apollon n'avait plus de visage, mais une blessure à la main destinée à nous abuser.

— Eh bien, chevalier, cela est simple ! Ce Boureuilles est notre coupable ! Il s'acoquine avec un complice. Ces drôles tuent M. de Rancy, assassinat qu'ils déguisent sous le masque d'une mise en scène sordide.

Tout le monde se tut.

— Y aviez-vous réfléchi, chevalier ? reprit avec satisfaction le ministre.

— Monsieur, lorsque, de cette affaire, vous peignez le salon, j'en reste encore à la cave. Je risque bientôt de rejoindre les profondeurs du bassin d'Apollon où siègent les carpes de Madame Élisabeth, sourit Hilarion une main sur la hanche.

— Oui, chevalier, assura M. de Maurepas plus circonspect, le simple, le tempéré, la logique doivent vous inspirer. Mais sachez prendre un peu de hauteur !

— Ne craignez-vous pas, monsieur, à vouloir trop observer le ciel, de vous heurter au plafond ?

— Il convient, chevalier, répondit le ministre piqué par tant d'audace, de distinguer le moment où l'on n'a plus rien à dire.

— Je n'aurais jamais osé vous le rappeler, monsieur.

Hector de Simiane ferma les yeux. Lorsqu'il les rouvrit, il crut déceler un fin sourire sur le visage de M. de Sourches. Sans doute s'agissait-il d'un effet de l'ombre qui descendait doucement dans la pièce. Quant à M. de Maurepas, il avait déjà tourné le dos, suivi de son premier commis.

47

— Mon cher Hilarion, lui déclara Hector en sortant de la salle du Conseil, ton crédit est grand pour ainsi échapper aux foudres ministérielles autant qu'à celles du roi. Mais, mon Dieu, on ne fera jamais de toi un bon courtisan ! Répondre comme tu l'as fait à M. de Maurepas te vaudra une réputation d'homme d'esprit, car tes mots seront bientôt rapportés dans toutes les coteries qui composent la cour, mais aussi la haine du comte qui travaillera à démolir ton crédit.

— M. de Simiane a raison, renchérit M. de Sourches qui les raccompagnait, il convient de trouver rapidement l'auteur des libelles et l'assassin de M. de Rancy et de ce Luthier. Le roi oubliera votre duel et la mort du marquis.

— Je voudrais être sûr, monsieur, que mon valet n'a pas à craindre les poursuites de la prévôté.

— Allons, Hilarion ! Pourquoi n'en changes-tu point ? Il n'y a qu'à se baisser pour en trouver.

— L'enquête se poursuivra, monsieur, sans inquiéter votre Marseillais, affirma M. de Sourches.

— Je continuerai la mienne, si on me le permet.

— Le ministre ne semble pas s'y être opposé.

— Je n'évoquais ni le roi, ni M. de Maurepas, mais ceux qui ont intérêt à me voir échouer.

— Qui donc ?

— Je l'ignore. Je dois avancer dans une enquête dont on veut m'écarter.

— Le croyez-vous vraiment ? Il ne s'agit là que de coïncidences. Des voleurs qui ont trouvé l'occasion de dévaliser un gentilhomme.

— M. de Montmort a été assassiné et l'on a cherché à faire de moi un coupable aux yeux du souverain, ou faute de mieux à ceux de la cour, pour entraver l'enquête que Sa Majesté m'a fait l'honneur de me confier.

— Croyez-vous à un lien entre les deux affaires ?

Hilarion n'en était pas encore certain. Il se refusa, devant le prévôt général, à prononcer le nom du comte Henri.

— Le point d'honneur, chevalier ! Le maréchal de Richelieu peut vous aider. Ne s'agit-il pas de laver votre réputation en repoussant ces accusations de meurtre ?

Hilarion doutait que ce tribunal, présidé par l'un des plus grands libertins du royaume, pût régler ces sortes d'affaires. Il prévenait moins qu'il n'adoucissait les effets d'un duel en admonestant, avec bienveillance et mille précautions, les jeunes têtes folles coupables.

Ils étaient arrivés dans la salle des gardes lorsqu'ils entendirent des aboiements, des bruits de roues et des chevaux piaffant dans la Cour d'Honneur. M. de Sourches, au milieu de curieux, se dirigea vers l'une des fenêtres. Les lévriers et autres chiens, réunis au milieu de la cour, s'étaient serrés en une meute fébrile. Des cavaliers discutaient près de leur monture. Un écuyer tenait plusieurs fusils à la française.

— Le roi avec le grand veneur. Quelle meute ! Sans doute l'une des plus belles d'Europe ! Sa Majesté va tirer le lièvre à la porte de Châtillon.

— Par un temps pareil ! soupira Simiane qui regrettait secrètement de n'avoir jamais été convié, malgré ses efforts, à la chasse du roi.

Le marquis de Sourches s'inclina.

— Chevalier, nous nous retrouverons ce soir au bal de la reine.

Hector avait des affaires urgentes à régler, il s'éclipsa. Hilarion, qui n'avait pas encore déjeuné, prit la direction des rues de l'Intendance et de la Chancellerie. Les chaises et les cavaliers étaient si nombreux qu'il faillit glisser deux fois à terre pour les éviter, maudissant ce pays de neige et de glace. On avait allumé un feu à l'angle des rues, autour duquel des Gardes-Françaises se réchauffaient. Il se débarrassa d'un mendiant en lui jetant une pièce. Une femme, le visage pâle et creusé, attendait sous une lanterne, une fontaine de fer-blanc sur le dos.

— Deux sous le café au lait, monsieur.

Elle versa une dose dans un pot de terre, que le chevalier but d'un trait. Ensuite il descendit la rue avec précaution et s'arrêta devant l'une des échoppes appuyées contre l'aile sud des ministres. Il observa un ragoût bouillant dans sa sauce.

— D'où viennent vos plats ?

L'homme, sans doute surpris de n'avoir pas à servir des soldats ou des domestiques, salua son noble client avec affabilité.

— De la meilleure table du monde, seigneur ! Celle de Sa Majesté.

Le marchand lui servit quelques morceaux d'une viande difficilement identifiable, noyés dans une épaisse sauce brune, dans une assiette d'étain, la seule qu'il possédât, souligna le marchand, et uniquement destinée aux personnes de condition. Hilarion réclama de l'eau. On appela un garçon qui arriva au galop. L'adolescent d'une quinzaine d'années avait la tête presque rasée.

— Peut-il faire une course pour moi ?

— Nous sommes à votre service, monsieur.

Il devait, expliqua le chevalier, se rendre à l'hôtel de Duras, y rencontrer un grand échalas et le faire venir devant le bassin d'Apollon le plus rapidement possible. Puis le chevalier jeta une pièce au garçon.

— Le bassin d'Apollon, répéta-t-il.

Sans même regarder le sol de cuivre, il évalua du bout des doigts le relief du profil royal et empocha sa pièce sous les yeux mécontents de son patron. Il s'en alla, courant presque, la veste au vent.

— Aller seul dans le parc ? s'étonna le marchand.

— La probabilité de recevoir un coup d'épée est trop précieuse pour la négliger, répondit Hilarion.

48

— Une croix d'argent dans les affaires de Boureuilles ?

Le chevalier, soulevant haut son pied pour enjamber une ornière, acquiesça.

— Mais rien ne prouve qu'il s'agit de la même croix, *monssu* ! Pourquoi le valet de M. de Rancy serait-il en possession du bijou de Jean-Baptiste Luthier ? Cela est incompréhensible !

— Le vol des effets de Boureuilles n'a pas d'autre justification que la disparition de cet objet.

Pierre réfléchissait. Peu à peu la certitude de la mort de Jean-Baptiste s'imposait à lui. Le jour commençait lentement à s'éteindre, apportant sa violence glacée. Hilarion frissonna.

— Jean-Baptiste Luthier a disparu depuis quelques jours. Le cadavre retrouvé près du bassin d'Apollon est le sien, on ne peut plus en douter.

Pierre baissa la tête.

— Il est toutefois nécessaire d'obtenir une certitude. Il te faudra demander à Mlle Luthier des détails sur les effets portés par son frère.

— Toinette n'est pas rentrée, *monssu*.

Hilarion s'arrêta.

— Depuis quand ?

— Je l'ai vue pour la dernière fois hier, chez elle, à l'hôtel de Duras.

— Le frère, puis la sœur !

Ils arrivèrent au bassin de Latone, auquel les deux hommes n'accordèrent aucun regard. La mélancolie des lieux, troublée par le travail des scieurs et des bûcherons, avait le don d'inquiéter Hilarion. Plus loin, les jardiniers remontaient les palissades des bosquets récemment replantés. Le chevalier s'arrêta. Il enleva son gant droit, se baissa et ramassa une poignée de neige, amas de cristaux transparents et bleus, qui lui brûlèrent lentement la paume.

Près du bosquet des Bains d'Apollon, l'un des frères Dunand, debout sur un tronc, appuyait de ses bras sur une grande scie, que deux bûcherons à chaque extrémité tiraient à tour de rôle. La lame poussait de longs gémissements, crachant des nuages de sciure que recueillait une toile étalée au sol. Un homme aux allures de bourgeois surveillait le travail : c'était l'adjudicataire, un certain Le Moine. Après l'avoir salué, Hilarion l'interrogea alors sur les raisons de ce spectacle.

— Les replantations sont presque achevées. Au printemps, le parc retrouvera une partie de sa beauté d'antan. Si M. Liard nous protège contre les taupes, ajouta-t-il en souriant.

Hilarion se contenta d'une grimace affligée.

— Qui s'occupe de l'entretien des statues ? reprit-il en se tournant vers le groupe d'Apollon.

— M. Pajou. Il est en charge des marbres des appartements du roi, de ceux du Trianon et du jardin.

— Et ainsi de l'Araignée d'Apollon ?

— Je vous prie de m'excuser, mais aucune des statues du jardin ne porte cet étrange nom.

— Oh ! J'avais cru l'entendre chez Mesdames. Qu'en est-il des bassins ?

— Leur entretien est du ressort des fontainiers.

— La glace n'empêche-t-elle pas les poissons de respirer ?

— Les fontainiers sont chargés de la briser, quand elle n'est pas volée pour être revendue !

— Êtes-vous satisfait de MM. Dunand ?

Le Moine, s'il fut étonné par la question posée, n'en montra rien. Le chevalier remercia l'adjudicataire après lui avoir demandé la permission de s'entretenir avec les deux bûcherons. M. Le Moine avait obtempéré avec une politesse ennuyée : les frères Dunand abattaient avec efficacité leur besogne. Les hommes s'éloignèrent du chantier et des oreilles de l'adjudicataire. Pierre, de côté, observait silencieusement les deux frères, debout face au chevalier.

— Il est temps, messieurs, de satisfaire les clauses de notre contrat. Je viens réclamer mon dû, commença Hilarion.

— M. Le Moine ne nous paiera point notre journée si nous manquons au travail, protesta l'un des frères.

Le chevalier tapota son épaule pour en enlever les quelques flocons qui commençaient à tomber.

— L'Araignée d'Apollon ? questionna-t-il en regardant les terrasses du château prises sous une nacre épaisse.

La réaction des frères Dunand fut la même que celle du sieur Le Moine.

— Quelle araignée ?

Les deux frères s'interrogèrent du regard.

— Non, monsieur, nous ne connaissons aucune araignée de ce nom ! En revanche…

— Nous vous écoutons.

— L'un des Suisses qui surveillent le jardin, celui qui vit avec sa famille à la grille de Neptune…

— Où se trouve-t-elle ? coupa le Marseillais.

Dunand ne s'habituait pas aux manières libres de ce valet.

— Sur l'allée de Trianon, après le bosquet des Trois-Fontaines.

— Eh bien, monsieur, revenons à notre Suisse…, encouragea le chevalier.

— Il a vu et entendu certaines choses.

— C'est un peu court, Dunand ! Tu ne voudrais pas obliger mon maître à rencontrer ce Suisse par un temps pareil ?

— Quel est son nom ?

— Karl Bitzenzer. Il est chargé de surveiller les entrées et la partie du parc alentour jusqu'aux réservoirs.

Hilarion chercha des yeux la grille de Neptune et évalua le temps nécessaire pour s'y rendre. Il fallait passer le bassin du Dragon. Le jour devenait gris.

— Messieurs, nous nous reverrons bientôt, dit-il en tournant les talons.

Les deux bûcherons s'inclinèrent, sous l'œil du Marseillais.

49

Devant le guichet de la grille de Neptune, des enfants avaient entrepris une bataille de boules de neige, criant dans une langue qu'Hilarion ne connaissait pas. Un homme, haut de six pieds au moins, peut-être plus, apparut dans l'encadrement de la porte, vêtu de l'uniforme des gardes Suisses : une veste et une culotte de drap écarlate, un surtout censé le protéger du froid. Il rectifia la position de son baudrier.

— Mes enfants, lança-t-il fièrement. Ils sont nés dans le pays grison et connaissent la neige comme les marins l'eau des océans.

Hilarion était tombé sur un Suisse bavard et saurait profiter de cette aubaine. Pierre se tenait en arrière, il jetait les yeux un peu partout comme un loup aux aguets.

— Monsieur Bitzenzer ?

Le Suisse se redressa, peu habitué au titre de "monsieur" dans la bouche d'un gentilhomme.

— Lui-même, monsieur, à son poste de jour comme de nuit.

Le Suisse épousseta ses parements rouge vif. Engoncé dans son manteau, le gentilhomme qui lui faisait face souffrait visiblement du froid. Karl Bitzenzer observa avec méfiance le gaillard au visage cassé qui l'accompagnait.

— Monsieur Bitzenzer, reprit Hilarion, votre fonction à la grille de Neptune vous oblige à la plus grande vigilance.

Le chevalier savait qu'on leur reprochait souvent de laisser passer tout le monde, sans réel contrôle.

— Une responsabilité dévolue à un homme de confiance, insista-t-il. Aussi rien n'échappe à votre sagacité.

Pierre vit le Suisse relever un gros sourcil piqué de flocons. À cette allure, Bitzenzer ne leur serait d'aucune utilité si le chevalier ne cessait de l'étourdir de mots aussi savants.

— Les visiteurs sont-ils nombreux ?

— Oui, monsieur, mais le froid ne se peut guérir qu'autour d'un gobelet.

Le chevalier enleva ses gants. Un enseigne aux Chevau-légers, décoré de la croix de Saint-Louis, pouvait-il refuser de boire avec un Suisse en service ?

— Nous acceptons, monsieur Bitzenzer.

Le garde jeta un œil méfiant à Pierre, que son maître venait d'inclure dans l'invitation. Il entra dans le guichet et revint avec un pichet et trois gobelets d'étain. Pierre grimaça, il n'aimait pas la bière.

— Les frères Dunand, à qui je vends du vin, m'ont appris que Sa Seigneurie cherchait des informations.

— En effet, monsieur Bitzenzer.

— Depuis que l'on a retrouvé le cadavre près du bassin d'Apollon, notre capitaine a exigé la plus grande exactitude.

— Connaissiez-vous la victime ?

— Non, monsieur, mais j'ai appris que le visage avait été écrasé jusqu'à le rendre méconnaissable. On suggère aussi que ce ne fut pas le seul cadavre.

— On dit beaucoup de choses à Versailles.

La bière réchauffa un peu le chevalier. Pierre gardait le silence.

— Alors, monsieur Bitzenzer, ces informations ?

— Un homme râblé, aussi grand que Votre Seigneurie… Les cheveux tout blancs, comme la neige à vos bottes. Il est venu me proposer du vin. Il connaît tous les marchands qui fournissent le Bureau du roi.

— Son nom ?

— Joseph Théus.

Les yeux du Marseillais se fermèrent presque entièrement.

— J'ai refusé son offre. Le roi a accordé aux Suisses de Sa Maison la permission d'en vendre au détail.

— Quoi, du vin ? s'écria Pierre qui se souvenait des trafics organisés sur les galères du roi.

— De la bière également. On ne paye pas l'octroi. Et les taxes, par muid de vin, sont moins importantes pour nous, conclut-il fièrement.

— Pourquoi nous en parler ? reprit le chevalier. Ce Théus, l'avez-vous revu ?

— Oui, monsieur, deux fois. La première, c'était la veille de l'assassinat au bassin d'Apollon. Il était accompagné d'un gentilhomme.

— Tu saurais le reconnaître ?

— Le baron de Moreton, capitaine des gardes de M. le comte d'Artois.

Hilarion remit tranquillement ses gants. Les noms s'ajoutaient comme les cartes d'un jeu dont il méconnaissait les règles, provoquant des associations inattendues. Celle de Théus et Moreton n'était pas la moins dangereuse. Une chaîne se constituait lentement, étrange peut-être, inquiétante par les ramifications qu'elle supposait. M. de Rancy, Augustin Boureuilles, Luthier, Théus, Moreton. Devait-il y joindre un maillon supplémentaire avec le marquis de Montmort ?

— Vous avez donc revu ces hommes ? insista-t-il.

— Oui, monsieur. J'étais avec Rodolphe, qui est caporal de patrouille, et Butterlin, qui sert à la grille des Princes face au Grand Commun. Nous sommes du même village, crut bon de préciser le Suisse.

Le garde termina son gobelet, les deux Provençaux attendirent la suite.

— Butterlin connaît Théus, une fouine qui traîne sans cesse dans les cuisines de l'Enfer, plus chaudes que mon pavillon, *donnerwater* !

— Venons-en au fait, monsieur Bitzenzer ! Cette seconde rencontre ?

— Théus, ce jour-là, accompagnait une dame.

— Continuez !

— Ils allaient à pied. Ils ont franchi ma grille et se sont dirigés vers la grande terrasse, là-bas.

— À part Théus, cette dame était-elle seule ?

— Une autre femme la suivait. Elle retenait les pans de sa robe pour éviter qu'elle ne traîne dans la neige.

Le Suisse hésita. Il jeta un œil au Marseillais.

— Son accent, monsieur !

— De qui parles-tu ? De Théus ?

— Non, Théus parle comme toi, un vrai champ de chardons.

— Tu as une bonne oreille, l'ami. Mais ne l'approche pas trop, tu pourrais te piquer.

— Je ne le crains point. Ce drôle le sait. Il me suffirait de siffler et dix camarades arriveraient sur-le-champ. Tous grisons comme moi. Pas moins de six pieds et couillus comme les ânes du Velay !

Le Suisse s'amusait à provoquer le Marseillais.

— Monsieur Bitzenzer, je n'ai plus de temps à perdre.

Le garde se redressa comme si ce rappel à l'ordre l'avait rendu à son état de soldat. Il ajusta son baudrier.

— Pardonnez-moi, monsieur.

— Quel accent avez-vous reconnu ?

— Celui de la dame.

— De Provence ?

— Non, monsieur. Une étrangère. Ni italienne, ni allemande. Je connais ces langues, on les parle chez moi. Non, celle-ci vient d'ailleurs. Elle avait dans son manchon un petit chien qui sortait le museau, elle le caressait en soupirant. Je crois bien que la dame est anglaise.

— Ah, une Anglaise ! répéta Hilarion surpris.

Les Anglais étaient nombreux à Versailles et leur ambassadeur, Lord Stormont, s'activait depuis l'arrivée sur les côtes de France de la délégation des Insurgents américains. Insurgents, l'étaient-ils encore depuis leur indépendance ? Sans doute pour les Anglais. Ce point de vocabulaire ne retint pas longtemps le chevalier. Il pensa à cet étrange Benjamin Franklin, à son bonnet de poil et à ses chaussures sans boucles. Le délégué américain rencontrait discrètement le ministre Vergennes. Un secret partagé par une moitié de la cour, et tout aussi secrètement applaudi par l'autre moitié. M. Franklin et son bonnet obtiendraient-ils un traité en bonne et due forme ?

— Que faisait Théus ?

— Mon Dieu, monsieur, il parlait, rien de plus.

— Je ne peux croire, monsieur Bitzenzer, que votre oreille dont nous n'ignorons plus l'extraordinaire acuité n'ait pas entendu les propos échangés entre cette dame et Joseph Théus.

— Des morceaux de phrases, tout au plus. Rien de très compréhensible. Ils ne se sont pas arrêtés et je sais être discret.

— Mais l'accent anglais n'est pas sans charme dans la bouche d'une personne qui s'efforce de parler français. Je vous écoute, monsieur.

Le Suisse repoussa sur le côté son baudrier, leva un doigt épais.

— "L'avez-vous retrouvée ? Il me la faut impatiemment…" C'est ce que la dame a dit, et Théus a répondu : "Elle ne se trouvait pas chez le maître d'hôtel." Puis ils se sont éloignés, je n'ai plus rien entendu. Il y avait grand monde, malgré le froid. On venait regarder la reine partir en traîneau pour Trianon.

Karl Bitzenzer souriait. Sans doute le souvenir du spectacle de toutes ces dames, avec à leur tête la reine de France, avait-il égayé sa journée et fourni un sujet de conversation le soir dans le corps de garde.

— Que penses-tu des frères Dunand ? demanda sans transition le Marseillais.

— Des malins, ils en savent plus qu'ils ne le disent.

Le chevalier hocha lentement la tête, avant de rendre son gobelet.

50

Les deux hommes rentrèrent par les réservoirs situés à gauche du château, creusant la neige de leurs pas pressés. Ils passèrent à côté de linges battant dans un vent glacé, sous un ciel presque noir que trouaient des nuages plus clairs. Devant l'aile nord, le chevalier s'immobilisa, la nuque et le dos piqués par d'improbables aiguilles. Ses blessures se réveillaient-elles ? Il frissonna… Il se tourna lentement vers le guichet du Suisse, à plus d'une centaine de pas, enveloppé déjà dans une brume grisâtre. On voyait sortir et rentrer par la grille quelques rares promeneurs. Au-delà, plusieurs carrosses stationnaient. Pierre s'arrêta et, suivant le regard du chevalier, il plissa les yeux à son tour. Il distinguait les enfants courant derrière le chien. Puis il aperçut, près de la silhouette massive du Suisse, un deuxième homme.

Hilarion resta immobile, les yeux fixés sur ce point que le Marseillais ne parvenait pas à identifier. Il eut l'impression que les deux hommes échangeaient silencieusement leurs messages menaçants. Soudain, la seconde silhouette disparut dans le brouillard.

— Est-ce lui, *monssu* ?

Hilarion ne répondit pas et se remit en marche.

Le chevalier ne prononça pas un mot sur le chemin du retour. Tous deux traversèrent la longue terrasse devant le château. Au premier étage, la Grande Galerie n'était pas encore illuminée ; pourtant, derrière les fenêtres, on s'activait pour les préparatifs du bal.

Du coin de l'œil, Pierre observait son maître, visiblement préoccupé. Il n'avait jamais connu le comte Henri et se garderait bien de le rencontrer. Lui qui n'avait pas connu son père ne savait pas si on pouvait chercher à le tuer. Il ne comprenait pas non plus comment un mort pouvait ainsi ressusciter. Cette silhouette lointaine, près du guichet, ne lui faisait pas oublier Toinette et le peu d'informations recueillies auprès de cet âne de Bitzenzer : le Suisse ne leur avait rien appris sur la jeune lingère.

Les pensées d'Hilarion, indifférentes, s'échappaient sans qu'il pût les retenir. Comme le mouvement incessant des vagues, il revenait vers cette silhouette, là-bas, près du guichet. Le chevalier chercha à ordonner les renseignements de Bitzenzer. L'affaire prenait un tour inattendu avec la présence de cette Anglaise. Avait-elle une place entre un ancien galérien et un capitaine des gardes du comte d'Artois ? Avait-elle croisé le chemin de Rancy et de Montmort ?

— Vous parlez tout seul, *monssu* ?

— Qu'a dit cette Anglaise ?

— La femme a posé une question : "L'avez-vous retrouvé ?" C'est ce que le Suisse prétend avoir entendu.

— Retrouvé quoi, Pierre ? Une lettre peut-être ? Tout cela n'a aucun sens !

L'affaire semblait se dévider comme une bobine de fil qui l'attirait dans un labyrinthe infini.

— Retourne à l'hôtel de Duras. Je veux savoir si Toinette est rentrée. Fouille aussi l'appartement des Luthier.

Hilarion, quant à lui, voulait revoir la première femme de chambre de la reine, Mme de Miséry, présente, sans doute, aux deux entretiens secrets.

L'homme sortit par la grille de Neptune. Un carrosse l'attendait sur le boulevard de la Reine, plus loin, à l'écart. Le postillon descendit immédiatement de son siège et déplia les deux marches. Un deuxième homme attendait à l'intérieur.

— Était-ce bien le chevalier, monsieur ?

— Oui.

La voix était sèche, presque brutale.

— Le laisserons-nous s'approcher plus près encore ? Rien ne l'arrête, le chevalier est opiniâtre.

— Tous les sots sont opiniâtres. Plus leurs sentiments sont erronés, moins ils en démordent. Et Boureuilles, l'avez-vous retrouvé ?

— Non, monsieur.

— Soyez plus efficace ! Mettez la main sur ce valet avant le chevalier. Et le billet ?

— Rien, pour l'instant. Nous ne sommes même pas sûrs que Rancy l'ait eu en sa possession.

— En doutez-vous ? C'était son sauf-conduit, du moins le croyait-il ! Comment a-t-on pu commettre une telle faute ? Ce billet aurait dû être chiffré !

— Une faute que nous réparerons. Mais la mort du marquis était-elle nécessaire, monsieur ?

— Laissez-moi seul juge de ce qui est utile ou non à notre affaire.

Puis l'homme se tut et s'enfonça dans la banquette. Le chevalier était parvenu à se sortir du filet. Il fallait gagner du temps et l'empêcher de mettre la main sur la lettre, ou plutôt, sur les lettres. Hilarion paierait, il s'en fit la promesse.

— À Paris ! cria-t-il.

La voiture s'éloigna lentement.

51

Arrivé dans le vestibule, Hilarion chercha des yeux Hector qui, au pied de l'escalier, s'entretenait avec le comte d'Angiviller. À ses côtés, Montdragon soupirait devant Mme de Chaumont et quelques dames. On salua le chevalier du bout de la langue chez le directeur des Bâtiments, mais avec des élans empressés chez Mme de Chaumont, pour qui ce jeune Hilarion avait tous les charmes du tueur. Le comte d'Angiviller l'observa tranquillement comme l'un de ces animaux exposés au Jardin du roi par M. de Buffon. Soudain, une chaise plus haute et plus large que d'ordinaire passa au milieu de la cohue. Quatre gaillards la soulevaient.

— La marquise d'Elbeuf, trois cent quarante livres sans les dentelles, précisa Hector.

La chaise, au lieu de déposer son occupante dans le vestibule, monta lentement l'escalier. Hilarion s'empara du bras de son cousin. Les deux hommes s'éloignèrent au grand dépit de Mme de Chaumont.

— As-tu déjà croisé Mlle Conway ?

— L'ancienne maîtresse de Montmort ? Non, dut reconnaître Hector.

— Es-tu certain qu'ils étaient amants ?

— Le chevalier Hamilton l'a presque vendue au marquis.

— Qui est cet homme ?

— Un libertin, assez brutal avec les filles. Un temps, il fut de toutes les parties du maréchal de Richelieu.

— Pourrais-tu te renseigner sur Mlle Conway ?

— Oui, si ton Anglaise est jolie ! Elles n'ont souvent de remarquable que leur teint et sont parfois d'une hauteur qui rend le voyage risqué. Mais à cœur vaillant, rien d'impossible, dit-on.

— Tu es gentilhomme et français. Un double titre qui t'ouvrira toutes les portes.

— Une double clef, Hilarion. Rien de plus.

Le chevalier se pinça l'oreille. Hector ne put s'empêcher de le questionner sur les raisons de cette manie qu'il avait plusieurs fois surprise.

— Pour éviter qu'elle ne gèle, bien sûr !

— Oui, l'oreille d'un gentilhomme français est un titre qui mérite bien ce pincement quotidien, commenta Hector sans sourire.

Hilarion leva la tête vers l'escalier. La chaise de Mme d'Elbeuf avait atteint le second palier.

— Où puis-je trouver Mme de Miséry ? s'enquit-il.

Hector tira sa montre : il était bientôt 5 heures après dîner.

— Chez elle. Galetas du Pavillon du roi, dans l'aile des princes.

Devant le regard surpris que lui adressa le chevalier, il sourit.

— Je dîne partout et ne suis parasite nulle part. Mme de Miséry aime à sacrifier aux muses une ou deux heures dans la journée.

— Tu m'étonneras toujours, Hector !

— La réputation que j'ai de ne m'être jamais occupé de choses sérieuses m'est assez utile, mon cher cousin. On m'ignore, on m'oublie. Bref, personne ne se méfie de moi. On parle, j'écoute sans attirer l'attention.

Le chevalier s'aventurait dans une partie du château qu'il connaissait mal. À deux reprises, il demanda son chemin. Un officier de la Bouche l'examina, surpris que l'on ignorât où se trouvait le Pavillon du roi.

— Dans l'aile du Midi, monsieur. Entre la cour de la Bouche et celle des princes.

Il emprunta un couloir sombre le long de la première cour. Au premier coude, il tourna à gauche, tomba sur un nouvel escalier, mais hésita. Le renseignement de l'officier précisait bien une seconde volée de marches, il revint sur ses pas. Derrière les portes fermées, les bruits de cuisine, les conversations presque chuchotées, les pleurs d'un enfant lui parvenaient. De la musique aussi. Une femme sortit de l'un des appartements, les bras chargés d'une robe. Hilarion l'arrêta.

— La baronne de Bibault, qui est première femme de chambre de notre reine, précisa-t-elle.

Hilarion ne connaissait pas ce titre à Mme de Miséry, ne sachant pas même si celle-ci vivait seule. La femme ne marqua aucun étonnement devant l'ignorance du chevalier. Il y avait tant de monde au château !

— Mme de Miséry a renvoyé le baron chez eux, expliqua-t-elle. Mais dire qu'elle s'est retrouvée seule…

Elle ne termina pas sa phrase, ses yeux disant ce que sa langue taisait. De son bras libre, elle désigna un passage à droite. Hilarion découvrit un deuxième escalier, plus étroit. Les marches de planches grossières craquèrent sous ses pieds, malgré la forte humidité qui suintait des murs sales. Il arriva enfin dans l'attique et dirigea ses pas vers la fenêtre la plus proche. Il découvrit alors les toits de l'aile des ministres, où, une semaine plus tôt, il avait rencontré M. de Chaillou et le premier commis. En bas, entre des feux allumés, carrosses, cavaliers et chaises remontaient la rampe vers la chapelle. D'irrégulières et longues chaînes noires traversaient la cour : Hilarion crut voir courir des insectes selon une logique qui lui échappait. Il plaqua sa main contre la vitre glacée.

Le chevalier entendit soudain une porte s'ouvrir et sentit un courant d'air lui glacer les os. Il perçut quelques mots qu'il ne comprit pas, mais une voix qu'il reconnut immédiatement, une voix étouffée, et ce n'était pas celle de Mme de Miséry. Hilarion glissa vers la partie sombre du corridor et attendit. Il y avait un homme. Des murmures s'échangèrent, les pas s'éloignèrent. Hilarion se retourna lentement, ajusta ses manchettes, posa sa main sur la poignée de son épée et s'engagea sur les pas de M. de Moreton.

— Loup je suis né, loup je mourrai, murmura-t-il.

52

Pierre remonta son col et grogna contre ce pays qui n'était qu'une nuit éternelle. Il avait accéléré le pas malgré la neige qui collait à ses souliers. Toinette était en danger, la disparition de Théus ne pouvait pas être une simple coïncidence. La lanterne vacilla et s'éteignit. Il jura en provençal, la ralluma, évitant d'être renversé par une voiture. Il arriva enfin devant l'hôtel de Duras. "Ramasse les papiers que tu trouveras. Il me faut un exemplaire de l'écriture de Luthier", avait ordonné le chevalier.

Le concierge semblait l'attendre, l'air maussade. Non, Mlle Luthier n'était toujours pas revenue. Ils entrèrent chez elle.

— Des gardes de la prévôté sont venus m'interroger.

Le Marseillais n'aimait pas les argousins.

— Que voulaient-ils ?

— Jean-Baptiste Luthier. Ils le cherchent.

— Que leur as-tu raconté ?

— La vérité ! Qu'il a disparu depuis deux jours au moins. Pourquoi es-tu revenu ? Pour Toinette ?

Pierre esquiva la question.

— Et Théus, est-il passé ?

Candon répondit négativement, en crachant à terre. Sur l'unique table de l'antichambre, Candon alluma une bougie entamée. Rien n'avait changé depuis le matin. Les cendres étaient froides. Pierre remarqua pour la première fois, à droite de la porte qui ouvrait sur la chambre, un escalier étroit. Il interrogea du regard le concierge.

— L'entresol où couche Luthier, le frère.

— Laisse-moi seul !

Le concierge ne protesta pas. Lui aussi avait à faire et il y avait compagnie plus agréable que celle de ce Marseillais. Pierre monta. La pièce, basse de plafond, n'avait pas d'autre ouverture que celle qui donnait sur l'antichambre. Aucune fenêtre extérieure n'éclairait et n'aérait cet espace. L'absence de lambris interdisait toute cache possible, il fouilla pourtant méthodiquement. Les draps d'un lit défait étaient humides. Une chemise avait été jetée à terre, un ou deux gilets, une culotte, des bas de coton traînaient dans un coin. Sur l'unique table, Pierre ne trouva rien que la cuvette pour la toilette. Il ouvrit le seul tiroir, il était vide. Aucun papier personnel, aucune plume, pas d'encre, rien pour sabler les lettres. Luthier n'écrivait donc jamais ! Il examina le plancher, puis les yeux du Marseillais firent le tour de la pièce une dernière fois.

Pierre revint vers la chambre de Toinette et continua sa fouille inquiète. L'espace sous le lit était vide, il souleva les draps de gros coton. Ils étaient glacés. Puis la paillasse. Le coffre ouvert laissa échapper son parfum de violette. Il souleva délicatement la robe de ratine soigneusement pliée. Il ne put contenir longtemps son émotion. Ses mains lourdes et puissantes s'étaient doucement refermées sur le tissu et se mirent à trembler. Il ferma quelques instants les yeux. Le Marseillais pouvait énumérer de mémoire les vêtements de la lingère : bas de laine et de coton, deux rubans, quelques chemises, trois bonnets, une collerette, plusieurs mouchoirs, une paire d'escarpins de cuir, une seconde en peau. Il découvrit, derrière le coffre, une petite boîte en carton entièrement décorée de scènes champêtres que Pierre trouva mal dessinées : elle contenait des rubans, une bague et une épingle comme celle qu'il avait vue, un jour à Marseille, dans les cheveux d'une dame. Sans raison, il s'empara de cette aiguille et la glissa dans sa poche, puis il ouvrit la porte d'un cabinet. Très sombre, il devait servir à la fois à la toilette et à la cuisine. Au cours de sa dernière visite, le Marseillais n'avait pas vraiment accordé d'importance à ce minuscule réduit. Des objets de demoiselle, avait-il alors pensé avec pudeur et une certaine gêne. Sur un tabouret était posée une bassine de fer-blanc. Trempaient encore dans une eau sale des couverts d'étain et deux tasses, celles que Toinette avait utilisées pour lui offrir du café. Un petit miroir pendait au mur, Pierre le retourna. Rien. Le mercure se détachait à certains endroits par petites plaques.

Sur une étagère, des objets de toilette : un peigne d'ivoire, une petite boîte à fard et à mouches. Un objet insolite retint son attention : un étui en forme de livre relié, recouvert de maroquin rouge, comme l'étaient ceux que le Marseillais avaient aperçus chez la marquise d'Espinouse. Sur le premier plat, il découvrit, doré aux fers, le dessin d'une demoiselle jouant de la lyre. Au centre du second plat, deux lettres entrelacées. Leur assemblage compliqué semblait ne former aucun mot à proprement parler, ni même un dessin. Les initiales d'un nom peut-être. Incapable de les déchiffrer, Pierre sépara les deux parties de l'étui. L'intérieur contenait deux petits flacons cylindriques en cristal taillé. Il ouvrit celui de droite et respira. Un parfum de violette s'exhala. Le second dégageait une fragrance plus acide, que le Marseillais ne parvint pas à identifier. Qu'une simple lavandière fût en possession d'un objet si luxueux l'étonna. Il glissa l'étui dans sa poche, et jeta un dernier regard au cabinet puis à la chambre avant de sortir. Sa poitrine semblait se rétrécir.

— Candon, fais en sorte d'interdire l'appartement de Mlle Toinette, lança-t-il en sortant de l'hôtel de Duras. Ordre du chevalier.

— Ton maître n'est pas le roi !

Pierre tendit en grimaçant plusieurs pièces de cuivre.

— Cet argent t'oblige à l'égard de mon maître. Ne l'oublie pas !

— Le maître est-il aussi arrogant que le valet ?

Le Marseillais tourna les talons. Maigre butin, pensa-t-il, une aiguille et un étui à parfums. Il enfonça la tête dans les épaules, croisa les bras pour se protéger du froid et disparut dans la nuit. Il avait oublié sa lanterne. Pour la première fois, il aima la neige, froide et d'un silence pur.

53

Hilarion s'arrêta au premier étage de l'aile des princes. La silhouette enrobée de M. de Moreton descendait rapidement l'escalier au milieu d'une foule de domestiques et de courtisans. L'homme traversa le long corridor qui distribuait les appartements des frères du roi et se glissa jusqu'à ceux de la comtesse d'Artois. Le chevalier hésita à entrer chez la princesse à la suite de Moreton. Ce ne serait guère discret. Plusieurs gardes du corps, si appréciés par la comtesse, se présentèrent. Hilarion n'eut aucun mal à se mêler au groupe. Il pénétra le plus tranquillement du monde dans la première antichambre. La foule se pressait ici, moins nombreuse que chez la reine, mais davantage que chez la comtesse de Provence. La princesse recevait dans un salon, deux pièces plus loin. Il sembla au chevalier que l'on jouait de la musique. On se regroupait autour des deux cheminées. Hilarion espéra assez vainement ne rencontrer personne qu'il connût. Il se rapprocha de l'un des foyers pour se chauffer les mains, sa canne sous le bras, entre deux dames qui parlaient du docteur Franklin. Il n'écouta que d'une oreille distraite. Dans le miroir posé sur le manteau de la cheminée, il surveillait l'antichambre.

— M. Franklin a été reçu chez Mme du Deffand. Paris défend la révolution américaine. Bientôt nous porterons toutes des bonnets de fourrure.

— Ou le bonnet à la quaker !

Soudain le chevalier aperçut M. de Moreton ressortir du premier salon. Le visage du capitaine des gardes du comte d'Artois avait une expression étrange. L'homme qui rit, songea Hilarion. Il avait essayé de dissimuler ses blessures par du fard et de la poudre de riz. À chaque commissure une cicatrice élargissait sa bouche. Hilarion s'apprêtait à le suivre lorsqu'il fut appelé par une voix étonnée.

— Chevalier ?

Il se retourna lentement vers l'importun. Moreton allait lui échapper. Il referma sa main sur le pommeau de sa canne et serra.

— Monsieur de La Chapelle, venez-vous me chercher querelle ?

Le commis, son éternel maroquin sous le bras, n'était guère à sa place dans l'antichambre d'une princesse. Il portait, non sans une certaine élégance, un habit de fines rayures à gros boutons de nacre. La culotte blanche se terminait par des bas de soie immaculés. M. de La Chapelle toisa le chevalier.

— Je crains, monsieur, que mes fonctions auprès de M. le comte de Maurepas et la plus simple prudence ne m'interdisent de me battre avec vous…

— Votre honneur dût-il en souffrir !

— Sans doute, monsieur, sans doute.

Le ton du commis était sans équivoque. Cet homme, pensa Hilarion, rêvait de lui donner une leçon. Le chevalier adressa un de ces sourires lisses et polis qui ne disent à peu près rien.

— Votre présence ici ne s'accorde guère avec ces lieux, dit-il en montrant de sa canne les appartements.

Plusieurs dames revenaient des salons, amusées par des petits chiens aux gueules écrasées qui sautillaient en tous sens d'une manière ridicule. Le commis désigna les animaux d'un signe de la tête.

— Saviez-vous, chevalier, que l'un des chiens de la princesse se nomme Hector. Comme le héros troyen ! Et comme votre parent, M. de Simiane. Il ne manquerait plus, continua le commis, que l'un de ceux de la reine ne portât celui d'Hilarion.

— Monsieur, lorsque l'on cherche à mordre, il faut avoir de bonnes dents. Les vôtres ne laisseraient pas la moindre trace.

La Chapelle, blême, tourna le dos et quitta les lieux. Mécontent du tour qu'avait pris son échange avec le commis, Hilarion chercha des yeux Moreton. Il l'avait perdu, mais il avait appris deux choses. La Chapelle était un homme d'une élégance discrète et, comme l'étaient tous ces bourgeois qui jouaient au gentilhomme, fort susceptible.

Le chevalier allait sortir lorsque l'antichambre s'agita. Les portes du premier salon s'ouvrirent à deux battants et, précédée de ses dames et de quatre ou cinq chiens, une femme pâle, dans une robe à la française, chargée de bijoux, surgit, une canne à la main. Elle jeta brusquement ses ordres avec un accent italien. Hilarion s'inclina devant la comtesse d'Artois. Elle passa son chemin sans le voir.

54

— Mlle Conway, Mlle Conway ! Quel nom étrange ! Comment peut-on être une Mlle Conway ?

Hector traversa la salle des gardes et l'antichambre du Grand Couvert qui longent la cour de Marbre. Il y avait beaucoup de monde. Il se dirigea tranquillement vers la salle de l'Œil-de-Bœuf. Où les Anglais se retrouvaient-ils le plus souvent ? Chez la comtesse d'Artois ou la comtesse de Provence ? Ces deux princesses italiennes n'avaient pas plus d'esprit que trente-six cochons. Chez Madame Élisabeth, sœur du roi ? Toujours collée à Mme de Bombelles ! Ou chez Mesdames tantes ? On y portait encore des robes à la française et les Anglais s'habillaient mieux, reconnut Simiane. Alors chez Mme de Guéménée ou Mme de Maurepas ? Les Anglais aimaient les animaux : ils en trouveraient chez la comtesse. Des chats persans, mais aussi quelques seigneurs du plus beau sang. Chez la reine ? La compagnie était plus élégante. Encore fallait-il que cette petite Conway ait de la naissance. Hector en doutait un peu : un tel nom ! Il se décida finalement pour le salon de Mme de Maurepas. On trouvait chez la comtesse moins l'esprit d'intrigue qu'ailleurs, mais un café de qualité, servi dans des tasses qui dataient du règne précédent. Et puis il avait entendu Mme de Chaumont annoncer qu'elle s'y rendrait. La jolie Mme de Chaumont ! Que diable trouvait-elle au chevalier son cousin ?

Lorsqu'il entra dans les appartements de l'épouse du chef du Conseil, Hector tomba sur cinq ou six conversations. Il sauta de l'une à l'autre, saluant à droite, à gauche, baisant quelques doigts secs, et d'autres qui l'étaient nettement moins. Un laquais lui apporta une tasse fumante et parfumée qui mouilla ses lèvres roses.

— Monsieur de Simiane, je suis bien aise de vous voir, commença Mme de Maurepas. Ne m'oubliez-vous pas un peu ? ajouta-t-elle après un court silence qui permit à chacun d'examiner le nouveau venu.

Hector se récria. Comment négliger les bontés de la comtesse ! Il broda son compliment quelques instants, assez pour paraître sincère. Mme de Maurepas, peut-être satisfaite, s'enquit de ses nouvelles.

— Ah, madame ! Le frimas gèle jusqu'à mes pensées.

Plusieurs dames clignèrent des yeux. Les plus jeunes espéraient que le gel n'avait atteint que la tête du jeune Simiane, dont elles connaissaient la réputation.

— Il n'a pas le même effet sur tous, continua Hector. Ainsi la froidure de ce mois des Cendres pousse M. de Bouillac à courir toutes les antichambres pour se réchauffer. M. de Nangis a choisi quant à lui d'abattre sa canne sur la tête des laquais qu'il croise entre son appartement et la chambre du roi.

Quelques dames sourirent derrière leur tasse. Ce petit Simiane avait de l'esprit, il était temps qu'il se marie. L'une d'elles, grosse de quelques mois, considérait Hector avec plus d'attention.

— Connaissez-vous Lady Stormont ?

Hector s'inclina légèrement devant la jeune femme enceinte. Jolie, comme le sont les Anglaises : un teint presque transparent, des yeux clairs et froids, de beaux cheveux, mais très noirs. Beaucoup de hauteur et peu de piquant.

— Lady Stormont est une épouse comblée à double titre ! lança Mme de Mailly, sa voisine.

— Mon cher époux se flatte de représenter le roi Georges, dit Lady Stormont en montrant une jolie rangée de petites dents très blanches, et moi de lui apporter un héritier.

— "Lui" ? Le roi Georges ou le vicomte Stormont ? demanda grossièrement le duc de Chaulnes.

Un sourire pincé glissa sur quelques lèvres.

— Allons, cher duc ! Ne faites donc point rougir Milady, gronda Mme de Maurepas en tapotant de son éventail le bras du gentilhomme, qui s'inclina devant la réprimande.

Hector but délicatement une gorgée de café, avant de se décider à lancer quelques hameçons.

— J'ai rencontré plusieurs fois, madame, l'un de vos compatriotes, le chevalier Hamilton. Un homme accompli, des manières engageantes, un esprit vif et brillant.

Il arrêta là son dithyrambe, l'estimant suffisant pour gommer la grossièreté du duc.

— … et Mlle Conway, qui, à l'époque, le suivait à peu près partout, ajouta-t-il.

Il espérait avoir retenu l'attention de Lady Stormont, il eut tort. La jeune femme, impassible, balaya les allusions à la vie privée du chevalier Hamilton.

— Vous êtes, monsieur, je crois, de Provence ?

— Depuis huit cents ans, madame, assura Simiane sur un ton pédant.

— Oh ! Vous ne paraissez pas si vieux, monsieur !

Hector s'inclina, de bonne grâce. Il était temps de battre en retraite. Il avisa le marquis Tancrède du Muy.

Un imbécile multiplié par lui-même, mais fils d'un maréchal de France ministre de la Guerre depuis peu. Assez bien en cour pour qu'Hector de Simiane le ménageât. Il s'étonna de ne point voir M. de Maurepas.

— La goutte a repris le ministre, expliqua doctement le marquis. D'abord placée sur une épaule, elle est descendue aux pieds, au point que le comte ne marche bien que sur leur pointe.

— Le comte de Maurepas a toujours eu un sens aigu de l'altitude.

Simiane espérait ainsi échapper à la suite de l'exposé. Il eut tort.

Son salut vint du premier salon. Des bruits de pas et de soie. Un petit chien surgit puis un second, sautant en l'air et rebondissant comme une balle, avant que n'apparaissent la princesse de Chimay et la duchesse de Durfort accompagnées de trois gentilshommes, dont M. de Crussol, capitaine des gardes du corps du comte d'Artois et occasionnellement de celui de la comtesse. Simiane attrapa au vol le capitaine.

— Que fais-tu au café de la comtesse, Hector ?

— Je recherche une certaine Mlle Conway.

— La maîtresse de Montmort ?

— … et celle d'Hamilton.

— Le marquis était assez discret. Mais sais-tu que ces

deux-là n'étaient pas les seuls à profiter des bontés de Lady Conway ?

— Un troisième amant ! Que Dieu nous protège des Anglais qui veulent conquérir les océans et des Anglaises qui ne peuvent se satisfaire d'un seul amant.

— Le pourrais-tu d'une seule maîtresse, Hector ?

— Allons, Crussol, tu t'adresses à un homme presque marié.

— Hamilton se contente d'exhiber Mlle Conway ! Rien de plus, même s'il laisse entendre le contraire.

— Qui est donc le troisième homme ?

Crussol l'ignorait.

55

Au moment de franchir le portail du Grand Commun, Pierre jeta un œil sur l'horloge du fronton, puis se dirigea vers le garde Suisse, les pieds enfoncés dans un ignoble mélange de boue et de neige. Un certain Brinzol, lui avait précisé M. Bitzenzer. C'était vrai que le roi les choisissait grands ces Suisses ! Le Marseillais n'aurait point besoin de baisser la tête.

— Tu es Brinzol ?

Le garde se tourna vers le nouveau venu, surpris par l'accent de cet homme aussi grand que lui. Un long corps malade, dur et noueux. Comme le chanvre dont on faisait les cordes, aimait à penser Pierre qui avait croisé le regard du garde. L'autre se méfiait : les yeux presque blancs du Marseillais, à demi clos, annonçaient l'imbécile ou l'homme dangereux.

— Je t'ai déjà vu ! Tu es le Marseillais !

Pierre acquiesça, le Suisse sembla satisfait.

— Brinzol n'est pas là aujourd'hui. Moi, c'est Butterlin. Je le remplace. Je loge avec ma famille de l'autre côté, dit-il en montrant l'entrée qui permettait l'accès à l'aile des princes.

Encore un Suisse en mal de confidences, songea Pierre. Il se souvenait d'avoir franchi cette porte la nuit où, réveillé par Trouard, il s'était rendu avec le chevalier jusqu'au théâtre, à l'autre extrémité du château. Le cadavre de Rancy au bout d'une corde était le point de départ d'une affaire qui commençait à prendre une ampleur déplaisante. Pierre l'avait réduite au seul visage de Toinette Luthier. Il n'y avait pas d'au-delà.

— Connais-tu Théus ?

— Qui ne le connaît pas au Grand Commun ? Un fripon, un madré, une canaille, avec lequel je n'entrerai jamais en affaires !

— Je le cherche.

— Que lui veux-tu ?

— Je le cherche, répéta lentement le Marseillais.

— Dis donc, tu es peu loquace pour quelqu'un qui me demande de lui fournir, gratis, des informations !

— On n'est maître que de ses silences.

— Tu m'invites à me taire, Marseillais !

— Je t'invite à parler à bon escient.

Pierre sortit de sa poche quelques sous de cuivre. Le Suisse réfléchit.

— Non, je n'ai pas revu cette engeance de Théus depuis au moins deux jours. Peut-être a-t-il peur de croiser ta route ! Tout le monde sait comment tu l'as corrigé l'autre fois à la fontaine. Crois-moi, tu n'as jamais eu autant d'amis que ce jour-là !

— Où loge-t-il ?

— *Donnerwater !* En voilà une question que je ne me suis jamais posée ! Franchement, je ne sais pas. Il s'est acoquiné avec un gentilhomme qui appartient au comte d'Artois.

Le Marseillais découvrit un œil plus blanc encore.

— Je ne le connais point, ajouta le garde. Il ne loge pas au Grand Commun.

— Si tu ne connais pas ce gentilhomme, alors comment es-tu au courant ?

Le garde observa plus attentivement le Marseillais. Triple million d'aiguilles ! Il n'avait jamais vu des yeux aussi morts sur le visage d'un vivant.

— Tu n'es pas au château depuis longtemps pour poser ta question ! Les Suisses se retrouvent au corps de garde. On y discute de tout ce qui est arrivé dans la journée aux quatre coins du château. Nous sommes partout. Aux grilles du parc et des jardins, dans la Grande Galerie et les appartements, au bas des escaliers. Nous sommes les yeux du roi !

— Des espions ! lâcha le Marseillais avec une pointe de mépris.

— Nous avons toujours bien servi les rois de France ! Sa Majesté a besoin de savoir ce qui se passe chez elle, expliqua calmement le garde.

Le soldat avait raison. Peu rancunier, il reprit.

— Il cherchait la sœur de Jean-Baptiste Luthier. Une jolie demoiselle ! Elle s'appelle Toinette comme la reine. Presque aussi belle !

— Tu ne m'apprends rien, rugit le Marseillais en empoignant le col du garde qui se mit à hurler.

— Charogne de Clamart ! Agneau de garce ! Ahuri de Chaillot !

Des passants s'arrêtèrent. Une femme poussa un cri, un abbé voulut s'interposer. Pierre regarda autour de lui et lâcha sa prise.

— Tu ne m'apprends rien, répéta-t-il dans un murmure.

Butterlin toisa le Marseillais. On n'avait jamais levé la main sur un garde Suisse, il ferait son rapport. Pierre descendit la rue de la Surintendance, vers l'hôtel de Duras, les épaules lourdes de honte. Plusieurs carrosses remontaient vers le château. L'un d'eux roula trop vite dans une ornière et projeta une giclée de boue. Le Marseillais jura contre le cocher, puis cracha à terre, sa livrée était maculée. Il s'essuyait lorsqu'il entendit son nom, jeté à haute voix, dans la rue. Plusieurs femmes, sous leur bonnet, levèrent la tête. Candon arrivait en courant.

— Elle est rentrée ! lança-t-il essoufflé.

— Toinette ? Toinette est rentrée ?

— Ne restons pas là !

Elle était assise sur une chaise basse devant l'âtre. Pierre s'agenouilla devant elle. Le visage était marqué de taches rouges, les cheveux, sans bonnet, étaient en désordre. Toinette tremblait sous un châle souillé et déchiré en plusieurs endroits. Ses mains restaient obstinément fermées.

— On dirait qu'elle a passé tout ce temps dehors !

— Toinette, murmura Pierre, Toinette…

Elle ne répondit pas.

— Quand est-elle rentrée ?

— Il y a à peine une heure. Une femme l'a trouvée errant du côté des réservoirs. Depuis, elle n'a prononcé que des sons incompréhensibles pour une oreille de chrétien, une bouillie de sons noyés dans la salive, commenta le concierge.

Toinette était frappée de stupeur, l'œil allumé par un vent fou et s'éteignant soudainement. Pierre à genoux devant la jeune femme lui prit les mains. Elles disparurent complètement dans les siennes. Froides, il essaya doucement de les réchauffer. Toinette n'était pas en sécurité à l'hôtel de Duras. Il lui faudrait la protéger. Sans un mot, il s'empara du corps de la jeune femme qu'il souleva comme un fétu de paille. Il glissa un ordre au concierge, qui opina du chef. Puis il remonta lentement la rue de la Surintendance. De longs pas vers la violence, sous la neige qui s'était remise à tomber.

56

M. de La Chapelle l'avait retardé. Hilarion tapotait nerveusement le pommeau de sa canne. Il remonta rapidement au dernier étage du Pavillon du roi, puis s'arrêta devant la porte de Mme de Miséry. Il bouscula un peu ses manchettes. Ce matin, devant le miroir, il n'avait pas omis de se parfumer la tête d'une essence à perruque que Pierre avait achetée rue Dauphine. Ses boucles à chaussures étaient encore propres et il avait réussi à ne pas maculer ses bas de soie. Il gratta et, comme si on l'attendait, la porte s'ouvrit immédiatement, surprenant un peu Hilarion qui recula.

La femme devant lui ne put retenir un petit cri. Il n'était pas attendu. Le chevalier s'inclina devant Mme de Miséry, qui s'écarta pour le laisser entrer.

— Je craindrais d'être inopportun, madame, si une affaire importante ne m'y obligeait.

Elle était seule. Deux bras de lumière encadrant le seul miroir éclairaient la pièce, tendue d'une indienne. Le feu était éteint. Allait-elle partir, rejoindre son service auprès de la reine ? Mme de Miséry se rapprocha d'un petit secrétaire dont elle referma le battant. Dans le silence, Hilarion entendit la cloche du couvent voisin des Récollets.

— Monsieur, susurra-t-elle en offrant un fauteuil au

chevalier, votre visite est une de ces surprises qui flattent celles qui en sont l'objet. Votre réputation vous a élevé à ce rang que beaucoup envient.

— À quel rang sont associés les lauriers que vous me décernez, madame ?

— Au plus haut. La reine, en refusant que la raison dicte ses lois, a écouté les premiers mouvements de son cœur.

Mme de Miséry n'avait pas vraiment répondu à la question. Hilarion posa les bras sur les accoudoirs et laissa pendre ses mains blanches. Deux bagues accrochèrent un éclat lumineux.

— Madame, le Service du roi m'oblige à repousser les plaisirs que ne tarderait pas à provoquer une conversation en votre compagnie.

Mme de Miséry était jolie sous sa blondeur que la poudre n'avait pas entièrement grisée. Une bouche rouge. Cependant, les yeux déconcertèrent Hilarion par leur froideur.

— Monsieur, vous parlez comme l'un de ces affreux juges ! soupira-t-elle.

— Pire que cela, madame, comme un simple greffier qui enregistre sèchement des informations qui, assemblées, éclaireront une affaire dont la résolution est exigée par Sa Majesté.

Les mains de la première femme de chambre, un peu courtes, blanchies à la pommade, sortaient d'un bouillon de gaze fixé à chaque manche. Celle de droite s'empara d'un ruban posé sur un guéridon.

— Cela, monsieur, n'est point le ton de la cour. Vous êtes trop homme du monde pour l'ignorer.

— Non seulement je ne l'ignore pas, se désola Hilarion, mais je crains par là de ne vous plaire point.

Un silence suivit, qu'Hilarion s'interdit de briser. Le prologue était terminé. Chacun le savait, mais Mme de Miséry trouva encore le moyen de repousser les questions qui ne tarderaient pas à venir.

— Serez-vous ce soir, monsieur, au bal de la reine ?

Pouvait-on ne pas se rendre au bal de Sa Majesté ?

— Des lettres, poursuivit-il doucement, ont disparu, madame.

Il laissa en suspens sa phrase. Mme de Miséry arrangea un volant du bout des doigts, tout en l'observant de ses yeux trop bleus.

— Puis-je savoir depuis combien de temps vous servez la reine comme première femme de chambre ?

— J'appartenais déjà à Sa Majesté lorsqu'elle était dauphine.

— Plus de quatre années, évalua Hilarion à haute voix. Quatre années qui laissent croire à votre fidélité pour Sa Majesté.

— Pourrait-il en être autrement ?

— Avez-vous ses faveurs ?

— La reine les accorde entièrement ou jamais. Mme de Lamballe a connu une disgrâce, qui a profité à Mme de Polignac. Mais une simple première femme de chambre ne peut prétendre à une telle proximité de sentiments. Nous appartenons à un cercle inférieur.

— Nous ?

— Les femmes de chambre. Nous sommes huit et trois par trimestre.

La pièce s'enfonçait doucement dans l'obscurité. Le chevalier n'apercevait plus de Mme de Miséry qu'une partie du visage éclairée par le chandelier posé sur la cheminée.

— Je crains que ma présence ne profane ces lieux, dit-il rêveur.

— Pourquoi donc ?

— Les raisons de ma visite ne s'accordent guère à votre qualité…

Elle attendit, souriante, la suite du compliment.

— … ainsi qu'à l'idée très avantageuse que mon parent Hector de Simiane m'a fait prendre vous concernant.

— Je suis peinée, monsieur, de ne pouvoir recevoir autant que je le souhaiterais l'hommage d'un aveu si sincère. M. de Simiane est un galant homme.

— Connaissiez-vous l'existence de cette correspondance ? demanda-t-il sans transition.

Mme de Miséry, décontenancée, tourna vers la cheminée éteinte son profil. Il ressemblait étrangement à celui de la reine.

— De quelle correspondance me parlez-vous, monsieur ?

— Celle de Sa Majesté. Des lettres volées. Il me faut y revenir, mais je ne vous questionnerai pas sur le destinataire. Pour l'instant.

— Qui vous fait penser qu'il pût s'agir d'un homme ?

— Un homme, une femme.

Mme de Miséry continuait à détourner son regard.

— Une femme, un homme. Vos mots, monsieur, sont difficiles à entendre… La reine, ajouta-t-elle enfin, écrit chaque matin, après s'être habillée, avant l'arrivée de Mme Bertin.

— Parlons-nous, madame, de lettres qui ne seraient jamais arrivées à destination ?

Cette question, Hilarion aurait dû la poser depuis longtemps.

— Mme la princesse de Chimay a enquêté, reconnut Mme de Miséry.

— La dame d'honneur ? Je vous écoute.

— Monsieur, ne me pressez pas ainsi !

— Les lettres, madame !

— Si la princesse a formulé à Sa Majesté des conclusions, celles-ci ne m'ont pas été communiquées.

Le chevalier acquiesça. La police intérieure avait été dévolue à la première dame d'honneur, Mme de Chimay. Hilarion doutait de pouvoir obtenir des informations d'une princesse réputée pour sa grande discrétion.

— Si je comprends bien, madame, cette correspondance ne serait donc pas parvenue à leur destinataire.

— Le bruit en a couru parmi nous. Cependant rien de cela n'est sorti des appartements de la reine, admit Mme de Miséry.

— Ils sont rares les bruits qui, à Versailles, ne courent pas d'une antichambre à l'autre.

— On ne discute pas, monsieur, un ordre de la première dame d'honneur !

Mme de Miséry se leva avec grâce, jeta un regard au miroir posé sur la cheminée, remisa une mèche grise au-dessus de l'oreille.

— Ma femme de chambre n'est pas là pour allumer le feu et je ne puis rien vous offrir par ce froid.

Puis, sans explication, elle disparut quelques instants dans la pièce voisine. Elle revint les épaules recouvertes d'un chat de zibeline. Un cadeau coûteux, imagina Hilarion, qui saisit, dans le même temps, une fragrance qui ne lui était pas inconnue. La jeune femme revint calmement à sa place, droite sur le bord de son fauteuil. Un corps soumis à une discipline qui ne tolère, à la cour, aucun relâchement public.

— Que disions-nous, monsieur ?

— Nous parlions de lettres de la reine, madame, et de leur disparition.

— Ah oui ! Je ne peux guère vous être utile. Je n'ai vu que deux ou trois fois Sa Majesté en train d'écrire.

Mais assez, pensa Hilarion, pour savoir où la reine enfermait sa correspondance.

— Où Sa Majesté se trouve-t-elle lorsqu'elle écrit ?

— Dans les petits appartements, au-dessus de sa chambre.

— Qui était chargé de la transmission de ces lettres ?

— La nature de celles-ci exigeait que ce fût une personne de grande confiance.

— Certes. Elles ont pourtant été dérobées. Il m'est difficile d'imaginer que leur destinataire abusât de la confiance de la reine pour les utiliser et les marchander. Le vol n'a pu donc être commis que par une personne proche de Sa Majesté.

— Je l'ignore, monsieur. Vos questions sont bien brutales. Que n'y mettez-vous les formes !

— Veuillez m'excuser, madame, reprit Hilarion qui n'avait cure de la délicatesse de la jolie Mme de Miséry. Combien d'entre elles se sont… égarées entre des mains importunes ?

La première femme de chambre hésita.

— Pas moins d'une dizaine, certifia-t-elle en triturant son ruban.

— Lesquelles ont sans doute servi à M. de Rancy.

— M. de Rancy ?

— Je réfléchis à haute voix, madame, s'excusa le chevalier en décroisant ses jambes. Un libelle contre la reine a été déposé sur la cheminée de l'Œil-de-Bœuf il y a une quinzaine de jours. Un second y a été abandonné hier.

— Je ne lis pas ces infamies.

Hilarion tournait en rond.

— Connaissez-vous M. de Moreton ?

Mme de Miséry resta immobile et silencieuse, fixant le visage de ce joli gentilhomme et y décelant une certaine cruauté. Elle se força à sourire.

— M. de Moreton me flatte de son assiduité dans le cercle que je réunis les soirs où je ne suis pas de service. Mais je crains de n'avoir pas pris les meilleurs moyens pour l'éviter. Le baron me fait une cour insistante. Entre nous, chevalier, le capitaine n'a pas assez de consistance pour fixer le cœur d'une femme.

Hilarion répondit à l'aveu par un sourire complice.

— Si douce que soit l'illusion de M. de Moreton, je n'irai pas croire qu'elle puisse être durable. Il se peut bien que je ne mérite pas les sacrifices que le capitaine des gardes voudrait me faire, ajouta-t-elle en baissant légèrement les yeux.

La soudaine modestie de Mme de Miséry amusa le chevalier, qui ne put retenir un soupir plein de dévotion. C'est à cet instant qu'il identifia le parfum.

— J'ai cru apercevoir M. de Moreton chez Mme la comtesse d'Artois, relança-t-il en examinant sa main et ses deux bagues.

Hilarion se leva et s'approcha de la cheminée, comme s'il espérait trouver dans les cendres mortes une source soudaine de chaleur. Sa voix se fit plus sourde.

— Théus, Rancy, Montmort, Moreton et le comte Henri sont morts, madame !

— Que dites-vous ?

Un cri. Elle avait poussé un cri. Elle s'était levée, bousculant le guéridon.

— M. de Moreton est vivant ! hurla-t-elle soudain. Il est sorti d'ici il y a une heure à peine !

— Ils sont morts, madame…

— Qui est le comte Henri ? Et… ce Théus ?

— Leur nom même, continua Hilarion, est un poison et une pourriture.

— Vous êtes fou, monsieur ! On me l'avait bien dit. Sortez !

Elle recula de deux pas derrière sa chaise.

— La nuit sans la nuit, et son cri sera si faible, madame, que seuls les oiseaux l'entendront !

Le chevalier salua et sortit avec la certitude d'avoir reconnu, chez Mme de Miséry, l'essence qui la veille avait accompagné le visiteur de son appartement.

57

Elle soupira de douleur et cracha un peu de sang avant de se recroqueviller. Le chirurgien avait refusé de la saigner.

— Je vais lui donner un peu d'opium, dit-il à l'intention du Marseillais. Mlle Luthier doit dormir.

Lacroix rangea dans une boîte de cuir sa paire de bésicles. Pierre, sans autorisation, s'était assis près du lit. Il tenait la main de Toinette dans la sienne. Il s'écarta un peu et aida à relever la jeune femme, afin qu'elle bût la potion préparée par le chirurgien. Une partie du liquide coula le long du menton. Lacroix avait soigné plusieurs taches rouges sur le corps. Des coups reçus aux chevilles et au visage. Candon avait apporté du linge propre de l'hôtel de Duras. Une femme au service de M. Lacroix avait changé Toinette. Comme une poupée de chiffon, elle s'était laissé faire, murée dans un mutisme qui effrayait Pierre. Une fois couchée, elle avait replié ses jambes sous elle, s'enfermant dans une coquille invisible, seule capable de la protéger des dangers du monde.

— Pourquoi ne parle-t-elle pas ?

Le chirurgien ne se formalisa pas devant la question, brutale dans sa forme, posée par un simple valet. Celui-ci portait la livrée du chevalier Hilarion, et avec lui formait une étrange paire qu'il aurait bien pris garde de ne jamais affronter. Les yeux du Marseillais, avait-il observé, s'étaient réveillés.

— C'est l'un des effets de la peur.

Le chirurgien offrit du tabac à Pierre, qui refusa. Il laissa tomber des brins sur son habit, éternua, satisfait, puis il s'assit en face du Marseillais. Il tenait ses épaisses jambes écartées. Ses bas avaient pris des reflets gris sous la lumière du petit bougeoir de lit. Lacroix économisait la chandelle.

— Qu'allons-nous faire d'elle ? Je ne peux guère la garder chez moi sans que cela n'arrive aux oreilles de ceux qui l'ont ainsi maltraitée.

C'était ce qui préoccupait Pierre. La sécurité de Toinette. On l'avait vu traverser la cour du Grand Commun et monter à l'étage où logeait le chirurgien, la jeune fille dans les bras. Personne n'avait osé l'interroger, mais la nouvelle serait connue de tous très rapidement.

— Nous devons prévenir la prévôté. M. de Sourches, assura le chirurgien, a été clément avec vous. Il ne comprendrait pas qu'on lui dissimulât le retour de Toinette Luthier ! Il voudra l'interroger.

— Le chevalier décidera s'il y a lieu d'avertir le prévôt général.

Pierre se tut. Il réfléchissait. Le chirurgien lui avait déjà sauvé la mise après le meurtre du marquis de Montmort.

— Je l'emmènerai chez mon maître.

— Vous ne résoudrez pas la question de sa sécurité. Cette fille est en danger, et Dieu seul sait à quelle sordide histoire elle se trouve mêlée. Êtes-vous sûr de pouvoir la protéger ?

Une femme entra avec un seau d'eau chaude. Elle le déposa près de la cheminée qui brûlait doucement. Avec un mouchoir, elle épongea le front de Toinette. Maître Lacroix regarda la jeune lingère glisser dans un sommeil plus apaisé. L'opium agissait. Le chirurgien partageait son appartement avec un officier du Gobelet du roi. Il ne s'en plaignait pas, trop heureux de disposer d'un logement au château. Mais non, il ne souhaitait pas s'encombrer d'une demoiselle, si jolie fût-elle, qui serait à coup sûr une source d'ennuis. Peut-être plus encore, conclut-il inquiet en époussetant les derniers brins de tabac tombés sur son gilet de taffetas.

— Je dois en aviser le chevalier, dit Pierre en se levant. Avant ce soir, je viendrai chercher Mlle Luthier.

Il regarda encore une fois Toinette. Une main dans la poche, il manipula l'aiguille à cheveux qu'il avait dérobée dans la chambre de la jeune femme. Il la lui rendrait bientôt.

58

Hector de Simiane hésita sur la marche à suivre. Devait-il continuer à chercher cette Lady Conway ? Il avait faim et son valet traînait Dieu savait où. Il n'avait pu, le matin, assister au débotter du roi. Il se montrerait à son souper, avant d'aller s'habiller pour le bal de la reine. Il n'avait pu tirer aucune information de la jolie Lady Stormont.

Il traversa la Grande Galerie, si sombre qu'il ne distinguait plus que des silhouettes vaguement dessinées. Néanmoins, l'activité y était grande. L'intendant des Menus Plaisirs, M. Papillon de La Ferté, lançait fébrilement ses ordres. On préparait les lieux pour le bal. Plus de deux mille bougies illumineraient la Grande Galerie. Plus loin, on installait les chaises destinées aux musiciens et les tables qui, bientôt garnies de centaines de plats, nourriraient les invités.

Arrivé dans la salle de l'Œil-de-Bœuf, Hector découvrit plusieurs groupes qui faisaient antichambre. D'éternels solliciteurs, des curieux qui espéraient apercevoir le roi ou recevoir une invitation au bal. On avait allumé les chandeliers posés sur la cheminée ainsi que le lustre. Le Suisse de l'antichambre interdisait l'accès aux appartements royaux, tandis qu'un garde de la Porte renseignait des provinciaux égarés. L'un des groupes attira son attention.

— Messieurs ! lança-t-il en saluant d'abord M. Franklin qui avait abandonné sa toque de fourrure.

Le bonhomme s'inclina à son tour. Six ou sept personnes, dames et seigneurs, formaient un cercle dont l'ambassadeur américain était le centre. Le comte de Saint-Marc, alors aux Chevau-légers, discutait avec Mme d'Olstein, fille du marquis de Barbentane et cousine d'Hector.

— Que dites-vous de la présence de toutes ces dames anglaises à Versailles ?

— Leurs époux se battent en Amérique. Que voulez-vous qu'elles fassent dans leur pays ? Elles s'y ennuient.

— Nous emmènerions nos maîtresses si, quelque jour, nous allions, de la pointe de nos épées, saluer ces messieurs les Anglais en Amérique !

Hector ne connaissait pas le jeune homme qui venait de parler inconsidérément.

— M. de La Fayette, de retour d'Angleterre et à nouveau sur le départ, lui souffla son voisin.

Le docteur Franklin fit mine de n'avoir pas entendu.

— Le roi de France peut-il, pour faire plaisir à M. de La Fayette, briser son traité avec le roi Georges ? demanda innocemment Mme d'Olstein.

Hector ignorait que sa cousine eût la tête si "politique" ! Le jeune La Fayette se le tint pour dit. Mme d'Olstein ne put dissimuler un petit rire perlé, tout en réchauffant ses mains dans un manchon de martre. Celles du docteur Franklin s'appuyaient devant lui sur une canne. Ses yeux malicieux passaient de l'un à l'autre. Ces Français l'amusaient. Il n'y avait vraiment qu'en France que l'on pouvait entendre une femme prendre autant d'altitude avec tant de légèreté. Quant à ce jeune La Fayette, on verrait bien !

— Monsieur Franklin, demanda à son tour M. de Dillon, comment les Américains peuvent-ils vivre au milieu des sauvages ?

— Un peuple de Cincinnatus, s'exclama M. de La Fayette, tenant d'une main la charrue et de l'autre le glaive !

— Le fusil, rectifia M. Franklin.

— Un peuple, continua le jeune homme, en marche vers la liberté.

— Mon Dieu, c'est horrible ! Parlez-vous le huron, monsieur ?

— Enfin, Dillon ! s'offusqua Mme d'Olstein, M. Franklin n'est pas un sauvage !

— Je parle bien le berrichon avec mes paysans !

Benjamin Franklin, dont M. de La Fayette tentait vainement d'attirer l'attention, fit le tour de ses interlocuteurs avant de s'arrêter sur Hector de Simiane.

— Monsieur, votre parent, le chevalier de S., a su, me semble-t-il, régler à son avantage son affaire avec le marquis de Montmort.

— Pour la plus grande gloire de la Compagnie des chevau-légers ! s'enflamma M. de Saint-Marc.

— L'a-t-il seulement réglée ? s'enquit Hector. À vous entendre suggérer que le chevalier a tué son adversaire, j'en douterais.

L'Américain plissa les yeux, essuya ses binocles et les reposa lentement, en équilibre sur le nez.

— Vous vous trompez sur le sens des mots que j'emploie. Excusez la mauvaise qualité de mon langage. Nous savons tous par M. de Sourches, votre prévôt, que le chevalier est innocent du crime dont on voulait le charger. Je m'interrogeais davantage sur les raisons pour lesquelles le marquis devait mourir.

MM. de Dillon et de Saint-Marc haussèrent les sourcils. Ils ne comprenaient goutte aux propos de l'Américain. Hector examina avec intérêt ce Benjamin Franklin, avec ses allures de médecin qui fréquenterait les académies de province. Un homme intelligent qui agissait avec patience, pour l'intérêt de sa jeune nation.

— M. de Montmort devait mourir, dites-vous ?

— *By Jove !* Le roi de France, grâce lui soit rendue, ne m'a pas chargé de résoudre cette affaire.

— Vous vous contentez simplement de représenter les Treize Colonies.

— Treize États, monsieur de Simiane, et libres.

M. de La Fayette opina gravement du chef. Le docteur Franklin souriait.

— Mais je crois que vous vous intéressez à certaines dames anglaises, reprit-il.

L'Américain se saisit avec un grand naturel du bras d'Hector, et les deux hommes s'écartèrent du groupe.

— Le tenez-vous de Lady Stormont ou liriez-vous dans mes pensées ? interrogea, surpris, Hector.

— Ne vous étonnez point, monsieur. Mme de Chaumont, que j'ai rencontrée chez la comtesse de Maurepas, a entendu votre conversation avec Lady Stormont, une dame charmante et fort jolie.

Parlait-il de la première, de la deuxième ou de la troisième de ces femmes ? Hector ne chercha point à démêler l'équivoque. L'ambassadeur sortit d'une vaste poche sa tabatière. Le groupe s'était divisé. M. de La Fayette faisait sa cour à Mme d'Olstein. L'Américain éternua dans son mouchoir. Hector s'était sagement écarté pendant l'opération.

— Le chevalier Hamilton n'hésite pas, selon les occasions et pour la plus grande gloire du roi Georges, à utiliser Mlle Conway, affirma-t-il en s'essuyant.

— Un proxénète aux voluptés ! Sa famille est-elle si pauvre qu'elle ne puisse entretenir son rejeton ?

— Les Hamilton, quoique écossais, ont reçu un titre de duc. Ils sont bien plus riches que beaucoup de vos ducs et marquis. Vous ignorez trop ce qui se passe de l'autre côté de la Manche.

— Ce qui vous permettra, monsieur, de gonfler à loisir les dangers que courent vos concitoyens face à leurs ennemis, et d'obtenir à bon compte l'alliance du roi de France.

Benjamin Franklin, à son tour, observa Hector de Simiane. On ne savait jamais avec ces gens où se logeait leur intelligence et celle-ci, peut-être lasse de s'exprimer, jaillissait là où on ne l'attendait plus.

— Le chevalier Hamilton, pour régler ses dettes, n'hésite pas à travailler pour les bureaux de Lord North.

— Le Premier ministre du roi Georges ?

— Oui, monsieur.

— Hamilton serait donc un espion ? s'étonna Hector.

— Monsieur, je croyais la cour de France incapable de prononcer certains mots !

— Oh, lorsque ceux-ci sont étrangers !

— Étrangers ?

— Ne venez-vous pas de m'apprendre que ce mot était "anglais" ?

L'Américain sourit. Mais qu'il était difficile de traiter avec ces gens-là, aussi charmants fussent-ils !

— Un dernier conseil, monsieur, si vous m'y autorisez, ajouta le docteur Franklin à voix basse.

Hector invita l'Américain à poursuivre.

— Mme de Chaumont serait une maîtresse parfaite.

— Sans doute, monsieur, répondit Hector, avec perplexité.

— Oh, vous n'imaginez pas à quel point elle vous serait reconnaissante ! Comme toutes les femmes qui sont choisies par un amant plus jeune qu'elles.

59

Dans le vestibule de l'aile sud, un laquais rattrapa le chevalier et lui remit un billet cacheté. Hilarion reconnut, imprimés dans la cire qui semblait saigner sur le papier, les trois chevrons du maréchal duc de Richelieu. On l'enjoignait de se présenter sur-le-champ devant M. le maréchal. Hilarion leva les yeux vers le laquais : livrée rouge et blanc, perruque soigneusement poudrée et la mine suffisante de celui qui sait servir un grand seigneur. Il s'interrogea. Comment le domestique l'avait-il aussi rapidement trouvé ? Le ton du billet l'agaça, mais il s'agissait de régler au mieux cette affaire de duel et de le laver définitivement de tout soupçon de meurtre sur la personne de Montmort. Le chevalier regarda sa montre. Il remonta le col de son manteau et leva le nez comme un animal à l'affût. Un air glacial courait dans les galeries du rez-de-chaussée, sans parvenir à éteindre toutes les odeurs du château.

— Je serai chez M. le maréchal dans une heure.

Puis il tourna les talons en direction du Grand Commun.

Il retrouva Pierre. Sans un mot, les deux hommes s'assirent devant le feu que le Marseillais avait préparé. Deux bras de lumière laissaient échapper une lueur hésitante. Si le chevalier avait jeté un œil indifférent aux boiseries noircies par la fumée que la cheminée refoulait, il avait immédiatement remarqué l'air sombre de son valet. Et ce parfum.

— Ainsi Toinette est revenue, dit-il en regardant les flammes.

Pierre confirma d'un signe de la tête, en repoussant du pied une bûche qui menaçait de rouler. Maître Lacroix avait diagnostiqué un choc du cerveau qui paralysait ses facultés. Elle ne pouvait parler que par bribes incohérentes et ne semblait plus se souvenir de ce qu'elle avait subi. Il lui fallait beaucoup de repos. Le chirurgien ne pouvait affirmer qu'elle recouvrerait un jour sa raison.

— Elle ne nous apprendra donc rien, conclut Pierre.

— Où se trouve-t-elle ? demanda Hilarion.

Le Marseillais désigna l'escalier qui montait à l'entresol.

— Qui assurera sa protection quand tu ne seras pas là ?

Pierre expliqua que le concierge de l'hôtel de Duras avait deux cousins, prêts à surveiller jour et nuit la porte de Toinette. Des anciens soldats du régiment de Piémont, précisa-t-il, qu'il faudrait payer. Il se rassit et murmura.

— Théus a disparu, *monssu*. Sur les galères, j'ai vu cet homme tuer ceux qui s'opposaient à son commerce. Je l'ai vu menacer des garçons qui refusaient d'offrir leur cul en échange de sa protection, n'hésitant pas à dénoncer des camarades à l'officier de bord. Tous sentaient la peur lorsqu'il s'approchait d'eux. Il est dangereux et personne ne l'a croisé depuis deux jours ! Il connaissait Luthier. Vous l'avez entendu de la bouche de cet âne bâté de Bitzenzer : Théus s'est acoquiné à Moreton. *Monssu*, qu'a-t-il fait à Toinette ?

Silencieuse, la réponse restait suspendue entre les deux hommes.

— Nous ne sommes pas sûrs, Pierre, que Toinette soit mêlée au meurtre de Rancy. Quant à Théus, il ne t'a pas rencontré par hasard. Tu as raison, il faut lui remettre la main dessus.

— Pensez-vous qu'elle a appris pour son frère ? Sait-elle qu'il a pris la place du cadavre de Boureuilles ? Et celui-là, qu'est-il devenu ?

— On ne peut écarter l'hypothèse qu'il soit mort, lui aussi. Mais je pense plutôt qu'il se cache. Ce qui est certain, c'est qu'il n'est pas étranger au meurtre de Luthier. La cicatrice qui a trompé maître Lacroix en est la preuve.

— Nous tournons en rond, *monssu* !

Les deux hommes restèrent un moment sans rien dire dans une quasi-pénombre.

— Il faut revenir au point de départ, reprit Pierre. Les lettres ! Celles de la reine. Tout le monde les cherche.

Hilarion esquissa un sourire.

— M. de Rancy n'a laissé derrière lui que des énigmes : une moitié de billet, aucune dette. On le croyait absent, on le retrouve pendu, mais point de lettres. Une seconde fouille des appartements du maître d'hôtel s'impose.

— Nous avons aussi le second billet, rappela Pierre. Vous oubliez l'Araignée d'Apollon !

— Je n'oublie rien, Pierre. Je ne sais tout simplement pas quoi faire de cette “araignée”.

— Si M. de Rancy n'a point écrit ces billets, qui l'a fait ?

— Je l'ignore. Fais venir les cousins de ton concierge. Tu les paieras sur la bourse que je t'ai confiée. Préviens-les ! Ils répondront de la sécurité de Toinette sur leur vie ! Charge aussi les deux pistolets, acheva-t-il.

60

L'appartement des maîtres d'hôtel au premier étage était, sur ordre de M. de Sourches, sous la surveillance d'un garde de la prévôté : il remplaçait celui que M. Trouard y avait posté le premier jour. Hilarion imagina la déconvenue de l'inspecteur des Bâtiments qui comptait conserver une main sur des lieux ordinairement placés sous l'autorité de son administration. Lorsqu'ils entrèrent, la même odeur de fumée, mêlée à celles des cuisines, flottait dans l'air confiné et glacé. Une pénible impression d'abandon. Pierre alluma les deux bras de lumière qui encadraient l'unique miroir de l'antichambre.

— Où devons-nous chercher, *monssu* ?

— Ces documents avaient trop de valeur pour M. de Rancy. Il ne les aurait pas confiés à son valet. Augustin Boureuilles s'est évaporé depuis la mort de son maître. Pas d'affaires à lui ici, ni à l'hôtel Saint-Antoine. Je ne crois pas qu'il cherche à se protéger. L'absence de désordre ne laisse pas imaginer une fuite précipitée. Je penserais plutôt qu'il n'est pas étranger à la mort de Rancy.

— Il aurait tué son maître !

— Le meurtre du maître d'hôtel a nécessité des complicités. Boureuilles a probablement participé à la mise en scène macabre que nous avons découverte dans l'opéra.

— Il n'agirait donc pas pour son compte ?

— Sans doute pas. Il y a un commanditaire.

Le Marseillais secoua lentement la tête, les yeux rendus à leur vacuité de poisson. Il monta à l'entresol, sans un mot.

Le chevalier s'agenouilla et souleva le couvercle du coffre. Les vêtements rangés étaient tels qu'il les avait laissés : les vêtements d'un cadavre, humides et froissés. Il vida le coffre et chercha un double fond. Les planches ne dissimulaient aucun tiroir secret. Le chevalier se releva, ajusta ses manchettes. Au milieu de l'antichambre, il tourna lentement sur lui-même, balayant du regard les cloisons noircies. Trois chaises en noyer, tapissées de lin, dont les pieds rongés indiquaient la présence de rats, une petite fontaine de cuivre rouge, une table à écrire et un fauteuil. Du bout de sa canne, Hilarion frappa à petits coups réguliers sur toute la longueur du premier mur. Il répéta l'opération sur les boiseries suivantes. Il ne trouva rien.

— Ton couteau, Pierre ! lança-t-il à haute voix.

Le Marseillais descendit le petit escalier de l'entresol. Le chevalier, un genou à terre, glissa la lame entre les lattes de chêne, sans parvenir à en soulever aucune. Le Marseillais l'observait. Quel laquais servait un maître qui n'hésitait pas à s'humilier ainsi devant son domestique ? À moins que le chevalier ne se crût différent, au point de n'avoir pas le sentiment de déchoir, quoi qu'il fît. Hilarion se rapprocha de la cheminée. Une plaque étroite de marbre remplaçait le parquet devant le foyer. Malgré cette précaution, les braises avaient volé assez loin pour brûler un peu des planches avoisinantes. Les officiers de Sa Majesté étaient bien négligents avec les logis que le roi leur attribuait. La lame s'enfonça d'un pouce. Elle glissa contre la tranche du marbre sur toute sa longueur. Le Marseillais vit son couteau soulever la plaque. Il se pencha et renversa le marbre contre le manteau de la cheminée. Entre deux solives, un espace avait été aménagé. Un rouleau de feuilles, protégé par une toile et retenu par un ruban, attendait sous le plâtre et la poussière.

— Les lettres ? interrogea Pierre.

Hilarion défit le ruban. Six ou sept feuillets glissèrent au sol. Le chevalier lut la première page. Elle était raturée, avec des renvois et des repentirs. Des taches d'encre couvraient plusieurs mots.

— Alors ? Que lisez-vous ? S'agit-il des lettres, *monssu* ?

Hilarion releva la tête. Les deux cicatrices du chevalier apparurent plus profondes à Pierre, qui baissa les yeux.

— Dès la fin de cette histoire, tu apprendras à lire. Ce ne sont que des brouillons.

— Des brouillons ? Je ne comprends pas.

— La vérité, Pierre : ils ont servi à rédiger le libelle contre la reine. Ces feuilles prouvent que M. de Rancy en est l'auteur. Je reconnais son écriture, les lettres ont bien été en sa possession.

— Nous n'avançons pas ! dit le Marseillais avec exaspération.

— Tu te trompes, Pierre, nous progressons, mais peut-être ne le savons-nous pas.

Le chevalier regarda sa montre. Il était temps de se rendre à son rendez-vous.

61

Le vieux maréchal duc de Richelieu rendit dans un long gargouillis beaucoup de matières, d'où s'exhalèrent des effluves que le froid de la grande pièce ne parvint pas à adoucir. Hilarion, resté debout, déploya alors son mouchoir de batiste, parfumé à l'eau de rose, et en respira la délicate fragrance. Le maréchal duc de Richelieu recevait le chevalier sur sa chaise d'affaire.

— Eau de rose ? interrogea-t-il. Je préfère l'ambre.

— Monsieur le maréchal, commença Hilarion, je croyais le roi et les fils de France seuls en droit de tenir conférence publique, ainsi exposés.

L'ancien libertin sourit à l'impertinence. Il admira le solitaire à la main droite du chevalier.

— Où voyez-vous, monsieur, dit-il, le même sourire aux lèvres, que nous tenons conférence ?

Le maréchal duc arborait cette mine noble et ennuyée, fine et fatiguée, qui n'appartient qu'à ceux qui n'ont connu que la cour, quelques champs de bataille, plusieurs mois à la Bastille et le secret de beaucoup d'alcôves. Hilarion admira d'abord le geste de la main qui s'empara d'une tabatière d'argent. Ce geste simple, aérien, précis comme le bec d'une buse qui s'abat sur sa proie, disait plus que l'homme du monde ou l'ancien libertin, l'homme de cour. Mais cette main si soignée s'était déployée avec une grâce dont Hilarion perçut la mécanique usée. Cela finit par l'ennuyer.

— Quelle pommade utilisez-vous, chevalier, pour blanchir vos mains ?

— Savonnette de Grasse et pommade de jonquille. M. Fargeon est mon fournisseur.

Sur un signe du maréchal, un valet déposa devant lui un coffret d'où le vieil homme retira un flacon qui exhala un parfum d'ambre. Il en versa quelques gouttes sur un mouchoir immaculé. Sur un second signe du vieil homme, le domestique poussa un fauteuil vers Hilarion, lequel s'installa confortablement. Son épée heurta le pied du meuble. Le maréchal duc se leva, les deux mains baguées posées à plat sur la table devant lui, la chemise couvrant le haut de ses cuisses. Les muscles s'affaissaient sur les genoux, les jambes d'un homme de quatre-vingt-sept ans.

— Quosimo !

Un valet se précipita immédiatement avec une serviette. Il essuya le cul du maréchal duc, puis il remonta et boutonna la culotte. Un deuxième valet apporta une petite bassine d'eau de Cologne, dans laquelle le vieux libertin trempa le bout de ses doigts. On retira la chaise percée, immédiatement remplacée par un fauteuil plus large. M. de Richelieu s'assit.

— J'ai bien connu votre père, le comte Henri, révéla-t-il enfin.

— Vous êtes bien le seul, répondit le chevalier après un temps d'arrêt.

— C'était au débarquement de port Mahon et au siège de Saint-Philippe, en juin 1756, précisa le duc.

— N'est-ce pas pour cette occasion que le cuisinier de Votre Seigneurie a inventé cette sauce ?

L'œil du maréchal brilla de plaisir. Les comédiennes, la cuisine et son service auprès du roi étaient ses trois grandes passions, dans un ordre dont Hilarion n'était pas certain.

— En effet, chevalier, la mahonnaise. Oui, un valeureux soldat ! Il commandait le très beau régiment de Monsieur, frère du roi.

Hilarion connaissait la carrière militaire de son père, mais cette nouvelle intrusion le troubla une fois encore. Épié par le comte Henri, il voyait son fantôme s'incarner chaque jour davantage. Le maréchal de Richelieu n'insista pas. Cette remarque en forme de vague souvenir était-elle destinée à montrer l'intérêt du maréchal pour sa famille ? Le chevalier en doutait. Elle n'était que le préambule à son différend avec le marquis de Montmort. Le vieux maréchal se leva, Quosimo accourut, les parquets grincèrent.

— Votre affaire, monsieur, commença le vieux duc, doit paraître à tous ce qu'elle est : une affaire d'honneur.

— En auriez-vous douté, monsieur le maréchal ?

Le vieil homme baissa les yeux sur le chevalier.

— Le roi interdit les duels, mais chacun connaît le rôle qui fut le vôtre. Le geste public de M. de Montmort eût été difficile à régler autrement que par le sang versé.

— J'ai dû, monsieur, mettre beaucoup de glace sur mes sentiments pour ne pas tuer sur-le-champ M. de Montmort.

— Certes, certes ! acquiesça le duc après un bref silence. La reine est intervenue en votre faveur, mais le roi entend qu'en échange de son pardon vous lui deviez une entière soumission. L'affaire est donc close.

— Pourquoi ai-je alors l'honneur d'être assis devant vous, monsieur le maréchal ?

— Il s'agit de M. de Moreton.

Hilarion se pinça l'oreille. Il faisait décidément froid chez M. de Richelieu, qui n'avait pas cru bon de faire allumer les cheminées.

— Je ne connais pas M. de Moreton, conclut-il simplement.

— Vous m'étonnez. Le baron de Moreton, protégé par monseigneur le comte d'Artois, vous connaît assez, lui, pour avoir déposé une plainte contre vous. Il vous accuse de l'avoir blessé une nuit dans la Grande Galerie.

— Je vous remercie, monsieur.

— Pourquoi donc, chevalier ?

— Vous me donnez l'identité de celui qui, oubliant de décliner ses titres, a voulu me tuer avec quelques-uns de ses camarades.

— Vous tuer ! Dans la Maison du roi ?

— Ne serait-il pas légitime qu'à mon tour, auprès des juges du point d'honneur, ou auprès de M. le prévôt général, je déposasse une plainte contre ce M. de Moreton ?

— Si j'en crois ce que j'ai vu, M. de Moreton a reçu son châtiment avant que d'être jugé.

— Un homme désormais condamné à rire, laissa tomber froidement Hilarion.

— Mais vous comprendrez mon embarras et celui du

roi. Le seul témoin que M. de Moreton a avancé est… M. de Montmort.

— M. de Montmort a été assassiné dans une rue de la ville.

— Nous le savons, chevalier. Mais par qui ?

— Comment le saurais-je ? Je ne suis pas en charge de la prévôté ! M. de Sourches a diligenté une enquête.

Hilarion s'étonnait de la plainte de Moreton.

— Il me suffirait, reprit-il en ébouriffant la dentelle de ses manchettes, de tuer M. de Moreton, pour que les témoins de cette affaire et votre embarras disparaissent.

— Chevalier, vous parlez bien légèrement !

— Toujours, monsieur, lorsque l'on m'accuse d'un meurtre que je n'ai pas commis ou que l'on tente de m'assassiner dans la Maison même du roi.

— Tuer, tuer, n'avez-vous donc que ce mot à la bouche ?

Sans transition le chevalier posa la seule question dont la réponse l'intéressât. Elle lui brûlait les lèvres. Sa main se mit à légèrement trembler.

— Le comte Henri est-il à Versailles ?

Le maréchal s'immobilisa et, devant l'incongruité de la scène – un maréchal de France debout devant un simple gentilhomme assis –, il retourna à son fauteuil, derrière lequel Quosimo se tenait très droit.

— Monsieur, demanda le maréchal de Richelieu qui avait remarqué la pâleur du chevalier, êtes-vous malade ? Mon médecin…

— Le comte Henri, répéta Hilarion, est-il ici ?

— Bien sûr, chevalier ! Ici et ailleurs ! Votre père a toujours été insaisissable, vous le savez bien !

62

— En ce jour des Cinq Plaies de Notre-Seigneur, la nuit est tombée à 5 heures et 12 minutes.

L'homme referma son almanach et laissa Pierre stupéfait.

— Comment savent-ils à l'avance l'heure à laquelle le soleil se couche ? murmura-t-il.

Il leva le nez vers le ciel. La nuit claire se réfléchissait sur les nappes blanches de neige, unissant d'une même lumière vive les parterres et les bosquets, les bassins et les statues ! À l'extérieur des grilles, des dizaines de carrosses arrivés de Paris déposaient leurs contingents de seigneurs et de dames dans la grande cour. En une file interminable, les chaises remontaient la rampe depuis la place d'armes. Les chevaux piaffaient, les cochers criaient des ordres. Des valets couraient en tous sens. On avait jeté de la paille sur le pavé pour éviter aux dames de glisser. Pierre, dans sa livrée écarlate, circulait entre les attelages, espérant mettre la main sur celui qui arborait sur ses portières l'écu du comte Henri. Il voulait aussi et surtout retrouver Théus. Un valet l'avait bousculé, il l'attrapa au collet.

— Connais-tu ce blason ? souffla-t-il en montrant le dessin coloré de l'écu.

L'autre, effrayé, répondit négativement. Pierre le relâcha. Des domestiques dépliaient les marchepieds sur lesquels des souliers fins comme de la soie s'appuyaient. Des chaises attendaient pour leur faire franchir les quelque trente pas qui les séparaient du grand vestibule, près de la chapelle. Les dames ne souilleraient pas leur robe. Le Marseillais suivit le flot montant.

— M. de Villebonne est si imprégné de vanité, entendit-il, qu'il se pique de littérature. Il laisse derrière lui quelques romans assez mal écrits.

Une dame planta sa canne dans le pied du Marseillais. Il jura, elle passa en l'ignorant.

— Qu'est-ce qui a pu rapprocher M. de Maurepas et le maréchal de Noailles ?

— Leur haine pour la Prusse, cher baron !

Pierre s'écarta. Deux domestiques portaient un gros seigneur qui haletait et empestait l'eau de Cologne.

— Cette nuit, monsieur.

— Et Théus ?

Un homme bouscula le Marseillais. Un soulier lui écrasa le second pied. Il se retourna vers les voix.

— Théus ! s'écria-t-il.

— Poussez-vous ! commanda une vieille femme qui soutenait du bout des doigts les lourds pans de sa robe.

Pierre se hissa sur la pointe des pieds au milieu d'une mer de perruques et de chapeaux. Il chercha la voix. Il venait d'entendre le nom de Théus ! Une chaise à porteurs passa devant lui, il ne put rebrousser chemin. Les Suisses, plus loin, tentaient de contrôler la circulation entre la cour de la chapelle et le péristyle. Pierre se fraya un passage vers les escaliers. Les voix, elles aussi, devaient se diriger vers la Grande Galerie.

À l'étage, les musiciens du roi commençaient à s'installer. Les violons s'accordaient, des garçons apportaient des plats à profusion des cuisines situées dans l'aile des princes. Le roi régalait ses invités. Toute la journée, les frotteurs avaient répandu leur cire jaune sur les parquets, laissant un parfum de miel. Glaces, miroirs et vitrerie resplendissaient de propreté. À chaque bout de la galerie, dans les salons de la Guerre et de la Paix, recouverts chacun d'un vaste tapis, pliants et tables de jeu avaient été installés. Pierre circula dans les salons et les antichambres, en vain. Avait-il cru entendre le nom de Théus ? "Cette nuit, monsieur" ! Il décida de rentrer. Il était en retard et son maître l'attendait sûrement. Il ne dirait rien, Théus lui appartenait.

Hilarion se déshabilla, laissant sur le sol bas, culotte de soie et chemise. Il frissonna, nu devant la cheminée pleine de cendres. Un visage de gerfaut avec l'arête du nez trop fine, en fil d'acier. Les yeux avaient emprunté à la nuit leur douleur, leur glace, leur gouffre. Les cheveux tombaient en bouillons épais jusqu'aux épaules, comme une seconde nuit. Des cheveux qui avaient été la fierté de sa mère. Hilarion regarda, debout et nu, à travers les cendres, le visage de son père. Vous ai-je tué, monsieur ? demanda-t-il à haute voix.

63

Les deux cousins traversèrent la foule à la recherche de Mme de Chaumont. Danseurs et danseuses s'étaient disposés en carré pour une contredanse. L'orchestre jouait l'ouverture de *L'Europe galante* d'André Campra. L'air n'était pas récent, mais pourtant fort à la mode. M. Giroust en dirigeait vigoureusement l'exécution devant les Violons du roi. Celui-ci, la reine à son bras, avait paru vers 10 heures. Louis, économe de son sommeil et de ses nuits, accepterait de se coucher plus tard. Le roi, si grand qu'il dépassait d'une tête ses interlocuteurs, au centre de la galerie, discutait avec son premier gentilhomme et ses frères, le comte de Provence et l'écervelé comte d'Artois, aussi léger qu'un papillon d'été mais d'une politesse sans défaut. Plus loin le duc d'Orléans faisait sa cour à Mme de Polignac. C'était la première fois que le chevalier voyait ce prince. La reine était aux côtés de M. de Mailly, de la comtesse Diane, une Polignac, et de la princesse de Chimay. Ça se bousculait un peu, chacun voulant approcher les souverains. On essayait de découvrir les éventuels signes d'une grossesse, mais la reine conservait une taille assez fine pour susciter quelques sourires.

Hilarion chercha des yeux Mme de Miséry, mais ne la vit pas.

— Nous n'avons jamais connu reine si pleine de grâces ! s'enflamma Hector.

— À l'image de certains des gentilshommes de cette cour, répondit le chevalier, admiratif de l'habit moiré de son cousin.

Les talons frappaient en désordre les parquets. Les conversations et les rires étouffaient parfois la musique. Hilarion dut s'écarter plusieurs fois, saluant à droite, à gauche, pendant qu'Hector offrait son compliment à quelque dame de sa connaissance.

Hilarion et Hector se faufilèrent entre les groupes et les domestiques avant de rejoindre, près de la porte de l'Œil-de-Bœuf, Mme de Chaumont et le marquis de Montdragon. La conversation était menée par Mme de Chaumont, qui éleva la voix en voyant arriver les deux cousins.

— La manie, parmi les gens de qualité, disait-elle à un homme qui aurait pu être son père, n'est-elle pas de rapporter leur origine à des maisons souveraines ?

Elle se tourna vers Hector.

— Monsieur de Simiane justement, ne prétendez-vous pas que votre famille est sortie en ligne droite de je ne sais quel empereur romain ?

Hector leva un sourcil.

— Qu'en penses-tu, Hilarion ? demanda-t-il, amusé.

— Madame, nous ne prétendons rien, mais le bruit court depuis deux mille ans.

Montdragon s'esclaffa avec bruit. Le vieux duc d'Aumont toussota. Ils furent interrompus par une reprise de l'orchestre.

— Ah ! Le rond des dames ! s'écria Mme de Narbonne qui les avait rejoints.

Huit danseurs se prirent la main droite au centre du carré et tournèrent pendant quatre mesures, avant de faire demi-tour en se donnant la main gauche. Depuis quelques instants, Mme de Chaumont, ignorant Simiane et Montdragon à qui elle avait jeté un regard noir pour ce rire si sonore, observait avec insistance le chevalier dans son habit sombre comme la nuit. Cette pâleur maladive était des plus seyantes.

— Ce jeune Hilarion se mettrait-il à l'heure anglaise ? murmura-t-elle au duc d'Aumont.

Le chevalier leur adressa un regard vague. Il réfléchissait au récit que lui avait débité Hector.

— Hamilton est plus ou moins un espion, selon notre bon docteur Franklin. L'Anglais aurait poussé sa maîtresse, Mlle Conway, dans les bras de plusieurs de nos concitoyens.

Hilarion avait tiqué sur le mot "concitoyens". Hector subissait-il l'influence de l'ambassadeur américain ?

— Des amants ?

— Oui, Montmort n'était pas le seul, pas même son guerluchon.

— J'imagine assez mal Montmort en amant de cœur ! Tu connais les autres ?

— Je n'ai aucun nom.

— Si Mlle Conway travaille pour le chevalier Hamilton, quel intérêt peut-elle avoir eu à prendre Montmort comme amant ?

Hector l'ignorait.

— Et cette Lady Stormont ?

— Anglaise ! Joli teint ! Beaucoup de hauteur et vertueuse. Une fidélité à toute épreuve pour son ambassadeur de mari.

Pour l'heure Hilarion était incapable de comprendre ce qui liait Mlle Conway et M. de Moreton. Les Anglais s'intéressaient-ils aussi aux lettres de la reine ?

Soudain, Hilarion fut tiré par la manche. Il se retourna : c'était l'un de ces nombreux pages qui couraient en tous sens au milieu de la foule des courtisans, dont ils recevaient parfois un coup de canne. Le garçon salua le chevalier et lui tendit un billet avant de disparaître aussitôt au passage d'un essaim de robes et de perruques aussi hautes que la chapelle du château. Le chevalier pria Mme de Chaumont de vouloir bien l'excuser. Elle lui tourna le dos. Hilarion regarda la fine silhouette disparaître dans la foule. Le roi avait déjà quitté le bal. Le chevalier n'avait pu approcher la reine, et Mme de Miséry ne s'était pas montrée.

Il se retira dans une antichambre, devant l'une des croisées qui ouvraient sur l'orangerie. Des joueurs, indifférents à la musique, s'étaient attablés, et sous les lumières des girandoles prenaient ou jetaient des cartes sur la table. Il brisa le cachet de cire et lut les trois lignes que lui adressait le marquis de Sourches. Puis il chercha Hector, le trouva en compagnie de plusieurs dames et lui remit sans un mot le billet.

— Un rendez-vous, à cette heure ? s'étonna Simiane.

— Oui, donné par le prévôt général lui-même, à la ménagerie.

— C'est-à-dire à l'endroit le plus reculé du parc ! C'est une plaisanterie, Hilarion ! Jamais M. de Sourches…

Hector s'interrompit et consulta sa montre.

— Jamais il ne te demanderait de le rejoindre à une heure pareille !

— M. de Sourches est responsable de la police du château et du parc. Ne me précise-t-il pas qu'une découverte vient d'être faite ?

Hector examina silencieusement son cousin et relut le message.

— Garde-le, lui intima Hilarion.

Il prit la direction du Grand Commun. Le chevalier ne pouvait pas sortir dans le parc ainsi habillé.

64

Le Marseillais était assis devant le feu. Il trempait une cuillère de bois dans un poêlon suspendu au-dessus des flammes. Il réchauffait un plat de viande en sauce, acheté, hors de prix, dans l'une des boutiques de la rue des Récollets.

— Le roi lui-même y a planté son couteau ! avait assuré le marchand.

Toinette y toucha à peine. Il l'avait installée dans sa propre chambre, avait changé les draps, ajouté une couverture. Son état n'avait pas évolué. Elle dormait beaucoup d'un sommeil agité, prononçant parfois dans ses rêves des phrases à peine articulées.

— Où se trouve-t-elle cette ménagerie ? demanda le Marseillais qui n'aimait guère s'aventurer de nuit.

— Dans la partie la plus reculée des jardins.

C'est bien ce qu'il avait pensé. Le lieu était éloigné : il leur faudrait contourner le Petit Canal, puis s'engager dans l'allée des Paons. D'autant qu'il faisait très froid et Pierre n'aimait pas marcher dans la neige. Il désirait plus que tout rester au Grand Commun près de Toinette. Il avait d'ailleurs renvoyé les deux soldats. Son maître était pâle. Pierre craignait certains silences du chevalier. Il les connaissait, ces silences qui annoncent la violence. Il l'aida à enfiler un habit de chasse et des bottes qui montaient jusqu'aux genoux, avant de lui tendre son épée.

— À quoi pensez-vous, *monssu* ? Pourquoi ce rendez-vous ?

— Je veux savoir !

— Savoir quoi, *monssu* ?

Hilarion avait ouvert la bouche, puis s'était ravisé.

— Ce rendez-vous n'est point normal, *monssu* !

— Qu'y a-t-il de normal dans cette affaire ? Je ne crois pas le prévôt assez déraisonnable pour nous attendre dans le parc par une nuit si froide. Je suis tout de même curieux de connaître l'identité de celui qui m'a fixé ce rendez-vous.

Pierre s'empara de son couteau, qu'il glissa dans le creux de ses reins.

— Non, Pierre ! Tu dois protéger Toinette.

— Si on cherche à vous attirer au plus profond du parc, ce n'est pas pour vous inviter à danser.

— C'est un ordre ! Pierre.

Le Marseillais vit disparaître la silhouette de son maître. Ce soir-là le chevalier ne s'était point parfumé. Pierre devait faire vite. Il n'avait plus de temps à perdre.

65

Le chevalier sortit du Grand Commun et remonta une seconde fois la rampe, laissant sur la droite l'aile des ministres. Le froid lui dévorait les poumons. Il longea les appartements de la reine, avant d'accéder à la terrasse devant le château. Il s'arrêta et frissonna, un vent léger soufflait depuis le nord. La ménagerie du roi était trop éloignée pour distinguer quoi que ce soit. La nuit tremblait. Des frémissements agitaient le parc et les jardins comme les pulsations plus fortes d'un sang qui semblait appeler secrètement Hilarion, l'attirer plus loin encore. Le chevalier descendit rapidement vers le bassin d'Apollon.

Il y avait le silence. Un silence lisse de neige. Il laissa à gauche le bosquet des Rocailles et le parterre de Latone. Devant lui, le Tapis vert était d'une pâleur de soie bleue. L'air piquait de toutes ses aiguilles le visage du chevalier. Il avançait. À chaque pas dans la neige profonde, il écoutait ce crissement qui était comme un brisement d'os fins. Les arbres replantés le jour par les jardiniers du roi avaient la taille d'un homme. Des spectres dans un étrange garde-à-vous, tout droit sortis de leur cercueil, la tête recouverte d'un linceul, à peine agités par un vent noir. Plus il s'enfonçait dans le parc, plus la neige devenait épaisse. Il se retourna plusieurs fois. La masse horizontale du château barrait la nuit piquetée d'étoiles.

Soudain, devant lui déboucha un renard, tête baissée, suivant les traces d'une proie. L'animal, indifférent, continua sa route. Deux carnassiers qui se croisent sur leur territoire, songea Hilarion qui accéléra le pas pour se libérer du gel qui le tenaillait. Il sortit son épée avant d'arriver au bassin d'Apollon et retrouva facilement l'endroit où le cadavre de Boureuilles avait été découvert par les frères Dunand. Augustin Boureuilles devenu Jean-Baptiste Luthier. Un corps qui en dissimulait un autre.

Le chevalier s'engageait sur sa gauche après le canal dans l'allée de la Reine lorsqu'un long cri rauque déchira la nuit. Hilarion se figea. Que se passait-il ? Le cri se répéta aussitôt, mais comme ralenti dans sa course. Le chevalier mit par réflexe un genou à terre, indifférent au froid. Il n'avait jamais entendu une telle plainte, puissante et douloureuse. Le genou toujours enfoncé dans la couche épaisse de neige, ses yeux balayèrent méthodiquement un demi-cercle qui commençait à l'intersection du Petit et du Grand Canal et se terminait au pavillon de la Sablière, sur sa gauche. Il s'obligea à rester quelques instants sur chaque forme, avant de passer à la suivante.

Au milieu de l'allée de la Reine, il crut apercevoir le mouvement discret d'une forme noire pas plus haute qu'un enfant. Elle disparut dans le bois du côté de l'allée des Matelots. Homme ou bête ? Il ferma les yeux et écouta. Il saisit le bruit étouffé de petites masses de neige tombant au sol, un battement d'ailes qui dans un air de flûte s'évanouit aussitôt, un animal furetant au sol. Puis un bruit plus sec à deux cents pas environ sur sa droite, là où la silhouette avait disparu. Hilarion garda les yeux clos, glissa son épée sous le bras et se frotta les mains tout en remuant les doigts. Il se remit en marche, glissant entre les arbres de façon à se placer toujours derrière l'un d'eux. On pouvait peut-être l'entendre – ce dont il doutait – mais on ne pourrait le voir.

Quand il estima être passé suffisamment à gauche pour se trouver sur le flanc de ce qu'il avait aperçu, le chevalier ferma à nouveau les yeux et écouta. Il ne s'était pas trompé : il entendit un murmure à moins de vingt pas sur sa droite. Deux voix, deux hommes. Étaient-ce des braconniers ? Les gondoliers et les matelots du roi qui logeaient de l'autre côté du canal chassaient dans le parc. Il essaya d'attraper des bribes de conversation, en vain.

Ce fut une odeur, derrière lui, qui l'avertit du danger. Hilarion se retourna brusquement, et plongea son bras armé dans l'obscurité. Un cri de douleur retentit. L'homme qui l'avait pris à revers s'effondra. Des bruits de pas précipités parvinrent de tous côtés. Le chevalier recula rapidement. L'épée toujours en main, il enleva son manteau et en enroula son bras gauche. La lune, qui avait tourné, éclaira la scène. Devant lui, en demi-cercle, il découvrit trois hommes. Un quatrième, couché au sol, une main prise de convulsions, essayait en vain de retenir de gros bouillons de sang. Personne ne lui porta secours, il mourrait dans l'indifférence. Dans son habit de cour, laissant négligemment traîner la pointe de sa lame dans la neige, M. de Moreton observait tranquillement le chevalier.

— Vous me devez, monsieur, une revanche.

Le baron exhibait une bouche élargie par les cicatrices. Un sourire d'arlequin, éternellement béat.

66

— Dans votre position, chevalier, il ne vous reste plus qu'à nous remettre les lettres.

Ce "nous" intrigua Hilarion. Moreton n'était pas la tête pensante de l'affaire.

— Ma position est-elle si inconfortable ?

— Au dernier degré, monsieur.

— Pourquoi cet acharnement à retrouver ces lettres ?

— Votre sagacité serait-elle défaillante ? Il est vrai que beaucoup de choses vous dépassent !

Hilarion leva la tête vers la demi-lune qui disparaissait peu à peu, laissant dans l'ombre l'homme posté sur sa droite.

— M. de Rancy, reprit-il, à qui vous aviez fourni les lettres de la reine pour inspirer ses libelles, ne vous les a pas rendues. Vous avez perdu la main, baron.

— Cet imbécile a changé les règles du jeu en cours de partie.

— Vous aviez pourtant acheté la complicité de son valet, Augustin Boureuilles, pour le surveiller.

Pourquoi alors avoir assassiné un homme dont ils attendaient qu'il leur rende les lettres ?

— Mais, chevalier, nous n'avons pas assassiné M. de Rancy ! Nous étions même prêts à lui racheter la correspondance de la reine, en dépit de sa trahison ! Je dois reconnaître que sa mort nous a pris au dépourvu. Vous serez rassuré en apprenant que les traîtres ont payé.

Hilarion cacha son étonnement. Son raisonnement, qui tenait à peine en équilibre, s'effondrait. Qui avait tué Rancy si Moreton n'avait pas récupéré la correspondance de la reine ?

— Pourtant, dit Hilarion en fouettant l'air de sa lame, je jurerais que ces lettres ont un autre but que celui d'alimenter la calomnie.

— La calomnie, monsieur ? Vous ne savez pas ce que vous dédaignez. Croyez qu'il n'y a pas de plate méchanceté, pas d'horreur, pas de conte absurde qu'on ne fasse avaler aux oisifs, en s'y prenant bien !

— Je n'aime pas le théâtre, déclara Hilarion, qui avait reconnu la prose d'un auteur à la mode.

— Revenons à ce qui nous intéresse. Il nous faut ces lettres ! Toutes les lettres !

— Toutes ?

— Celles de la reine et le billet que vous avez retrouvé dans les affaires de M. de Rancy.

Comment l'avaient-ils su ? Ignoraient-ils que le maître d'hôtel avait pris ses précautions en dissimulant ailleurs la seconde moitié ?

— Pourquoi ce billet est-il si important ?

— Comment, monsieur, ne l'avez-vous pas lu ? s'étonna le baron.

— Je ne peux lire ce qui n'est pas en ma possession. Qui l'a écrit ?

— Allons, chevalier, pensez-vous un seul instant que je vais satisfaire votre curiosité ? Vous en savez déjà beaucoup trop !

— Il ne sera pas simple de me tuer.

— Que me chantez-vous là ! s'écria Moreton exaspéré. La mort est notre fardeau. Je vous débarrasse du vôtre. Vous devriez m'en remercier ! Est-ce là votre dernier mot ?

Hilarion se mit en garde.

Les deux complices de Moreton se précipitèrent alors sur le chevalier : des hommes dressés à tuer sans bruit. Hilarion évita de justesse l'épée du premier, la seconde accrocha le revers de sa manche. La neige ralentissait les mouvements de ses adversaires, il devait en profiter. Il s'appuya sur ses jambes, en garde haute, le bras gauche protégé par le manteau enroulé. D'un coup, son épée partit en flèche. Il perça l'épaule du premier homme qui poussa un cri, lâcha son arme et s'agenouilla. Dans le même mouvement, le chevalier se tourna à droite, lança son manteau qui recouvrit la tête du deuxième tueur. Celui-ci recula, mais Hilarion, déjà sur lui, le bouscula violemment et le renversa à terre. Il fallait en finir, l'homme essayait de se dégager du manteau. Le chevalier plongea son épée comme dans un sac de sable fin. Il pivota aussitôt pour écarter, au dernier moment, une lame qui emporta sa manche gauche. L'homme blessé à l'épaule l'avait surpris. Moreton attaqua en même temps sur sa droite. L'épée du baron fila à quelques pouces de la joue d'Hilarion, qui s'était jeté sur le côté, épuisé, le souffle coupé.

Retrouver son souffle, sa respiration. Il s'adossa contre un arbre, gardant face à lui le capitaine des gardes et l'homme à l'épaule blessée. Hilarion évalua la situation : il devait tuer le premier. Le premier, il tua.

Son bras jaillit si rapidement que le complice de Moreton, aussi épuisé que lui, ne réagit pas immédiatement. Le fer heurta d'abord l'os du front. Mais la puissance du coup permit à la pointe de percer et de glisser à travers le crâne. Le chevalier retira aussitôt l'arme. Derrière lui, Moreton, respirant bruyamment, abattit son épée que le chevalier détourna d'un coup sec.

La lune avait presque disparu. Cadavres et gémissements. La neige était sale des traces de leur violence d'hommes qui tuent et qui meurent, quand d'autres dansent et jouent. Hilarion eut à peine la force de sourire. Il respirait lentement, calmait son pouls, qui ralentit peu à peu. Moreton soufflait, la main appuyée contre le tronc d'un arbre.

— Mes compliments, monsieur, dit-il lentement. On m'avait averti de vos talents.

— Suis-je si près de la vérité ?

— La vérité, chevalier, vous la cachez en vous. Vous possédez ce qui nous appartient.

— Les lettres ? Je ne les ai pas.

— Vous avez le billet que Rancy a caché. Nous l'avons cherché sans le trouver. Il nous le faut.

— Comment l'aurais-je en ma possession ?

— Nous savons tout.

— Nous ? De qui parlez-vous ?

Hilarion s'approcha du baron. Au-dessus de lui, il distingua alors des points lumineux qui se déplaçaient comme un essaim de lucioles affolées. Il comprit aussitôt. Il devait faire vite.

— Où est-il ? demanda le chevalier.

M. de Moreton balaya l'air de sa main gantée.

— Partout, chevalier ! Partout !

À cet instant, Moreton eut un geste inattendu. Il lança théâtralement son arme à terre.

— Votre grâce, monsieur ! Je réclame votre grâce !

L'homme grimaçait un sourire satisfait. Que pouvait faire désormais le chevalier, sinon le livrer à la justice ?

— Ne sommes-nous pas entre gentilshommes ? reprit le baron en jetant un bref regard sur les cadavres.

Le capitaine des gardes du comte d'Artois n'avait rien à craindre, il se savait protégé. Cet homme ne parlerait pas. Il ne parlerait jamais. De cela le chevalier était certain. Alors Hilarion s'approcha.

— Seul le roi accorde sa grâce, répondit-il.

Il enfonça d'un coup sec sa lame. Moreton s'effondra. Dans ses yeux, le chevalier lut une profonde stupidité.

— Et je ne suis pas le roi.

67

Un groupe d'hommes apparut alors, devancé par Pierre le Marseillais et les deux frères Dunand, armés de leur hache d'abattage. Le valet se précipita vers son maître.

— Tout va bien, Pierre.

— Bel exploit, mon cousin !

Hector de Simiane, suivi de M. de Sourches, brandissait en l'air une torche et dans l'autre main son épée. C'était bien la première fois qu'Hilarion le découvrait aussi menaçant. Des gardes de la prévôté fermaient le cortège, soufflant comme des bœufs de gros nuages de vapeur. Trois ou quatre Suisses des appartements du roi les accompagnaient. Le marquis de Sourches ordonna au lieutenant de la prévôté de rassembler les corps. Des ordres furent donnés aux gardes, qui se dispersèrent dans le parc alentour. Hilarion vit les bûcherons se diriger tranquillement, la hache sur l'épaule, vers la ménagerie du roi.

— Vous êtes, monsieur, redoutable ! reconnut le prévôt en s'adressant au chevalier. N'est-ce point là M. de Moreton ?

Hilarion acquiesça.

— Il est l'auteur du billet qui, en votre nom, me donnait rendez-vous ici.

— M. de Simiane me l'a remis. Si j'avais, chevalier, l'imagination romanesque, je dirais que vous vous êtes en toute liberté jeté dans la gueule du loup.

— Prenez-vous, marquis, mon parent pour l'un de ces stupides moutons qui hantent les fables de M. de La Fontaine ?

— Dieu m'en garde ! Nous aurons à éclairer le rôle du capitaine des gardes de monseigneur le comte d'Artois. Mais ne restons pas là, messieurs. Nous risquerions bien de geler sur pied.

Simiane s'approcha de son cousin en découvrant les manches déchirées.

— Tu n'es pas blessé ?

— Non, rassure-toi.

Hilarion était fatigué. La lune avait complètement disparu. Les gardes rassemblèrent les corps que l'on viendrait enlever à l'aube. Un Suisse en assurerait la garde. Il s'agissait d'éviter qu'ils ne soient dévorés par les renards qui hantaient encore les bois.

— Je doute que le baron soit très comestible, laissa tomber Hector.

L'un des frères Dunand revint en courant. Il glissa un mot à l'oreille du chevalier. Le marquis de Sourches s'en étonna.

— Que se passe-t-il ?

— Messieurs, dit Hilarion, une dernière surprise.

Sans attendre, il se dirigea vers la ménagerie, aussitôt suivi par la troupe. M. de Sourches avait trop froid pour reprocher au chevalier ses mystères. Il ordonna aux gardes d'ouvrir le chemin.

— Pourquoi es-tu revenu, Pierre ?

— Pouvais-je vous laisser seul ? Il m'a fallu du temps pour trouver M. de Simiane, qui à son tour s'en est allé trouver M. le prévôt général. Mais j'ai laissé Toinette sous bonne garde. *Monssu*, était-il nécessaire de tuer M. de Moreton ?

Ainsi Pierre avait-il été témoin de la scène.

— Il devait mourir, affirma Hilarion.

— Vous a-t-il parlé ?

— Entre les mains de la prévôté et de M. de Maurepas même, il n'aurait rien dit.

— Pourquoi, *monssu* ?

Comment expliquer une conviction ?

— Moreton n'est qu'un instrument. Il me faut la tête. Je me suis contenté de couper le bras. Ses protections auraient immédiatement agi pour l'extraire des mains de la justice.

— Le roi est-il si impuissant ?

Hilarion ne put se retenir de sourire.

— Impuissant, murmura le chevalier. Il suffirait d'un héritier pour que la monarchie et le pouvoir du souverain s'en trouvassent renforcés. Je gage que nous aurons bientôt un dauphin.

Le Marseillais écarquilla des yeux.

— En tuant Moreton, vous avez coupé le lien qui pouvait nous conduire plus haut.

— Peut-être, mais ses protecteurs voudront savoir si notre homme a parlé. Sa mort les laisse dans le doute. Je compte profiter de cet avantage. Demain, je veux voir les frères Dunand, préviens-les.

Ils franchirent deux grilles jusqu'à la cour du Salon devant le petit château de la ménagerie. Le bûcheron les conduisit dans une série de cours qui se déployaient autour du bâtiment central. Ils découvrirent les cadavres de plusieurs oies, dont les têtes blanches, séparées, avaient été jetées plus loin. Les bêtes avaient été décapitées. Le froid ne parvenait pas à éteindre l'odeur écœurante du sang. Le marquis recula devant le spectacle. Un Suisse avait attrapé par les pattes l'un des oiseaux. La neige avait complètement absorbé le sang.

— Monsieur, demanda le garde, pouvons-nous conserver les oies pour l'ordinaire ?

— Manger les oies du roi, vous n'y pensez pas ! s'écria le lieutenant de la prévôté.

Le Suisse baissa la tête. Ses pieds frappaient en cadence la neige épaisse.

— Pourquoi ce massacre ? s'indigna Hector en plaquant un mouchoir devant le nez.

— Les oies du Capitole, dit Hilarion. Elles annoncent le danger ou une présence étrangère.

— Nous voilà devenus les guerriers de Brennus, commenta sombrement le marquis de Sourches.

— Il fait moins froid à Rome, croyez-moi !

Ils traversèrent la cour des Oiseaux de mer. L'endroit était gagné par la puanteur. Les gentilshommes se masquèrent à nouveau le nez. Autruches, ibis et autres grues avaient disparu depuis longtemps. Ne restait plus qu'un vieux pélican enfermé dans sa volière. Certaines basses-cours étaient en ruine, les enclos défaits. Le royaume, songea Hilarion, ressemblait à cette ménagerie abandonnée, avec un monarque solitaire et timide dans son château. Plus loin, ils entendirent un souffle rauque. C'était un rhinocéros. Il remuait, affolé par les bruits de pas dans la neige, les murmures et la flamme des torches qu'un vent glacé agitait.

— Le sieur Chevalier, alors gouverneur de Chandernagor, a offert cet animal à feu le roi Louis le Bien-Aimé.

— Mais quel âge a-t-il ?

Personne ne savait. Ils arrivèrent dans la cour du Rondeau. Le Grand Bassin disparaissait sous la glace et une fine pellicule de neige tombée ces dernières heures.

— Comment ces animaux ne meurent-ils pas ? interrogea Pierre.

— Il n'en reste plus beaucoup, déplora le lieutenant de prévôté. Un pélican, le rhinocéros que nous avons croisé, l'éléphant…

— Un éléphant ?

— Une femelle, précisa le marquis de Sourches. Quelques oiseaux et les oies qui nourrissent la table du roi.

Ils entrèrent dans une sorte d'écurie entourée d'un enclos. La forte odeur fit vaciller Hilarion. Il vit l'animal, haut de sept pieds au moins ! Personne n'osa s'en approcher. L'éléphante balançait sa tête de droite à gauche et de gauche à droite, dans un mouvement qui rappela au chevalier celui que certains hommes, privés de leur esprit, exécutaient. C'était la première fois qu'il voyait un éléphant.

Dans l'abreuvoir, le corps de Joseph Théus gisait, les mains pendantes, la tête étrangement tournée vers l'animal, les yeux grands ouverts.

— Ventredieu ! grogna Pierre.

Le marquis de Sourches examina le Marseillais.

— Qui est cet homme ?

— Théus, ancien rameur sur les galères du roi, répondit Pierre.

— Et probablement l'un des assassins de M. de Rancy, compléta Hilarion.

— Expliquez-vous, chevalier.

— Théus et Augustin Boureuilles...

— Le domestique de M. de Rancy ?

— Oui. Les deux hommes ont cherché à récupérer des documents en possession du maître d'hôtel. Le rendez-vous dans les combles du théâtre a sans doute mal tourné. Ils ont maquillé le meurtre en suicide, de façon assez grossière.

— Ont-ils obtenu ces documents ?

— Non, marquis. Moreton m'a attiré ici, parce qu'il croyait que je les détenais.

— Où se trouve cet Augustin Boureuilles ?

— Disparu ! Sans doute se cache-t-il.

— Chevalier, je vous prierai de taire le rôle du baron.

Que lui avait dit l'animal, cette nuit, en lançant sa longue plainte ? Hilarion était resté seul dans l'enclos. Les hommes s'étaient rapidement repliés vers le château. On avait discrètement évacué le cadavre de Théus, qui serait déposé, avec les autres, au bord de l'allée de la Reine. Le chevalier, malgré la puanteur du lieu, regardait cette étrange tête. Était-elle belle ? L'œil vitreux était bordé de grands cils. Cet animal pouvait-il souffrir comme les hommes ? Hilarion en doutait et pourtant cette tête qui se balançait inlassablement et cet œil qui ne lançait aucune lumière l'intriguaient.

— Qu'as-tu vu ? demanda-t-il.

Hilarion tendit la main vers l'animal.

En rentrant, le marquis de Sourches échangea quelques mots avec son lieutenant. Le vent avait redoublé, obligeant chacun à tenir fermement son chapeau et son col remonté. La troupe gagna la Cour d'Honneur. Sur la rampe qui conduisait à la chapelle, près des grilles, les premiers carrosses rentraient à Paris. Certains équipages glissaient, le verglas emportant les chevaux retenus par des cochers qui criaient leurs ordres. Leurs occupants, effondrés sur leur banquette, pourraient ainsi dès l'après-midi témoigner de ce qu'ils avaient vu et entendu au bal de la reine.

— Paris, soupira dans un bâillement Hector, on y parlera de la taille de la souveraine, de la robe de la comtesse Diane et de l'heure à laquelle le roi est allé se coucher.

— Mais point encore des événements de cette nuit, renchérit le marquis de Sourches. J'informerai Sa Majesté à son lever.

Le marquis les quitta sous la neige qui redoublait de violence.

— Hector, s'enquit Hilarion, peux-tu retrouver ce chevalier Hamilton ? Et cette Mlle Conway ?

Simiane examina son cousin. Hilarion, sous la lune blanche, lui parut comme un ange descendu du ciel, un ange auquel il n'aurait point voulu ressembler.

— Tu ne lâcheras rien, n'est-ce pas ?

— Je vais me coucher, se contenta-t-il de répondre.

Quatrième journée

Samedi 15 février, jour de l'évêque saint Sifroi. Le soleil se lève à 6 h 57. Pure vue de l'esprit, pensa Pierre, qui ce jour-là ne vit point le soleil.

68

Une grosse veste de laine sur les épaules, des visages qui avaient souvent dû lutter contre le froid et la brutalité de l'hiver, un bonnet sur la tête qu'ils enlevèrent aussitôt dans la chambre, les bûcherons attendaient debout depuis dix bonnes minutes. "Ils en savent plus qu'ils ne le disent." La phrase de Bitzenzer résonnait encore dans l'esprit de Pierre, qui avait passé le reste de la nuit à veiller Toinette, lui administrant de faibles doses d'opium lorsque le visage de la lingère grimaçait de douleur. Derrière le chevalier, il observait à présent les frères Dunand. Deux bûcherons, deux brutes, mais trop finauds pour oublier où se situait exactement leur intérêt. Celui-ci avait pour l'heure le visage impassible de ce gentilhomme, assis devant eux, poudré, dans sa robe de chambre et ses dentelles.

— Vous ai-je remercié, messieurs, pour votre intervention ? Je ne le crois pas.

— Justement, monsieur le chevalier, une nuit qui nous a coûté cher. La fatigue… Une nuit sans sommeil est toujours suivie d'une journée sans travail. La coupe exige des corps nourris et reposés.

— Je comprends, murmura Hilarion en tirant un peu sur ses manchettes. Nous compenserons vos pertes et vous retrouverez un sommeil apaisé.

— Nous avons fait notre devoir…

— Mais c'est encore insuffisant ! coupa Pierre.

Le Marseillais était à peu près sûr que les deux frères, à la ménagerie, étaient revenus sur leurs pas pour voler les oies décapitées du roi.

— M. Le Moine est dur à la tâche, se plaignit l'aîné des frères, ignorant l'intervention du Marseillais.

— Bien ! Cela dit, monsieur Dunand, quelles sont les nouvelles des jardins ?

L'aîné parla, ses pensées rivées au plancher de chêne, son frère derrière lui.

— Peu de chose, monsieur. Enfin, à part cette nuit.

— Une nuit exceptionnelle, messieurs ! Je vous écoute, insista doucement le chevalier.

— Les bains d'Apollon ont été complètement replantés.

— Et alors ? coupa le Marseillais. En quoi les plantations du jardin intéressent-elles *monssu* le chevalier ? Explique-toi !

— C'est rapport à ce que Votre Seigneurie a demandé, l'autre fois.

— Poursuivez !

— Vous avez parlé de cette araignée ! Celle d'Apollon. Je suis retourné au bosquet avec mon frère. Point d'araignée, monsieur. Toutes les sculptures figurent des dieux ou des animaux qui n'existent pas ! Des tritons qu'on nous a dit.

— Est-ce tout ?

Le bûcheron considéra une nouvelle fois le Marseillais, avant de baisser les yeux. Le cadet prit la suite.

— Après la découverte du corps de Théus, dans la loge de l'éléphant, nous avons un peu fureté.

— Les traces autour du lieu étaient nombreuses, reprit l'aîné.

— Celles des assassins de Théus, précisa le cadet.

— Mais, les interrompit le chevalier, vous en avez découvert d'autres.

Les deux frères croyaient avoir la primeur du renseignement. Leur déception amusa Hilarion. Les frères Dunand reverraient à la baisse le prix de l'information.

— Des empreintes derrière le mur de la cour des Cygnes. Les traces d'un homme seul. Nous les avons suivies jusqu'au balcon du petit château.

— Ainsi, la mort de Théus ne serait pas passée inaperçue. Nous aurions un témoin.

L'aîné se racla la gorge. Ses grosses mains bleuies par le froid serraient un bonnet de gros feutre. Son frère resta muet, suivant ses recommandations : "Chaque information peut rapporter. Il faudra dire goutte après goutte." L'autre avait opiné, peu convaincu.

— Ce n'est pas tout, monsieur.

— Ah ! Vous me rassurez. J'aurais regretté d'avoir à baisser votre salaire au regard d'informations si pauvres. La frugalité n'enrichit guère.

Les deux bûcherons gardèrent d'abord le silence, le temps d'assimiler à la manière d'herbivores le message de leur interlocuteur.

— Nous avons réfléchi, mon frère et moi.

— Cela vous honore, messieurs.

— Ce “témoin”, comme vous dites, doit bien loger quelque part. Est-ce quelqu'un du château ? Impossible, les Suisses l'auraient vite cueilli, et personne de la Petite Venise, près du canal, n'est sorti cette nuit.

— Une nuit trop froide pour le braconnage, sourit le cadet, en découvrant des dents presque noires.

— Même chose pour le concierge de la ménagerie, qui cuvait son vin.

— Où ces traces vous ont-elles menés, messieurs ?

Les herbivores fermèrent un peu leurs yeux, qui se mirent à briller.

— À l'entrée des galeries souterraines.

— Des galeries ? En êtes-vous sûrs ?

— Oui, monsieur.

— Bien. Qui est le fontainier en chef ?

— M. Nicolas Lucas.

Sur un signe du chevalier, Pierre paya de mauvaise grâce les frères Dunand, qui s'inclinèrent avant de sortir.

— Ces deux-là, *monssu*, je ne les aime pas.

— Qui aimes-tu ici à Versailles ?

Pierre s'était-il mis à rougir ? Hilarion n'en était pas sûr.

— Dans ce pays-ci, tout est froid, calcul, mensonge et flatterie.

— Regretterais-tu les bancs des galères ?

— Seul celui qui ne les a point connus parle ainsi.

Hilarion se leva. Il fit face à Pierre. Les deux hommes se considérèrent.

— Je n'ai pas connu les galères, et ne les connaîtrai jamais. Quant à ce “pays-ci”, tu apprendras à en maîtriser les gestes, les pensées, à transformer ton visage en une eau lisse. Enfin, tu sauras révéler à l'instant propice tes intentions et ce mouvement par lequel ton ennemi se couchera à terre. La pointe de ton épée alors ne devra plus hésiter.

— Je n'ai point d'épée, *monssu*.

— Tu la porteras un jour. Habille-moi, le ministre m'attend. Tâche de savoir où logeait Théus. Et aère-moi cette pièce ! Tes bûcherons sentent mauvais !

69

Hilarion fut reçu dans les appartements de M. de Maurepas. On l'attendait dans le grand cabinet. Les plafonds bas préservaient une intimité que le chevalier n'avait pas remarquée la première fois. Le mobilier élégant, les fauteuils recouverts de soie claire, les boiseries raffinées semblaient isoler le lieu des rumeurs d'une cour qui parvenaient aux oreilles du ministre quelque peu adoucies. Grâce à Dieu, la cheminée brûlait ! Hilarion, l'épée au côté, dans un habit de velours grenat et gilet brodé, s'arrêta au milieu de la pièce. Deux girandoles et des bras de lumière avaient été allumés. Il salua le ministre, puis le marquis de Sourches, qui avait habillé sa fatigue d'un fard qui lui recouvrait les joues jusqu'aux yeux. Le Service du roi exigeait de chacun des ressources parfois inhumaines. M. de La Chapelle se tenait un peu en arrière du comte, le visage impassible et son sempiternel maroquin sous le bras. Lui aussi était coiffé d'une perruque à rouleaux, d'un gris trop métallique, observa Hilarion qui ne lui avait jeté qu'un regard rapide. On avait disposé quatre fauteuils devant le vaste bureau du ministre. M. de Maurepas invita d'un geste le chevalier à s'asseoir, et seul le commis resta debout.

— Le mépris absolu, commença un peu solennellement le comte, des principes d'honneur et de décence qui caractérise la conduite et les entreprises de M. de Moreton…

— Le baron est mort, monsieur. Le présent n'est plus ici de mise, fit le chevalier.

Le comte de Maurepas fronça les sourcils devant l'interruption.

— Et il n'était pas seul, précisa Hilarion après un temps.

Le comte interrogea muettement le marquis de Sourches.

— Quatre morts, monsieur, précisa le prévôt général.

Le ministre sortit de sa poche une petite boîte en or. Il saisit entre deux doigts une prise de tabac.

— Un rhume, expliqua-t-il.

Chacun attendit l'éternuement du comte.

— Le mépris, reprit-il avec une certaine raideur dans la voix, de ces principes d'honneur condamne M. de Moreton à l'infamie. L'affaire est préoccupante. Je souhaite, monsieur le prévôt général, que vous augmentiez la sécurité du château et de son parc.

Le marquis de Sourches salua la décision.

— De tels agissements dans la Maison même du roi doivent cesser, confirma-t-il.

— Le baron, n'en doutons point, était la moitié d'un fou, que la protection trop généreuse de monseigneur le comte d'Artois avait rendu aussi fat que dangereux. Les fous dangereux le sont doublement.

Le ministre était, de toute évidence, satisfait de son trait. Il sourit. Le chevalier s'impatientait déjà. Il ne s'attendait à aucune gratitude, mais l'indifférence polie et sentencieuse du comte l'exaspérait.

— La mort de M. de Moreton apporte quelques lumières sur celle de M. de Rancy, intervint le prévôt général.

— Un lien avec la mort de M. de Rancy ?

L'étonnement du ministre n'échappa point au chevalier, qui s'interrogeait sur la comédie qui se jouait dans le grand cabinet de M. de Maurepas.

— En attirant le chevalier dans le parc, M. de Moreton a prouvé par son audace qu'il était prêt à tout pour atteindre ses fins.

— Quelles étaient-elles, marquis ?

— Retrouver les lettres de la reine, certifia Hilarion.

— Les lettres de la reine, répéta le comte de Maurepas comme s'il n'entendait pas ce qu'on lui disait.

À ce moment, M. de La Chapelle se pencha à l'oreille du ministre.

— Oui, oui, bien sûr. Des lettres volées, disiez-vous. Dieu sait comment ? Le capitaine des gardes, après leur vol, les aurait remises à ce M. de Rancy, c'est cela ?

— Oui, monsieur.

— Mais pourquoi, une fois les libelles imprimés et rendus publics, vouloir les récupérer ?

— Le baron s'est bien gardé, avant de mourir, de me l'apprendre.

— Il n'est jamais rien sorti de grand de cet homme ! J'avais bien prévenu monseigneur le comte d'Artois !

— Je pourrais me dispenser d'ajouter au mérite de M. de Moreton l'idée des talents qu'il montra en assassinant son complice.

— Un complice ?

— Le cadavre retrouvé à la ménagerie.

— Joseph Théus, lui souffla La Chapelle. Un ancien galérien.

— Ah, oui ! Tué par le baron. Ce Théus a probablement cherché à récupérer les lettres pour son compte.

Aucune explication ne fut donnée sur la disparition de Boureuilles ni sur l'assassinat de Jean-Baptiste Luthier.

— Alors, chevalier, ces lettres ont-elles été retrouvées ?

— Non, mais je m'y emploie, monsieur.

— M. de Rancy aura préféré les faire disparaître. Ainsi tout s'éclaire, cette affaire est close.

M. de Maurepas soupira d'aise. Il semblait que ses préoccupations trouvaient une issue, certes inattendue avec la participation d'un officier du comte d'Artois. Mais enfin le ministre pourrait annoncer à Sa Majesté toute sa satisfaction. Hilarion fit bouffer l'une de ses manchettes qui mourait sur sa main blanche.

— M. de Moreton n'était pas seul.

— Vous nous l'avez déjà dit, chevalier. Il avait pour complice ce Joseph Théus, résuma le ministre avec le ton dont se servirait une mère devant un enfant un peu lent.

— Je ne pensais pas à Théus. Moreton n'était, lui aussi, qu'un simple instrument.

M. de Sourches toussota. Son fard trop épais craquelait près de l'oreille.

— Quelle chanson nous chantez-vous, monsieur ? s'agaça le comte.

— Je ne chante pas, monsieur. Je me contente de tuer.

Maurepas se tourna vers le marquis de Sourches. Avait-il commis une erreur en confiant cette affaire à un personnage aussi incontrôlable ? Que lui trouvait donc la reine ? Étaient-ce ces deux cicatrices qui troublaient ainsi ces dames ?

— Seriez-vous en train d'insinuer que le comte d'Artois, propre frère du roi, serait à la tête de cette machination ? Vous n'y pensez pas ! Le comte d'Artois, dont la cervelle est à peu près aussi creuse que ce vase ! dit-il en pointant celui qui trônait sur la cheminée.

— Je n'y pense pas, monsieur, n'ayant guère l'habitude de réduire mes princes à des pots, fussent-ils de Sèvres ou de Chine.

M. de Maurepas comprit trop tard qu'il était allé trop loin.

— Aussi, insista le chevalier, je continuerai à chercher ces lettres.

— Ni M. de Rancy ni ce pauvre Moreton ne pourront plus vous aider dans votre quête, insinua le ministre.

— Ma quête est d'abord celle de la reine, et mes ordres viennent du roi.

— Je le sais, monsieur, coupa Maurepas mécontent par le tour que prenait cet entretien. Je le sais pour vous avoir, moi-même, transmis les vœux de Sa Majesté. Votre insistance à me le rappeler pourrait m'inviter à moins de clémence. Ce n'est pas la première fois que vous abusez de mes bontés envers vous.

M. de Sourches suivait silencieusement la conversation avec l'attention de celui qui ne manquerait pas de rapporter chaque mot à la reine et à tous ceux qui l'écouteraient, avant d'en propager les échos dans toutes les antichambres.

— Chevalier, vous noircissez le tableau. Je gage que vous y avez trouvé un rôle qu'il vous est difficile de quitter.

Hilarion se heurtait chez le ministre à la peur d'un possible scandale, dont il imaginait assez facilement les conséquences.

— Il est impératif de retrouver ces lettres, insista Hilarion.

— Pourquoi, monsieur ? Elles ne peuvent plus constituer de danger. Votre bras n'a-t-il point, cette nuit même, effacé d'un seul coup les ennemis du roi ? Laissez ces lettres-là où elles sont, disparues à jamais. C'est un ordre, monsieur.

— D'où vient-il ?

Pour la seconde fois, M. de Maurepas tourna ostensiblement sa tête poudrée à gauche et à droite avant de revenir tranquillement vers le chevalier.

— Où voyez-vous, monsieur, que cet ordre vienne d'ailleurs que de la bouche même du ministre du roi ?

— Je suis rassuré, monsieur. Les cadavres de la ménagerie ne troubleront point votre sommeil.

Hilarion se leva, suivi du marquis de Sourches. Le chevalier agita ses manchettes, se pinça l'oreille et, le nez en l'air, observa le plafond blanc que soulignait une corniche dorée.

— Ce cabinet est bien bas, dit-il.

Il sortit.

70

“Marion, la femme de chambre de la marquise de Chalmazel.” Le nom était sorti spontanément de la bouche de Théus, lors de leur première rencontre. C’était la seule piste dont Pierre disposait pour découvrir l’adresse de l’ancien galérien. Il lui avait fallu du temps pour retrouver la servante. La marquise de Chalmazel occupait un appartement dans l’aile nord du château, non loin de la chapelle. Dieu seul savait comment Théus avait connu la femme de chambre ! Un fouineur qui plaisait aux femmes. Une jolie fille d’ailleurs, cette Marion, moins distinguée toutefois que Toinette. Elle avait été étonnée lorsque le Marseillais avait demandé à lui parler.

— Que se passe-t-il, Marion ? avait lancé, du cabinet voisin, une voix de femme.

— Ce n’est rien, madame.

— Apporte-moi ma robe de taffetas.

— Oui, madame.

La femme de chambre, un doigt sur la bouche, avait montré à Pierre l’antichambre. Le Marseillais, ses grandes jambes repliées, s’était assis sur une banquette dure.

— Oui, je connais Joseph, avait avoué Marion.

Pierre avait décelé une hésitation.

— Pourquoi le cherchez-vous ?

— Où logeait-il ?

— Vous n'avez point répondu à ma question, monsieur.

— Théus est mort, avait-il annoncé sans ménagement.

— Mort ! s'était-elle écriée d'une voix tremblante.

— Logeait-il au château ?

— Non. En ville. À l'enseigne Saint-Antoine, près de Notre-Dame.

— Chez maître Marquier !

— Comment est-il mort ?

— Une mort laide, mademoiselle.

Un carrosse entra dans la cour de l'auberge. Des valets accoururent. Une écume blanche coulait le long des harnais et sur la croupe des bêtes. Maître Marquier repéra le Marseillais.

— Que veux-tu ?

— La chambre de Théus.

— Il n'est pas là.

— Je le sais. Je viens chercher ses affaires, ordre de mon maître et du prévôt général, mentit l'ancien galérien.

— M. de Sourches ne peut-il envoyer un garde ?

— Trop occupé par la mort de Théus, laissa tomber le Marseillais.

— Théus, mort ?

— Assassiné.

— Je ne comprends pas.

— Quoi donc, maître Marquier ?

— Quand est-il mort ?

— Cette nuit. Je peux la voir cette chambre ou non ? Mon maître m'attend.

— Cette nuit ! Mais cela est impossible. Hier soir, deux hommes sont venus.

— Deux hommes ?

— Deux seigneurs.

— Que voulaient-ils ?

— Comme toi, les affaires de Théus.

— Pourquoi ?

— On n'interroge pas des hommes de condition.

— Comment étaient-ils ?

— Je les ai pas trop regardés. Le premier avait la bouche comme déformée. Une cicatrice à chaque commissure.

Le baron de Moreton, devina Pierre.

— Et l'autre ?

— Je ne sais pas. Il est resté en retrait.

— Où est la chambre de Théus ?

Le logement était situé sur une seconde cour, au premier étage, au fond d'un corridor étroit. Marquier n'avait pas menti, la pièce était vide. Une chambre unique, sans cabinet. Ne traînaient qu'un peu de vaisselle, un flacon vide, une paire de souliers aux semelles rongées. Vêtements, objets, papiers, s'il y en avait eu, avaient disparu, emportés par M. de Moreton et ce second seigneur. Pierre fit le tour de la pièce. Le lit contre le mur, à droite, n'était pas fait. Théus dormait dans des draps.

— Tu avais pris des goûts de seigneur depuis *La Fourbine*, commenta Pierre.

Tout de même, l'homme était à la fois dur et rusé. Comment s'était-il laissé piéger ? Le Marseillais s'agenouilla et passa la main sous le lit. Il se releva et s'arrêta devant la cheminée. Il en souleva la plaque de tôle et remua les cendres avec le tisonnier. Beaucoup de cendres, de bois et de papiers, de tissus aussi. La pince retira un morceau de coton qui avait échappé aux flammes. Pierre revint vers la fenêtre, le morceau entre ses doigts. Il distingua de fines rayures jaunes sur un fond mauve.

— Une pièce de vêtement ? Pourquoi le brûler ?

Il n'avait jamais vu Théus porter un vêtement avec de tels motifs. Il enfonça le morceau de tissu dans sa poche. Si cet imbécile avait caché quelque chose, les gentilshommes avaient fait le ménage, Pierre ne trouverait rien.

71

En sortant des appartements du ministre, Hilarion tomba sur M. de Ville-d'Avray. Le premier valet du roi l'attendait.

— Je dois vous conduire auprès de Sa Majesté, se contenta-t-il de dire.

Le ministre, sortant à son tour, avait salué M. de Ville-d'Avray, dissimulant sa curiosité et s'interrogeant sur la présence du premier valet du roi dans son antichambre. M. de Ville-d'Avray et le chevalier ne quittèrent pas le second étage. Traversant plusieurs petits cabinets vides, ils suivirent un couloir sombre qui desservait une galerie à peine plus large, éclairée par quatre fenêtres. Ils étaient dans l'une des bibliothèques royales, la plus secrète. Le premier valet se retira aussitôt, abandonnant Hilarion à la solitude des lieux. Aucune cheminée ne réchauffait la pièce étroite. Hilarion écouta les bruits étouffés de la cour. Puis il s'approcha de l'une des consoles plaquées contre le mur. Elles soutenaient, sur leur marbre, les maquettes des plus beaux vaisseaux de Sa Majesté. Hilarion reconnut immédiatement l'*Hector*, navire sur lequel son frère servait depuis deux ans. Il ne l'avait plus revu depuis six mois.

Il se pencha un peu sur les pièces d'artillerie de la batterie haute. Ses yeux remontèrent vers les gréements. Il avait oublié le nom que portaient ces cordages qui partaient en patte-d'oie et maintenaient le hamac. Sur une table voisine, il découvrit une sphère et, tournant autour à la manière des planètes, il rechercha le royaume de France et la jeune république américaine, qu'il trouva rapidement. Entre les deux, tout un océan ! Comment le docteur Franklin pourrait-il rapprocher des mondes si éloignés ? À gauche, pendues à la bibliothèque, plusieurs cartes. Le chevalier en déplia une. Elle avait été tracée par M. Cassini.

C'est alors qu'il entendit un craquement dans son dos. Il se retourna, le monarque se tenait derrière lui, entré silencieusement par une porte dissimulée dans la bibliothèque et content de l'avoir surpris. Confus, Hilarion s'inclina.

— Relevez-vous, monsieur.

Le roi semblait vouloir rester dans la pénombre ou peut-être n'osait-il pas s'approcher d'un homme qu'il connaissait à peine.

— Aimez-vous la géographie, chevalier ?

— Je l'ai apprise chez les Jésuites, mes maîtres.

Hilarion regretta immédiatement le dernier mot.

— De bons maîtres, reconnut le souverain.

C'était la seconde fois qu'Hilarion rencontrait le roi de France, la première, cependant, dans un cadre aussi privé. Si l'œil de Louis éclairait sa trajectoire, à peine ralentie par une paupière lourde, d'une lueur presque enfantine, la partie basse du visage était plus incertaine, comme si l'os de la mâchoire ne retenait qu'avec peine les chairs et les muscles. Louis était pourtant jeune. Plus grand que le chevalier. De la majesté, observa Hilarion. Celle d'un prince qui ne pourra jamais ignorer, malgré sa modestie, ce qu'il est ni d'où il vient. Le roi observa la carte dépliée, puis l'*Hector*.

— Je crois savoir, chevalier, que votre frère sert sur l'un de mes vaisseaux.

— Oui, sire.

— Êtes-vous en faveur des Anglais ou pour les Américains ? demanda brusquement Louis.

— Sire, je suis pour le roi.

Louis resta silencieux comme le sont les timides, jaloux pourtant de leurs prérogatives. Ce silence apaisa presque Hilarion en un monde où les mots circulaient trop rapidement. Ceux de Louis, rares, parcimonieux, avaient le poids de l'innocence et de la bonté. Ils pouvaient parfois s'élever en altitude et retomber sur la tête d'un courtisan qui avait eu la maladresse de ne pas savoir s'arrêter.

— Continuez, chevalier.

— Mais la noblesse et le peuple, Paris et la cour ont accueilli avec joie, une joie peut-être excessive, la déclaration d'Indépendance du 4 juillet.

— La neutralité n'est-elle pas un devoir ? La violation des traités avec l'Angleterre serait une perfidie.

Hilarion se tut, un peu étonné par le tour que prenait l'entretien. Louis observa le chevalier.

— Le silence est rare chez un gentilhomme de votre âge.

Puis il s'assit sur l'unique fauteuil de la pièce, plia une jambe en arrière. La cuisse gonfla le tissu de velours. L'œil bleu avait pris pour cible un point lointain qu'Hilarion eut du mal à situer. Peut-être un peu au-dessus de sa tête, vers la fenêtre et les nuages qui filaient, d'est en ouest, en direction de l'océan.

— Brider une puissance rivale, est-ce là un motif suffisant, aux yeux des lois de la morale, pour justifier notre intervention ?

— Le roi de France a toujours su attendre le moment opportun pour choisir.

— Je sais attendre, il est vrai. Je sais attendre.

Louis sortit sa montre. Une montre en or cerclée de brillants. Puis il la rangea soigneusement dans la poche de son gilet brodé.

— Je me réservais, chevalier, de vous accorder les grâces dont vous étiez susceptible. Mais aujourd'hui puis-je rendre justice à votre zèle ?

Le silence s'installa à nouveau, comme ces blancs entre deux notes ou entre deux mots auxquels ils donnent une épaisseur de sens. La voix du roi se fit plus basse.

— Nous voyons, monsieur, au nombre de morts qui jalonnent votre mission, de quel secours est votre bras ! Souffrez que je vous rende grâce d'une action si généreuse, mais que je la condamne dans le même instant. Tant il est vrai que le roi de France ne peut autoriser que ses enfants s'entretuent.

L'œil bleu observa quelques instants le chevalier, debout, son chapeau sous le bras.

— Monsieur, à ce rythme, ma cour sera décimée avant les fêtes de Pâques ! Cette loi de l'honneur qui oblige tout bon gentilhomme à sortir son épée pour le défendre ne peut s'accorder avec les principes du bon chrétien que je devine en vous.

À ce stade, Hilarion ne sut si le plateau de la balance penchait du côté de la condamnation ou du pardon. Le roi allait-il l'inviter à poursuivre son œuvre de mort, dès lors que l'honneur du chevalier se confondrait avec les intérêts de Sa Majesté ? Et ce, malgré l'ordre de M. de Maurepas ? Il attendit la suite.

— Mais le roi ne saurait accepter d'être insulté. Chevalier, vous continuerez d'être mon œil, mon bras, celui qui sait punir. Quand je l'ordonnerai.

Louis se leva. Sa haute silhouette se redressa lentement. Pour la première fois, Hilarion remarqua les mains du souverain. Leurs doigts étaient noirs de charbon. Le roi, avait-il appris, aimait à forger le métal.

— Retrouvez ces lettres. Ma volonté, monsieur, est positive. Mon premier valet me rendra compte de vos progrès.

— Monseigneur le comte d'Artois ne protestera-t-il point après la mort de son capitaine des gardes ?

— Monsieur mon frère s'inclinera.

Louis sourit subitement.

— Il me suffira de le complimenter sur ses boucles de chaussures !

— Ses boucles de chaussures ?

— Ignoriez-vous, chevalier, que les boucles du comte d'Artois sont universelles ? Les dames et les gentilshommes en Angleterre en portent.

Louis fit quelques pas et, avant d'ouvrir la porte dissimulée, se retourna vers Hilarion.

— Ce réseau de filins que vous observiez, chevalier, reliant la bordure de hune à l'étai de dessous, se nomme l'“araignée”.

72

L'entretien qu'Hilarion avait eu avec le souverain lui laissait une impression étrange. Il le confortait dans son hypothèse. Moreton n'était qu'un homme de paille, un instrument. Il devait retrouver la tête de ce que le chevalier n'osait pas encore nommer complot. L'“araignée”, le dernier mot prononcé par Sa Majesté, était tombé dans le silence du cabinet d'une façon désagréable. À cet instant où l'ombre s'était lentement installée, il avait semblé à Hilarion que l'œil bleu de Louis, envahi par la nuit, avait perdu toute lueur enfantine. Que savait-il ?

Hilarion et Pierre découvrirent rapidement l'appartement du capitaine des gardes, situé non loin de celui de Mme de Miséry, à qui le chevalier se promit de faire une seconde et rapide visite. L'aile des princes vibrait et résonnait. Plusieurs d'entre eux sortaient, suivis de leurs gentilshommes, au milieu d'aboiements, de rires et d'ordres lancés. Ils les évitèrent soigneusement. La mort de Moreton avait sans doute fait le tour de toutes les antichambres du château. Il ne s'agissait point de tomber sur un officier du comte d'Artois !

Ils se plantèrent devant une porte au fond d'un corridor vide.

— As-tu les clefs ? demanda Hilarion.

Trouard avait cédé un trousseau avec beaucoup de réticence, mais l'inspecteur des Bâtiments ne pouvait désobéir à un ordre de M. d'Angiviller. Le capitaine des gardes était logé étroitement. Deux petites pièces, un entresol, aucun cabinet. Les lambris, noirs de fumée, dataient au moins du règne précédent. Les murs n'avaient pas été blanchis depuis longtemps. L'appartement, à peine meublé, exhalait des parfums mélangés. Hilarion chercha à en identifier quelques-uns. Pierre alluma les bras de lumière. Les cendres réunies en tas au milieu de l'âtre s'envolaient, soufflées par le vent qui s'engouffrait dans la cheminée.

— Trop d'odeurs, murmura Hilarion.

Pierre, soudain, donna un grand coup de pied : un rat lui avait coupé la route. Ils affluaient autour de la cour de la Bouche et n'hésitaient plus à sortir en pleine journée.

— Mon Dieu, ce n'est pas Toulon mais la cale d'une galère que la Maison du roi !

Ils fouillèrent méthodiquement l'antichambre. Hilarion déplaçait le halo de lumière d'un bougeoir de cuivre. L'absence de meubles simplifia les recherches. Pierre, à genoux, glissait son couteau entre les planches du parquet, pendant que le chevalier frappait à coups réguliers les lambris.

— Rien, *monssu*, conclut Pierre en relevant son long corps.

— Il est impossible qu'il n'ait laissé aucune trace derrière lui.

— Pourquoi les veulent-ils ces maudites lettres ? N'ont-elles pas assez tué autour d'elles ? Il y a trop de morts, *monssu*. M. de Rancy, le frère de Toinette, Moreton et Théus.

Celui-là, il ne le regretterait pas. Et, peut-être, le marquis de Montmort. Hilarion pénétra dans la chambre. Une odeur de pourriture stagnait dans la pièce. Sur la table contre le mur, une bouillie maculée trempait dans une assiette. Le chevalier tira son mouchoir. Il avisa une armoire. Elle servait à serrer les vêtements de Moreton. Il ne trouva rien. Hilarion jeta à terre les couvertures et les draps du lit, puis il en souleva l'extrémité. Pierre s'approcha du miroir qu'il secoua au bout de son crochet. Un carton en tomba, Hilarion se retourna.

— Une carte à jouer ?

— Non, Pierre.

— Je ne connais pas cette figure.

— Car elle n'existe dans aucun jeu.

Le chevalier examina le dessin noir de l'animal au milieu de la carte.

— L'Araignée d'Apollon !

— Comment pouvez-vous en être si sûr, *monssu* ?

Hilarion ne put détacher ses yeux du dessin grossier. Des pattes filiformes qui jaillissaient d'un corps uniformément noir semblaient se resserrer autour d'une invisible proie.

— La question est : que signifie ce dessin et pourquoi l'avoir caché ?

— Que faisons-nous, *monssu* ?

— Hector se charge de retrouver nos Anglais ! Rappelle-toi, Mlle Conway a été vue en compagnie de Théus.

— Alors que faisons-nous ? insista le Marseillais.

— Allons voir si Mme de Miséry porte le deuil de M. de Moreton.

Un air chargé de givre courait dans les couloirs, que des fenêtres mal ajustées ne retenaient qu'à peine. Entre l'appartement du capitaine des gardes et celui de Mme de Miséry, ni le chevalier ni le Marseillais, dont les gestes se faisaient plus nerveux, n'avait évoqué l'araignée.

Pierre gratta à la porte. Le silence du dernier étage du Pavillon du roi n'était abîmé que par le lointain brouhaha qui agitait le reste du château. Il interrogea son maître du regard. Sur un signe affirmatif, il sortit un instrument en forme de crochet qu'il glissa dans la serrure. La porte s'ouvrit. Le Marseillais s'effaça devant le chevalier. Si l'appartement de Moreton était mal tenu, Hilarion reconnut dans celui de la première femme de chambre de la reine propreté et coquetterie.

— Économise-t-elle son bois ? grogna Pierre en se frottant les mains. Il fait aussi froid que dans le parc !

La cheminée était fermée par une plaque de tôle. Hilarion jeta un œil circulaire. Les miroirs avaient été décrochés et plusieurs meubles déplacés.

— Rien pour nous éclairer ! ajouta le chevalier. Allume ta bougie.

L'examen de l'antichambre n'apporta rien, si ce n'est que l'appartement semblait inhabité.

— *Monssu*, dit Pierre, la belle a quitté les lieux !

À ce moment, une clef frotta l'acier de la serrure. La poignée de la porte tourna sur elle-même. Hilarion et Pierre se plaquèrent aussitôt contre le mur.

— Cette porte n'est-elle donc point fermée ? s'écria une voix. Mon Dieu, quelle noirceur ! Éclairez-moi donc !

Un homme équipé d'une lanterne pénétra dans l'antichambre, suivi d'un second. Pierre s'avança d'un pas et saisit le poignet et la gorge du premier des hommes. L'épée d'Hilarion chatouillait le menton du second.

— Comment ! On me tue ! cria ce dernier.

Hilarion écarta sa lame.

— J'ai bien l'honneur, monsieur Trouard, dit-il en rangeant son arme.

Le Marseillais relâcha la gorge de l'homme à la lanterne qui, paralysé par la frayeur, recula de quelques pas. Une main sur le cou, il recouvrait peu à peu son souffle.

— Monsieur le chevalier ! Que faites-vous là ? Comment êtes-vous entré ?

— Allons, monsieur Trouard, dois-je me plier à votre interrogatoire ?

L'autre se ravisa. L'inspecteur avait appris de la bouche même de M. d'Angiviller le combat qui avait coûté la vie à M. de Moreton, tué par le gentilhomme qui se tenait devant lui. Mon Dieu ! Cet homme jaillissait là où on l'attendait le moins ! M. Trouard se dressait sur la pointe de ses souliers, gagnant, avec quelques pouces supplémentaires, l'estime et l'autorité qui lui faisaient peut-être défaut devant le chevalier.

— Je dois rendre compte à M. le directeur général de l'état de l'appartement laissé par Mme de Miséry. Mme de Soulanges a l'ambition, ajouta-t-il, de convaincre M. le comte d'Angiviller de l'occuper, en considération de ses services auprès de Mesdames tantes. Le Service du roi m'oblige.

— Connaissiez-vous Mme de Miséry ? coupa Hilarion.

— Trop peu pour avoir l'honneur de vous être agréable, répondit l'inspecteur piqué par l'interruption.

— Pourquoi a-t-elle quitté si soudainement son logement ? N'est-elle pas encore de quartier auprès de la reine ?

— Je l'ignore, monsieur.

L'inspecteur, satisfait de sa réponse, trouva lui aussi d'une grande élégance de se pincer le lobe de l'oreille.

73

Le chevalier se rendit immédiatement chez la princesse de Chimay qui, avant de reprendre son service auprès de la souveraine, recevait chez elle. Elle saurait lui expliquer les raisons du départ de Mme de Miséry. Hilarion ne cessait de courir après des ombres. Il avait laissé Pierre auprès de Toinette, qui n'avait pas quitté son état de prostration. Lacroix, qui avait prescrit de faibles doses d'opium à la jeune femme, repartait aussi tranquillement qu'il était arrivé, rassurant de quelques mots le Marseillais.

— J'examinerai cet après-midi les corps de la ménagerie, avait-il annoncé au chevalier.

Hilarion avait regardé le chirurgien.

— Celui de Joseph Théus m'intéresse, avait-il simplement conclu avant de les quitter.

Lorsque le chevalier pénétra dans le salon de la princesse de Chimay, il découvrit Mme d'Andlau, debout, chantant un air au milieu d'une trentaine de personnes. Au clavecin, à la demi-surprise du chevalier, Mme de Chaumont, molle et tendre, laissait glisser ses doigts sur les touches d'ivoire. Des partitions traînaient à terre que déchiraient, encouragés par l'indifférence générale, deux bichons, des chiennes aussi laides que turbulentes. Retenu par une petite chaîne, un singe assis près de la princesse se grattait le ventre. Un gentilhomme assez âgé pour être le père de la moitié des femmes présentes se pencha vers le chevalier.

— *Le Devin du village*, lui murmura-t-il à l'oreille. Autant dire une vieillerie ! Je crois l'avoir entendu pour la première fois en 1756.

Hilarion s'approcha de la princesse et de son singe. L'animal se mit à pousser de petits cris hystériques.

— Allons, Almanzor, il ne s'agit que du chevalier ! lança la princesse, en essuyant sa main sur le petit crâne.

L'animal se calma aussitôt.

— J'espère, monsieur, que vous ne me compromettrez point en exigeant une conversation privée, reprit-elle.

Deux dames de compagnie sourirent.

— Taire ce que tout le monde ignore est une qualité rare, madame.

D'un signe la princesse congédia les deux femmes qui se levèrent aussitôt. On s'éloigna. Ils se retrouvèrent seuls.

— Mais taire ce que chacun sait et dont les conséquences ont un effet public est un défaut inexcusable.

Il y avait chez cette femme quelques siècles d'intelligence et cette connaissance du monde qui est une science. Le monde. Le seul, le sien. Droite dans son fauteuil, la princesse laissait pendre une main pendant que sa jumelle serrait un écrin de velours brodé. Son cou, très blanc, était entouré de deux rangées de perles.

Un domestique apporta au chevalier une tasse de café. Mme de Chimay reposa la sienne sur une table à en-cas qu'on lui approcha et, du bout de la langue, qu'elle avait très rose, essuya d'un mouvement rapide les traces de mousse restées sur les lèvres. Ce geste, dans son apparent oubli des conventions, devait en annoncer un autre.

— Observez, chevalier !

Elle caressa le crâne pelé d'Almanzor. Le singe essuya de même ses lèvres, d'un lent mouvement de la langue. Redressant son auguste tête, la princesse invita le chevalier à s'asseoir.

— Que désirez-vous apprendre, monsieur ?

— Mme de Miséry, dit-il simplement en croisant les jambes.

— La première femme de chambre de Sa Majesté a quitté la cour.

On ne s'étonnait pas à la cour du roi de France. On bâillait, on causait, on tuait d'un mot, d'un regard ou plus radicalement encore. Hilarion se contenta de faire bouffer ses manchettes.

— S'agit-il d'une décision de Sa Majesté ?

— Une décision nécessaire. Mme de Miséry s'est démise de sa charge.

La sanction dans sa brutalité soudaine intrigua néanmoins Hilarion.

— Dans sa trop grande bonté, continua la princesse, Sa Majesté a accepté de lui verser une pension.

En échange de son silence, imagina Hilarion. Le chevalier devina le reproche. "Sa trop grande bonté" était une faiblesse coupable aux yeux de la princesse qui, impitoyable, aurait volontiers privé Mme de Miséry de tout ce qui l'attachait à la cour et lui permettrait de vivre.

— Pourquoi ce départ ? L'accuse-t-on de vol ?

— Je ne puis vous en dire davantage, monsieur.

— Des bruits courent et je dois, madame, m'assurer de leur exactitude.

— Lesquels, chevalier ?

— Mme de Miséry aurait dérobé des lettres.

— Des courants d'air. Le château est traversé de part en part de courants d'air. Ils soufflent et disparaissent.

— Certains sont dangereux.

— Il vous revient de les éteindre et de les détourner de Sa Majesté. N'est-ce point ce que vous fîtes avec M. de Moreton ?

Le récital prit fin. Mme de Chaumont rejoignit un groupe de dames au centre duquel se trouvait un seigneur. Hilarion reconnut le jeune duc de Coigny. Un point de détail intriguait le chevalier depuis le début. Les lettres avaient été volées par Mme de Miséry, ensemble. Mais alors à quel moment ? Le vol avait-il été commis chez leur destinataire ? Hilarion posa tranquillement la question à la princesse.

— Votre curiosité, monsieur, n'est-elle pas déplacée ?

Elle marqua un temps.

— Ces lettres, concéda-t-elle, ont été rendues à la reine qui n'a pu se résoudre à les détruire. Elles ont disparu peu après.

— À qui étaient-elles adressées ?

— Je l'ignore, affirma la princesse, en signalant d'un sourire qu'elle connaissait le destinataire de cette correspondance.

— Personne, à la cour, ne doute que le goût de la reine pour le duc de Coigny n'eût point les suites qu'il devait naturellement avoir.

La princesse tourna la tête en direction de Mme de Chaumont et des jeunes seigneurs qui l'entouraient.

— Monsieur, vos paroles sont trop brutales pour que je puisse continuer à les entendre.

— Mais je n'ignore point que M. de Coigny n'a réprimé l'expression de sa passion pour la reine que par la force de la raison, le sentiment des convenances et celui du danger.

— Sa Majesté, par ma bouche, vous somme de donner suite à vos recherches.

Hilarion ne pouvait se satisfaire de réponses aussi pauvres.

— Pourquoi Mme de Miséry a-t-elle abandonné la cour ?

La princesse de Chimay se tourna alors vers le singe qui avait repris son activité d'épouillage.

— Almanzor, savons-nous les raisons du départ de Mme de Miséry ?

Le singe dans un mouvement frénétique secoua sa tête, avant de se gratter le ventre.

74

M. Lacroix vit entrer le maître et son immense valet dans le silence de la morgue. Il avait d'abord entendu leur pas marteler les dalles sous la voûte de la première salle, où étaient exposés les cadavres retrouvés dans la ville ces derniers jours. Pas moins d'une douzaine ! Découverts gelés dans la campagne, dans une rue, dans un taudis, assassinés, maltraités, brûlés. Victimes de voleries, d'excès et de paillardises. Le gentilhomme et son valet s'étaient arrêtés devant celui de cette jeune fille au visage si blanc qu'il semblait dispenser de la lumière. Ils avaient dû éviter les cadavres allongés sur les dalles, aux senteurs écœurantes malgré la température, pendant que deux religieuses de la Visitation lavaient sans ménagement les corps. Le chirurgien s'était amusé à cette pensée, imaginant le chevalier se protégeant le nez de son mouchoir parfumé. Hilarion s'était immobilisé au seuil de la longue pièce voûtée.

Lacroix les invita à se rapprocher.

— Nous n'avons point de basse geôle comme au Châtelet de Paris.

Cinq corps étaient alignés sur une immense table en bois.

— La prévôté dépose les cadavres ici, compléta calmement Pierre.

Le chevalier rangea son mouchoir de batiste. Le médecin avait disposé sous la voûte des lanternes à chaque coin et un bougeoir entre les cadavres. Les corps avaient été laissés nus. Des chairs bleuies par le froid. Pierre eut du mal à reconnaître Joseph Théus. Du marbre, songea-t-il. Mais les taches presque noires sur les épaules, le torse et les bras de l'ancien galérien ne lui échappèrent pas. Non plus que ce visage boursouflé en certains endroits. Il se retira comme à son habitude dans la partie la moins éclairée de la cave. Hilarion ne s'étonna point de voir M. de Moreton. Personne n'avait encore réclamé son corps. Le comte d'Artois, que le capitaine des gardes avait jusqu'ici servi, ne lui accorderait pas même l'oraison d'un bon mot.

— Les corps ont-ils été lavés ?

Le chirurgien fit signe que oui.

— Quatre cadavres, tués proprement par vos soins.

— J'en compte cinq, l'interrompit le Marseillais dans son coin d'ombre.

— Patience, Pierre ! Joseph Théus n'a pas eu l'honneur de connaître l'épée de votre maître. Sans doute eût-il pu le regretter. S'il avait su…

Lacroix fourra ses narines de tabac, les yeux derrière ses bésicles.

— Comme souvent dans ces affaires, assura-t-il, les blessures multiples ne sont pas toutes mortelles, mais je dois reconnaître que vos coups, chevalier, ont rarement été sans efficacité. Cœur, gorge, ventre…

Le chevalier leva l'une de ses mains gantées et remisa une mèche grise qu'il plaqua lentement sur sa perruque.

Pierre n'avait pas étalé assez d'amidon pour fixer définitivement faux et vrais cheveux. Le médecin admira le silence de son hôte.

— M. de Moreton eut l'honneur d'une pointe qui lui traversa d'un seul mouvement le ventre. Une blessure mortelle des plus douloureuses. Mais il n'est pas mort sur le coup. Peut-être même vivait-il encore lorsqu'il fut abandonné dans l'allée de la Reine avec ses acolytes. La trajectoire laisse supposer, monsieur, que votre coup fut administré de très près.

— Le baiser du loup, laissa tomber le Marseillais.

Le chirurgien, sans un mot, se tourna vers Pierre. Le chevalier s'approcha du capitaine des gardes. Un corps épais, très blanc, aux épaules fortes que rien jamais n'avait pu jusqu'ici humilier, ni la douleur, ni la faim, ni le travail. Hilarion fit lentement le tour de la table pour revenir vers la tête du cadavre. Une tête noble et, en même temps, étrangement basse. Quelle protection le capitaine des gardes espérait-il pour ne pas craindre les foudres du roi ni celles de sa justice ?

— Quelles confidences nous rapportent vos cadavres ?

— Ils sont aussi un peu les vôtres. Nos naissances respectives et nos charges nous imposent des conduites différentes, sinon opposées. Le médecin tente d'apaiser les souffrances du corps…

— Tandis que le gentilhomme, au nom de l'honneur, distribue la mort, ou la reçoit, continua Hilarion.

— De simples réflexions, monsieur. Je me suis laissé emporter.

Lacroix se pencha sur le premier corps.

— Des individus mal nourris et d'une hygiène douteuse. À part Joseph Théus et M. de Moreton, nous ignorons leur identité.

— Ne seront-ils pas exposés publiquement, quelques jours, pour une reconnaissance ?

— Les ordonnances l'imposeraient, mais les ordres de M. le prévôt général sont précis sur ce point. Aucune personne publique ne doit avoir accès aux corps. M. de Sourches a reçu ses ordres de Sa Majesté.

Le roi tenait à garder la main sur cette affaire et à ne donner lieu à aucune spéculation. Les contes allaient vite à la cour ; Moreton aurait bientôt le sien. Le souverain tentait d'en limiter les effets.

— Je gage que ces trois-là ne seront jamais identifiés, conclut Lacroix.

— Pourquoi donc ? L'enquête se poursuit…

— Sans doute, monsieur.

— Que deviendront-ils ?

— Ils seront emmaillotés et cousus dans une serpillière par l'une de nos visitandines, puis inhumés au cimetière, accompagnés, dans leur dernière demeure, par un prêtre crotté. Avez-vous observé leur taille ?

Hilarion se pencha légèrement.

— Nos concitoyens ne sont pas aussi grands, à quelques exceptions près, rectifia le sieur Lacroix en jetant un œil au Marseillais.

— Des étrangers ? Ils sont nombreux à Versailles.

— Peu sont mercenaires à la solde d'un capitaine des gardes de monseigneur le comte d'Artois. Il n'y a aucun sujet du roi parmi ces hommes, j'en jurerais.

C'était méconnaître la diversité des sujets qui peuplaient ce royaume, songea Hilarion. Néanmoins l'observation du chirurgien n'était peut-être pas fausse.

— Où sont leurs vêtements ?

— Vous ne trouverez rien, affirma le chirurgien.

Hilarion examina Lacroix. Celui-ci, regrettant immédiatement sa remarque, fit un signe à l'un de ses aides qui rapporta un sac de toile. Pierre s'en saisit et fouilla.

— Nous en étions restés à l'identité de ces trois hommes, reprit le chevalier. Les auriez-vous déjà rencontrés ?

— Allons, monsieur, j'aurais commencé par là !

— Des signes alors, sur les corps ?

Non, il n'y avait rien. Sinon les plaies qui s'effaçaient peu à peu.

— Théus ?

— Il semblerait que notre homme ait servi sur les galères de Sa Majesté.

— Théus était nageur de banc sur *La Fourbine*, lança le Marseillais, mais on le voyait plus souvent sur les coursies ou à trafiquer avec les soldats sur l'apostis.

— Mon Dieu ! Le jargon du galérien est tout aussi hermétique que celui du chirurgien ! Pierre, vos fréquentations discutables ne vous dispensent pas d'être clair. Vous parlez en persan !

Le Marseillais ne releva pas, occupé à étaler les hardes qu'il retirait du sac. À ce moment, un signe sur la clavicule du cadavre attira l'attention d'Hilarion.

— Pierre !

Le Marseillais sortit de l'ombre et examina ce que le chevalier lui désignait du doigt.

— Une tache ronde ou presque, piquée à l'encre de

seiche. C'est ainsi que nous gravions les corps sur les galères. J'ai vu Théus déshabillé. À l'époque, il portait sur l'épaule droite une croix dentelée…

Le chirurgien confirma d'un signe de tête.

— Mais aucune trace de la sorte, attesta le Marseillais. On dirait que l'on a essayé de dissimuler quelque chose.

— Un dessin sous le cercle d'encre, expliqua Lacroix. Mais difficile à identifier. Peut-être un animal.

Hilarion et Pierre échangèrent un regard. Ils pensaient à la même chose.

— Comment a-t-il été tué ? demanda le chevalier.

Pierre ne pouvait se détacher du visage déformé de Théus. Il y lisait beaucoup de souffrance. Pour la première fois, il eut presque de la pitié pour cet homme. Lacroix éternua violemment, ajusta ses bésicles et, les mains sur le ventre, adressa l'un de ces sourires bienveillants que l'on ne rencontrait guère qu'en province.

— Joseph Théus, comme le sait notre ami Pierre, est un ancien galérien. Ses cheveux prématurément gris en font par ailleurs un être facilement identifiable. Un homme robuste, très robuste. De plus, il y a ces marques.

Hilarion les avait vues. Il savait. Il attendait.

— Des marques de coups, assez violents pour avoir fracturé plusieurs côtes. Le visage aussi a été atteint. Le nez est brisé. Les arcades sourcilières sont encore ouvertes, ainsi que les lèvres.

— Théus a été battu à mort ?

Le chirurgien ne souriait plus.

— Battu ou torturé, précisa-t-il. Y a-t-il une différence ?

— Il y en a une. Dans le second cas, on a cherché à obtenir des informations.

— Nous ignorons si Théus les a livrées, dit le Marseillais. C'était un dur.

— Tout comme nous ignorons s'il possédait vraiment ces informations, spécifia Hilarion.

Soudain, ils entendirent un cri de femme dans la première salle, suivi de sanglots. Lacroix soupira.

— Une mère qui aura reconnu sa fille, se lamenta-t-il.

Le chirurgien toussota, rangea ses bésicles dans leur étui et sortit une montre. L'un des aides recouvrit les corps d'un drap. Un second commença à éteindre les lanternes.

— N'oubliez pas la glace, lança Lacroix.

Une odeur de cire chassa celle des cadavres.

— Monsieur le chevalier, on désire vous rencontrer ce soir chez Mme de Briges.

— Mme de Briges ? s'enquit Hilarion qui ne connaissait aucune femme de ce nom.

75

En arrivant au Grand Commun, Hilarion était directement monté chez lui.

— Tu me prépareras un bain. Un bain très chaud. Je dois me débarrasser de cette odeur de mort !

Pierre avait poussé à travers tout l'étage, au milieu des quolibets, une longue cuve sur roulettes qu'il avait empruntée à M. de Reydet. Deux femmes étaient remontées pas moins de dix fois, un seau à chaque main, pour remplir la baignoire que le Marseillais avait préalablement tapissée d'un drap de coton. Cela lui semblait bien compliqué pour une simple toilette.

Hector de Simiane, assis devant la cheminée, admirait le dessin de ses doigts, la blancheur de sa paume, le poli de ses ongles. Jambes croisées, il présentait au feu la semelle d'un pied chaussé de maroquin et bouclé d'argent pur. Dans un habit et des culottes mauves, un gilet jaune à motifs, il n'était pas entièrement mécontent de lui. Il envia cependant son cousin dont la tête sortait de l'eau opaque de sa baignoire de cuivre.

— Quel genre d'homme était le baron ? demanda Hilarion.

— Malgré le peu de sympathie que lui manifestait le comte d'Artois, il n'aurait jamais renoncé à sa fonction auprès de monseigneur.

— Artois ne l'aimait pas ?

— Non.

— Ce prince est-il capable de détester quelqu'un ?

— À juger par le ton dont monseigneur usait avec son capitaine des gardes, je parierais qu'il existait entre eux une histoire qui s'est réglée discrètement et au désavantage du prince. On a parlé d'une maîtresse que le comte d'Artois aurait dû lâcher pour Moreton. L'affaire est toujours restée assez confidentielle.

— Savais-tu que Mme de Miséry recevait le baron ?

— Non. C'est même étrange. Deux ambitieux. Mais lequel avait le plus besoin de l'autre, je l'ignore.

— Elle a quitté la cour.

Hector se leva et se planta mollets et dos au feu, indifférent au manège de Pierre qui était monté à l'entresol et en était redescendu avec une assiette vide et sale.

— Elle est accusée d'avoir dérobé quelque chose dans les appartements de la reine, dit-il.

— Je sais. Des lettres.

— Elle est rentrée à Paris, mais elle ne pourra y rester plus d'une semaine. Ensuite, retour chez son époux !

— Un simple exil ? Si Mme de Miséry est vraiment coupable du vol de la correspondance de la reine, le châtiment est clément.

Hilarion appela Pierre, qui se présenta la robe de chambre du chevalier sur le bras.

— Elle a volé ces lettres, l'hypothèse n'est pas absurde.

— Nous n'avons aucune preuve, Hilarion.

— Supposons-le. Elle les transmet à Moreton qui, à son tour, les fait parvenir à Rancy, qui, se découvrant un talent d'auteur, rédige les libelles.

— Soit. Mais pourquoi un Moreton chercherait-il ainsi à s'attaquer à notre souveraine ?

— Mesdames évoquent moins la reine que l'Autrichienne !

— Mesdames tantes appartiennent à la vieille cour. Tu dois bien être le seul à fréquenter encore leur cercle.

— En effet, quel intérêt Moreton et Rancy avaient-ils à composer et à faire circuler des libelles contre la reine ?

— Les as-tu lus ?

— Un tissu d'obscénités qui mettent en scène monseigneur.

— Artois ?

— Oui, et la reine elle-même. Ses libelles écrits, Rancy doit donc rendre les lettres, afin de permettre à Mme de Miséry de les remettre à leur place.

— Or le maître d'hôtel ne les rend pas et se retrouve au bout d'une corde.

— Oui, mais cela ne tient pas debout !

— Pourquoi ?

— Rancy avait-il vraiment besoin de ces lettres pour composer sa prose ?

— Tu as raison. Les nouvelles et les rumeurs les plus déraisonnables sont assez nombreuses à la cour pour que je te remplisse dix pamphlets plus infâmes les uns que les autres sans avoir besoin de voler les lettres de quiconque !

— Pourquoi, alors, prendre un tel risque et assassiner un maître d'hôtel pour une simple correspondance, fût-elle de la reine ? Les lettres servent donc un autre objectif.

— Lequel ?

— Je l'ignore encore. Deuxième acte : Boureuilles qui devait surveiller Rancy…

— Le laquais surveillait son maître ? Pour qui ?

— Moreton. Le capitaine des gardes craignait sans doute une volte-face de M. de Rancy.

— Continue !

— Boureuilles décide de s'associer à Théus. Avec son aide, il met la main sur les lettres et se débarrasse du maître d'hôtel. Moreton a reconnu qu'il n'était pour rien dans la mort de Rancy. Boureuilles, ensuite, assure ses arrières en se faisant passer pour mort. C'est le cadavre défiguré retrouvé près du bassin d'Apollon.

— Troisième acte, enchaîna Hector : Moreton trouve Théus. Il croit pouvoir récupérer les lettres. Il se trompe. Il t'attire à la ménagerie, pensant que c'est toi qui les as. N'es-tu pas en possession d'un billet qui l'intéressait aussi ?

— Une moitié de billet, qui n'a aucun sens ! Et tout cela ne nous indique pas pourquoi Montmort devait mourir !

— Effectivement, mon cher cousin !

Pierre sépara les deux hommes avec un paravent. Hilarion se leva au milieu de la baignoire, dégoulinant, et l'enjamba. Le Marseillais l'essuya et l'habilla, s'efforçant de ne pas regarder le corps du chevalier.

— Hilarion, tu ressembles à cette comédienne que j'ai connue. Coquette et cruelle !

Hector se rassit et se plongea une nouvelle fois dans le spectacle de ses mains blanches.

76

L'appartement de Mme de Briges au second étage des Grandes Écuries était, parmi les cabinets de conversation, l'un de ceux qui colportaient les idées nouvelles avec une discrétion raisonnable. Ignorés par les plus hauts seigneurs de la cour, quelques courtisans y arrivaient néanmoins le soir après souper pour se frotter, le temps d'un compliment, au discours que les salons à Paris soufflaient à coups de trompette. Et fait non négligeable, Mme de Briges ne lésinait pas sur le bois de chauffage et l'éclairage. Les mains bleuies par le froid venaient s'y réchauffer et les souliers trempés s'y séchaient tranquillement. On n'avait jamais vu hiver si rigoureux, au point que les frères du roi avaient fait distribuer du bois aux quatre coins de la ville. Hilarion ne découvrit pas moins d'une vingtaine de personnes dans un appartement qui n'en pouvait contenir que la moitié. Des esprits éclairés. Hilarion y rencontrait pour la première fois une société dont il dut reconnaître qu'il en ignorait les usages, ou du moins les lumières. Faute de chaises, les invités se tenaient debout et bavardaient sans façon, avec cette élégance sérieuse que le chevalier ne trouverait qu'ici, chez les philosophes ou en province.

Un homme, le mollet gainé de soie et la taille prise dans un gilet à motifs floraux, lisait au milieu de l'assistance. Sa main droite serrait une feuille qu'il maintenait à hauteur de la tête. La seconde exécutait une danse dont la signification échappait un peu au chevalier.

"Je su-iiis, comme cet arbre qui perd ses feuilles,
Triste..."

— Qui est-ce ? demanda Hilarion à son voisin.

— M. Cousina de Chabant. Un disciple de M. de Pompignan et de M. Rousseau !

— Jean-Jacques Rousseau ?

— Non ! gronda le voisin. Jean-Baptiste Rousseau, le grand Rousseau, l'auteur de l'*Épître aux muses*. Il est une règle, ajouta-t-il, si vous désirez être définitivement admis dans cette société, qui est de ne jamais prononcer le nom du Genevois.

Hilarion haussa un sourcil. Il fréquentait les soupers de la comtesse de Maurepas, le café de Mesdames, œuvrait pour le roi. Aussi s'étonna-t-il de s'entendre exiger le respect de règles, sous peine d'excommunication, dans un cercle de seconde zone. Les idées suppléaient aux bonnes manières. Mais il n'était pas temps de soupirer. Mme de Briges, accompagnée de maître Lacroix, s'approcha d'Hilarion qui sut moduler sa révérence devant la marquise, née Marie Geneviève Radix.

— Monsieur le chevalier, annonça le chirurgien avec bonhomie, cultive le mystère aussi bien que l'épée.

— Je devine le pédant à la troisième phrase et l'homme du monde à la qualité de ses silences, rétorqua la marquise.

Puis, après avoir évalué l'effet de son compliment sur le chevalier, qui lui adressa le plus gracieux de ses sourires, elle ajouta :

— Une épée au service du roi ! Beaucoup de cœurs, n'en doutez point, monsieur, ont tremblé lorsque la nouvelle de vos blessures nous est parvenue.

Hilarion ignorait qu'il fût blessé.

— Votre combat contre quatre hommes…, soupira-t-elle, quel exploit ! La reine, ce matin même, a demandé sur vous à la princesse de Chimay. Mme de Lamballe, en apprenant l'affaire, s'est évanouie.

— J'ignorais, madame, recueillir autant de suffrages, mais je m'évertuerai dorénavant à ne susciter aucune inquiétude qui pourrait mélancoliser le teint de nos dames.

— Mélancoliser ! Ah, chevalier !

La marquise agita son éventail comme si elle cherchait à réveiller les couleurs endormies de son visage sous les couches de pâte. M. de Chabant avait terminé sa lecture, on le félicita. Soudain, Mme de Briges redressa de quelques pouces sa petite tête poudrée. Un brouhaha à la porte annonçait une arrivée. On s'y précipita, et Hilarion fut abandonné par son hôtesse. Lacroix se pencha vers lui.

— Le voilà !

Le chevalier ne put s'empêcher de grimacer. Le chirurgien sentait le tabac froid et la bergamote. Alliance improbable et malheureuse !

Benjamin Franklin parut coiffé de sa toque à poil de martre, vêtu d'une veste de velours noir, et portant des bas fripés, des chaussures sans boucles, une canne à la main, des lunettes sur le nez. Il dépassait de quatre à cinq pouces toutes les têtes françaises qui s'agitaient comme autant d'astres autour du soleil.

— Pourquoi vouliez-vous me faire connaître le docteur Franklin ? interrogea Hilarion.

— Notre ami en a émis le désir. Une rencontre discrète, a-t-il précisé. M. Benjamin doit désormais limiter ses voyages à Versailles. Des raisons officielles ! Je n'en sais pas plus et n'ai servi que de modeste intermédiaire.

— Une rencontre discrète chez Mme de Briges ?

— Notre hôtesse n'est pas assez en cour pour que sa langue soit vraiment dangereuse et, malgré des apparences peu flatteuses, elle sait taire en elle toute vanité. Vous en seriez surpris !

Hilarion ne demandait qu'à le croire. Il se rapprocha de l'Américain. L'homme dispensait ses compliments, répondant avec grâce et simplicité aux questions qu'on lui soumettait. Âgé de soixante-dix ans, le docteur Franklin supporta avec douceur les bavardages de ces Français pour qui la conversation occupait l'essentiel de la journée. On en vint tout naturellement à parler de l'Angleterre.

— Mesdames, murmura-t-il, n'écoutez pas les grenouilles et les chapiers des Tuileries qui rêvent de mettre Londres à feu.

— Les Parisiens, monsieur, se croient le droit d'indiquer au monde entier ceux que la gloire doit couronner et s'autorisent à lancer l'anathème sur ceux que Dieu, qui, nous le savons, est français, leur aurait désignés.

C'était M. de Chabant qui se glissait dans la conversation.

— Aimez-vous donc les Anglais ? coupa Mme de Briges.

— Puis-je oublier que mon grand-père était natif du Yorkshire ? Savez-vous, chère marquise, que l'esprit de tolérance gagne en Angleterre en faveur des catholiques romains, là où en France on condamne vos concitoyens protestants ?

— M. de Voltaire a mis bon ordre à de telles injustices.

L'Américain ajusta ses bésicles, dont Hilarion observa l'épaisseur.

— Il est singulier que bien des savants qui ont le mieux vu paraissent n'y voir goutte, murmura un aumônier aux côtés du chevalier.

— J'ai écouté Charles Turner prononcer à la Chambre des communes un discours éloquent, continua l'Américain.

Hilarion retourna près de la cheminée, étonné d'entendre ce Franklin vanter les libertés politiques d'une Angleterre qui n'avait pas hésité à tyranniser certains de ses concitoyens.

77

L'homme n'était vêtu que d'un habit de drap gris auquel manquaient plusieurs boutons, les chevilles prises dans un morceau de drap sale fixé par des lacets de cuir. Les manches déchirées aux poignets laissaient voir deux mains aux doigts recroquevillés sous les bras, à la recherche de chaleur. Un homme de taille médiocre, étroit d'épaules, un visage autrefois rond, aux rides creusées par le froid et la faim. La peur aussi.

Il s'arrêta devant le bassin de Latone. C'était la première fois qu'il s'aventurait, la nuit, si près du château. Il avait entendu le sifflet des gardes Suisses qui fermaient les grilles. Il avait attendu, à l'écoute du moindre bruit. La nuit était tombée depuis au moins trois heures. L'homme hésita. Il ne pourrait pas sortir du parc, mais ne le désirait pas vraiment, ni rejoindre le Grand Commun où l'espérance de se nourrir était pourtant la plus raisonnable. Ses pieds étaient trempés par la neige. Les sentait-il encore ? Depuis combien de temps se cachait-il, dormant à peine dans le froid de son souterrain ? La peur ne l'avait plus quitté. La première journée, il avait pu se déplacer partout à la recherche de nourriture, il en avait volé dans les cuisines du Grand Commun. La livrée du roi, bleue avec son galon d'argent à la manche, dérobée dans le panier d'une lavandière, lui avait permis de circuler sans inquiétude. Mais ses vêtements sales et déchirés le lui interdisaient dorénavant, et puis les autres le cherchaient. Sans compter la prévôté.

— Maucourt, face de fumier, tu m'as abandonné !

Le frotteur ne lui avait plus apporté de nourriture ni de nouvelles. Il était un condamné en sursis. La nuit, il rapinait dans le parc. L'autre soir, il s'était approché des chaises volantes, près des réservoirs, avant la fermeture des grilles. Il avait vu des gentilshommes les utiliser comme lieu d'aisances et des prostituées s'y ébattre pour quelques sols de cuivre. Se déculotter sous la neige, il fallait être bien misérable !

Il décida de s'enfoncer dans le parc et se dirigea vers la Petite Venise. Il éviterait ainsi la patrouille des Suisses. Il descendit, à petits pas nerveux, vers le bosquet de l'Étoile, dont il longea les treillages, et continua jusqu'à l'allée d'Apollon. La Petite Venise était endormie. Y trouverait-il à manger ? Ses dents se mirent à claquer, hors de tout contrôle, ses mains à trembler. Il ne pourrait plus tenir ainsi longtemps. Son maître l'avait habitué à deux repas par jour, un bon maître qu'il avait trahi. Il devait fuir. Une heure de marche dans la neige qui lui glaçait les pieds jusqu'aux os ! Il avait pris sa décision : retourner à la ménagerie. Il laissa péniblement sur sa droite la silhouette du Trianon et coupa jusqu'à l'extrémité ouest du Grand Canal. Il se sentait mourir lentement. Mais lui ne voulait pas mourir, pas comme Théus.

Théus qui crie, il l'entend encore. Des cris étouffés. Il les voit, deux seigneurs qui jettent leurs ordres à quatre ou cinq coquins, comme à des chiens. Des coups méthodiquement administrés. Une canne plombée qui s'abat. Oui, deux seigneurs ! Dans la neige piétinée au milieu des oies aux têtes décapitées, Théus, les chevilles et les poignets liés. Ils frappent lentement. Entre chaque coup, la même question répétée dans l'air glacé. Il se souvient exactement de la voix. Une voix blanche ! Perd-il la raison ? Les voix n'ont pas de couleur ! Chaque mot répété par le plus grand des deux gentilshommes est gravé dans sa tête.

L'homme s'arrêta brusquement. Des bruits, sur sa gauche. Le vent dans les branches maigres. Un oiseau de nuit. Un renard sans doute, comme chez lui dans le Clermontois. Il connaissait bien la forêt. Entre Varennes et les Islettes, il chassait avec son maître jusqu'à l'abbaye de la Chalade. Il savait reconnaître tous les bruits. Il entendit la cloche lointaine des Récollets. Puis soudain le crissement de pas dans la neige. Un homme, peut-être deux ? Des braconniers ? Non, il faisait trop froid. Des Suisses qui venaient récupérer la glace dans le Grand Canal ? Ou les Italiens de la Petite Venise, des Italiens qui ne respectaient aucun des règlements ?

L'homme décida de s'accroupir et d'attendre. Un oiseau passa près de lui. Le froissement de l'air fendu par les ailes l'effrayait. Il retint un cri, il se releva. Cent pas, dans une neige plus profonde à cet endroit du parc, le séparaient de la ménagerie. Il espérait encore que les oies décapitées n'auraient pas été enlevées. Une tête suffirait, même gelée. Théus n'avait plus prononcé que des borborygmes entremêlés de sang. Il crachait entre ses dents brisées.

L'homme franchit la première cour. Il avait peur. Il respirait encore l'odeur de la mort qui flottait mélangée à celle des animaux. Après la cour du Salon, il chercha les oies. Elles avaient toutes disparu.

— Maudits Suisses !

Il s'effondra dans la neige. Manger, dormir, se réchauffer. Théus était tranquille désormais. Théus n'avait point parlé. Qu'aurait-il pu avouer ? Qu'ils avaient cherché à se procurer les lettres ? Les autres le savaient. On ne trahit pas de tels maîtres ! Les lettres ! Maudites soient-elles ! Ils ignoraient où elle les avait cachées. Il sentit dans sa poche une clef. Maucourt la lui avait procurée. Théus, au moment de mourir, avait prononcé un mot, qu'il avait été le seul à déchiffrer sur les lèvres déchirées de l'ancien galérien. Un mot qui était un nom.

— Quel est ce nom, Augustin ? demanda une voix derrière lui.

Pourquoi lutter plus longtemps. Il avait regardé autour de lui. Les oies avaient bien disparu. Les pas s'étaient rapprochés. Augustin Boureuilles imagina même dans la main la canne plombée. Sans se retourner, il prononça le nom.

— Toinette Luthier.

78

À la surprise du chevalier, Benjamin Franklin quitta la soirée assez tôt et sans avoir échangé un seul mot avec lui. Dix minutes plus tard, Pierre arriva un billet à la main. Hilarion le lut, adressa son compliment à la marquise de Briges et sortit au moment où M. de Chabant reprenait sa lecture.

— Il vous attend, lui murmura à l'oreille le Marseillais en lui désignant une voiture arrêtée à l'angle de la rue.

— Le carrosse que Mme Helvetius a eu la bonté de me prêter n'est sans doute pas aussi élégant que l'antichambre de Mme de Briges, mais il y fait aussi chaud, affirma le docteur Franklin au chevalier qui montait les marches que Pierre avait dépliées devant lui.

D'autorité, l'Américain déposa sur les genoux d'Hilarion une vaste pelisse.

— Du castor de Pennsylvanie, précisa le vieil homme.

À ses côtés, plongée dans l'ombre, une deuxième personne se tenait assise.

— M. Bancroft assistera à notre conversation, si vous n'y voyez aucun inconvénient. Edward est en quelque sorte mon œil, dit simplement le docteur. N'est-ce pas, Edward ?

L'autre secoua la tête. Le docteur Franklin frappa de sa canne la paroi et le carrosse s'ébranla lourdement.

Hilarion pensa à Pierre qui avait pris place à côté du cocher. Franklin consulta un baromètre qu'il avait sorti d'un gros portefeuille de cuir.

— L'hiver à Versailles se mettrait-il à être aussi froid qu'à Philadelphie ? Saviez-vous, monsieur le chevalier, que notre rivière la Delaware, plus large du double que la Seine, gèle en une nuit ?

— Les Français n'aiment rien de moins qu'imiter ceux qu'ils admirent, approuva Hilarion en pensant au singe de Mme de Chimay. Où allons-nous ?

— Nulle part, monsieur. Nous tournerons dans les rues de Versailles, entre Saint-Louis et Notre-Dame, avant de vous déposer au Grand Commun.

La cabine sombre n'était éclairée que par la neige qui renvoyait par les vitres une lumière pâle et douce. Les trois visages se devinaient à peine. Trois voix tiendraient lieu de corps, dans le cristal de cette nuit.

— Il y a toujours un but à nos actions, murmura Hilarion, une destination à nos déplacements, même si nous l'ignorons. Parlerons-nous d'électricité ou des Insurgents ?

Le vieil homme étira sa jambe en s'excusant.

— La goutte, éluda le docteur. Notre destination est peut-être un point de l'univers vers lequel convergent nos intérêts.

— Des intérêts en commun ? Quels seraient-ils ?

— Des lettres, chevalier ! intervint soudain Edward Bancroft.

Le chevalier se cala mieux sur la banquette, se poussant un peu plus dans l'ombre. Les lettres étaient-elles à sa portée ? Il en doutait un peu. Il attendit la suite.

— Si légers que soient les bruits de la cour, je les entends, reprit le vieil homme d'une voix étonnamment douce. Ma mémoire tient scrupuleusement le compte de chaque information recueillie.

— Il vous suffit d'écouter, commenta Hilarion, et de glisser le mot qui provoquera en retour la confidence que vous échangerez à votre tour contre une nouvelle dont vous aurez pesé au préalable la qualité. Cela, monsieur, se nomme le commerce. J'ai lu, comme beaucoup, votre gazette de Pennsylvanie.

L'Américain fut secoué d'un gros rire, sonore et sans retenue. Bancroft se taisait.

— Les affaires du monde, fit-il en s'essuyant la bouche, vont ainsi, chevalier. Surtout chez vous en France. Tout est affaire de renseignement. Votre police reste encore la meilleure du monde.

— Ne me parliez-vous point de lettres ?

— J'y viens, monsieur, mais un préambule s'impose, et vos affaires pourraient bien rejoindre les nôtres.

— Ne suis-je pas dans cette voiture pour l'apprendre ?

— Sans doute, chevalier. Chacun sait, à la cour, malgré toutes les précautions prises, que j'ai rencontré M. le comte de Vergennes.

— Un secret, en effet, que tout le royaume partage.

Hilarion devina le sourire de l'Américain. Deux hommes, deux voix. L'élégance et la jeunesse du chevalier, l'expérience et la malice du journaliste. Le loup et le philosophe.

— J'ai croisé, plutôt que rencontré, le marquis de Montmort, à mon arrivée à Paris. Un homme un peu fou, assez déraisonnable en tout cas pour n'avoir pas assez d'une seule maîtresse. Il rencontrait alors une dame, n'est-ce pas Edward ?

— Une dame, qui n'en est peut-être pas une, soupira Bancroft avec un léger accent.

— Edward a le goût des paradoxes, admit le vieil homme.

— Le marquis et M. de Moreton étaient souvent vus ensemble.

— Cela n'est point nouveau, coupa Hilarion.

— Soit ! Mais un jour, il y a un mois de cela, M. de Montmort s'est vanté de sa nouvelle maîtresse auprès du capitaine des gardes. J'ai vu M. de Moreton rougir. Il aurait, j'en suis certain, sauté à la gorge du marquis si la raison, le sens des convenances et le public présent ne l'avaient retenu.

— Savez-vous pourquoi ?

— Non.

— Comment a réagi Montmort ?

— Plus abasourdi que mécontent.

— Il s'agissait de Mlle Conway, précisa le docteur Franklin.

— Je ne connais pas cette demoiselle, mentit Hilarion.

— On la rencontre à la cour, mais elle demeure ordinairement à Paris.

L'Anglaise revenait sur la scène, mais par une porte dérobée. Que Mlle Conway ait eu comme amant Montmort n'était pas nouveau pour le chevalier. La jeune femme travaillait sans doute pour Hamilton, nom que n'avait pas encore prononcé Edward Bancroft ! Par ailleurs Hector avait suggéré l'existence d'un troisième amant, après Hamilton et le marquis ! S'agissait-il de Moreton ?

— Je ne connais pas Mlle Conway, répéta le chevalier, mais un nom est plusieurs fois revenu. Celui du chevalier Hamilton.

— Vous êtes mieux informé que nous ne le pensions, monsieur. Hamilton et Mlle Conway ne vont pas l'un sans l'autre, comme le chèvrefeuille et le coudrier.

— Vous volez trop haut pour moi, messieurs.

— Le chevalier Hamilton est envoyé par Londres. Dans ce genre de voyage, il ne se déplace jamais sans "Lady" Conway.

— Seriez-vous en train de m'expliquer que les Anglais cherchent à récupérer les lettres ?

— Ai-je dit cela, Benjamin ?

— Je ne le crois pas, mon ami. Mais, continua le vieil homme, l'Angleterre fera ce qu'il faut pour empêcher une alliance entre la France et l'Amérique.

— Fût-ce en mettant la main sur des lettres écrites par la reine, ou par Dieu sait qui, ajouta Edward Bancroft.

Hilarion rangea ce "Dieu sait qui" dans un coin de sa mémoire.

— Une république tout juste tenue sur les fonts baptismaux alliée à la plus vieille monarchie d'Europe ! N'est-ce point un mariage contre nature ? s'enquit Hilarion en étirant ses manchettes froissées.

— Voyons, chevalier, un mariage d'amour peut-il l'être ?

— Je doute que votre Congrès vous suive entièrement sur ce point, répliqua perfidement Hilarion.

— Oui, chevalier, vous êtes très bien informé, reconnut Benjamin.

— La France serait bien vite remplacée par une maîtresse plus avantageuse.

— L'Angleterre ? Vous allez plus vite que l'histoire, chevalier. Je me contente de conduire la foudre, je ne lis pas encore dans les astres.

— Grâce à Dieu, ajouta M. Bancroft, M. de Vergennes est plus conciliant que vous ne l'êtes !

— Je n'ai pas la tête folle de notre ministre, qui ne rêve que de prendre sa revanche sur l'Angleterre.

— Monsieur, nos intérêts, en cette nuit froide de février, convergent assez pour que vous compreniez la nécessité de ne pas abandonner les lettres aux mains britanniques.

— Ces mains sont-elles uniquement anglaises ?

— Je crains que non, répliqua doucement le docteur Franklin. Seule l'arrivée d'un dauphin pourrait réduire à néant les menaces qui pèsent sur le roi. Cette aide ne pourrait venir d'Amérique. Nous n'en avons pas les moyens.

Hilarion dans l'obscurité se tut. La neige étouffait le trot des chevaux, tous les sons de la ville et jusqu'aux cloches qui sonnèrent les matines dans plusieurs couvents.

— Est-il d'autres bruits parvenus à vos oreilles ?

Bancroft s'éclaircit une seconde fois la gorge. Il hésita quelques instants.

— Non, monsieur, rien qui puisse retenir votre attention. Comme mon ami Benjamin, je trie, je range et dans la nécessité j'échange.

— Prévoir pour prévenir, ajouta le chevalier.

— N'est-ce point la maxime que M. le comte de Vergennes affirme être la plus sage et la plus sûre à méditer ? demanda Edward Bancroft.

— Je ne suis pas ministre, laissa tomber le chevalier.

— Savez-vous ce que M. de Vergennes m'a fait boire lors de notre seconde rencontre ?

Hilarion avait froid. Il ne répondit pas. Pour quelles raisons Montmort devait-il mourir ? Le chevalier ne l'apprendrait pas.

79

Hilarion appuyait délicatement sa canne dans l'épaisseur de la neige pour éviter de tomber. Pierre ne cessa de jurer jusqu'au portail du Grand Commun, rue de la Surintendance. Le chevalier lui avait rapidement résumé son entretien.

— Les Godons ! Que viennent-ils faire dans cette histoire ? s'étonna Pierre.

— Le roi Georges emploiera tous les moyens pour interdire le rapprochement de la France et des Insurgents.

— Mais vos Américains ne sont-ils pas anglais ?

— Plus depuis quelques mois.

— Des rebelles donc !

Autour d'eux la neige était piquetée de suie et d'excréments. Les échoppes étaient closes.

— La porte est ouverte, s'étonna le Marseillais.

— Avec toutes les allées et venues, le concierge aura oublié de la fermer.

— M. Fortin ! Il n'est pas réputé pour sa négligence, *monssu*.

Dans la cour, le chevalier respira les odeurs que les cuisines abandonnaient derrière elles. Des soupiraux montaient les bruits d'une activité qui reprenait. Un aumônier enfoui dans son manteau passa devant eux en direction de la chapelle. Pierre grimaça en apercevant sur sa gauche la fontaine et son obélisque qui portait quatre lanternes. Les deux hommes s'engouffrèrent dans le degré qui desservait le corps de logis occidental. Pierre attendit d'être au premier étage pour allumer de son briquet une bougie qu'il tenait prête dans sa poche. Des bruits de toux, de ronflements et quelques gémissements, moins innocents, troublaient la nuit. Après le premier coude, Hilarion arrêta le Marseillais et étouffa la mèche de sa chandelle. Au bout du couloir, près de l'appartement de Rancy, ils perçurent la lueur vacillante d'une lanterne, puis des pas. On refermait une porte discrètement.

— Qui loge ici ? murmura Hilarion.

— Le fourrier de la chapelle du roi et l'une des femmes de Mesdames tantes, mais elle a quitté le château pour assister une parente malade.

Ainsi, à part le fourrier, personne n'habitait ce coin de l'étage. Le chevalier sortit son épée et, attrapant Pierre par la manche, il rebroussa chemin. Ils se dissimulèrent dans un renfoncement creusé dans le mur. Les pas claquaient doucement, mais le cuir des souliers craqua en même temps que le plancher de chêne. Un homme passa, jeta un regard autour de lui et dégringola rapidement l'escalier. Hilarion n'avait pu voir son visage effacé par la nuit.

— Il vient de chez Rancy, j'en jurerais. Suis-le !

Pierre se précipita dans l'escalier et arriva dans la cour à l'instant où l'inconnu sortait du Grand Commun. À sa suite le Marseillais traversa la rue de l'Intendance et poussa la porte qui, en face de celle du Grand Commun, ouvrait sur cette partie de l'aile des princes. Une porte ouverte qui n'avait pu le rester sans la complicité du Suisse, songea Pierre.

L'homme, moins pressé, montait le grand degré découvert qui menait au premier étage de l'aile. Des garçons mal réveillés remontaient des caves les bras lourds de bois ou rapportaient de l'eau. Pierre put observer plus attentivement la silhouette de l'inconnu. Son manteau doublé de fourrure, la perruque et le cliquetis de l'épée qui frappait ses jambes disaient l'homme de condition. Arrivé à la Grande Galerie qui traversait du nord au sud toute l'aile des princes, l'inconnu obliqua à droite. Pierre se dissimula dans l'embrasure de la porte du Grand Salon. Une vingtaine de pas plus loin, dans le silence, le Marseillais perçut des grattements faibles sur l'une des portes. L'homme disparut. Après quelques minutes, Pierre se dirigea à son tour vers la porte, tendit son oreille, recula et décida de rentrer au Grand Commun. Il n'avait plus aucun doute sur l'identité de celui qui logeait dans cet appartement.

— Le duc d'Orléans, *monssu* ! Ce gentilhomme est entré chez le duc d'Orléans !

Pierre avait retrouvé l'énergie de son accent pour annoncer l'information.

— Théus, M. de Moreton, les Anglais et maintenant le duc d'Orléans, grogna-t-il à genoux devant la cheminée qu'il rallumait. Qu'est venu faire cet homme chez M. de Rancy ?

— Comme nous, Pierre, il cherche.

Pendant l'absence du Marseillais, Hilarion était retourné chez l'ancien maître d'hôtel pour constater la disparition du garde devant la porte. Le visiteur s'était livré, quant à lui, à une fouille discrète.

— Je doute que notre inconnu ait trouvé quelque chose. À moins qu'il n'ait su où chercher.

— Toujours ces maudites lettres ?

— Souviens-toi de ce que nous avons trouvé à l'auberge Saint-Antoine.

Hilarion se leva, ouvrit un large portefeuille rangé dans une malle.

— Ce brouillon, dit-il en agitant lentement une feuille de papier devant lui.

Le Marseillais avait oublié.

— Rancy y réclamait une lieutenance pour son fils auprès du duc d'Orléans.

— Le sieur Marquier ne vous a-t-il pas révélé que ce même prince alimentait la banque quand Rancy organisait ses parties à l'auberge Saint-Antoine ? Qu'avait-il à gagner, *monssu* ?

Hilarion l'ignorait. Il y avait trop longtemps qu'il avait négligé cette piste, malgré l'invitation discrète de M. de La Chapelle lors de leur première rencontre. Peut-être même à cause de l'allusion du commis qui devait, songea Hilarion, agir pour le compte de son ministre, M. de Maurepas. Avait-il été le premier à avoir prononcé le nom de ce cousin mal aimé du roi ?

Cinquième journée

Dimanche 16 février, jour de carême, quadragésime. Le soleil se lève à 6 h 57 et déclinera à 12 h 57 pour se coucher à 5 h 04. Une journée sans lumière…

80

La cloche de la chapelle du Grand Commun avait annoncé l'angélus dans la demi-pénombre du matin, suivie de celle des Récollets qui sonnait laudes. Pierre descendit dans la cour et se dirigea vers la sortie. Il s'arrêta soudainement. Un Suisse pour la grille du Grand Commun, un second, le sieur Butterlin, pour l'entrée de l'aile des princes en face. Les deux hommes avaient dû s'entendre pour ouvrir grille et porte cette nuit. La perspective d'une conversation avec Butterlin ne tenta pas le Marseillais qui avisa le Suisse le plus proche, sanglé dans son uniforme de drap bleu de Bergame, recouvert d'une veste écarlate qui descendait sur une culotte de peau jaune.

— Où est ton baudrier, Brïnzol ?

Le garde se retourna, reconnut Pierre et le salua.

— Un baudrier à 19 livres, précisa-t-il.

Pierre se poussa pour laisser passer un groupe de prêtres qui murmuraient entre eux.

— Cette nuit, qui as-tu laissé entrer au Grand Commun ? lança-t-il.

Le Suisse jeta un œil vers la haute porte de l'aile des princes de l'autre côté de la rue. Butterlin avait repéré le Marseillais, mais avait préféré disparaître dans sa loge.

— Entrons, proposa Brinzol.

L'appartement du garde et de sa famille occupait une seule pièce avec cheminée. Dans le coin, un escalier étroit et sale montait à l'entresol.

— Je n'ai pas pu refuser, s'excusa-t-il d'entrée de jeu. Butterlin, non plus.

— Refuser quoi ? demanda Pierre qui s'était assis.

Le Suisse lui jeta un regard méfiant.

— Tu es trop curieux, le Marseillais !

— Ma curiosité te vaudra de ne pas perdre ton poste. Parle !

L'autre hésita.

— Un gentilhomme est venu nous voir, Butterlin et moi.

— Quand ?

— Hier, dans l'après-midi.

— Que voulait-il ?

— Sortir de l'aile des princes, entrer au Grand Commun de nuit. Aller et retour. Il réclamait l'ouverture des portes pas plus d'une heure.

— Combien vous a-t-il payés ?

Le Suisse baissa la tête, comme s'il cherchait à se souvenir du chiffre exact. C'était aussi la phase des arrangements avec ce damné Marseillais. Brinzol fit rapidement ses comptes. Butterlin devrait lui aussi mettre la main à la bourse.

— Quatre hommes tués à la ménagerie ! Et Théus retrouvé dans l'abreuvoir de l'éléphant ! rugit-il admiratif. Tu étais avec ton maître l'autre nuit ?

Pierre haussa les épaules. Le Suisse l'avait mis de mauvaise humeur.

— Combien veux-tu ? sonda Brinzol en fermant la porte derrière lui.

— Ton argent ne m'intéresse pas.

Brinzol se rapprocha de la cheminée, défit les boutons de sa culotte et pissa dans les cendres. Puis il revint avec une bouteille de bière et servit d'autorité le Marseillais.

— Que veux-tu alors ?

Pierre essuya la mousse autour des lèvres et aligna devant lui deux doigts de sa main gauche.

— D'abord le nom de ce gentilhomme.

Le Suisse hésita.

— Ce n'est point quelqu'un du Grand Commun.

— Tu ne m'apprends rien, imbécile ! murmura avec trop de douceur le Marseillais. Ne joue pas avec moi, Brinzol. Tes six pieds de haut n'impressionnent que les garçons de la Bouche.

Pierre se leva lentement et posa sa main lourde sur l'épaule de Brinzol.

— Un nom !

— Enlève ta main ! Je n'ai pas peur de toi !

— Théus a dit la même chose, Brinzol.

Les deux hommes, aussi hauts l'un que l'autre, se toisèrent.

— Charles Desnoyers. Il appartient à la maison du duc d'Orléans.

— Que cherchait-il ?

— Il voulait savoir où se trouvait le logement des maîtres d'hôtel.

— Il y en a deux, Brinzol. Quel est celui qui l'intéressait ?

— L'appartement de M. de Rancy.

Le Suisse se signa rapidement.

— Rancy est mort et son logement est interdit, sur ordre de M. de Sourches. L'ignores-tu ?

— Je n'en sais pas plus. Je te le jure.

— Que cherchait Desnoyers ? insista Pierre.

Le Suisse s'écroula sur sa chaise et but d'un trait son verre de bière mousseuse.

— Je ne suis pas son confesseur ! dit-il enfin.

— N'oublie pas, Brinzol, j'ai maintenant un droit sur toi et sur Butterlin. Fais en sorte que ce droit ne s'étende pas sur le vin et la bière que tu vends à la grille.

Pierre renifla bruyamment.

— Et point de viande aujourd'hui, Brinzol ! C'est jour de carême !

Le Marseillais cracha à terre et sortit. L'horloge du Grand Commun sonna le premier quart de l'heure.

81

Hilarion et Pierre marchèrent longtemps dans une neige grise de boue. Les dernières souches du côté des bosquets, près du canal, étaient débitées à la scie, puis voiturées vers l'entrepôt, sous l'œil attentif de M. Le Moine. Le spectacle conférait au parc une allure de désert traversé par d'étranges convois que bossuaient les nouvelles plantations. Arrivés au bassin d'Apollon, ils avaient été renseignés par un jardinier.

— M. le fontainier en chef vérifie les valves des bassins nord.

— Les bassins nord ? s'écria Pierre. Il nous faut traverser une seconde fois le parc !

— Jusqu'à la grille de Neptune.

— N'apprécierais-tu point les jardins de notre roi ? s'amusa le chevalier.

Le Marseillais haussa les épaules, les mains plongées dans les poches. Ils avaient coupé par le bosquet des Dames – ou ce qu'il en restait – et celui de l'Étoile. Pierre soulevait haut ses pieds, tentant vainement d'éviter le moindre contact avec la neige plus épaisse en cet endroit. L'air pinçait ses poumons et ses vêtements humides ne parvenaient pas à le réchauffer.

— Charles Desnoyers ?

— Oui, *monssu*, intendant des menus plaisirs du duc d'Orléans !

La neige commençait à percer les bottes du chevalier qui pesta.

— Quel rôle le duc d'Orléans joue-t-il dans cette mauvaise comédie ?

— Ce prince a versé beaucoup d'argent à M. de Rancy.

Les Orléans étaient très riches. Était-ce une dette de jeu ? S'il convenait de rencontrer le premier prince du sang, Hilarion devait préalablement réunir des informations. Hector les lui fournirait. Ils longèrent une palissade d'ifs. Près du bassin du Dragon, Hilarion jeta un regard vers la grille de Neptune et la guérite du Suisse. Il s'obligea à penser à autre chose, à chasser l'image de cette silhouette. Des chaises volantes, peu pratiques, transportaient sur la grande terrasse quelques courtisans. Des chiens suivaient en aboyant joyeusement.

— Fais-toi offrir une bière ! lança Hilarion.

Pierre grimaça au souvenir de celle qu'il avait bue chez Brinzol. Il regrettait son vin de Toulon. Entre le bassin du Dragon et celui de Diane, un homme chaudement vêtu donnait des ordres à deux garçons fontainiers qui examinaient des rigoles.

— Nous vérifions les soupapes, soupira maître Lucas au chevalier après l'avoir salué.

— Pourquoi donc ?

— Les pages de la Grande Écurie les ouvrent et les gardes-bosquets n'osent rien leur dire, de crainte des menaces que leur font ces jeunes gens.

Hilarion prit un air navré.

— On m'a parlé de galeries souterraines où circulent les conduites qui alimentent les bassins.

M. Lucas confirma d'un rapide signe de la tête.

— L'eau arrive de l'étang de Clagny grâce à une pompe. Elle transite par les réservoirs, expliqua-t-il en montrant le haut bassin à gauche de l'aile nord du château.

— Qui a accès à ces galeries ?

— Vos questions, monsieur, sont inattendues, dit le fontainier soudain méfiant.

— L'air du temps est ainsi que même un gentilhomme s'intéresse à ces questions mécaniques. J'ai un aveu à vous faire, ajouta le chevalier, le roi est inquiet de certains débordements dont ses jardins sont le théâtre.

— Le roi ?

— Oui, monsieur, le roi en personne.

— Évoqueriez-vous ce qui s'est passé à la ménagerie ?

Le chevalier se contenta de garder le silence. Le fontainier réfléchit très vite.

— J'en ai les clefs. Je dois contrôler le bon état des tuyaux, parfois des jointures défaillantes. Un maître plombier m'accompagne.

— Quelqu'un y a-t-il eu accès récemment ?

— M. Potier justement, notre maître plombier, qui vient de Viroflay. Il a retrouvé l'autre jour des restes de nourriture au cours de sa visite. Mais la porte d'accès principale n'a pas été forcée.

— Il s'agit sans doute, le rassura Hilarion, de reliefs laissés par des ouvriers. Où se trouve cette porte ?

— Les portes, monsieur. Il existe deux entrées.

Le chevalier attendit patiemment.

— La première est située derrière la fontaine du Point du Jour, à l'angle du bosquet de la salle de Bal.

— Et la seconde ?

— J'y viens, monsieur.

M. Lucas désigna un point sur sa droite. Hilarion ne voyait rien que de la neige et encore de la neige.

— À l'entrée du bosquet des Bains.

Devant l'air étonné du chevalier, le jardinier précisa :

— Les bains d'Apollon.

— Apollon. L'Araignée d'Apollon, n'est-ce pas ?

— Je ne suis pas sûr de comprendre, monsieur, dit maître Lucas, à son tour surpris.

— Le marquis de Simiane m'a parlé d'une curiosité : une araignée au pied d'un Apollon, je crois.

— Monsieur, avec tout mon respect, on s'est un peu moqué de vous.

— Sans doute, monsieur Lucas, sans doute. Vous êtes seul, bien sûr, à détenir les clefs ?

— Pourrait-il en être autrement ? Le souverain m'a confié une charge assez lourde pour ne point négliger le détail. Les vols, nombreux, touchent jusqu'aux tuyaux de plomb. On vole tout : la filasse, le mastic…

— Tout cela est fort regrettable, monsieur Lucas.

Le chevalier, de son gant, chassa de l'épaule une poussière de suie qui s'y était déposée.

— Vous m'accompagnerez, monsieur, après dîner, pour une visite des galeries.

Devant la mine étonnée du sieur Lucas, Hilarion ajouta pompeusement :

— Service du roi !

Le fontainier en chef hésita avant de répondre.

— Je dois en aviser le comte d'Angiviller.

— Mais avisez, monsieur, avisez !

Le sieur Lucas n'avait pas terminé.

— Il existe bien une araignée. Enfin…, c'est ainsi que nous la nommons.

— C'est à mon tour de ne pas comprendre !

— Une araignée, mais elle se trouve sous nos pieds ! Je vous montrerai cela après dîner.

82

Dans la salle de l'Œil-de-Bœuf, le Marseillais se rapprocha immédiatement de la cheminée, évitant les nombreux courtisans qui attendaient l'arrivée du roi. Le garde de l'antichambre lui jeta un regard méfiant. À travers le haut miroir, Pierre lui renvoya le sien.

— Trop de Suisses, murmura-t-il.

Les bières qu'il avait bues lui restaient sur l'estomac et ne remplaceraient pas le repas qu'il avait sauté. Il irait acheter du poisson en sauce dans l'une des échoppes de la rue des Récollets. Le chevalier se posta aux côtés du Marseillais et tendit ses mains vers le feu.

— *Monssu*, le roi fait-il maigre aujourd'hui ?

— Oui, Pierre. Que t'a appris ton Suisse ? l'interrogea Hilarion en surveillant l'antichambre dans le miroir.

On ne s'entendait guère. Un homme les bouscula, les bras chargés de bois, qu'il déposa bruyamment à leurs pieds. Le garçon de la fourrière s'agenouilla et alimenta le foyer.

— Un gentilhomme est passé après votre entretien avec Bitzenzer. Ils se sont parlé.

Les yeux du chevalier se vidèrent lentement. Dans le miroir, il rencontra son visage, celui d'un autre trop pâle et soudainement vieilli.

— Que se sont-ils dit ?

— Rien, *monssu*. Enfin presque rien. Un message pour vous.

— Explique-toi, siffla le chevalier.

— Bitzenzer me l'a répété. Quelques mots simplement, hésita le Marseillais : "Les pénitents rouges n'oublient rien !"

— C'est tout ?

— Oui, *monssu*.

Le comte Henri semblait sûr de lui pour ainsi le défier à Versailles même. L'invitation était aussi claire que dangereuse. Hilarion n'avait d'autre solution que de suivre les traces que son père abandonnait parcimonieusement derrière lui.

— Tu n'as toujours pas appris où le comte Henri logeait ?

— J'interroge partout et je m'attire mille réponses. Mais si le comte avait un logement au château, nous le saurions.

Dans le reflet du miroir, Hilarion aperçut Hector aux côtés de Mme de Chaumont. Le monde affluait. Le roi allait bientôt paraître. Le chevalier se dirigea vers son parent.

Un vieux gentilhomme referma d'un coup sec sa montre de gousset.

— Le roi va bientôt sortir.

Profitant de la confusion, Hilarion s'empara du bras d'Hector et les deux hommes se faufilèrent dans la première antichambre jusqu'à l'une des fenêtres qui ouvraient sur la cour de Marbre. Il y avait moins de monde, mais il y faisait plus froid.

— Que se passe-t-il, Hilarion ? demanda Hector. Tu es pâle à mourir. Est-ce ta blessure ?

— Le comte Henri est ici.

— Les bruits, en effet, courent sur sa présence à Versailles, reconnut Hector. Mais personne ne semble l'avoir rencontré. Ou personne n'ose l'avouer.

— Il me cherche.

— Non, Hilarion. Il joue avec toi. Si mes souvenirs sont exacts, le comte Henri est un excellent chasseur.

Hector se rapprocha de la cheminée éteinte, jeta un œil circulaire, se déboutonna et pissa, soulevant un nuage gris de cendres.

— Est-il vrai que ton père était à la tête des pénitents rouges ?

Hilarion confirma d'un hochement de tête. Il regardait les carrosses et les chaises remonter la rampe qui menait à la chapelle. Il ne tenait guère à parler de cette affaire.

— Que sais-tu d'un certain Charles Desnoyers ?

Hector fouilla brièvement ses souvenirs.

— L'information contre l'adresse de ton parfumeur, répondit-il.

— Rue Dauphine, entre la Contrescarpe et Saint-André-des-Arts.

— Chez Brouet ! Tu te moques de moi, Hilarion ! Brouet fournit mon cocher !

Hilarion sourit.

— Chez la veuve Dehoulle, alors, rue du Palais, rectifia-t-il.

Simiane parut satisfait.

— Jean-Charles Desnoyers est, si nous parlons du même homme, l'âme damnée du duc d'Orléans !

— L'"âme damnée" ?

— La formule est un peu mélodramatique, je te l'accorde. Disons plus simplement que Desnoyers est l'intendant des menus plaisirs de monseigneur. Un libertin notoire, très proche du maréchal de Richelieu !

Le voisinage des deux hommes n'étonna guère Hilarion. Hamilton avait aussi appartenu à l'entourage du maréchal. L'Anglais connaissait-il ce Desnoyers ?

— Que fait-il à la cour ?

— Ce que font les âmes damnées, Hilarion ! Il suit son maître, mais il n'est reçu nulle part. Pourquoi le cherches-tu ?

— Il a fouillé cette nuit la chambre de Rancy, avant de rentrer tranquillement chez monseigneur.

Hector de Simiane posa un doigt sur la vitre de la fenêtre et traça un cercle presque parfait. Il observa, comme Hilarion plus tôt, les toits du château. Le plus beau château du monde. Le plus froid en hiver. Le plus dangereux. La brume persistante, aussi grise que l'était sa perruque, d'un gris ni trop métallique ni trop tendre, enveloppait tout.

— Est-il nécessaire, Hilarion, de savoir ce que dissimule ce brouillard matinal ?

Hector désirait en savoir le moins possible.

— Trop de noms, soupira-t-il. Où nous arrêterons-nous ? À cette allure, toute la cour sera bientôt, de près ou de loin, liée au meurtre de M. de Rancy !

— Point de scandale qui ne réunisse au moins un prince, quelques dames et deux ou trois scélérats, affirma Hilarion en souriant, tu le sais bien.

Des courtisans se dirigeaient d'un pas rapide et sec vers la galerie. Le roi sortait de ses appartements, accueilli par le grondement des parquets et le tumulte des conversations.

— Que cherchait Desnoyers ? s'enquit Simiane, qui sur la pointe des pieds essayait d'apercevoir le monarque.

— Les fameuses lettres, sans doute.

— Celles de la reine ?

— Ou de son amant.

— Hilarion ! La reine ne peut avoir d'amant. Coigny et Lauzun le savent.

— Peu importe, ces lettres existent. Tout le monde veut mettre la main dessus. Savais-tu que Rancy avait reçu de l'argent du duc d'Orléans ?

— Tu me flattes, Hilarion, mais je ne connais pas tous les secrets du château et ne fréquente pas les maîtres d'hôtel du roi. Probablement des dettes de jeu, la vente d'une terre, une pension, que sais-je ?

— Une pension ? Rancy n'appartenait pas à la maison d'Orléans.

— Le prix d'un service alors ?

Le chevalier en était de plus en plus convaincu. Le maître d'hôtel avait obtenu les lettres et les avait soigneusement cachées. Avait-il imaginé les vendre au duc d'Orléans ? Or le prince ne les avait pas en sa possession. Cherchait-il à récupérer un bien dont il estimait être le propriétaire ? Peut-être. Hector arracha son cousin à ses pensées :

— Mon âme de courtisan et mon état de futur marié m'interdiraient, selon les lois de la prudence, de te suivre plus loin.

— Mais… ?

— Mais si tu m'obtiens le régiment de Grignan, je suis prêt à faire quelques pas supplémentaires dans cette ténébreuse affaire.

— Tu lis trop de romans, Hector ! Cet endroit ne sent-il pas mauvais ? ajouta Hilarion.

— Tout le monde pisse dans les cheminées, répliqua Simiane peu incommodé.

Puis il tourna les talons et s'en alla rejoindre la cohue qui suivait le roi.

83

Hilarion s'était protégé d'un long manteau et de bottes de chasse. Pierre le précédait, une lanterne à la main. L'horloge de la cour de Marbre avait sonné, le roi dînait en compagnie de la reine. Le sieur Lucas était accompagné par deux garçons fontainiers. Hilarion nota leurs doigts gercés. Les cinq hommes s'étaient donné rendez-vous dans le bosquet de la salle de Bal, juste à gauche des parterres d'eau, devant la terrasse.

— Vous trouverez la porte des galeries souterraines, creusée dans le talus, lui avait précisé Nicolas Lucas.

Après de rapides salutations, on alluma les lanternes à huile et le groupe franchit une porte de fer fermée à clef.

— Les vols de plomb et de vannes obligent à la plus grande sécurité. Attention, monsieur, la voûte est basse !

— Personne ne peut donc pénétrer ici sans ces clefs ? interrogea Hilarion.

— Impossible, monsieur, je vous l'ai dit.

— Comment l'homme aperçu par les frères Dunand aurait-il pu entrer ? murmura Pierre à l'oreille de son maître.

— J'ai peut-être une réponse à ta question, souffla Hilarion.

Ils suivirent dans une quasi-obscurité un couloir étroit et voûté. Tapissé de sable humide, il descendait en pente. Une odeur de salpêtre obligea le chevalier à se protéger le nez de son mouchoir parfumé. Ils tombèrent sur une galerie plus large, dans laquelle deux grosses conduites de plomb couraient parallèlement. Les hommes durent progresser de biais. Le chevalier accrocha plusieurs fois son manteau, ses bottes s'enfonçaient dans la boue. Il s'arrêta devant un ajustage de conduite. De la filasse, recouverte de mastic, enroulait le gros tuyau.

— Qu'est-ce que cela ? demanda-t-il en désignant une marque dans le plomb.

Pierre approcha sa lanterne. Le fontainier revint sur ses pas. Une fleur de lys apparut.

— La marque du roi. Les conduites sont toutes poinçonnées aux armes de France.

Ils reprirent leur marche. La galerie se courbait légèrement.

— Je n'aime pas cet endroit, murmura Pierre.

— Nous arrivons bientôt. Nous passons en diagonale sous les bosquets nord. Je n'ai pas moins de cinquante mille toises de tuyaux à entretenir.

Les deux garçons fontainiers les avaient distancés, de sorte que seule la lanterne de Pierre éclairait leurs pas.

— Nous y voilà ! annonça le fontainier.

Les garçons avaient posé au sol leurs lampes à deux endroits différents dans une salle circulaire, soutenue au centre par une pile d'où partaient les arcs de voûte.

— Lumière, Pierre !

Une triple couronne de tuyaux de dimensions différentes courait autour du pilier central.

— La salle de l'araignée ! lança fièrement M. Lucas en se haussant du menton.

— Que dites-vous ?

— Nous sommes sous le bassin de Latone.

— Pourquoi ce nom ?

— Jean, Guillaume, ordonna le fontainier, levez vos lampes !

Hilarion et Pierre découvrirent ce qu'ils devinaient jusqu'ici : des dizaines de tuyaux se hérissaient dès leur naissance sur la triple couronne pour disparaître dans les parois de la salle.

— Les conduites que nous avons suivies s'enroulent autour de la colonne centrale en trois couronnes périphériques, d'où sont branchés des tuyaux de diamètre inférieur.

— Les pattes de votre araignée !

— Oui, monsieur. Chacune d'elles alimente une bouche de la fontaine de Latone.

— La gueule des grenouilles ! s'écria Pierre qui avait aperçu les batraciens le jour de la découverte du cadavre de Boureuilles.

— Pas moins de trente grenouilles ! L'une des plus belles et des plus méconnues réalisations de M. Le Nôtre sous le règne de Louis le Grand !

Pierre enjamba plusieurs conduites, soulevant haut ses jambes, vers une seconde ouverture.

— Et celles-ci, où vont-elles ?

Le fontainier se retourna vers le Marseillais, autant surpris par cet accent que par la liberté prise par un simple domestique.

— La salle de l'araignée alimente toutes les fontaines et

tous les bassins du parc. Cette galerie, à droite, conduit l'eau sous le bosquet de la salle de Bal.

— Et celle-ci ? interrogea le chevalier qui avait découvert un troisième couloir plongé dans l'obscurité.

— Elle amène l'eau jusqu'au bassin d'Apollon.

Hilarion et Pierre échangèrent un regard à travers les ombres vacillantes.

— Existe-t-il une Araignée d'Apollon ?

— Non, monsieur, pas vraiment. Le centre de distribution est ici, sous Latone. Le bassin d'Apollon n'est qu'une extrémité du réseau. Et…

— Monsieur ! Monsieur !

Tous se retournèrent vers l'un des garçons fontainiers. Le sieur Lucas le rejoignit, aussitôt suivi par le chevalier et Pierre. Dans la première galerie creusée en direction de la salle de Bal, ils découvrirent contre le mur, sur la partie sèche du sol, une paillasse, une couverture de laine, un verre d'étain, un flacon vide et un sac de toile.

— Ne touchez à rien, ordonna Hilarion en s'agenouillant.

84

— Qu'est-ce que cela ? s'étonna le sieur Lucas.

Il examina ses hommes, méfiant, l'un après l'autre. Des haussements perplexes d'épaules lui répondirent.

— Quelqu'un a pris gîte dans cette galerie, confirma Hilarion en ouvrant le sac de toile. Veuillez, monsieur, faire surveiller la porte d'entrée. Notre occupant est peut-être encore ici à se cacher. Il ne doit pouvoir sortir.

Lucas donna ses ordres et l'un des garçons disparut dans la pénombre.

— Je dois avertir le directeur des Bâtiments, ajouta-t-il.

Sans un mot, le chevalier avait étalé le contenu du sac sur la couverture. Sur un signe, Pierre approcha sa lanterne. Ils découvrirent un canif rouillé, une perruque emmêlée, une petite boîte de métal peinte qui contenait de la pommade. Hilarion la porta à son nez.

— Du musc.

Un étui à savon en carton, décoré de gravures découpées et collées. Il était vide. Et un billet plié en quatre. Hilarion l'ouvrit et le lut.

— De quoi s'agit-il ? s'enquit le sieur Lucas.

Le chevalier leva le nez et planta ses yeux dans ceux du fontainier, qui les baissa. Il poursuivit sa lecture. Il s'agissait d'une reconnaissance de dettes par laquelle un certain M. Raguenet, intendant du duc d'Orléans, s'obligeait au nom du prince à rembourser au sieur de Rancy 500 livres restant dues sur une somme de 1 500. Hilarion glissa la feuille dans sa poche.

— Monsieur, dit le fontainier surpris. Ces affaires, quel que soit leur propriétaire, doivent être remises à la direction des Bâtiments qui ordonnera une enquête.

— Non, monsieur, il y a eu infraction. L'enquête relève de la prévôté générale ou peut-être du gouverneur lui-même. J'en aviserai M. le marquis de Sourches.

Le fontainier n'osa protester. Pierre rangea tous les objets dans le sac de toile.

— Si leur propriétaire est encore dans la galerie, nous devons le retrouver, ajouta le chevalier conciliant.

Le fontainier ne comprit pas immédiatement.

— Je compte fouiller, avec votre permission, le souterrain qui mène jusqu'au bassin d'Apollon. Puis-je vous proposer d'en faire autant concernant le second couloir ?

Devant les réticences du sieur Lucas, Hilarion crut bon d'attiser la curiosité du fontainier.

— L'homme que nous recherchons est soupçonné du meurtre de son maître.

— Un meurtre ! Comment un domestique peut-il tuer son maître ? S'agirait-il de… ?

— Point de nom ici, monsieur.

Hilarion s'inclina gracieusement avant de tourner les talons.

— Pensez-vous, *monssu*, à la même chose ?

La galerie qui reliait la salle de l'araignée au bassin d'Apollon, ou du moins à ses fondations, était d'une longueur que le chevalier avait mal évaluée. Les deux hommes s'étaient arrêtés plusieurs fois, éclairant les anfractuosités du mur, observant le sol à la recherche de traces.

— Oui, Pierre, l'homme qui se cache dans ces galeries est bien Augustin Boureuilles. Il cherche à se protéger de ceux qui ont tué son complice.

— Théus ? Théus et Boureuilles ont trahi tout le monde ! dit le Marseillais avec dégoût. La reine d'abord, M. de Rancy ensuite et les autres…

Pierre avait raison. L'histoire prenait des contours et des détours qui ressemblaient au labyrinthe que les jardins ou les appartements du château réservaient au nouveau venu : il suffisait d'emprunter un chemin pour découvrir une croisée insoupçonnée.

— Boureuilles et Théus ont cherché à s'emparer des lettres, mais je ne crois pas qu'ils les aient eues entre les mains.

— Alors, pourquoi avoir torturé Théus s'il ne les possédait pas ?

— Le coquin a dû chercher à négocier leur vente avant même de les avoir trouvées. Je soupçonne ta chère Toinette d'avoir été enlevée par Théus pour cette raison.

— Saurait-elle où sont les lettres ?

— Peut-être possède-t-elle, sans le savoir, un élément qui aurait pu mener Théus et Boureuilles jusqu'à elles.

— Un élément tel que l'Araignée d'Apollon !

Hilarion ne répondit pas. Toinette Luthier ne leur dévoilerait pas encore son rôle dans l'affaire. Un état de prostration succédait à une agitation que Lacroix ne parvenait à calmer qu'avec des prises d'opium. Avait-elle appris la mort de son frère Jean-Baptiste ?

La voûte basse de la galerie les avait contraints à se plier presque en deux. L'humidité glacée semblait s'infiltrer dans les habits. Pierre éternua, puis cracha. La conduite de fonte gênait leur progression. Lorsqu'ils s'arrêtaient, ils entendaient dans le silence l'eau couler au-dessus de leur tête et le long des parois. La terre s'accrochait aux bottes. Plusieurs fois ils reconnurent, éclairée faiblement par la lanterne, la fleur de lys imprimée dans la fonte du tuyau. La galerie en ligne droite déclinait doucement. Parfois, ils découvraient au sol le cadavre décomposé d'un animal.

Pierre avait froid malgré l'épaisseur de son surtout, et son inquiétude croissait. Une impression d'étouffement tenaillait sa poitrine. Ses pensées l'assaillaient qui, toutes, se nourrissaient du rôle probable de Toinette. Si celle-ci savait où se trouvaient les lettres, sa vie était en danger.

— Nous arrivons.

Ils avaient débouché dans une salle moins grande que la précédente. Des branchements remontaient sur toute sa circonférence vers la voûte qu'ils trouaient d'embouchures.

— L'Araignée d'Apollon ? demanda le Marseillais étonné d'entendre le son de sa propre voix.

Hilarion se pinça le lobe de l'oreille. Puis le maître et son valet examinèrent méthodiquement les lieux. Pierre levait la lampe et la baissait lentement le long de la paroi suintante. Hilarion suivait du regard le halo lumineux.

Son doigt glissait dans l'air, accompagnant le dessin des pierres et du mortier humide. Pierre observait les yeux du chevalier, qui s'étaient mis à briller comme deux petites étoiles de fer. Ils avaient presque fait le tour de la salle lorsque Hilarion mit un genou à terre, en dépit de la boue.

— Là ! lança-t-il simplement.

Pierre s'accroupit à son tour.

— Mon Dieu !

L'index d'Hilarion entourait, sur la surface d'un moellon, le dessin d'une araignée représentée avec une certaine adresse. Le corps et les pattes qui en jaillissaient, menaçantes, avaient été peints en noir.

— Et maintenant, *monssu* ?

— Ton couteau ! Les lettres sont ici.

La lame creusa facilement autour de la pierre, effritant le mortier. Le moellon, sous la pression, se mit à bouger. Hilarion se releva, laissant à Pierre le plaisir de la découverte.

— Là ! *Monssu !*

Excité, le Marseillais retira lentement un paquet emmailloté de toile, fermé d'une cordelette qui serrait sur plusieurs tours l'ensemble. Après l'avoir tourné et retourné, il le tendit au chevalier qui l'examina attentivement. La toile goudronnée isolait de l'humidité et sans doute d'éventuels prédateurs.

— Qui a caché les lettres ? M. de Rancy ?

— Peut-être.

— Ces souterrains, *monssu*, on y entre comme dans un moulin !

Un autre détail intrigua Hilarion. De la cire bleue avait été apposée sur le nœud de la cordelette. Le cachet était imprimé dans la pâte durcie. Deux chevrons inversés.

— Vous ne l'ouvrez pas, *monssu* ?

— Le cachet, déclara mystérieusement le chevalier.

Au même moment, ils entendirent des bruits de pas derrière eux, précédés d'une lueur mobile.

— Le sieur Lucas ! souffla Pierre.

— Cache le paquet.

Hilarion, de sa botte, enfonça le moellon dans son trou.

85

Augustin Boureuilles n'était pas reparu. Le fontainier en chef avait reçu des ordres de M. d'Angiviller : il laissa un homme en poste devant l'entrée des souterrains. Hilarion doutait de retrouver vivant le domestique de M. de Rancy.

— S'il a été témoin de l'exécution de Théus, il aura préféré prendre le large, *monssu*.

— Ou alors, à cette heure, il est en train de pourrir dans un fossé.

— Avec cette température, on retrouvera son cadavre tout frais au printemps.

Ils avaient regagné le Grand Commun. Le chevalier s'était changé, Pierre avait apporté de quoi dîner.

— Du poisson, *monssu*, servi hier à la table du roi.

Assis devant le feu qui crépitait dans l'âtre, Hilarion, emmitouflé dans sa robe de chambre, se sentait mieux. Pierre avait posé une assiette, un verre de vin et des fruits confits dans une corbeille de porcelaine, sur un guéridon qu'il rapprocha. Abandonné sur le manteau de la cheminée, le paquet de toile n'avait pas été ouvert. Le Marseillais y jetait des regards voilés.

— Comment Boureuilles ou M. de Rancy ont-ils pu

entrer dans les galeries ? demanda-t-il. La porte d'entrée est en fer et la serrure solide. À moins d'avoir la clef…

— Lorsque j'ai interrogé Maucourt, après le suicide de Rancy…

— Le frotteur du roi !

— Lui-même. Te souviens-tu de ses partenaires de jeu ?

Pierre haussa les épaules. Il avait oublié tous les noms cités par le frotteur. Hilarion les égrena et s'arrêta sur le dernier.

— Louis Guillemaut, garçon fontainier.

— Maucourt aurait ainsi obtenu la clef avant de la remettre à Boureuilles ! Dois-je aller chercher cet imbécile ?

— Non, des complices sans importance, Pierre. Maucourt et le garçon fontainier ont été payés sans probablement savoir par qui ni pourquoi. Ces deux-là ne mèneront à rien.

Hilarion se heurtait à un mur.

— Mais les lettres sont maintenant en notre possession, *monssu*.

— Si Boureuilles et Théus avaient envisagé de les marchander, reste à connaître les commanditaires.

Qui, au-delà du capitaine des gardes du comte d'Artois, cherchait à porter ainsi atteinte à la reine, et partant au roi ? Hilarion imaginait mal Moreton, Théus et Boureuilles agissant seuls, sans une protection assez sûre d'elle pour ne pas craindre de faire assassiner, dans les jardins mêmes du roi de France, des complices gênants. Il devait retrouver Mlle Conway et Hamilton.

Le Marseillais s'agitait, multipliant des gestes d'une rare inefficacité. La bûche, qu'il venait de jeter dans l'âtre, roula, emportant plusieurs braises qui commencèrent à noircir le parquet. Pierre maugréa et, avec les pinces, la coinça contre la taque de fonte.

— Pose ta question, somma Hilarion.

Le grand corps de l'ancien galérien se déplia. Ses yeux s'agitèrent un instant avant de retomber dans un lac immobile.

— Le paquet ? Nous ne l'ouvrons pas ?

— Ah ! Ouvrirons-nous le paquet ? reprit le chevalier. Ne trouves-tu pas, Pierre, que je sens mauvais ? Un parfum de salpêtre et de pourriture froide !

— Un souvenir des galeries, ou peut-être simplement l'odeur de cette affaire : une odeur persistante de cadavre. Qu'allez-vous faire des lettres ?

— Dois-je les lire, selon toi ? Ne sont-elles pas adressées à la reine ?

Le Marseillais hésita.

— As-tu remarqué le cachet ? poursuivit Hilarion qui passa en revue chacun de ses doigts.

— Le cachet ?

— Sur la cire bleue. Deux chevrons ou peut-être deux lettres : AV. Une signature ?

Non, le Marseillais n'avait rien observé.

— *Monssu*, nous ne pouvons les laisser là !

Les deux hommes entendirent alors un bruit familier de pas. Ni trop rapides ni désespérément lents. Ceux d'un homme qui n'a rien à redouter des autres. On frappa à la porte et, sans attendre, Hector de Simiane entra.

— Mon Dieu, Hilarion, tu sens la marée !

— Une odeur de cadavre, selon mon valet.

Hector se tourna vers le Marseillais qui, les mains dans le dos, salua le gentilhomme.

— Pierre, que ne laves-tu ton maître ! Je dois l'emmener chez le duc d'Orléans.

Le Marseillais sortit en maugréant. Hector s'assit confortablement, tendit une jambe gainée de soie jusqu'au genou et appuya ses deux mains sur une canne d'ébène.

— Le prince te réclame. Enfin, plutôt son fils.

— Le duc de Chartres ?

— Oui. C'est pour lui que travaille Desnoyers. Je lui ai promis ta venue.

— C'est pourtant le nom du duc d'Orléans qui est apparu plusieurs fois au cours de cette affaire !

— Chartres aime à rappeler qu'il est un Orléans. Mme de Chaumont s'y trouvera.

— Il est temps que je quitte Versailles, soupira Hilarion.

— Quitter le château ? Es-tu devenu fou ? Où trouveras-tu meilleure compagnie qu'ici ?

— Seuls restent au château ceux qui y sont contraints par leur service auprès du roi. Les autres viennent faire leur cour et rentrent aussitôt à Paris.

— Le paradis terrestre, mon cousin, est dans cette chambre, froide et triste, à quelques pas des appartements de la reine et des cabinets du roi !

— Le paradis, mon cher Hector, est là où je suis. Ici ou ailleurs.

— Tu ne seras jamais un bon courtisan, Hilarion !

Pierre revint avec une bassine d'eau chaude. Il nettoya d'abord le visage de son maître, ses mains, ses pieds. Puis il s'attacha à le peigner.

— Qu'as-tu appris sur Desnoyers ? demanda le chevalier.

Hector fit la moue.

— Peu de chose. Il est rentré à Paris après sa "visite" chez M. de Rancy.

— Il a donc agi sur les ordres du duc.

— Sur ceux du duc de Chartres, corrigea Hector.

— Que cherchait-il ?

Simiane l'ignorait.

— Il faut toujours un fripon auprès des princes. L'usage en est délicat : les Orléans ne sont pas très bien en cour, reconnut-il. Le roi n'aime pas ses cousins. Mais ils ont la main sur plusieurs officiers de la Chambre et sur quelques dames d'atour de la reine. Ils sont régulièrement informés.

Le peigne d'ivoire glissa sur les cheveux noirs d'Hilarion. Pierre les réunit entre deux doigts et enferma leur extrémité dans une bourse.

— Perruque, *monssu* ?

Hilarion jeta un regard interrogateur à son cousin.

— Toujours, Pierre, devant un prince à qui ton maître a une demande à formuler. Les Orléans sont assez négligés dans leur intérieur, mais n'oublient jamais d'où ils viennent. Ils ne s'interdiront pas de le rappeler au chevalier.

— Qu'as-tu appris sur Hamilton ?

— Dieu du ciel, mon cousin ! Me confondriez-vous avec la gazette de Hollande ou le salon de Mme Necker ?

— Tu ne ressembles pas encore à Mme Necker, et j'ignorais que l'on y colportait des nouvelles à la main.

— La simplicité suisse, certifia Simiane en étirant

sa seconde jambe. Il fait noir ici comme dans le cul de mon cheval. Devrai-je, à ma prochaine visite, apporter ma chandelle ?

— *Monssu !* Le chevalier reçoit 450 livres de bougies de la Fruiterie, répliqua vexé le Marseillais. On ne trouve pas de cire blanche à moins de 60 sols la livre !

— Comment est l'homme ? trancha Hilarion.

— Hamilton ? Anglais ! Ou écossais ! Grand, pâle, amateur de madrigaux et de porto. Et, à moins qu'un accident ne me loge dans la même auberge, j'éviterais les jours maigres de partager avec lui leur morue d'Écosse !

86

Le duc d'Orléans disposait d'un appartement au premier étage de l'aile sud, assez grand pour rappeler à ses hôtes qu'il partageait avec le roi un même sang, logement qu'il délaissait de plus en plus souvent, depuis son mariage secret avec la jolie Mme de Montesson, pour leurs châteaux de Raincy et de Sainte-Assise. Une trentaine de personnes entourait les princes, père et fils. Deux king-charles accueillirent les deux cousins par des sauts qui faillirent déchirer les bas d'Hilarion. Le chevalier, discrètement, envoya son pied dans les côtes du premier animal, qui se replia, prudent, tout en affichant de jolis crocs.

Le duc d'Orléans, penché sur l'épaule d'une dame, écoutait à peine un concert que donnait Mme de Montesson. Le duc de Chartres, revenu d'une campagne de mer, la croix de Saint-Louis épinglée sur son habit de velours, tournait les feuilles d'une partition. Un abbé – l'abbé de Breteuil, lui souffla Hector –, que n'écoutait pas la moitié de l'assemblée, évalua d'un coup d'œil le chevalier, avant de retourner à son public. Chartres se redressa et salua avec mesure les deux Provençaux.

— N'aimez-vous point les chiens, chevalier ? demanda le duc de Chartres. Ceux-là viennent de Londres.

Hilarion jeta un regard distrait au second animal qui tournait autour de ses jambes.

— Je ne les utilise, monseigneur, que pour la chasse.

— Chasseur et tueur de gentilshommes, c'est cela, n'est-ce pas ?

— Ce pluriel me flatte, monseigneur. Mais, soyez rassuré, je ne tue pas encore les princes, rétorqua Hilarion en ébouriffant ses manchettes.

Le duc de Chartres sourit à l'insolence. Il observa le gentilhomme. Une balafre rancunière sillonnait la joue gauche, celle de droite n'en était pas moins laconique sur la nature du coup reçu. Des yeux noirs, comme s'ils avaient été trempés dans un bain d'encre, une pâleur de linceul. Un fantôme élégant et dangereux, conclut le prince.

— Tant de hardiesse, monsieur, devant un prince du sang ! Je pourrais vous faire arrêter.

— Mais vous n'en ferez rien, monseigneur.

— Chevalier, si vous voulez bien, l'invita le duc de Chartres en désignant une porte à gauche de la cheminée.

Ils traversèrent une première antichambre avant de pénétrer dans un cabinet de travail plongé dans la pénombre. Aussitôt un valet entra et alluma les chandeliers. La pièce était froide. Hilarion se garda de montrer le moindre signe d'inconfort. Dans un coin, il découvrit un bureau à cylindre et des livres – beaucoup de livres au mur, derrière leur vitre. Une table était recouverte d'un tapis de velours cramoisi frangé d'or. À terre, quelques rouleaux que le chevalier devina être des cartes, peut-être des plans.

— Un feu ! ordonna le prince. Il fait froid et M. le chevalier nous vient de Provence.

Un laquais avança deux fauteuils devant la cheminée. Le duc de Chartres s'assit, imité par Hilarion. Les flammes s'élevèrent dans l'âtre et adoucirent un peu l'atmosphère.

— Vous n'avez pas craint, monsieur, de m'irriter, commença le duc.

— Voilà, monseigneur, un changement de scène et de rôle.

L'odeur de bois brûlé et de résine envahit lentement le cabinet.

— C'est trop user, monsieur. Vous mériteriez que je vous fisse sortir, suggéra le prince sur un ton qui démentait l'intention.

— Vos intérêts et ceux du roi vous l'interdisent, monseigneur.

— Je ne suis pas aussi accommodant que mon père, le duc d'Orléans.

Il y avait chez le prince quelque chose de brusque et de décidé qui lui servait de masque. Hilarion reconnaissait plus volontiers chez le duc de Chartres le sang des Bourbons que chez le duc d'Orléans. L'homme déplut néanmoins au chevalier. Aurait-il à courir l'esprit pour adoucir une conversation qui avait si mal commencé ?

— Je venais, monseigneur, demander la raison pour laquelle M. Desnoyers a fouillé l'appartement de M. de Rancy, avança-t-il cérémonieusement. Mais il m'est impossible de poser ainsi une question au fils du premier prince du sang. Aussi me contenterai-je, monseigneur, de réfléchir à haute voix. Avec la permission de Son Altesse.

— Nous réfléchirons donc, monsieur, à deux voix, assura le duc après un moment de silence, de telle sorte que chacune d'elles ne puisse épouser l'autre. Deux chemins qui ne pourraient jamais se croiser. Une fois sorti de ce cabinet, vous agirez, chevalier, comme si vous aviez été sourd.

— Sourd d'une oreille, monseigneur. Je ne puis promettre davantage.

87

Le duc de Chartres esquissa l'ombre de ce qu'Hilarion supposa être un sourire, ou peut-être une grimace.

— Que nous dit cette voix ? s'enquit le prince.

Hilarion croisa les doigts, les coudes posés sur les bras du fauteuil. La pointe bleue des flammes attirait son regard. Le bleu de France, songea-t-il, emprunté au manteau supposé de la Vierge. L'association d'idées renforça étrangement sa détermination.

— Je commencerai par M. de Rancy, ou plus précisément par les "lettres".

— Les lettres ?

— Oui, monseigneur, après qu'elles furent entrées en sa possession, M. de Rancy a cherché à les vendre.

— J'en dicte, monsieur, dix par jour !

— Celles-ci, continua Hilarion imperturbable, ont d'abord été utilisées pour alimenter la rédaction de libelles.

— Voilà une nouvelle que nos salons ont retenue secrète !

— Il me suffira d'ajouter que l'auteur…

— L'auteur des libelles ?

— Celui des lettres, expliqua avec patience Hilarion, touche au trône.

— Ainsi, les voilà tombées entre les mains d'un simple maître d'hôtel ! Mon cousin, le prince de Condé, devrait mieux vérifier la moralité des officiers du roi.

— Sans doute le grand chambellan a-t-il montré moins d'exactitude que d'ordinaire.

— M. de Rancy est mort, n'est-ce pas, dit le prince, ayant choisi l'affreux destin d'attenter à soi-même !

Le ton froid mais élégant de la voix enlevait toute forme de compassion aux mots du duc de Chartres, qui ne cherchait pas à dissimuler son indifférence devant le sort d'un homme qu'il avait néanmoins rencontré plusieurs fois.

— ... retrouvé pendu dans les greniers de l'opéra, continua-t-il. Toute la cour l'a appris avant de l'oublier aussitôt.

— Pendu, monseigneur ? Je vous croyais mieux informé.

Le duc de Chartres croisa les jambes sans réagir à l'étonnement du chevalier.

— M. de Rancy, précisa Hilarion, est ainsi entré en possession d'une correspondance, objet d'un intérêt que certains n'ont su contenir.

— En êtes-vous surpris, chevalier ? Des secrets d'État ou d'alcôve, sans doute ?

— Alcôve et politique, rectifia Hilarion, une association qui, entre des mains hostiles, étrangères, peut-être, constitue un moyen de pression sur certaines décisions à venir.

— Des mains étrangères. Elles sont nombreuses à la cour. L'Europe entière nous adresse ses ambassadeurs ou ses agents d'affaires, sans évoquer tous les particuliers.

— Ajoutez-y l'Amérique.

— M. Benjamin Franklin ?

— Ou ses ennemis.

— L'Angleterre ? J'imagine mal, cependant, Lord Stormont chercher à s'emparer de "vos" lettres.

— M. Desnoyers les cherchait-il aussi ?

Le prince éclata de rire. Un rire bref, sonore et désagréable.

— Me soupçonneriez-vous d'avoir "pendu" M. de Rancy, dans le simple but de m'approprier une correspondance qui intéresserait nos amis anglais ? Pour quoi faire ? Peut-on imaginer un prince du sang les utiliser contre le roi ?

Le duc de Chartres se dévoilait enfin.

— Je n'ai pas encore prononcé l'auguste nom de monseigneur.

— Pourtant, chevalier, je l'entends, même lorsque vous ne le prononcez pas. Je l'entends honteusement associé au meurtre de M. de Rancy. Je l'entends derrière celui des hommes que vous avez tués !

Le duc de Chartres n'ignorait donc rien du meurtre du maître d'hôtel. Avait-il pu le commanditer ? Rien non plus de l'assassinat de Montmort et des événements de la ménagerie.

— M. de Montmort ne fut pas tué par mes soins, rectifia très lentement Hilarion.

— Vous deviez le tuer.

N'était-ce pas ce que le docteur Franklin avait déjà suggéré ? Le chevalier attendit la suite.

— Vous avez été malgré vous, monsieur, le personnage d'une mauvaise comédie. Un drame, dit-on aujourd'hui, dont vous n'avez pas su tenir le rôle jusqu'à son dénouement. Un rôle qui, pourtant, avait été choisi pour vous avec beaucoup de soins ! D'autres s'en sont chargés, voilà tout. L'issue devait être fatale au marquis que l'on poussait à se battre contre vous.

— Pourquoi devait-il mourir par ma main ?

— Votre réputation est arrivée jusqu'à Versailles. Par votre duel, vous débarrassiez le monde d'un importun !

— Qui voulait la mort du marquis ?

— Ceux-là qui cherchent ce que tous cherchent.

Content de son effet, le prince ne laissa pas le temps à Hilarion de réagir.

— M. Desnoyers, poursuivit-il, était chargé de retrouver non les lettres que j'avais payées assez cher, mais toutes les traces de nos transactions avec M. de Rancy.

— Comme certaines reconnaissances de dettes. M. Raguenet n'a pas été avare de sa signature.

— L'intendant des Orléans est mieux connu pour sa probité que pour sa connaissance des hommes, consentit tranquillement le prince.

— Les lettres ne vous intéressent-elles donc plus ?

— Non, monsieur, depuis qu'elles sont en votre possession.

Hilarion se demanda combien de cartes le duc avait encore à abattre.

— Quel bénéfice, monseigneur, pensiez-vous en tirer ?

— Le roi n'aime guère ses cousins Orléans. Ce n'est un secret pour personne. Restituer cette correspondance aurait dû nous assurer la confiance pleine et entière de Leurs Majestés, simplement.

Sans compter les avantages substantiels qui auraient accompagné les remerciements du roi, songea Hilarion.

C'était faire peu de cas de la méfiance instinctive de Louis. Le chevalier fut cependant surpris de l'aveu de faiblesse et du mépris dont souffraient les princes d'Orléans.

— Des intentions louables, monseigneur. D'aucuns ont eu moins de scrupules.

— Encore l'Angleterre ? s'amusa le duc de Chartres.

— Les noms du chevalier Hamilton et d'une certaine Mlle Conway sont récemment revenus plusieurs fois.

Le prince sortit de sa poche un mouchoir qui exhala un parfum de rose. Il en respira doucement le tissu fin.

— Vous venez de Provence, n'est-ce pas ? De Grasse, si mes renseignements sont exacts.

Hilarion acquiesça, sans comprendre sur quel chemin le duc voulait l'emmener.

— La Provence vous aime-t-elle ? demanda le prince.

— Votre question, monseigneur, me semble aussi étrange que si elle m'était posée par un Algonquin !

Le prince observa attentivement Hilarion, puis d'un geste lent balaya l'objection.

— Le chevalier Hamilton est un libertin qui a grand besoin d'argent. Mlle Conway a été sa maîtresse. Mais tout libertin qu'il soit, vous le rencontrerez demain à la messe du roi.

— Hamilton est-il catholique ?

— Comme certains Anglais. Mais je crois les Anglais incapables d'oser, dans la Maison même du roi de France, assassiner l'un de ses serviteurs. M. de Rancy ne se frottait pas aux bonnes personnes. Il faut savoir choisir ses amis, ajouta avec une certaine fatuité le duc de Chartres.

Le prince oubliait-il qu'il s'était "frotté", lui-même, au maître d'hôtel ?

— M. de Moreton ?

— Lui et d'autres, beaucoup plus dangereux.

Hilarion s'accusa de naïveté. Le prince avait encore en main plusieurs atouts.

— Qui, monseigneur ?

— Vous devez, monsieur, à l'ancienneté de votre maison et à la protection du roi l'entretien que nous vous accordons. Votre famille est assez turbulente pour ne pas ignorer qu'elle a pu déplaire.

Hilarion se leva machinalement et s'approcha de la cheminée devant laquelle il tendit les mains.

— Est-ce une menace, monseigneur ?

— Les intérêts du roi pourraient amener Sa Majesté à une certaine ingratitude.

— Qui, monseigneur, se cache derrière Moreton, Montmort, Hamilton ?

— Théus, Luthier, Rancy, récita avec une certaine satisfaction le duc, qui se défaussait de cartes sans intérêt. Certains noms ne peuvent être prononcés.

— Qui, monseigneur ? insista le chevalier sans se retourner, les yeux plantés dans les flammes rouge et bleu.

— L'"Universelle Aragne" ! N'avez-vous point lu les Mémoires de M. de Commynes ? C'est ainsi que ses contemporains désignaient mon aïeul, Louis le onzième.

Le duc bâilla discrètement.

— À présent, chevalier, retirez-vous. Cette réflexion à haute voix me fatigue.

88

Ils étaient arrivés dans l'Œil-de-Bœuf, au milieu d'une cohue et d'un vacarme indescriptibles. Dès la salle des gardes, des groupes s'étaient constitués et on échangeait les dernières nouvelles. L'Amérique était au centre des conversations, on avait appris la dernière défaite de M. Washington à Trenton.

— Vous vous trompez, monsieur ! Ce sont les troupes anglaises qui ont été défaites !

Les trois hommes, indifférents, se frayèrent un chemin.

— Il y a plus de monde qu'un jour de Pentecôte ! grogna Pierre.

Le Suisse repoussait des gentilshommes. Un huissier ouvrait parfois l'un des battants de la porte des appartements du roi pour y passer la tête.

— Retirez-vous, monsieur ! Passez, monseigneur ! s'écriait le garde.

Un maréchal de France, bardé de ses cordons, maugréa et s'en retourna avec ses amis vers la galerie. Hector et Hilarion furent rejoints, avec la plus grande difficulté, par M. d'Escars.

— Que se passe-t-il ? s'enquit Simiane.

— L'empereur Joseph !

— Le frère de la reine ? Eh bien ?

— L'empereur doit arriver au printemps à Versailles.

— D'où le tenez-vous ? demanda Hector, vexé de n'avoir pas été mis au courant plus tôt.

C'était M. de Mercy, l'ambassadeur d'Autriche, qui avait glissé la nouvelle à l'oreille de Mme de Laval.

— Mais publiquement *incognito*, précisa d'Escars.

— Et cette défaite du général Washington ?

— Oh ! Déjà passée d'actualité ! Le roi a refusé de recevoir M. Franklin.

Ils traversèrent la première antichambre avec peine.

— L'Universelle Aragne ? interrogea Hector, en écrasant plusieurs souliers de sa canne. Ne m'avais-tu pas prié de me renseigner sur une Araignée d'Apollon ?

Pierre leur ouvrait le chemin à coups de coude.

— Deux araignées ! On croirait lire M. Linné. Te voilà devenu botaniste, Hilarion ?

— Deux araignées qui n'ont pas la même signification.

Hector prit, entre deux doigts, du tabac dans une boîte de chez Ravechel.

— Je préfère les bichons de la reine à tes insectes !

La foule se dissipa un peu, poussée sans ménagement par le Suisse, lorsque la porte des appartements du roi s'ouvrit à un battant. On vit alors sortir un gentilhomme, son maroquin sous le bras, l'air affable et doux, suivi d'un commis et d'un secrétaire.

— M. de Vergennes, annonça Hector.

Immédiatement la cohue s'attroupa autour du ministre. Hilarion l'observa, il pensa au docteur Franklin et aux négociations secrètes que l'Américain menait avec le secrétaire d'État, négociations que craignaient tant le roi Georges III, son Premier ministre, Lord North, et leur ambassadeur en France, Lord Stormont.

— Deux araignées, reprit-il en voyant s'éloigner M. de Vergennes et ses commis. La première pour désigner le lieu où les lettres de la reine étaient dissimulées…

— Comment ! s'écria un peu trop fort Hector, tu les as retrouvées !

— La seconde est le nom dont on a affublé Louis XI, continua Hilarion, sans chercher à satisfaire la curiosité de son parent.

— Quelle horreur ! Tu as donc les lettres ! s'écria Hector en époussetant sa cravate piquetée de grains de tabac.

— Oui, mon cher Hector.

— Tu ne m'en diras pas plus ?

— À cette heure, c'est préférable.

— Que vient faire l'intrigant Louis XI dans cette histoire ?

Hilarion se déganta et se frotta les mains devant les flammes. Il avait bien une hypothèse, mais il préféra la taire aussi. Son instinct lui soufflait qu'il s'approchait de la réponse, et qu'il aurait encore à tuer.

— Louis XI n'a-t-il pas en son temps réuni la Provence au royaume de France ? demanda-t-il.

Simiane acquiesça. “La Provence vous aime-t-elle ?” avait demandé le duc de Chartres. Le prince faisait-il allusion à l'ancienne affaire des pénitents rouges et au comte Henri ? Une équation d'abord improbable s'était peu à peu imposée : la Provence, le comte Henri, l'Araignée d'Apollon.

La cohue s'écrasait, poussant les deux cousins à se rapprocher d'un paravent dans l'angle droit de l'antichambre.

Depuis quelques instants, Hector observait, plus loin, un groupe de seigneurs. Le brouhaha sembla gonfler, agitant les perruques poudrées, les robes de velours, augmenté par le martèlement des talons. Une chaise à porteurs surgit. Un valet écartait devant elle le public.

— Place ! Faites place ! Allons, messieurs !

— Madame Adélaïde, souffla Hector. Depuis sa dernière crise de goutte, elle ne peut plus se déplacer à pied !

Simiane et le chevalier s'écartèrent.

— Et Montmort était-il à ce point gênant que tu dusses le tuer ? Cela est extraordinaire, Hilarion.

— Le duc de Chartres semblait sûr de son information.

— Chartres est bien renseigné. Méfie-toi de lui.

Hector avait raison. Le marquis avait sans doute été un témoin dont il fallait se débarrasser. Mais témoin de quoi ? Le regard de Simiane n'avait toujours pas quitté le groupe de gentilshommes. Intrigué, Hilarion se tourna vers les courtisans : trois hommes, élégamment vêtus, qui par leur rang ne pouvaient être confondus au reste de la foule. Hilarion n'en reconnut aucun. Le troisième se présentait de dos, à une vingtaine de pas des deux cousins. Il leva une main, la gauche. Elle était gantée, mais le chevalier repéra l'étrangeté de cette main. Hector avait déjà compris. La silhouette, soudainement familière, disparut, dissimulée par le passage de plusieurs militaires et les gardes de la Porte. Hilarion sentit la poigne de Pierre se saisir de son bras.

— C'est lui, *monssu* ?

La silhouette s'était déjà évanouie.

— Quatre doigts, murmura Hilarion.

89

Pierre ne put se dégager de la foule et revint bredouille. L'homme à la main gantée avait définitivement disparu. Du moins pour l'instant.

— Il faut que je sache où se terre le comte Henri !

— Je continuerai à chercher, *monssu*.

Au milieu de la cohue, des protestations s'élevèrent.

— N'est-ce pas M. d'Agoult que je vois arriver ? fit Hector.

L'aide-major des gardes du corps se frayait en effet un passage en poussant vigoureusement qui ne voulait point s'écarter devant lui.

— Mon Dieu, s'écria-t-il, quand fermera-t-on le château à tout ce peuple ? Il arrivera un jour où Sa Majesté ne pourra plus sortir de chez Elle.

Une délégation du parlement de Paris, en robes noires, s'était regroupée dans un coin, sous l'œil curieux de beaucoup, méprisant de certains.

— Chevalier, je vous prie de me suivre, M. de Ville-d'Avray vous invite à le rejoindre.

Sur les pas de l'officier, Hilarion quitta son cousin, attendu par Mlle de Damas, "la plus belle femme de la cour".

Les appartements du roi, vides et sombres, étaient étrangement silencieux. Un huissier les précédait un bougeoir tendu devant lui. Un page, habillé de drap rouge galonné d'or, fermait la marche aux côtés de Pierre. M. d'Agoult et Hilarion avaient échangé à mi-voix des nouvelles de Provence, mais s'étaient tus assez rapidement. Ils traversèrent dans le froid la chambre du roi et le cabinet des Conseils. Après celui des perruques, ils s'arrêtèrent devant un escalier en demi-vis qui les conduisit au second étage.

— On vous attend dans les petits appartements, précisa M. d'Agoult.

La flamme du bougeoir trembla, bousculée par un courant d'air. Hilarion perçut derrière eux le bruit d'une porte que l'on refermait. Pierre se retourna, la nuit avait envahi le château. Une odeur froide imprégnait les vêtements. Le major, devant eux, connaissait parfaitement les lieux. Ils s'engagèrent dans une petite galerie. Après un coude, le page s'arrêta devant une porte, à laquelle il frappa doucement. M. d'Agoult salua le chevalier et se retira avec l'huissier. Un domestique introduisit le chevalier. Pierre ne put entrer, on lui montra une banquette. Le Marseillais resta debout dans l'obscurité.

— Ainsi, conclut M. de Ville-d'Avray, vous les avez retrouvées !

Le premier valet de la Chambre du roi savait donc. Hilarion ne s'en étonna pas.

— Les lettres, monsieur ! répéta Ville-d'Avray.

— En ma possession. Dois-je les remettre à Sa Majesté ou au comte de Maurepas ?

Le premier valet du roi ne répondit pas immédiatement.

— Ces lettres, chevalier, n'ont jamais existé. C'est la réponse que le roi m'a ordonné de faire à tous ceux qui en parleraient. Vous agirez de même. Jusqu'à nouvel ordre, vous les conserverez.

— J'ai assez l'usage de la guerre pour ne pas ignorer la distance qui sépare le roi de la victoire.

— La guerre ? s'étonna Ville-d'Avray. Votre jeunesse, monsieur, a-t-elle pu la rencontrer ?

Hilarion observa son interlocuteur. Un homme suffisamment proche du roi pour faire savoir de quelle autorité il tenait la sienne. Un homme qui avait été soldat, aussi.

— Votre famille sert à la cour depuis près d'un siècle, commença doucement Hilarion. La mienne, monsieur, n'est pas assez neuve pour n'avoir pas envoyé ses fils en Terre sainte ou en Sicile. Se battre n'est rien de moins que l'héritage que chaque degré confie au suivant. Cette affaire est une guerre dont je compte bien sortir vivant.

M. de Ville-d'Avray, qui contrôlait les cabinets et les petits appartements du roi, connaissait trop bien les usages de la cour pour ne pas tenir sa place et la défendre quand il le fallait. Néanmoins, celui qu'il avait devant lui semblait se moquer des forces en présence ou les ignorer. Cet homme était-il contrôlable ? Il examina le chevalier, évaluant les chances de retrouver un jour son interlocuteur vivant.

— Les ennemis de Sa Majesté sont nombreux.

— Si nombreux, monsieur, que je crains de découvrir, au bout de mon fil d'Ariane, ce qu'il ne m'appartient pas de savoir.

— Sans doute, chevalier. Aucun nom ne devra être prononcé si ce n'est devant le roi seul !

— Des noms et des visages sont déjà entrés en scène ou en sont sortis.

— M. de Rancy et M. de Moreton.

— Le marquis de Montmort, compléta Hilarion.

Il caressa du bout des doigts la soie de son fauteuil. Elle crissa doucement sous ses ongles.

— Oui, un témoin à éliminer, poursuivit Hilarion, cherchant à sonder le premier valet.

— Montmort était un mélancolique qui pensait creux. Il avait cette sorte d'esprit nécessaire pour ne point paraître sot à ceux qui ne le connaissaient pas.

Ville-d'Avray n'en dirait pas plus, sans paraître étonné de ce que lui avait appris le chevalier. Mais, insensible à l'oraison funèbre que le premier valet avait cousue en deux traits, Hilarion devait s'assurer que rien ni personne ne pourrait plus l'arrêter.

— Le chevalier Hamilton et une certaine Mlle Conway seront les prochains noms sur la liste, dit-il.

— L'Angleterre ?

— Oui, monsieur.

— Pour quelles raisons ?

Ville-d'Avray pouvait-il méconnaître les enjeux que représentait la possession des lettres ?

— Lord Stormont trouverait là le moyen discret d'obliger le gouvernement de Sa Majesté à ne pas intervenir dans les affaires d'Amérique.

— Avez-vous des preuves ?

— Allons, monsieur. Sa Majesté n'a pas d'héritier. Les libelles n'accréditent-ils pas l'idée d'un roi incapable d'en avoir ? Or si la reine était un jour grosse, ne dira-t-on pas que son enfant pourrait ne pas être celui du roi ?

— Ces lettres n'ont jamais existé, faut-il vous le répéter ? Est-ce tout, monsieur ?

— Il est une dernière chaîne dont je dois me défaire. Qu'il me faudra rompre définitivement.

Leurs yeux se croisèrent.

— Chevalier, je ne vous entends pas.

— Peu importe, monsieur.

Ville-d'Avray réfléchit, examinant ses propres mains lisses et soignées.

— Le roi, conclut-il enfin, vous a envoyé à la guerre. Laissez Sa Majesté, après la victoire, dont elle ne doute pas, en ratifier le traité de paix.

Hilarion se leva, risqua un œil dans le miroir posé sur la cheminée et, satisfait, salua M. de Ville-d'Avray.

— La paix, monsieur, n'existe pas, conclut-il avant de sortir.

Sixième journée

Lundi 17 février, jour de saint Onésime, évêque d'Éphèse. À cinq jours de la pleine lune que chaque sujet du roi pourra découvrir à 9 heures et 26 minutes, étant à 4 degrés du Scorpion.

90

— *Monssu*, un seigneur ne peut aller à la messe du roi sans son valet ! Qui portera votre livre d'heures ?

Hilarion n'avait pas écouté l'objection, il avait mal dormi, le vent l'avait réveillé. Laissant Pierre auprès de Toinette, il avait rejoint son cousin. Ils avaient coupé par la cour du château en chaise et tout au long du chemin, depuis sa fenêtre, Hector n'avait cessé de vanter les charmes de Mlle de Damas, sa fiancée. Hilarion, lui, sentait ses doigts se refermer sur la miniature d'Isabeau.

Les porteurs déposèrent les deux hommes à l'entrée du péristyle, au milieu des carrosses qui s'arrêtaient à la grille, des cochers et des valets qui pataugeaient dans la neige sale. On s'acheminait rapidement vers la chapelle. Dans le vestibule, le comte d'Angiviller changeait ses souliers crottés pour de plus propres, sous le regard de l'inspecteur Trouard. Hector et Hilarion gravirent devant plusieurs dames l'un des deux escaliers à vis et se retrouvèrent sur la galerie sud, au-dessus de la nef. Simiane sortit sa montre.

— Leurs Majestés doivent déjà se trouver dans le salon d'Hercule.

Du haut de sa position, le chevalier étudia les lieux. Dans la loge royale, le sommier déployait le tapis de pied qui recouvrit une partie de la balustrade de marbre, puis il déposa sur le prie-Dieu un coussin de velours frangé d'or : le carreau du roi. En face et en bas, le sacristain préparait l'autel au-dessus duquel, entourant l'orgue, les musiciens de la chapelle accordaient leurs instruments. Devant l'autel, on avait placé le fauteuil du roi.

— Il restera vide, expliqua le comte d'Angiviller. Ce n'est pas jour de communion.

À ce moment, plusieurs princes entrèrent bruyamment dans la galerie sud avec toute leur suite, pages, officiers et gentilshommes, un grand nombre de dames aussi.

— Le gros duc d'Orléans et le prince de Condé, précisa Hector.

Derrière les premiers, Hilarion aperçut le duc de Chartres en conversation. Les banquettes de la nef furent rapidement occupées. On se précipita dans les travées de droite et de gauche afin de se rapprocher de la tribune royale. Comment Hilarion retrouverait-il le chevalier Hamilton ? Simiane l'avait à peine rencontré deux fois. Arrivèrent Monsieur, frère du roi, et Madame, avec des suites plus nombreuses encore. Ils s'installèrent dans la tribune royale. L'un et l'autre, quoique différemment, affectaient une retenue très digne. Ils furent rejoints par Mesdames tantes et Madame Élisabeth, sœur du roi.

— Le comte d'Artois n'est pas là, remarqua Hilarion.

— L'heure est trop matinale pour le plus jeune frère du roi, commenta d'Angiviller avec un sourire.

Soudain des adolescents s'égaillèrent comme une nuée d'oiseaux.

— Les pages de la Grande Écurie.

Le comte d'Angiviller abandonna les deux cousins pour rejoindre Mme de Marchais. Une rumeur gonfla du côté de la loge royale. Hilarion se retourna, le roi et la reine faisaient leur entrée, suivis d'un aumônier qui tenait, dans une main, le livre d'heures de Louis et, dans l'autre, son chapelet. Leurs Majestés s'approchèrent de la balustrade. Le temps d'un souffle, le public se tut et, dans un froissement de velours, toutes les têtes s'inclinèrent devant la loge royale. Alors, la musique entama un motet. Hilarion reporta son attention sur les courtisans de la galerie sud. Son œil balaya les rangées, puis descendit. Il y avait trop de monde pour y retrouver qui que soit. Le roi, avant de s'agenouiller, tendit son chapeau à l'aumônier qui, en échange, lui remit son livre d'heures. À la lecture du psaume, Hilarion répéta son inspection. Il s'arrêta soudain sur un homme qui semblait le dévisager avec obstination. Il fut surpris de reconnaître le sieur Desnoyers qu'il croyait à Paris. L'homme du duc de Chartres adressa au chevalier un discret signe de tête avant de disparaître.

Hilarion n'attendit pas longtemps. Desnoyers venait de le rejoindre. Les traits épais du commensal des Orléans ne lui étaient point apparus l'autre nuit. Tout, chez lui, signalait l'homme de plaisir et les manières bourgeoises. Il lut sur le visage l'ambition de celui qui est né pour réussir. Des yeux mobiles comme ceux des chiens de chasse, dont l'impatience est disciplinée par l'instinct.

— Qui vous envoie ?

— Qui vous savez, répondit humblement Desnoyers. Voulez-vous bien me suivre, monsieur le chevalier ?

Hilarion dérangea plusieurs dames, après avoir adressé quelques mots à Hector. Les deux hommes se frayèrent un chemin jusqu'aux musiciens placés au-dessus de l'autel. Le motet semblait alanguir les âmes de plusieurs pénitentes dont les têtes coiffées très haut dodelinaient doucement.

— Du côté de l'Évangile, derrière la grille, souffla Desnoyers.

Le chevalier s'avança un peu vers la balustrade. Dans la nef et les galeries, tout le monde s'était levé pendant la lecture d'un psaume.

— En habit cramoisi, à gauche de la colonne, montra Desnoyers.

— Le chevalier Hamilton ?

L'autre acquiesça. L'Anglais s'était penché sur l'épaule de sa voisine.

— Qui est cette dame ?

Desnoyers s'inclina servilement.

— Je ne sais rien d'autre, murmura-t-il.

Il salua une nouvelle fois le chevalier et s'évanouit dans la foule en prière.

91

Par la fenêtre, Pierre aperçut un corbeau dans le ciel. L'oiseau glissa et disparut derrière les toits du Grand Commun. Toinette était assise dans son lit, un bonnet sur la tête, un fichu noué sur la poitrine recouvrait ses épaules. Il remit du bois dans l'âtre.

— La messe a commencé, annonça-t-il.

Toinette ferma les yeux. La fenêtre laissait filtrer une lumière blanche, presque grise, insuffisante pour éclairer la chambre.

— Asseyez-vous, lui intima-t-elle en ouvrant des paupières gonflées, comme si, revenant au monde, elle avait pris une résolution.

Pierre tira une chaise et s'y posa. Puis il s'absorba dans l'examen de ses mains fortes et longues.

— Je ne désire que vous parler, murmura-t-elle. Simplement vous parler.

Il se redressa, prêt à entendre Toinette, assailli par un mauvais pressentiment.

— Jean-Baptiste est mort… Théus me l'a dit, soupira-t-elle d'une voix tremblante.

— Comment le savait-il ?

— Savait ?

— Lui aussi est mort, mademoiselle.

— Est-ce vous ?

— Nous avons retrouvé son cadavre dans la ménagerie. Que vous a-t-il appris d'autre ?

— Que Jean-Baptiste avait été tué par Boureuilles.

— Pourquoi ?

Toinette ne répondit pas tout de suite. Les questions venaient trop vite. Puis, sans regarder Pierre, elle raconta. Jean-Baptiste en savait trop. Il ne voulait plus être impliqué, il avait peur. À trois, ils avaient rencontré M. de Rancy dans les combles de l'opéra. Boureuilles avait convaincu son maître d'accepter le rendez-vous fixé par Théus. Luthier avait fait le guet à la porte du théâtre. Ensuite, ce qui s'était passé dans les combles, il l'avait facilement imaginé. L'obstination du maître d'hôtel qui avait refusé l'offre de Théus. La dispute, les menaces et malgré cela M. de Rancy n'avait pas cédé. Mais il n'était pas de taille à résister à deux hommes.

— Théus riait encore au souvenir de l'air ahuri de M. de Rancy, découvrant qu'il était trahi par son propre valet. À deux, ils l'ont pendu de force.

Les détails de la mort du maître d'hôtel n'intéressaient guère le Marseillais.

— Et Maucourt, quel a été son rôle ?

— Le frotteur ? Un naïf. Théus et Augustin lui ont adressé un message de la part de M. de Rancy. Il devait rapidement le rejoindre à l'opéra.

— Et ainsi servir de principal suspect ?

Toinette garda le silence. Pierre n'insista pas.

— Quelle affaire Rancy a-t-il refusée ?

— Théus voulait des lettres que Jean-Baptiste devait rendre.

Pierre ne comprenait pas.

— Votre frère, Jean-Baptiste ?

— Non…

Elle se tortilla un peu comme pour échapper à la douleur.

— … M. de Rancy, enchaîna-t-elle rapidement. Il porte le même prénom que mon frère.

— Pierre sentit son cœur se serrer. Jean-Baptiste, avait-elle dit ! Il baissa la tête. Ne pas juger trop vite. Ne pas juger du tout.

— À qui le maître d'hôtel devait-il rendre ces lettres ?

— À M. de Moreton, je crois.

— Vous le connaissiez aussi ?

— Non, rougit-elle.

Pierre posa sur elle ses yeux étrangement réveillés, elle baissa les siens.

— M. de Rancy m'a avoué qu'il devait lui remettre des lettres mais qu'il ne pouvait plus le faire.

— Pourquoi puisqu'elles étaient en sa possession ?

— Je ne sais pas.

— M. de Rancy parlait-il toujours aussi librement de ses affaires devant vous ?

Toinette restait muette.

— Vous étiez sa maîtresse, n'est-ce pas ?

— Je vous en prie, murmura-t-elle.

— Les mains de Pierre se refermèrent doucement.

— Où votre frère rencontrait-il Théus et Boureuilles ? Au château ?

— Non, rarement. On ne devait pas les voir ensemble.

Derrière le bassin des Suisses, au-delà de l'allée du Mail, il y a un pavillon. Je les y ai vus une fois, j'étendais mon linge. La maison est vide depuis des années.

— Est-ce là que vous avez été enfermée ?

— Je ne le crois pas. Je ne sais pas, peut-être…

Elle se tut un moment. Tous les bruits du Grand Commun étaient étouffés.

— Théus m'a montré la croix de Jean-Baptiste, dit-elle d'une voix presque inaudible.

Pierre plissa les yeux. Les affaires volées de "Boureuilles" ! Théus avait donc récupéré le bijou compromettant, oublié sur le cadavre de Luthier.

— Vous a-t-on enlevée à cause de ces lettres ?

— Oui.

— Théus connaissait donc votre liaison avec Rancy ?

— Oui… Je peux vous aider. Une boîte, en forme d'étui. Elle contient deux flacons à parfum. Vous devez la retrouver.

— Avec un chiffre marqué sur le cuir ?

— En effet.

Une épingle et un étui. Il s'en était emparé comme un enfant qui vole un fruit sur l'arbre du voisin, le jour où il avait fouillé la chambre de Toinette à l'hôtel de Duras. Par réflexe, il plongea une main dans la poche de sa livrée.

— Vous l'avez ?

Il ne répondit pas immédiatement.

— Qu'y a-t-il dans cet étui ?

— La moitié d'une lettre. La seconde a été dissimulée dans l'ourlet d'un habit.

Pierre retira l'objet de sa poche et le tendit à Toinette.

— Deux moitiés de billet dissimulées à deux endroits différents ! Pourquoi de telles précautions ?

— M. de Rancy m'avait simplement indiqué que cette lettre était de la plus haute valeur, qu'un jour elle lui serait nécessaire pour se défendre. Mais nous n'avons pas la seconde moitié, Pierre.

— Rassurez-vous, nous l'avons retrouvée.

— Mais alors nous allons savoir ce…

— … ce qu'elle contient, coupa le Marseillais. Et surtout qui l'a adressée à M. de Rancy.

— Il ne l'a pas reçue.

Pierre examina la lingère. Elle tenait l'étui, sans avoir osé l'ouvrir.

— C'est M. de Montmort.

— Montmort ? s'écria presque Pierre.

— Le marquis fréquentait l'auberge Saint-Antoine. Un jour M. de Rancy est venu me voir. Il brandissait le billet. Le marquis le lui avait vendu. Il l'a soigneusement découpé en deux.

Le Marseillais regrettait l'absence du chevalier. Mais Toinette n'avait pas fini.

— La veille de son duel avec votre maître, le marquis est arrivé comme un fou à l'hôtel de Duras. Il voulait racheter la lettre.

— Que lui avez-vous répondu ?

— Que j'ignorais de quoi il me parlait. Mais avant de repartir, je l'ai entendu dire : "Je suis un homme mort."

92

— Du côté de l'Évangile, dans le déambulatoire, murmura Hilarion à l'oreille de Simiane.

L'assemblée, recueillie, suivait les paroles du motet. Près de l'une des colonnes à droite du chœur, une femme debout observait la loge royale. Son teint laiteux, presque transparent, faisait comme une tache claire sous la perruque plus sombre que celle de ses voisines et sur la robe de velours noir. Hamilton, à ses côtés, semblait concentré sur l'office. Très grand, il portait haut le menton, comme si le monde qui entourait sa personne ne pouvait être regardé que d'une certaine altitude. Les célébrants en procession apportèrent le pain et le vin jusqu'à l'autel. L'élévation prononcée, quelques dames soupirèrent d'aise. Hilarion ne fut pas surpris, tandis qu'on tenait l'hostie, de voir tous les yeux fixés sur le jeune roi.

C'est à ce moment que le couple anglais recula un peu pour disparaître du champ de vision du chevalier. Hamilton et celle qu'Hilarion supposait être Mlle Conway reparurent entre deux colonnes, un peu plus loin : ils remontaient le déambulatoire.

— Comment ! Ils n'attendent pas la fin de la messe ? s'offusqua Hector.

Comme par réflexe, le chevalier se tourna vers la loge royale, pendant que le prêtre rendait grâce à Dieu. On déclama un sanctus qui retentit entre les marbres de l'église. Hilarion crut voir les lèvres royales remuer.

— Suivons-les !

Ils bousculèrent quelques chaises, s'inclinèrent plusieurs fois. L'épée du chevalier accrocha une robe. On se retourna sur leur passage. Les deux cousins s'engagèrent dans l'escalier et virent passer Hamilton et Lady Conway. Il y avait là aussi du monde. On attendait la fin de la messe et le passage des souverains. Dans le vestibule, le couple se dirigea vers le péristyle, et le chevalier Hamilton se sépara de la jeune femme. Elle sortit dans la cour de la chapelle, tandis que l'Anglais, sans hésitation, se rendait du côté des jardins.

— Que fait-on, cher cousin ?

— Tu suis Mlle Conway.

— S'agit-il vraiment d'elle ?

— Tu t'en assureras. Je m'occupe d'Hamilton.

— Fais attention, Hilarion. Cet Anglais est connu pour sa violence.

— Craindrais-tu que ton parent ne puisse affronter un gentilhomme anglais ?

— Leur comportement n'est pas normal. On nous a désigné trop vite notre proie. Peut-on faire confiance à ce Desnoyers ?

Le chevalier avait déjà tourné le dos et, à la suite de l'Anglais, dégagé de la cohue, il longea la façade nord du château. Hector héla deux porteurs lorsqu'il vit l'Anglaise monter dans un carrosse qui l'attendait au-delà de la grille.

À l'angle du parterre nord et de la grande terrasse, le chevalier Hamilton obliqua sur sa gauche. Hilarion le vit marcher indifférent dans la neige et s'engager vers l'orangerie. Il attendit quelques instants avant de reprendre sa filature. Il n'avait plus qu'à suivre les empreintes laissées dans l'épaisse couche glacée. Celles de la canne de l'Anglais formaient un trou, comme l'ouverture répétée d'une galerie de taupe. Hector avait raison, on leur facilitait la tâche !

Le chevalier observa les jardins. Plus bas, du côté du bassin de Latone, il entendit la cognée des bûcherons. Il eut l'impression d'être dans un désert, morne et vaste plaine avant la bataille. Il s'arrêta près de l'un des deux sphinx qui gardaient silencieusement les quelques marches menant au parterre du Midi. Le chevalier Hamilton avait choisi la rampe bordant sur sa droite le jardin de l'orangerie. Hilarion lui laissa du champ. À moins d'entrer dans le bâtiment, le chevalier Hamilton n'avait qu'une solution : sortir du parc, dont une grille ouvrait sur le chemin de Saint-Cyr. Hilarion suivit la silhouette qui descendait les Cent Marches. Entre les deux vastes escaliers, au milieu du parterre, le bassin rond était gelé. Le lac des Suisses apparut alors dans les brumes qui s'évanouissaient lentement.

Hamilton parvint à la grille. Le Suisse qui en contrôlait les rares entrées le laissa sortir, après que l'Anglais lui eut remis quelque chose. Celui-ci traversa la route et remonta sur sa droite le Grand Bassin jusqu'à son extrémité méridionale avant de disparaître dans les bois. Hilarion avait froid aux pieds malgré ses bottes et aux mains malgré ses gants. On l'attirait dans un piège, il en était désormais sûr. Il réfléchit, puis se dirigea tranquillement vers le guichet du garde Suisse.

93

Le roi échangeait quelques mots avec son aumônier. Le premier gentilhomme bavardait avec Mme de Chimay. Précédé de la reine et de ses dames d'honneur, Louis quitta le salon de la chapelle. Le capitaine des gardes ouvrait le chemin, fendant la foule des courtisans amassés dans le vestibule et le péristyle. De la chapelle haute, Jean-Charles Desnoyers descendit jusqu'au déambulatoire. Il s'était assuré du départ du duc de Chartres, avant de se diriger, entre les banquettes, vers le chœur. Des femmes de chambre ramassaient au sol les coussins de soie ou de velours. On rangea le fauteuil du roi.

Il essaya de ne pas faire claquer ses talons sur le marbre. Pour éviter d'attirer l'attention, il dut s'arrêter plusieurs fois derrière les piliers du rez-de-chaussée. Il l'aperçut enfin, de dos. À genoux, l'homme priait à gauche de l'autel, au-delà de la grille. Desnoyers s'arrêta à quelques pas. Il se retourna, s'assurant qu'ils étaient seuls, et observa le profil au front haut, le nez agressivement aquilin, un bec de gerfaut à la courbe dangereuse, le menton dans la ligne de la mâchoire droite. L'homme du duc de Chartres s'inclina.

— L'information, monsieur le comte, a été transmise.

— Le prince se doute-t-il de quelque chose ? demanda l'homme sans se retourner.

— Non, monsieur.

— Il était nécessaire de suggérer au duc de Chartres qu'il apprenne au chevalier la présence d'Hamilton à la messe du roi.

— Oui, monsieur.

— Ont-ils quitté la messe ?

— Le chevalier et M. de Simiane courent après nos amis.

— Point "amis", monsieur. De simples "alliés", avec lesquels nous partageons pour l'heure quelques intérêts.

Le comte se tut. Hamilton parviendrait-il à faire plier Hilarion ? Ce fils maudit, ce fils qui avait eu l'imprudence, un jour, de ne pas s'assurer de la mort de son ennemi. La lettre devait être récupérée. Il se releva. Le marbre était si froid qu'on pouvait le croire taillé dans la glace qui recouvrait les bassins. Aucune douceur ne venait attendrir un décor que les colonnes corinthiennes de la galerie supérieure semblaient aspirer vers un ciel abandonné aux anges.

— Cette église n'est-elle pas un immense catafalque ?

Desnoyers hésita avant de répondre.

— M. de Voltaire a vu en elle un "étonnant colifichet".

— Il arrive souvent à M. de Voltaire de parler comme un sot.

94

Les deux moitiés du billet étaient étalées sur les draps du lit. Des lignes tracées avec élégance, d'une encre noire. Pierre avait écouté les mots sortir, l'un après l'autre, de la bouche de Toinette. Leur lecture n'avait pas duré la moitié d'une minute et l'affaire s'était gonflée de tous les dangers.

— Mon Dieu ! s'écria-t-elle.

Elle ne parvenait pas à détacher ses yeux de la lettre reconstituée.

— Il faut la brûler ! La brûler, avant qu'ils ne la découvrent !

— Qui sait que vous en possédez une partie ?

— M. de Rancy… et sans aucun doute Augustin Boureuilles. Il furetait partout !

Le premier était mort. La disparition du second laissait place à toutes les suppositions.

— Je ne comprends pas, continua-t-elle. Tous ces noms…

— Taisez-vous, ordonna Pierre qui avait entendu un claquement de talons dans le corridor.

Lorsque le bruit s'éloigna, il s'empara des deux morceaux de lettre, les plia soigneusement et les glissa dans son bas gauche contre le mollet.

La jeune femme s'était figée et fixait le Marseillais. Elle avait peur.

— L'Araignée, murmura-t-elle.

Pierre s'arrêta brusquement.

— Que dites-vous ?

— L'Araignée, répéta-t-elle, est, je crois, le nom de celui qui, par l'intermédiaire de M. de Moreton, transmettait ses ordres à M. de Rancy.

— L'Araignée d'Apollon ?

— Oui, un jour M. de Rancy m'a fait écrire ces mots. Il disait que j'avais une jolie écriture.

— Vous ne savez rien, ordonna-t-il en regardant les draps. Vous n'avez jamais lu ce billet. Effacez de votre esprit ces noms, cette affaire n'est plus la vôtre.

— N'est plus la nôtre, corrigea-t-elle, avançant vers l'ancien galérien une main timide.

Il regarda la main sans la prendre.

— Je dois avertir mon maître. Il est le seul à pouvoir agir.

Toinette remonta sur elle le drap.

— Que veulent ces hommes ?

Que pouvait-il répliquer ? La vie d'une simple lingère ne pèserait pas bien lourd, c'était là une certitude. La jeune femme devait se cacher.

— Préparez vos affaires, nous partons chez le cousin de maître Lacroix, quartier Notre-Dame. Il est médecin.

Elle se leva avec difficulté. Pierre se tourna vers la fenêtre. Des brumes très basses enveloppaient lentement les toits du bâtiment. Certains avaient déjà disparu. Un couple de corneilles se posa sur la rambarde du long balcon. Prétextant avoir à faire, il descendit dans la petite antichambre. La messe était terminée. Le chevalier rentrerait bientôt. Il lui montrerait le billet. Dans la chambre, il entendit Toinette qui rassemblait ses effets, des portes se refermer dans le corridor, des fragments de conversation, des pas se rapprocher. C'était probablement le garde chargé de surveiller l'entrée.

À cet instant précis, la porte s'ouvrit avec fracas. Trois hommes surgirent dans l'antichambre, armés de bâtons ferrés. Les deux premiers se précipitèrent sur le Marseillais, qui évita le coup.

— Toinette ! Fermez la porte ! hurla-t-il en s'emparant de l'unique chaise de la pièce.

Il frappa le premier homme qui chancela, reculant pour s'appuyer contre le mur. Le bâton du second s'abattit violemment sur son épaule, un coup le frappa au visage. Pierre tomba à genoux. Les cris de Toinette retentirent sourdement dans son crâne. Il essaya de se relever. Des cris qui lui déchirèrent les oreilles, les poumons, le cœur. Il ne parvenait pas à se mettre debout, ses yeux restaient obstinément clos. D'un coup de botte, il fut repoussé à terre, se heurta la tête contre le marbre de la cheminée. Il grogna, crut encore entendre des cris étouffés, des murmures, le bruit sec de talons sur le parquet de l'antichambre. Il ne savait plus. Un ordre donné qu'il ne comprit pas. Une porte se referma. Derrière les hauts murs du Grand Commun, il écouta les sons de la cloche du couvent proche des Récollets, qui annonçaient none. Des coups martelèrent sa cervelle. Il se redressa, un genou après l'autre, ivre de douleur. Le garde Suisse apparut et derrière lui le concierge, M. Fortin.

— Ils ont enlevé Toinette, cria-t-il la bouche encombrée de salive et de sang.

— Il faut prévenir la prévôté !

Pierre poussa le Suisse. Dans le coffre il s'empara des deux pistolets de son maître et sortit d'un pas hésitant.

— Par où sont-ils partis ?

Sans attendre de réponse, il enjamba le corps étendu dans le couloir. Le cousin de Candon avait lui aussi reçu un sacré coup. Il dégringola les escaliers aussi rapidement qu'il le put.

95

— Plus vite, messieurs, plus vite ! lança Hector en frappant de sa canne le plafond de la caisse.

Les porteurs avaient peine à suivre le carrosse. Ils avaient déjà descendu la rampe longeant les bureaux de la Marine et des Affaires étrangères. La voiture de Mlle Conway franchit la grande grille au ralenti. Laissant la place d'armes où retentissaient les ordres et les tambours, elle obliqua à droite.

La chaise d'Hector se fraya un chemin tant bien que mal entre les chariots qui allaient fournir le Grand Commun, les chevaux que les palefreniers ramenaient vers les écuries du roi et les premières échoppes. Comment le souverain pouvait-il accepter de défigurer ainsi sa demeure ? soupira Hector devant la laideur des constructions de bois et de plâtre. Il aperçut l'attelage de Mlle Conway tourner lourdement pour remonter la rue de la Poste, entre les auvents et au milieu des passants et des promeneurs. Les porteurs d'Hector glissèrent devant la seconde guérite à l'entrée de la grille. Les insultes fusèrent lorsqu'un cocher leur coupa la route. Au niveau de l'aile sud des ministres, le carrosse s'engagea dans la rue des Récollets derrière l'immense quadrilatère du Grand Commun. Hector, penché par la portière, ne quittait pas des yeux le train arrière de la voiture, soulevé par les soubresauts de la course. Arrivé au bas de la rue, derrière la grande aile des ministres, il se déporta vers l'autre fenêtre, dont il baissa la vitre.

Le carrosse de Mlle Conway avançait désormais lentement dans la rue. L'entreprise était risquée, tant les boutiques étaient nombreuses. L'une des roues arrière accrocha l'auvent d'une baraque, dans laquelle une femme emmitouflée sous plusieurs châles repassait du linge.

— Pousse ta voiture, mon Guillaume, ou je m'en vais chercher le Suisse, qui t'en ira souffler dans le cul de tes chevaux ! cria la femme.

Des rires agitèrent la foule. Le cocher cracha à terre et tenta de reculer. Tous les mendiants de la rue accoururent. Des curieux s'amassèrent autour de la voiture, provoquant un embouteillage. Les premiers avaient déjà leurs mains gercées et sales tendues vers les fenêtres du carrosse.

— Pour la Vierge et son fils divin ! Pour la Vierge ! récita l'un d'eux accroché à la portière.

Des paysans qui voituraient de Gonesse volailles et fromages refusèrent de s'écarter. La tête perruquée de Mlle Conway apparut. Elle jeta un ordre au milieu de ce chaos, on la crut américaine.

— Vive le docteur Franklin ! Vive les Treize Colonies ! lança-t-on.

L'Anglaise adressa un signe de remerciement et se retira aussitôt dans la cabine. Hector fit arrêter sa chaise au coin de la rue. Les porteurs, soulagés, se rangèrent sur le côté. Simiane descendit d'un air dégoûté : boue et neige formaient une purée sale dans laquelle s'enfoncèrent ses bottes. Il évita un chiffonnier qui crochetait tout ce qu'il trouvait au sol avant de le jeter dans sa hotte. Il avisa derrière son comptoir une monteuse de bonnets fort jolie, et la salua gentiment, un œil vers la voiture de Mlle Conway. Le carrosse parvint à se dégager dans la plus grande confusion, après une bordée d'injures crachées par le cocher, des quolibets et une jambe à demi écrasée. À l'angle de la rue Saint-Julien et de la Surintendance, il s'arrêta de nouveau. Trois hommes sortirent alors du carrosse, revinrent sur leurs pas et entrèrent, bâtons à la main et sans un mot, dans le Grand Commun. Ainsi Mlle Conway était accompagnée… Hector, sur la pointe des pieds, sautilla pour ne point se salir jusqu'à l'échoppe de la jolie marchande.

— Deux louis, monsieur, pour mes bas de coton, un louis pour un bonnet de laine de Gand !

— C'est aussi cher que sur le pont Neuf ! s'écria Hector qui détailla la gracieuse bonnetière.

Des joues roses, des lèvres pleines, des yeux de la couleur d'un ciel d'hiver. Un perruquier enfariné l'obligea à reculer.

— Connaissez-vous les hommes qui viennent d'entrer ?

La coquette l'examina et lui sourit, penchant un peu la tête.

— Trois ronds de cuivre pour le renseignement, monsieur.

Hector, sortant sa monnaie, lui rendit son sourire. Ce n'était pas cher payé pour de si jolies dents, blanches et propres. Les cloches du couvent des Récollets sonnèrent none.

— Que pourrais-je obtenir pour 4 louis ? demanda-t-il en fermant à demi les yeux comme un chat qui soupire d'aise devant une souris imprudente.

— Une paire de bas de soie et rien de plus, déclara-t-elle en frottant ses doigts sur le cuivre des pièces. Ces hommes n'appartiennent pas au château. Je les ai vus une fois, ils accompagnaient un seigneur comme vous, mais plus vieux… et moins beau !

— Des seigneurs, ma belle ! J'en rencontre cent dans la journée.

— Mais celui-là, monsieur, fait peur dès qu'il vous regarde. N'est-ce pas, maître Leroy ?

Hector se retourna pour découvrir dans l'échoppe voisine un homme qui, armé de gros ciseaux, découpait une bande de tissu.

— Nous l'avons vu ensemble, affirma le tailleur. Il avait des yeux de loup et un diamant gros comme une prune à la main droite et quatre doigts à celle de gauche. La mauvaise main, monsieur !

— Quatre doigts ! répéta la bonnetière.

Il n'y avait plus à douter, songea Hector inquiet. Depuis le début de cette affaire, le comte Henri rôdait comme un animal à l'affût.

Soudain des cris jaillirent de la cour du Grand Commun, suivis d'une bousculade sur le seuil.

— Vos hommes, monsieur ! s'écria le sieur Leroy, ses ciseaux en main.

Un Suisse, à la porte, essaya de se mettre en travers du chemin. Un coup de bâton sur le crâne balaya cet obstacle. Le garde s'écroula, Hector vit alors les trois hommes l'enjamber et dévaler la double volée de marches. Le dernier portait sur son épaule un corps.

— C'est la Toinette ! cria la marchande.

La porte du carrosse s'ouvrit et se referma sur les trois hommes, leur prisonnière et Mlle Conway. Hector se décidait à les suivre, lorsque surgit, hagard, le visage tuméfié, l'œil en feu, la silhouette désarticulée de l'ancien galérien, deux pistolets à la ceinture.

— Pierre ! cria Hector, par là !

96

— Oui, monsieur, plus loin à droite du bassin, après la friche du Mail, dans les bois de Mortemets, expliqua le garde Suisse en pointant la hauteur boisée. Vous trouverez un pavillon. Cependant, la cour ne s'y rend qu'au printemps. Le roi s'y arrête parfois de retour de chasse. Encore que cela fasse bien loin pour les dames qui se déplacent alors en chaise !

Hilarion observait la cime des arbres maigres, chapeautés de blanc, derrière lesquels le chevalier Hamilton avait disparu.

— Connaissez-vous le gentilhomme qui vient de franchir la grille ?

Il sortit de sa poche une petite boîte d'écaille blonde montée en or, y puisa une pastille qu'il porta à la bouche. Le Suisse se tortilla sur place, puis remua la tête. Le surtout dans lequel le garde tentait de se protéger du frimas ne laissait rien voir de son uniforme de drap bleu.

— Ce n'est pas la première fois qu'il passe la grille, monsieur.

— Toujours seul ?

— Non, monsieur. Un autre seigneur l'a précédé tout à l'heure.

— Pourtant le temps n'est guère propice à la promenade.

— En effet. L'hiver, personne ne vient jusqu'à l'orangerie. Les jardiniers et les bûcherons travaillent aux bosquets. Ils relèvent les palissades. On voit aussi les garçons qui cassent la glace du bassin.

Hilarion rangea sa petite boîte.

— Combien vous paie-t-il ?

— Je ne suis point le seul !

— M. le duc de Brissac, votre colonel, serait bien en peine de comprendre pourquoi un garde Suisse reçoit un pot-de-vin de la part d'un gentilhomme anglais.

Hilarion continuait à fixer le même point vers les bois de Mortemets. Hamilton avait disparu depuis cinq minutes au moins de son champ de vision.

— Ce seigneur voulait juste des informations à propos d'un vagabond qui traînait dans le parc !

Ou plutôt l'Anglais lui avait expliqué qu'il était désormais inutile d'y penser. On l'avait retrouvé.

— Vous a-t-il précisé de qui il s'agissait ?

— Un domestique à son service, disparu après un vol.

— Et ce domestique, l'avez-vous aperçu ?

— Non, je n'ai jamais rien vu de ce côté de l'orangerie. Quelques putains qui traînent dans la journée, près du magasin des chaises à roue, ou des pages qui viennent se livrer à des activités infâmes… Mais ça, c'est personne ! L'Anglais m'a donné une pièce d'argent : quatre jours de gages, monsieur ! Sans rien faire de mal ! Je vous l'assure !

Hilarion franchit à son tour la grille doublée par un fossé. Louis le Grand avait-il voulu, comme Romulus, délimiter avec la charrue le périmètre sacré de son château ? Il plongea ses mains dégantées dans la neige et s'en frotta le visage. Alors, il traversa la route de Saint-Cyr. Dans un coin du ciel, les nuages et la brume se dissipèrent sous l'effet d'un léger vent glacé arrivé de l'ouest. Le soleil jeta sa lumière blanche sur le Grand Bassin, que le chevalier longea, suivant les empreintes laissées par Hamilton. Il s'enfonça dans les bois, après la friche du Mail. Derrière lui, sur la route du Potager-du-Roi, un carrosse à deux chevaux s'arrêta à l'extrémité méridionale de la pièce des Suisses. Hilarion ne le vit pas.

Il marchait sur un chemin disparu de soie blanche. Il se souvint des terres perdues dans cette Provence de montagnes et de vallées, à la frontière avec le royaume de Piémont. La neige y était plus lumineuse, le ciel plus haut, plus lent aussi. Le monde, comme chez lui, semblait se cacher. Un vent vagabond bousculait parfois les branches défeuillées. Des mottes blanches s'écrasaient à ses pieds. La vapeur fumait en intervalles réguliers de sa bouche. Les oiseaux eux-mêmes obéissaient à un ordre secret. Ils se taisaient. Juste le battement d'une aile. Rien de plus qu'un silence de métal. Hilarion marchait, l'épée à la main. Au sol, les empreintes marquaient plus profondément la nappe blanche mollement ondulée. Les traces doublaient les siennes, légères. Hamilton était plus lourd. S'ils venaient à se battre, l'Anglais se déplacerait lentement. Hilarion s'arrêta. Il surprit une essence qui s'épaissit au fur et à mesure qu'il humait l'air glacé, comme un nuage effilé de chaleur mi-sucrée, mi-amère. De la jonquille, peut-être. Le parfum se dispersa soudain. La chaîne des pas s'égrena ensuite jusqu'au pavillon, qu'Hilarion découvrit, posé sur une petite butte, au milieu d'une clairière. Octogonal, le belvédère était percé de quatre portes et d'autant de fenêtres. Deux d'entre elles étaient entravées par des planches.

La tristesse de cette solitude de désert ne toucha guère Hilarion, qui n'aimait la nature qu'en fonction du gibier qu'il y chassait et des odeurs qu'il répertoriait soigneusement dans sa mémoire. L'essence de jonquille, il en était convaincu, avait déjà retenu son attention. Chez Mesdames tantes peut-être ? Les fenêtres à droite et à gauche de la première porte avaient des carreaux brisés. Le dôme, songea Hilarion en souriant, couronné par une balustrade qui coiffait le pavillon, ressemblait au crâne luisant du docteur Franklin lorsqu'il enlevait sa toque de martre. À la lisière du bois, le chevalier s'arrêta une seconde fois. La pointe de l'épée griffa la surface blanche. Hilarion écouta, observa. Les traces en ligne droite se dirigeaient vers la porte principale du belvédère. Hamilton était entré, mais peut-être était-il ressorti par l'une des trois portes que le chevalier, de sa position, ne pouvait voir.

Dans un large arc de cercle, Hilarion suivit la frontière des bois qui entouraient la butte. À son passage sous une branche, une corneille s'envola en poussant un cri rauque et brisé. Sa marche était silencieuse. Un loup savait alléger le poids de son corps, quand, en chasse, il posait chacune de ses pattes au sol. Sur la neige, Hilarion repéra les empreintes d'un renard et celles, plus loin, d'un oiseau. Les deux animaux s'étaient-ils croisés ? Il ne vit rien autour du pavillon. Cependant, devant les marches de la troisième porte, la neige avait été écrasée par un piétinement de pas. Hamilton n'était pas seul. Le chevalier devait s'approcher. Il ouvrit son manteau et attacha entre elles ses basques derrière le dos. Il s'agenouilla, glissa les doigts dans la neige, puis les porta à sa bouche. Il se releva et se dirigea vers le pavillon. La porte était ouverte. Le parfum de jonquille s'exhala à nouveau par touches timides. Une voix claire, précise, une voix qu'il reconnut, s'adressa à lui.

— Entrez, chevalier ! Entrez ! Nous vous attendions.

Hilarion gravit les quelques marches. Dans le salon circulaire, deux hommes l'attendaient en effet. Il les observa tour à tour, puis de son épée dégagea la neige collée à ses talons. Sa tâche terminée, il se tourna vers l'homme de gauche.

— Je vous tuerai le premier, M. de La Chapelle.

97

Pierre soufflait, comme ces drôles d'animaux découverts un jour sur les planches de M. de Buffon, mais il en avait oublié le nom. Dans son dos les deux pistolets formaient une étrange bosse. Simiane, enfermé dans sa caisse, adressait quelques mots d'encouragement à la longue silhouette qui pataugeait en courant tant bien que mal dans la boue.

— Les vois-tu, Pierre ?

L'ancien galérien grogna un mot entre deux jets de tabac qu'il mâchouillait pour se calmer le sang. Les traces de roues couraient parallèlement devant lui. Elles avaient obliqué après la rue Saint-Julien, à l'angle de l'hôtel de la Guerre, en direction du potager du roi.

— Leur voiture dépasse l'hôtel de la Marine !

Les pieds gelés, Pierre ne voulait point quitter des yeux le carrosse. Il faillit se faire piétiner par un équipage qui sortait de la Surintendance. Le cocher l'insulta. Les porteurs glissèrent sur du crottin par deux fois et sur le pavé gelé à certains endroits, mais, silencieux et haletants, ils portaient à pas rapides la caisse qui brinquebalait de droite et de gauche. C'est que le gentilhomme, à l'intérieur, leur avait promis un écu d'argent s'ils parvenaient à suivre le carrosse.

— Ma perruque, messieurs ! s'écria Hector. Pierre ! La voiture est-elle arrivée au carrefour de Saint-Cyr ?

Le Marseillais leva un peu plus la tête. Devant lui, des commis sortaient des différentes administrations et des chariots remontaient vers le château.

— Non, *monssu* ! Ils continuent droit devant eux.

— La rue du Potager ! Mais Dieu du ciel ! Dans quelle galère Lady Conway nous embarque-t-elle ?

La voiture croisa la rue de l'Orangerie et suivit sur toute sa longueur le fossé à gauche du bassin des Suisses. Contre toute attente, à l'extrémité méridionale du lac, le cocher tira sur ses rênes. Le carrosse ralentit, se rangea sur le côté et s'immobilisa. Mlle Conway descendit, suivie de deux hommes. Ils lièrent ensemble leurs bras en une balançoire sur laquelle l'Anglaise prit place. Le troisième déposa sur son épaule le corps de Toinette. Son bonnet tomba. Le Marseillais vit alors les longs cheveux défaits glisser sur le dos de cet homme. Il essuya son couteau contre sa veste. Aucun n'en réchapperait. Hector de Simiane sortit de sa chaise et remisa sa perruque. Il vit la petite troupe s'enfoncer après le bassin, dans les bois de Mortemets.

— Donne-moi les pistolets du chevalier.

Il arma les deux chiens et glissa dans le canon une petite bille de fonte.

— Rassure-toi, Pierre. Je ne te demanderai pas de me porter !

98

Hamilton arrêta d'un geste bref le premier mouvement de La Chapelle.

— Ne vous égarez point, monsieur, dans des projets de vengeance.

Le commis de M. de Chaillou rangea son arme de mauvaise grâce. Les trois hommes s'observaient. Du sol couvert de feuilles mortes s'élevait une odeur de douce pourriture sucrée. Le chevalier évalua rapidement la situation : deux hommes armés derrière leut maître, des fenêtres, toutes closes, deux portes condamnées. La dernière était restée ouverte. Mais Hamilton en interdisait l'accès et La Chapelle s'était suffisamment déporté sur sa droite pour empêcher toute retraite au chevalier.

— Des gestes à la Brutus, monsieur ! jeta Hilarion en direction du commis.

— Comment osez-vous ! cracha La Chapelle qui s'avança.

Hamilton leva les mains en signe d'apaisement.

— Messieurs ! Soyez raisonnables ! Nous sommes ici pour trouver un arrangement.

— Que voulez-vous ?

— Voyons, chevalier, quelle question ! Les lettres ! Celles

que M. de Moreton a égarées et que le roi vous a chargé de récupérer. Le parti le plus sage serait bien sûr de nous les remettre.

— Qu'en ferez-vous ? Continuer à les utiliser pour vos libelles contre la reine ? Votre plumitif vous a fait faux bond.

— Vous êtes bien sévère, chevalier. M. de Rancy avait un certain talent ! Sa plume savait distiller les rumeurs avec élégance. N'est-ce pas La Chapelle ?

— Rancy glissait, au milieu d'histoires infâmes, un extrait de lettre, dût-il en déformer les intentions !

— Et laisser entendre que l'enfant que la reine portera, tôt ou tard, pourrait ne pas être du roi mais de l'un de ses supposés amants, poursuivit Hilarion.

— Il nous faut convaincre l'opinion de l'impuissance de Sa Majesté, reprit La Chapelle. Les libelles ont eu cette vocation. Nous continuerons. Le roi ne peut avoir d'héritier, le mariage n'est pas consommé. Plus personne ne l'ignore à la cour.

— Et à Paris, compléta Hamilton. Mais nos relais parisiens ont besoin de nouvelles inédites. Il s'agit de préparer l'opinion.

— Qu'a-t-elle besoin de connaître ce qu'elle sait déjà ? s'étonna Hilarion.

— Allons, monsieur ! dit le commis, n'avez-vous pas encore deviné ?

— À quoi l'opinion doit-elle être préparée ?

— Taisez-vous, La Chapelle !

Hamilton considéra le chevalier, hésitant sur le parti à tenir. Ces Français commençaient à l'exaspérer, il fallait faire vite.

— Les lettres, monsieur, il nous les faut.

— Flétrir le roi sur sa prétendue infertilité n'est pas suffisant.

— Les lettres, monsieur, pour la dernière fois !

— Il s'agit aussi, par le chantage, d'interdire au roi de France de s'allier aux Insurgents. La correspondance de la reine contre la neutralité française, n'est-ce pas ? Avec ces lettres et le scandale qui ne manquerait pas de l'accompagner si elles étaient révélées au public, Sa Majesté ne pourrait que céder aux pressions du roi Georges.

— Le caquet des Français est aussi inconstant que leurs idées. Dans huit jours, nous n'entendrons plus parler de M. Franklin. La cour l'aura remplacé par un demi-poète à la mode.

— Monsieur, vous ne trompez personne. Lord Stormont, votre ambassadeur, court dans tous les salons et les chancelleries pour crier à qui veut l'entendre votre dernière victoire contre le général Washington. Avec une telle insistance que d'aucuns y liraient l'inquiétude anglaise d'une alliance entre la France et les Treize Colonies.

Hamilton sourit.

— La plus vieille monarchie du monde et la plus jeune de ses républiques ? Vous rêvez, chevalier !

— Nous obligerons le roi de France à respecter le traité de Paris, enchaîna La Chapelle.

— Quel intérêt y trouvez-vous ?

— La paix entre les deux royaumes. N'est-ce point suffisant ?

Hilarion dévisagea longuement Hamilton et revint à La Chapelle.

— Pour qui œuvrez-vous, monsieur, en acceptant de trahir ainsi votre roi ?

Le commis ne répondit pas.

— Les lettres, monsieur ! répéta Hamilton.

— Pourquoi vous les remettrais-je ?

— Nous vous proposons un échange.

Hilarion serra la poignée de son arme. Sa vie en était-elle la monnaie ? C'est ce qu'il crut d'abord avant d'entendre, dans son dos, un bruit de pas dans la neige, le souffle de respirations, un murmure étouffé. Trois hommes entrèrent par la porte restée ouverte, armés de bâtons. Des domestiques qui ressemblaient à des assassins. Mlle Conway les précédait. Le dernier laissa tomber, sur le sol de marbre, le corps d'une femme.

Mlle Conway échangea quelques mots avec le chevalier Hamilton, qui écoutait, préoccupé. Sans attendre la réaction de la jeune femme, il donna un ordre à l'un des hommes de main qui sortit aussitôt. Puis il souffla quelque chose à l'oreille de La Chapelle. Hilarion regarda Toinette Luthier, à moitié morte. Que faisait-elle là ? Son corps avachi semblait ne respirer qu'avec peine. Et Pierre ? Il avait dû résister, défendre la lingère.

— Notre petite Toinette, commença la jolie Lady Conway avec un accent qui rendait plus mélodieux encore les mots qui sortaient de sa bouche, possède un document qui nous appartient et dont vous détenez l'autre moitié, chevalier !

Sa robe de velours traînait derrière elle quelques feuilles éparses. Ses mains gantées agitaient dans un mouvement de balancier une canne à pommeau d'argent. Hilarion rendit un regard étonné à l'Anglaise.

— Madame, je n'entends goutte à ce que vous dites.

— Vous êtes un obstiné, chevalier !

Où se trouvait donc Simiane, qui devait suivre l'Anglaise ? Sans lui, Hilarion ne donnait pas cher de son avenir. Il fallait gagner du temps.

— Mon père dirait plutôt opiniâtre et sot !

Hamilton sourit. Le fils connaissait bien le père.

— Quant à cette fille, reprit le chevalier sans un regard pour Toinette, son sort ne m'intéresse pas !

L'Anglais hocha lentement la tête d'un air navré. L'un des deux domestiques souleva la lingère pendant que le second commençait à la déshabiller. Elle semblait se réveiller et les yeux grands ouverts s'affolèrent. Un cri jaillit de ses lèvres lorsqu'elle reconnut les hommes qui l'entouraient.

— Faites-la taire !

Mlle Conway gifla violemment Toinette. La Chapelle ne quittait pas des yeux le chevalier. La lingère se tut, tête inerte, elle se laissa faire. Pieds nus, bas enlevés, il ne lui restait que sa chemise qui descendait à mi-cuisse. De froid, elle s'enferma dans ses propres bras, pâle et agitée de soubresauts. Elle mourrait bientôt, pensa Hilarion, s'il n'intervenait pas.

— Monsieur, un gentilhomme français peut-il rester insensible au sort d'une demoiselle ? La vie d'une petite lingère a sans doute peu d'importance, mais sa souffrance ? Faudra-t-il en arriver là, chevalier, pour que vous nous rendiez ce qui nous appartient ?

Hilarion entendit le croassement d'un corbeau.

— “Rendre” ! lança-t-il. Ce sentiment de propriété n’est-il pas toujours celui des Anglais devant le monde ?

Le croassement cessa. La Chapelle, intrigué, observa la campagne à l’origine du cri.

— Ce ne sont pas là, chevalier, les mots que nous attendions de vous !

Soudain, un coup de feu explosa dans le silence des bois. L’homme sur le seuil s’écroula. Sa tête heurta le marbre dans un bruit sourd. Puis, tout fut rapide. Toinette étouffa un cri. Mlle Conway lâcha sa canne et se plaqua, d’instinct, contre le mur. Elle jeta quelques mots en anglais. Le chevalier Hamilton se saisit alors de la lingère derrière laquelle il s’abrita. Un second coup de feu éclata, emportant l’épaule du deuxième tueur qui hurla de douleur. Le dernier domestique sortit par la porte opposée et, à pas lourds, courut vers les bois où il disparut. Des gestes plus rapides encore. Hilarion se précipita sur La Chapelle. Une fente, deux pas, faisant reculer le commis. Les vitres volèrent en éclats à l’intérieur du pavillon. Mlle Conway hurla. Pierre attrapa au col Hamilton, le serra et, de sa main droite, il se saisit de son couteau et trancha proprement la gorge de l’Anglais.

— *Fasses jamai la saousso avan lou peié**, murmura-t-il à son oreille.

Il relâcha sa prise. Le corps s’effondra, tandis qu’Hamilton tentait vainement de contenir le sang. La Chapelle se jeta alors sur Hilarion, qui se fendit de quelques semelles, bloquant l’attaque. Nouvelle fente, le coup du chevalier piqua à l’avant-bras son adversaire. Le second,

* “Ne fais jamais la sauce avant d’avoir le poisson.”

porté plus profond, atteignit la cuisse. Cris de douleur. Le pas chancelant, le commis recula, s'adossa au mur, son épée pendant au bout du bras. Il vit l'élégante silhouette lentement s'approcher. L'épée, d'un tour de poignet, s'abattit sèchement sur la sienne. Elle roula à terre. C'était fini.

— Nous devons prévenir M. de Sourches, dit Hector. Comment ces hommes ont-ils pu mêler des femmes à cette histoire ?

Mlle Conway pleurait doucement à genoux devant le cadavre de son amant.

— Hilarion ! Tu m'écoutes ?

La Chapelle essaya de se mettre droit sur ses jambes. Il ramassa son arme. Le chevalier le regarda faire.

— Qui ? demanda-t-il. Qui ?

Pierre n'aimait pas cette voix. Hector releva Mlle Conway.

— Hilarion, répéta-t-il, laissons la prévôté l'interroger.

— *Monssu*, M. de La Chapelle est blessé !

Le chevalier glissa la pointe de l'épée sur la gorge du commis qui n'avait plus la force de soulever la sienne.

— Qui ?

La Chapelle leva vers lui des yeux déjà morts.

— Vous n'oseriez pas tuer un homme sans défense.

— Qui, monsieur ?

L'autre eut le sourire de celui qui s'est échappé d'un monde déraisonnable et l'observe d'une certaine distance.

— L'Araignée ! L'Araignée d'Apollon, monsieur, vous attend.

Hilarion ne l'avait-il pas toujours su ?

— À vous revoir, monsieur, dit-il en enfonçant sa lame.

— Non, *monssu* ! Non !

Septième journée

Mardi 18 février 1777, fête de saint Siméon. La déclinaison australe du Soleil est de 11 degrés et 24 minutes. Pierre, qui méconnaissait les travaux de M. de Lalande, ne comprit rien à cette histoire de degrés.

99

Le mercure frissonna sous les petits coups répétés de l'index. Le thermomètre oscilla. Il restait très bas. Pierre avait allumé un feu, rapproché la chiffonnière en auge et placé le paravent à quatre feuilles derrière Hilarion, resté debout devant la cheminée qui brûlait. Les trois cloches du Grand Commun sonnèrent le premier quart de 8 heures. Le chevalier se déshabilla. Pierre frotta le corps d'alcool, fermant une fois encore les yeux.

Très tôt, avant même que le soleil n'apparaisse à 6 h 52 dans le ciel de Versailles, selon les précisions fournies par l'*Almanach*, Pierre avait accompagné son maître à l'église Notre-Dame. Ils s'étaient fait ouvrir le bâtiment. Le chevalier lui avait remis son épée, il était entré seul, avait réclamé un prêtre auprès d'un garçon qui l'avait précédé jusqu'à la sacristie. Ils n'avaient pas évoqué les événements. "Chaque cadavre me rapproche de lui !" avait simplement dit le chevalier. Pierre s'était souvenu de la grimace épouvantée d'Hector de Simiane, et du silence qui avait suivi. Pourquoi le chevalier son maître avait-il accepté ainsi de se dénaturer ? Hector de Simiane lui-même n'avait pas compris le sens du geste "inconvenant" de son cousin. Le Marseillais ne concevait pas un tel meurtre sans chercher à l'accompagner d'un sens, d'une nécessité, seuls capables de lui ouvrir une porte. Que s'était-il passé ? La mort du chevalier Hamilton et de M. de La Chapelle avait rapidement fait le tour des cercles, antichambres et cuisines du château. M. de Sourches avait lui-même informé le roi. Ville-d'Avray était discrètement venu aux nouvelles auprès d'Hector.

Dans l'air qui tourbillonnait sur le parvis, Pierre avait attendu près d'une heure. Partagé entre le sourire lentement retrouvé de Toinette et le visage presque nocturne du chevalier. Puis Hector de Simiane avait apporté un premier élément d'explication au Marseillais.

— Après tout, avait-il cyniquement reconnu, la mort du commis arrange tout le monde et protège le roi. La Chapelle vivant, le parlement se serait emparé de l'affaire. Les révélations auraient succédé aux révélations. Les gazettes et les libelles auraient multiplié leurs attaques contre la reine.

— Peut-être, maugréa le Marseillais.

— Ne le blâme pas. Ton maître a eu le courage de tuer pour protéger le roi. Le chevalier a agi sans tenir compte de l'horreur de son geste, se refusant de confondre l'honneur d'un particulier et celui de la reine. J'ignore si, à sa place, j'aurais pu à ce point m'oublier.

Le chevalier, s'"oublier" ? Pierre en doutait un peu. La mort restait le seul chemin qui mènerait son maître jusqu'au comte Henri.

— Monsieur de Sourches retiendra la version du duel

entre La Chapelle et le chevalier Hamilton, avait précisé Hector.

— Pour quelle raison se seraient-ils battus ?

— Pour les beaux yeux d'une dame, Pierre ! Cela reste très français.

— Mlle Conway ?

— Point de nom, mon ami.

Pierre avait vu son maître sortir de l'église, le visage partiellement lavé des symptômes qu'il avait cru y lire, reprendre des mains de son domestique l'arme et ordonner le retour au Grand Commun.

Le corps de son maître racontait une histoire, mais Pierre ne savait pas laquelle et ne voulait pas la connaître. Les cicatrices dessinaient le gribouillage sauvage d'un enfant sur une feuille de papier. Il aurait bien voulu l'effacer de sa main. Effacer le passé de son maître, et le sien du même coup. Il avait posé les deux moitiés du billet sur le guéridon. Le chevalier s'était arrêté sur chaque nom. Pierre, qui les avait entendus la veille de la bouche de Toinette, n'osait, par superstition, les prononcer lui-même. Il aida son maître à se rhabiller.

— Les lettres !

Le valet revint avec le paquet emmailloté. Hilarion examina le cachet et les deux chevrons entrelacés qui frappaient la cire bleue.

— Nous les rapportons à leur auteur, dit-il en rangeant les deux moitiés du billet dans sa poche.

100

Hilarion circula entre les groupes. Un garde de la Porte et l'éternel Suisse repoussaient certains curieux.

— Vous n'avez pas les entrées ! lança ce dernier. Retirez-vous, messieurs !

Hector discutait avec le comte d'Escars et M. d'Angiviller. Il avait amplement aplani la situation délicate de son cousin. Le chevalier les salua. Par courtoisie, ni l'un ni l'autre n'interrogèrent Hilarion. Personne, et c'était le principal, n'avait établi de lien entre l'affaire Rancy, les lettres volées et les morts du pavillon. On regretterait la disparition du chevalier Hamilton, un gentilhomme, beaucoup moins celle du commis de M. de Maurepas, quoique français. La compassion n'étouffa personne.

— M. de La Chapelle prenait un ton de ministre tout en ayant du bourgeois de Paris les ridicules.

— Et sans doute les vices, ajouta d'Angiviller énigmatique.

— Hamilton n'était-il pas le parent de M. Craffort ?

L'inévitable Mme de Chaumont arriva. Elle fit assez de bruit pour fixer tous les regards, là où elle ne cherchait qu'à retenir celui du chevalier.

— Monsieur, ne marchons-nous pas de surprise en surprise ?

— J'ai bien l'honneur, madame.

— Votre vie, chevalier, une nouvelle fois en danger ! Il faut être femme pour avoir l'idée de ce que je peux souffrir.

Chacun sourit.

— Mme de Chaumont oublie, intervint Hector, qu'en ce jour de carême elle doit se priver de ce qu'elle aime le plus.

— Eh bien, monsieur ! lança-t-elle en se retournant vers Simiane, il me suffira de ne plus vous voir pendant quarante jours !

Un huissier vint chercher Hilarion : M. de Ville-d'Avray l'attendait dans le cabinet des Conseils. On referma derrière eux la porte de la chambre du roi, au milieu d'une foule curieuse. Le chevalier avait donné l'ordre à Pierre de le suivre. Devant la cheminée du cabinet, un garçon de la fourrière animait des flammes réticentes. M. de Ville-d'Avray le fit sortir. Dans le silence de la pièce, le premier valet de la Chambre du roi s'inclina légèrement devant le chevalier, étonné de le voir accompagné de ce géant efflanqué. Il ne fit aucune remarque. Cette salle haute et froide était-elle le lieu qui convenait à la conversation qui allait suivre ? M. de Ville-d'Avray devait le penser. Le décor couvrirait de son voile solennel le récit d'une trahison, comme l'histoire du royaume en avait déjà tant connu.

Sur un signe d'Hilarion, Pierre déposa sur la table un paquet, puis il revint se placer derrière son maître.

— Ceci est à vous, dit le chevalier.

Le premier valet de la Chambre répondit par un maigre sourire.

— Ainsi, vous avez deviné.

— Le cachet de cire. J'ai tout d'abord cru reconnaître deux chevrons entrelacés. Mais il s'agit tout simplement de votre chiffre ! Un V enlaçant un A.

Hilarion se dirigea vers la croisée. Par la fenêtre, il découvrit la cour de Marbre. La suie, qui tombait en pluie fine des cheminées, piquetait la neige comme un manteau d'hermine. Sur la vitre, dessiné par un doigt agile dans la fine pellicule de buée, un blason qui aurait pu être celui de sa famille.

— Oui, monsieur, j'ai enfin compris que depuis dix jours j'ai traqué et tué pour des lettres qui n'existent plus.

Ville-d'Avray attendit. Le roi avait donné l'ordre d'éclairer le chevalier, après s'être assuré de son silence. Mais était-ce nécessaire ? D'un geste bref, Hilarion effaça la buée sur la vitre.

— Vous avez récupéré ces lettres depuis longtemps, reprit-il. Ce que tout le monde ignorait. Ni M. de Chaillou, ni le comte de Maurepas, moins encore M. de La Chapelle n'avaient appris leur restitution.

— M. de Rancy était secrètement entré en relation avec moi.

— Une décision payée un prix très élevé !

— Il n'a accompli que son devoir et a racheté ses erreurs ! Sa mort, il est vrai, a précipité de façon inattendue la situation. Mais le roi a su se montrer magnanime et généreux. M. de Rancy avait reçu des compensations et sa veuve continuera à en bénéficier.

— J'ignore les conditions de ce marché. Un double jeu d'autant plus dangereux que le maître d'hôtel a sous-estimé la cupidité de ses complices, Joseph Théus et Augustin Boureuilles.

— Ces individus me sont inconnus, commenta froidement Ville-d'Avray.

— Je l'imagine, monsieur. Aussi est-il inutile d'encombrer votre mémoire avec les noms de ceux qui ont proprement assassiné le maître d'hôtel.

Le premier valet de la Chambre du roi se raidit imperceptiblement.

— M. de Rancy, expliqua-t-il, avait accepté de disparaître, prétextant le décès d'un parent pour s'éloigner. Nous avons été étonnés de son retour.

Un étonnement partagé par le chevalier, mais pour d'autres motifs. Ainsi Ville-d'Avray ignorait-il les raisons du retour discret de Rancy à Versailles et sa rencontre avec Montmort. Une transaction qui avait permis au maître d'hôtel d'entrer en possession d'une lettre qui le protégerait. Du moins l'avait-il cru. Hilarion possédait ce document. Il comptait bien l'utiliser… en son temps.

— Qu'y a-t-il dans ce paquet ? demanda-t-il sans transition.

— Rien que les pages de l'*Almanach*. M. de Rancy avait le souci du détail et de la vraisemblance.

On frappa doucement à la porte. Pierre se retourna. Un huissier entra, suivi de M. d'Agoult. L'aide-major salua le chevalier et glissa quelques mots à l'oreille de M. de Ville-d'Avray. Puis l'officier se retira. Le premier valet de la Chambre sortit sa montre.

— Le roi, monsieur, vous recevra dans une demi-heure sur les terrasses. Nous avons ainsi encore le temps de satisfaire votre légitime curiosité.

— Pourquoi m'avoir fait croire à la disparition des lettres ? Pourquoi ce leurre ? s'enquit Hilarion en désignant le paquet déposé par Pierre.

— Nous voulions vous obliger, chevalier, à tirer les fils, tous les fils.

— Et à les remonter jusqu'à… leur origine.

— Sa Majesté exigeait de savoir qui, à la cour, avait commandité ces libelles contre la reine.

— Le roi l'ignorait-il vraiment ?

— Il fallait des preuves.

— Je ne comprends pas ! Rancy, dès lors qu'il restituait la correspondance de la reine, n'était plus en position de taire les noms des coupables.

— Le nom de ceux qu'il connaissait, rien de plus.

Le maître d'hôtel, songea le chevalier, s'était protégé en conservant par-devers lui bon nombre d'informations, se contentant d'en transmettre le moins possible. En bon joueur, il lui fallait conserver des cartes et il possédait encore quelques atouts.

— Je ne peux croire qu'il n'ait pas parlé de Moreton, d'Hamilton et de La Chapelle, insista-t-il.

— Il ne m'appartient pas, chevalier, de vous révéler ce que seul le roi doit connaître.

— Le roi et vous, monsieur ! Car vous êtes bien l'artisan de cette mauvaise comédie !

— Dans l'ignorance des faits, votre enquête gagnait en efficacité et en crédibilité.

— Auprès de qui ?

— Mais, chevalier, de tous les acteurs de cette… comédie, pour reprendre votre mot !

— J'interviens donc au moment où le maître d'hôtel

trop compromis n'est plus en mesure de servir le roi, ses anciens complices ayant sans doute appris son double rôle. Celui de rédacteur des libelles et d'informateur de Sa Majesté, n'est-ce pas ?

— Le "double jeu" de M. de Rancy pouvait aussi bien se retourner contre nous, reconnut Ville-d'Avray. Il nous fallait une personne étrangère à l'affaire.

— Ainsi plus je cherchais cette correspondance, plus je lui donnais une réalité.

— Vous reconnaîtrez que le leurre a fonctionné. Ces messieurs n'ont eu d'autre préoccupation que de vous interdire d'entrer en possession des lettres.

— Lesquelles restaient encore le plus sûr moyen de peser sur Sa Majesté afin de l'obliger à maintenir sa politique de neutralité à l'égard de l'Angleterre.

— Le roi a toujours entendu respecter le traité de Paris.

— Mais nos amis anglais en sont de moins en moins sûrs. La présence de la délégation américaine à Versailles les inquiète.

— Sa Majesté s'est pourtant bien gardée de recevoir M. Franklin.

— Mais point M. de Vergennes. Il leur fallait rapidement remettre la main sur les lettres avant tout le monde.

Hilarion d'un geste lent désigna le paquet sur la table.

— Enfin sur "celles" que M. de Rancy a cachées dans les galeries souterraines, non loin de l'araignée de Latone.

— M. de Rancy n'a jamais manqué d'esprit, s'amusa M. de Ville-d'Avray. Mais ces détails ont-ils encore de l'importance ?

— J'aime comprendre.

Le premier valet de la Chambre regarda sa montre, mais Hilarion n'avait pas encore terminé.

— Pourquoi avoir fait dessiner une araignée à l'endroit même où étaient cachées les lettres ?

— Une idée de M. de Rancy.

— J'en ai retrouvé une seconde, monsieur, dans les affaires du maître d'hôtel. Quatre mots sur un billet : "L'Araignée d'Apollon", cela fait bien quatre mots, n'est-ce pas ?

— L'expression est aussi laide qu'inquiétante, reconnut Ville-d'Avray.

— Elle a pourtant servi à désigner quelqu'un, monsieur. Ce sobriquet n'est-il jamais parvenu aux oreilles du roi ?

— Une araignée proche d'Apollon..., éluda le premier valet.

— Qui est Apollon, monsieur ?

— Un dieu dans lequel l'aïeul de Sa Majesté a cru se reconnaître.

— Vous ne répondez pas, monsieur. Il ne peut s'agir ici de Louis le quatorzième.

— Moins encore de notre roi. Sa Majesté dans sa modestie s'interdirait un tel rapprochement.

— Qui alors ?

— Allons, chevalier, ne devinez-vous point ? Quel homme a l'orgueil assez haut pour recueillir l'héritage de Louis le Grand et revendiquer le trône de France ?

— Les ducs d'Orléans sont des princes ambitieux ; ceux-là ont toutefois été vite écartés, n'est-ce pas ?

— Oui. Ce nom d'Orléans, ne l'avez-vous point vous-même rangé au profit d'un autre, plus glorieux encore ?

— Ce ne peut être monseigneur le comte d'Artois. Le deuxième frère du roi ne pense qu'à son plaisir.

M. de Ville-d'Avray regardait ce jeune gentilhomme, et cette fatigue qui semblait ralentir les mots, les gestes. Il se tut. Le chevalier parviendrait tout seul au seul nom qui s'imposait désormais.

— Monsieur, frère du roi et comte de Provence, conclut Hilarion.

Comment le souverain en était-il arrivé à soupçonner son propre frère ? M. de Ville-d'Avray garda le silence un instant.

— Apollon et araignée à la fois, lança froidement Ville-d'Avray. L'araignée ne veille-t-elle point dans le secret de son immobilité, de sa patience, de son oubli d'elle-même dans le seul but de s'emparer de sa proie ?

— Comment le roi a-t-il appris le rôle du comte de Provence ? Par M. de Rancy, est-ce cela ?

— Le maître d'hôtel ne savait rien de la place que tenait Monsieur dans cette malheureuse affaire. Je vous l'ai dit, on avait rendu impossible à un homme tel que Rancy de prendre bouche avec le sommet de la conjuration.

Hilarion en était désormais certain : le premier valet de la Chambre ne connaissait pas l'existence du billet. Le maître d'hôtel avait prudemment gardé cette information pour assurer sa sécurité.

— Comment le roi a-t-il appris ? répéta Hilarion.

— Ne sous-estimez point la clairvoyance de Sa Majesté. Celle-ci n'ignore rien de ce qui se passe chez le comte de Provence.

— Ne me sous-estimez pas non plus. Si Apollon désigne bien Monsieur, le propre frère du roi n'aurait jamais accepté d'être comparé à cette araignée. Non, votre réponse est incomplète. L'Araignée est celle qui depuis le début de cette affaire n'a cessé dans l'ombre de conseiller le prince et d'assurer la liaison avec le chevalier Hamilton. Le meurtre du marquis de Montmort est son œuvre, comme lui revient la disparition du valet de M. de Rancy. Qui se dissimule derrière l'Araignée ?

M. de Ville-d'Avray, immobile devant la longue table, semblait se désintéresser de la conversation.

— Je ne sais rien de plus, s'excusa-t-il.

— Je vais alors poser ma question autrement.

L'autre soupira.

— Pourquoi m'avoir choisi ?

Le premier valet de la Chambre du roi esquissa un sourire, à moins qu'il ne s'agît d'une grimace.

— Sa Majesté connaissait votre réputation depuis l'affaire des pénitents rouges. Quoiqu'en désaccord avec la… radicalité des moyens qui sont les vôtres.

Hilarion n'avait donc été qu'un simple assassin dont on avait usé à volonté.

— Le roi était convaincu de la nécessité d'effacer toutes les traces de cette malheureuse affaire ! La reine ne devait pas être compromise et Sa Majesté entendait agir à l'égard de l'Angleterre sans pression extérieure.

— En éliminant tous ses ennemis, j'effaçais les preuves et les liens qui rattachaient le comte de Provence à ses complices !

— La vérité, chevalier, est inconcevable devant la nécessité de protéger des intérêts supérieurs.

— Ceux du roi.

M. de Ville-d'Avray acquiesça.

— Ainsi, l'Araignée d'Apollon n'existe plus.

— Elle n'a jamais existé, monsieur. Jamais !

101

Après sa conversation avec M. de Ville-d'Avray et la confusion continuelle des antichambres, Hilarion goûta la solitude et le silence des terrasses. On lui avait fait monter deux étages, il avait traversé les ateliers du roi, plusieurs corridors vides. Un page l'avait laissé au bas d'un escalier tournant.

— Là-haut, monsieur, lui avait-il indiqué.

Il s'était ainsi retrouvé sur les toits du château. Il faisait si froid en ce mardi 18 février que le gibier commençait à mourir dans les campagnes. Hilarion remonta le col de son manteau. Le vent, plus fort, envoyait ses épines dures et glacées. Il se protégea le visage, observant le ciel noir et bouillonnant : le monde des dieux semblait se rapprocher de celui des hommes. Le chevalier suivit l'étroit passage entre la balustrade et les pentes d'ardoises sur lesquelles roulait la neige. Il se retint plusieurs fois aux vases de pierre. Derrière lui, il aperçut les combles de la chapelle. Le page lui avait précisé de longer le jardin, en direction de l'aile sud.

— Jusqu'aux trophées d'armes, avait-il ajouté.

Il découvrit enfin les jardins et le parc. Les bassins disparaissaient dans une brume imprécise, et les bosquets, à peine replantés, offraient à l'immense perspective la tristesse du désert.

Le roi était là, les deux mains enfoncées dans la neige épaisse qui recouvrait la balustrade, sans craindre le moins du monde le froid. Le chevalier s'arrêta et s'inclina. Le vent, à l'assaut du château, jetait ses rafales, soulevant des mèches de la perruque du roi. Indifférent, Louis s'abîmait dans le spectacle de son parc, les yeux dirigés vers le Grand Canal que l'on voyait se fondre aux nappes de brume qui s'écrasaient au sol. Il essuya ses mains. Des mains presque noires qui avaient toute la matinée soulevé le marteau et actionné le soufflet d'une forge installée au-dessus de ses appartements. Dans un balancement inattendu, il se retourna vers Hilarion.

— Mes arbres, monsieur le chevalier, grandiront et vieilliront après moi, dit-il.

Il se tut à nouveau. Hilarion crut-il entendre le tambour des gardes dans la cour et le grelot des attelages ? Le vent avait déjà tout emporté.

— Là-bas, dans le parc, voyez-vous cet étang ? demanda enfin Louis.

Le chevalier fixa un point plus clair dans les bois bousculés par les rafales, sur sa gauche.

— Oui, sire.

— Au cours d'une chasse, un cerf s'est jeté à l'eau. Il s'y tint de telle sorte que les coups de fusil ne purent l'atteindre. Un homme à son tour s'est jeté dans l'étang. Il comptait sur son adresse pour rejoindre l'animal.

Le roi s'arrêta. Regrettait-il de s'abandonner ainsi devant un étranger, lui ordinairement si réservé ? La scène se déroulait devant ses yeux. Il entendait encore les cris, le son des trompes, le hennissement des chevaux et, au milieu de l'étang, immobile et silencieux, l'animal qui attendait sa mort. Dans le vent qui soulevait les pans de son manteau, le souverain leva sa main vers les bois.

— Malgré les avertissements des paysans accourus, l'homme continua à nager et à nager encore. Puis, alors qu'il allait atteindre l'animal, il se mit à crier : "Vive le roi !" Et dans l'instant, il disparut, aspiré par une fondrière.

Hilarion se taisait. Le brouillard semblait peser sur le château de sa gaze épaisse et humide, unifiant le temps, confondant les heures.

— Le roi de France vous demande de ne point agir comme ce malheureux. Le comte Henri, votre père, est vivant. Mon cabinet depuis longtemps n'ignore rien du rôle qui est le sien. Son nom est apparu dans plusieurs des affaires qui agitent le royaume. Je vous ai choisi, monsieur, pour cette raison. Comme ce nageur vous deviez approcher l'Araignée.

Louis ne put réprimer un geste de colère agacée en prononçant le mot. Ses yeux lourds semblaient percer les brumes.

— Mais le roi ne laissera pas l'un de ses fils se noyer.

Hilarion sut alors que dans ce siècle d'égoïsme, en aucune circonstance, Louis ne mettrait son intérêt personnel en balance avec celui de ses sujets. Pourtant ne lui avait-il pas assigné une place qui avait plusieurs fois compromis la sûreté du chevalier ? Hilarion était devenu une étrange excroissance de la personne royale, son bras secrètement prêt à frapper à l'instant même où le jour abandonne sa souveraineté à la nuit. Bras par lequel

Louis entendait, en des situations singulières, manifester sa puissance, sa justice, son autorité. Mais aujourd'hui, au milieu des morts, il convenait de s'arrêter.

— Vous quitterez la cour, monsieur le chevalier. Dès demain.

L'ordre rejetait Hilarion hors du monde. Il en fut presque soulagé.

— Nous ne sommes pas comme les particuliers, ajouta Louis. Nous nous devons tout entier au public. Bonjour, monsieur.

102

Hector était là, en compagnie des Américains. Seigneurs, dames, officiers, domestiques et animaux entouraient Benjamin Franklin.

— Ce n'est pas une médiocre science, monsieur, professait Hector de Simiane, que d'entrer dans un salon où se trouvent un ministre, un prince, des hommes et des dames assis autour d'un feu. Le tout coiffé d'une perruque à trente-six boucles, poudré à frimas, son chapeau sous le bras, l'épée frappant le talon de son soulier. On dit que certains ne prennent pas moins d'un mois de leçons chez M. Petit à 11 francs le cachet !

— Moi qui croyais, s'exclama l'Américain, que la seule science pour un gentilhomme était d'entrer dans le lit de sa maîtresse en la faisant rire !

— La faire rire, monsieur ? s'étonna Hector pour qui le lit d'une femme était aussi familier que l'antichambre du roi.

— Afin qu'elle oublie que je porte des lunettes et le bonnet de fourrure qui étonna si fort M. Fox, l'autre soir, chez la marquise du Deffand où je soupais.

Les dames applaudirent discrètement des deux doigts. Depuis quelques jours le docteur Franklin se montrait plus souvent au château. Pourtant les ambassadeurs des Treize Provinces n'avaient toujours pas été reçus par le roi. On parla de la guerre avec l'Angleterre.

— Cette affaire ennuie tout le monde ! affirma-t-il. Je suis à Versailles car j'y ai de nombreux amis, tout simplement.

Devant un interlocuteur qui protestait, il répondit en acteur consommé.

— Non, monsieur ! Je ne rencontrerai point M. de Vergennes. Je compte aller admirer l'horloge du roi. L'horloge des dix mille ans !

— Celle que M. Passemant a mis vingt ans à construire !

Benjamin Franklin aperçut le chevalier et se dégagea avec bonhomie de ses admirateurs auxquels il abandonna son petit-fils et M. Bancroft.

— Chevalier, vous êtes pâle ! Est-ce l'effet du carême ? Nous n'en sommes qu'au troisième jour !

— Je gage, monsieur, que vos réserves naturelles vous éviteront le désagrément d'une pâleur excessive, objecta Hilarion.

L'Américain évalua des deux mains son tour de taille et soupira.

— Qu'est devenue cette charmante Mme de Chaumont qui vous suit partout ?

— La lassitude devant un homme trop grossier pour ne pas quotidiennement l'assaisonner de compliments l'a décidée à choisir un amant plus complaisant et capable de la faire rire.

— Il est vrai, monsieur, que pour un Français je vous trouverais assez sérieux si je ne savais rien de ce qui, depuis votre arrivée, occupe vos jours et vos nuits.

À cet instant, un huissier ouvrit à deux battants la porte de la chambre du roi. Le garde Suisse poussa devant lui les courtisans qui gênaient le passage. Du côté de la Grande Galerie, on accourait. On se bouscula. Le duc de Laval sortit alors d'un pas mesuré. Il précédait Monsieur. Haut de taille, comme son frère, le comte de Provence apparut.

— Monsieur a été reçu par le roi, souffla Franklin à l'oreille du chevalier.

L'explication entre les deux frères n'avait laissé aucune trace sur le visage impassible du prince. La conversation resterait enfouie dans le secret de deux natures peu enclines aux bavardages. Pourtant Hilarion imaginait l'amertume de l'un, le sentiment de trahison chez l'autre. Monsieur, sous les questions du roi et peut-être sous l'effet de la colère royale, avait-il reconnu son rôle dans l'affaire des libelles ? Un acte de contrition avait peut-être suivi l'étrange confession du prince. Le comte de Provence avait-il alors, dans le mystère de son âme, accepté de soumettre aux circonstances la puissance de son orgueil devant ce frère qu'il méprisait tant ?

Le ventre princier engoncé dans son uniforme de colonel général des carabiniers était rattrapé par un embonpoint précoce. Le comte de Provence traversa lentement l'antichambre, au milieu d'une assemblée qui se courba sur son passage. Le frère du roi adressa quelques mots aimables à deux ou trois seigneurs. Il avait cette affabilité innée et facile qui suffisait à remplacer la vraie bonté. Une qualité dont Monsieur était à peu près totalement dépourvu.

Le regard lisse et froid du prince glissa sur l'Américain avant de s'arrêter sur le chevalier que lui avait désigné le duc de Laval, son premier gentilhomme. Des yeux, songea Hilarion, qui par le seul effort de la volonté dissimulaient l'ambition de l'homme. Celle du comte de Provence était immense. Hilarion au milieu de la foule s'avança alors de deux pas et s'inclina une seconde fois devant le frère du roi.

"La Provence vous aime-t-elle ?" La question étrange, posée par le duc de Chartres, trouvait sa réponse. Une Provence dont Monsieur portait le titre. Le prince observa alors le chevalier. Mince, presque maigre, le menton porté haut sur un cou enveloppé d'une fine mousseline en guise de col. Le contraste entre les deux hommes était saisissant. Il frappa Benjamin Franklin. L'examen s'arrêta sur les deux fines cicatrices. Le comte de Provence avait perdu la partie. Hilarion et le prince, avec le roi, étaient les seuls à le savoir.

— Nous nous souviendrons de vous, semblèrent articuler les lèvres princières.

Puis Monsieur tourna les talons, rejoint par son capitaine des gardes et le duc de Laval. Le docteur Franklin ouvrit des yeux interrogateurs, espérant peut-être le fin mot d'une histoire dont il devinait l'issue. Hilarion se tourna vers Hector, penché sur les épaules d'une dame. Puis devant l'Américain, il consulta sa montre et sortit d'une poche intérieure les deux moitiés du billet reconstitué.

— Je quitte Versailles, annonça-t-il après un silence.

— La nouvelle circule.

Hilarion sourit à nouveau devant cette cour qui connaissait, avant le roi même, les décisions qu'il allait prendre. Les deux moitiés du billet pendaient comme deux petites ailes mortes. Un oiseau auquel il allait, provisoirement, rendre la vie.

— Une lettre de Mme de Chaumont ? interrogea le docteur Franklin, l'œil brillant.

Hilarion se contenta de la lui tendre.

— La lettre d'une femme, en effet. Quelques mots et des noms, qui pourront éteindre les cris que votre présence excite. Cette lettre travaillera pour vous et les provinces que vous représentez. Gardez-vous de l'imposture. Elle règne ici plus qu'ailleurs. À vous revoir, monsieur.

L'Américain regarda la maigre silhouette disparaître. Puis il se réfugia, à l'abri des curieux, dans une croisée et lut le billet :

À M. le comte Henri de S…

Il est de la plus haute importance, mon cher comte, pour nos projets de retrouver les lettres que M. de Rancy aurait dû vous remettre.

Mgr le comte de Pro… que vous servez n'en ignore point l'importance.

Nos intérêts et ceux de Monsieur nous obligent et ce dès maintenant au nom de la prudence à rompre tous les liens qui nous rattachent à M. de R.

Je continuerai à rendre compte à Mylord Stormont.

Détruisez cette note. Le chevalier Hamilton se charge d'effacer… certains obstacles.

Votre dévouée Lady C.

Il le rangea ensuite très soigneusement dans son gilet et sourit.

— Nous vous ferons, chevalier, citoyen d'honneur de Philadelphie !

Dernière journée

Mercredi 19 février, on célèbre saint Eucher, évêque d'Orléans. Le soleil se lève à 6 h 47 et se couchera à 5 h 14. La lune apparaîtra à 4 h 20 de la nuit. Pierre a compté sept jours depuis leur visite nocturne dans les combles de l'opéra. Sept jours et quelques cadavres.

103

En se retournant dans un mouvement qu'il ne put s'interdire, Hilarion leva les yeux vers les toits presque blancs et les auréoles d'ardoises noires autour des cheminées fumantes. Le château ne provoqua chez lui qu'une maigre sollicitude. Ils étaient partis le matin dans une humidité épaisse et froide. Pierre avait attelé les chevaux et une mule de bât sous l'œil satisfait du Suisse Brinzol. Dans la cour du Grand Commun, Toinette, les deux mains croisées sur son jupon de laine, avait attendu silencieuse, son bagage au pied, rassurée par la présence du Marseillais qui, perdu de vue, la jetait dans les plus vives inquiétudes. Il avait disparu près d'une heure. Et pendant ce temps, elle n'avait pu refréner des tremblements. Un domestique était arrivé peu avant leur départ et avait remis au chevalier un petit paquet. Pierre n'avait rien pu voir, ni rien entendre des quelques mots échangés.

Ils traversèrent Saint-Forget, Dampierre et La Celle. Les routes glissaient et les chevaux suivaient docilement les ornières que traçaient derrière eux les rares équipages qui voyageaient. Pierre observait son maître, puis

Toinette. L'inquiétude de l'un et de l'autre le préoccupait plus que son motif même. Diffuse chez la jeune femme, elle lui donnait parfois le visage qu'elle aurait dans vingt ans. Quant à celui du chevalier, il conservait une jeunesse dure et lisse qui s'était peu à peu pétrifiée. Le Marseillais savait que tout n'était pas réglé.

— Que craignez-vous ? avait-il demandé à la lingère.

Elle était restée muette. Mais Toinette était là, vivante, et il essayait d'oublier le reste. Il respira profondément, ignorant les bois défeuillés qui, à perte de vue, suivaient les bas-côtés du chemin. Après quatre heures de route, ils firent une première halte à Rochefort et déjeunèrent à l'enseigne La Licorne. On leur servit de la soupe, du pain et du fromage.

— Rien qui vienne des cuisines du roi ! s'écria joyeusement Pierre.

Toinette, assise à côté du Marseillais, avalait des petites bouchées de fromage qu'elle trempait dans son assiette. Tête baissée, elle n'osait regarder le chevalier. Ils repartirent aussitôt le repas terminé. Hilarion avait décidé d'atteindre Étampes avant la nuit. Il leur faudrait pas moins d'une semaine pour rejoindre les limites de la Bretagne, et un jour supplémentaire jusqu'au château de Kerillis.

Ce fut entre Plessis-Marby et le village de Rouillon, en traversant cette langue de forêt avant Dourdan, qu'eut lieu la rencontre. Pierre avait perçu la nervosité du chevalier. Le chasseur sent les moindres vibrations de l'air, le cri d'un animal, le battement d'une aile soudainement effrayée. Mais ici, c'était le silence qui semblait adresser des signes aux voyageurs. Sur la ligne quasi droite de la route, apparut ce qui ressembla d'abord à de vagues flammes noires et immobiles. Le Marseillais arma ses pistolets d'arçon en découvrant, déployés, quatre cavaliers barrant toute la largeur du chemin. Sans l'avoir jamais rencontré, il reconnut le premier d'entre eux. Le fantôme prenait enfin chair. Cela le rassura presque.

Le chevalier avait ralenti sa course et arrêté sa monture à une vingtaine de pas de la troupe. Pendant quelques instants, on n'entendit plus rien que le souffle des chevaux ou le coup d'un sabot sur la terre glacée. Le comte Henri leva alors son gant à quatre doigts et balaya d'un geste élégant l'espace devant lui.

— N'est-ce point, Hilarion, la répétition à peine modifiée de notre dernière rencontre ?

Le Marseillais rapprocha son cheval de celui de Toinette et posa sa main sur les doigts affolés de la jeune femme. À en juger par la brutalité des visages, les trois hommes qui entouraient le comte Henri étaient d'anciens soldats. Il reconnut ceux qui l'avaient frappé et s'étaient emparé de son couteau. Combien pourrait-il en éliminer ? Un, peut-être deux. Que deviendrait Toinette alors ? Le chevalier glissa deux doigts dans l'une de ses poches, en retira une carte à jouer, celle qu'il avait trouvée dans les appartements de M. de Moreton. Il la jeta aux pieds du comte Henri. L'araignée virevolta, légère, avant de se poser.

— Je vous la rends.

— Enfantillages, monsieur ! S'adresse-t-on ainsi à son père ?

La tête du comte modelée à coups d'aspérités et d'angles dans un marbre sec était une belle démonstration d'orgueil et de cruauté, sans que l'on sache précisément en situer la frontière.

— Je n'ai pas plus de père que vous n'avez de fils.

— Un fils qui a déjà essayé de me tuer.

— Légitime défense, monsieur. Comment en avez-vous réchappé ?

— Mais on veillait sur moi, Hilarion. Je suis l'homme aux nombreuses ombres. La providence, qui est l'une d'elles, a pris le visage du comte de Provence…

— Ce prince qui veut être roi.

— Faute d'héritier, nous aurions d'abord convaincu ces messieurs du parlement de lui accorder la lieutenance générale du royaume.

— Le premier pas vers le trône. N'était-ce pas aller vite en besogne ?

Le comte balaya l'objection de la main.

— Placé à la tête des Conseils, notre prince pouvait alors défendre nos idées.

— Vos idées sentent la poussière. Par deux fois, elles vous ont conduit à l'échec.

— Le croyez-vous vraiment, Hilarion ? Rien n'est terminé. Le comte de Provence est loin d'être abattu. Monseigneur sait attendre et n'oublie point ceux qui savent fidèlement le conseiller. Comme il n'oublie pas ses ennemis.

Qu'avait promis le prince au comte Henri pour le prix de sa trahison ? Elle confirmait du moins leur proximité. L'autorité et la détermination du second emboîtaient parfaitement le pas à l'ambition et à la puissance du premier.

— Apollon précédé dans l'ombre par l'Araignée. Nous sommes dans un mauvais roman, monsieur.

— Il est des signes et des mots qui effraient, chevalier. L'Araignée d'Apollon inspire la crainte.

— Elle n'existe plus. Je l'ai écrasée.

— Détrompez-vous, la partie continue pour moi. Elle s'achèvera bientôt pour vous. Ne sommes-nous pas, une fois de trop, l'un face à l'autre ? Vous avez bien failli me tuer une première fois, mais vous avez laissé passer votre chance.

— La guerre, monsieur ! Je suis en guerre !

— N'avez-vous jamais cessé de l'être ? Contre les loups, contre les pénitents rouges, contre moi. Vous êtes partout où vous ne devriez pas être !

— Je suis là où le roi me l'ordonne.

— Aux ordres de l'Autrichienne, rien de plus.

— La reine devait être protégée et les lettres retrouvées.

— Ah oui, les fameuses lettres ! En avez-vous apprécié les élans bridés ? Comment la reine a-t-elle pu compromettre aussi librement sa vertu ? M. de Rancy en a à peine transformé la douceâtre poésie.

— Des lettres destinées au duc de Coigny, n'est-ce pas ?

— Peu nous importe leur destinataire, Hilarion. Il s'agit de convaincre l'opinion que la reine a des amants.

— Ce pluriel, monsieur, est aussi mensonger que le serait le singulier. À travers la reine, c'est d'abord le roi que vous avez cherché à atteindre.

— Notre action trouve sa légitimité dans la stérilité et la faiblesse de ce monarque.

— Et dans la trahison ?

— Point de grands mots. Il n'est pas de trahison pour

un gentilhomme que son roi abandonne, négligeant de respecter les clauses d'un contrat qui, depuis la nuit des temps, l'oblige à l'égard de sa noblesse.

— En acceptant l'aide de Lord Stormont, vous n'êtes que la dupe de l'Angleterre !

— Un échange entre alliés. L'Angleterre ne l'est-elle pas depuis le traité de Paris ? Le roi Georges craint la pernicieuse influence du comte de Vergennes.

— Sa Majesté a toujours respecté sa parole.

— Que pèse la faiblesse d'un roi devant l'opiniâtreté de rebelles qui osent fouler le sol même de Versailles ?

D'impatience, Pierre sembla grogner. Son maître devait en finir. Mais le comte Henri s'enflammait, et Hilarion décida de pousser l'avantage.

— Qu'attendiez-vous de l'Angleterre ? reprit-il.

— Des lettres contre le nerf de la guerre, Hilarion ! Nos alliés se sont montrés généreux.

— Les 30 deniers de Judas !

— Vos insultes sont inutiles. Cet or a déjà servi à apaiser la conscience de plusieurs de ces messieurs du parlement.

— L'alliance de l'Angleterre et du comte de Provence d'un côté, celle du parlement et de Monsieur de l'autre.

— Les Anglais nous auraient restitué plusieurs comptoirs et d'anciens territoires perdus. L'Amérique ne vaut-elle pas quelques îles ?

Hilarion éclata de rire. Toinette sursauta presque.

— Votre naïveté, monsieur, est bien l'une des raisons de vos déboires. L'Angleterre n'a point d'amis.

— Ne me prenez pas pour un enfant, Hilarion, rugit le comte. Il est des alliances nécessaires. Nous avions pris nos précautions. La naïveté est vôtre quand vous imaginez sortir vivant de notre rencontre.

— Vous vous répétez, monsieur. Votre seconde erreur, poursuivit imperturbablement Hilarion, est de vous entourer de scélérats.

Le comte jeta un œil en direction du Marseillais et de Toinette.

— Ne sont-ils pas utiles à certaines besognes ? reconnut-il.

— Jusqu'à ce qu'ils ne le soient plus. Ne vous êtes vous pas débarrassé du marquis de Montmort ?

— Mlle Conway choisit parfois bien mal ses amants. Montmort était l'un d'eux.

— Imprudente proximité pour qui complote. Le marquis, Dieu sait comment, a intercepté un billet de Lady Conway.

— Dieu sait comment ? Mais, Hilarion, tout a une explication. Le marquis était un sot, mais pas au point de ne pas comprendre l'intérêt de ce billet.

— Aussi Moreton, chargé de le surveiller de près, l'a-t-il poussé à me provoquer d'abord au château, puis publiquement. Qu'attendiez-vous de ce duel ? Que je le tuasse ?

— N'est-ce pas ce que vous savez le mieux faire ? Oui, en toute logique, vous deviez me débarrasser de cet importun. Autant dire que vous m'avez, une nouvelle fois, déçu.

— N'était-il pas plus simple de trouver un arrangement ?

— Nous avons essayé, répondit-il, observant Toinette qui se détourna.

Un pressentiment insidieux, rampant, s'emparait peu à peu de Pierre. Hilarion crut deviner des accords que le comte n'avait pas maîtrisés. La trahison, une fois de plus, lui avait fait perdre toute chance de récupérer cette dernière carte. Pierre, songea-t-il, n'était pas au bout de ses surprises.

— Mais vos propositions, relança-t-il, l'ont moins intéressé que celles du maître d'hôtel.

— Qu'insinuez-vous ?

— Comment, monsieur, ne saviez-vous pas que le billet avait tout simplement été cédé par le marquis à M. de Rancy ?

Le comte Henri se tourna lentement vers la lingère.

— Traître ! hurla-t-il.

— Comment osez-vous ! s'écria le Marseillais en brandissant son arme.

— Du calme, Pierre, ordonna Hilarion. Nous n'avons pas encore terminé.

— Ne l'écoutez pas, implora la jeune femme. Ne l'écoutez plus, je vous en conjure.

Le comte Henri s'amusa devant la mine du Marseillais.

— Un domestique amoureux d'une catin ! Quel étrange trio ! Un ancien galérien, une catin…

— Pierre, je vous en conjure, ne l'écoutez plus, gémit Toinette.

— Comment croyez-vous que nous avons eu connaissance des faits et gestes du chevalier ? Une lingère, qui se méfierait d'elle ? Oui, messieurs, cette jolie Toinette nous a informés de la trahison de Théus et de cette larve de Boureuilles.

— Tuez-le, Pierre, tuez-le ! Cet homme est mauvais ! hurla-t-elle.

104

— Les ordres du roi ont-ils été suivis à la lettre ? demanda M. de Ville-d'Avray.

— Oui, monsieur, répondit le marquis de Ferrières. Quinze Chevau-légers sont partis ce matin sur la route de Chevreuse.

— Qui les commande ?

— M. d'Esterno. Ils suivent à bonne distance le chevalier.

Ville-d'Avray parut rassuré. Sa Majesté serait satisfaite.

"Pour l'amour de Nous et de Notre royaume", avait écrit Louis. Le départ du chevalier servirait une dernière fois d'appât. En même temps que ses ordres, le roi lui avait fait remettre une miniature dans un petit cadre entièrement cerclé de brillants, gage de sa protection et de son affection. "Pour l'amour de Nous et de Notre royaume", le comte Henri cesserait définitivement d'être une menace. M. de Ville-d'Avray n'eut plus aucune pensée pour le chevalier de S., soulagé de s'être débarrassé d'une famille aussi encombrante que dangereuse. Le roi n'avait-il pas jusque-là fait preuve d'une excessive bienveillance dans cette affaire ? Mais il n'appartenait pas au premier valet de la Chambre du roi de juger les décisions de Sa Majesté.

105

— Calme-toi, Pierre !

Le Marseillais lâcha la main de la lingère et baissa son arme.

— Comment croyez-vous, continua Henri, que cette fille ait pu s'échapper des griffes de Théus ?

— Pourquoi, demanda Hilarion, l'avoir ensuite abandonnée dans une rue ?

— Dans son état, elle ne nous était plus utile à grand-chose. Mes hommes, il est vrai, l'ont un peu bousculée.

— Que dites-vous ? siffla Pierre.

— Comment résister à tant de charmes ?

— Que vous ont-ils fait, Toinette ?

— Un sort encore bien doux pour celle qui a trompé tout le monde, conclut le comte.

Toinette avait ainsi renseigné Henri sur le maître d'hôtel avant de le tromper à son tour au profit de Rancy. La jeune femme se tourna vers le Marseillais.

— Je ne vous ai jamais trahi, Pierre !

— Vous étiez la maîtresse de Rancy, murmura Pierre, mais aussi celle de Montmort !

— Ne m'abandonnez pas, je vous en supplie.

— Nous savions le marquis en possession du billet,

continua le comte. Cette fille était chargée de le lui reprendre. "Le billet est introuvable", disait-elle. Je la soupçonne d'avoir convaincu le marquis de le céder à Rancy.

— Vous mentez, cria Toinette. Je ne savais rien. C'est après la transaction entre le marquis et Jean-Baptiste que j'ai découvert que le billet était en sa possession.

Le Marseillais hésita.

— Pierre, dit-elle, ne vous ai-je point indiqué où les deux parties du billet étaient dissimulées ?

— Que cela est attendrissant !

— Et je suis le troisième élément du trio, coupa Hilarion.

— Oui, chevalier. Un ancien galérien, une catin et… un bâtard !

Le Marseillais avait-il bien entendu ? Ses yeux allaient de Toinette au chevalier. Le monde semblait s'effondrer sur lui-même.

— Non, monsieur ! enchaîna le comte, vous n'êtes pas mon fils ! Votre bâtardise, quoique connue trop tard, m'a été avouée par la comtesse. Cela rendra notre affaire plus facile à traiter, chevalier. Que pourrait un bâtard contre moi ?

Hilarion serra les rênes de sa monture, ferma les yeux, les rouvrit lentement. Les mots marchaient sur lui, le piétinaient, l'éventraient enfin.

— En vous tuant, monsieur, si vous saviez tout ce dont je me protège, dit-il enfin. Que voulez-vous ?

— Nos comptes sont assez bien tenus pour que vous n'ignoriez rien de tout ce que vous me devez !

— Et que vous dois-je ?

— Une vie, chevalier. Rien qu'une vie. La vôtre ! Elle a trop longtemps souillé le nom que je porte. Le comte de Provence doit régner ! Il régnera !

Peut-être, songea Hilarion, peut-être.

— Là-bas, monsieur le comte ! cria l'un des hommes en pointant les bois.

Le chevalier entendit alors, très loin, si loin, le piaffement des chevaux et le choc des sabots sur la terre.

— Que signifie ? hurla Henri.

— Aviez-vous cru notre rencontre à ce point fortuite ? jeta le chevalier.

Au moment où il s'empara de ses pistolets d'arçon, Hilarion récita silencieusement le chant de l'*Iliade* qui racontait le combat d'Achille : "… et les chiens et les vautours dévoreront honteusement ton cadavre !" Puis il traça mentalement le cercle dont le comte Henri ne sortirait plus. En avançant, il vit mourir son père une seconde fois. Il était temps d'en finir avec toute cette affaire.

BIBLIOGRAPHIE

ÉTUDES

Baraton, Alain, *Vice et Versailles : crimes, trahisons et autres empoisonnements au palais du Roi-Soleil*, Grasset, Paris, 2011.

Bertero, Ève, Lepetit, Emmanuelle, Mielle, Andrea, *Modes du XVIIIe siècle sous Louis XVI et Marie-Antoinette*, collection “Empreintes de mode”, éditions Falbalas, Paris, 2009.

Brioist, Pascal, Drévillon, Hervé, Serna, Pierre, *Croiser le fer : violence et culture de l’épée dans la France moderne (XVIe-XVIIIe siècle)*, collection “Époques”, Champ Vallon, 2002.

Guennec, Catherine, *Espèce de savon à culotte !… et autres injures d’antan*, First Éditions, 2012.

Guillot, Adolphe, *Paris qui souffre : la basse geôle du Grand Châtelet et les morgues modernes*, P. Rouquette, Paris, 1887.

Iselin, François, *Les Lys et le Caducée : soigner à la cour de Versailles*, Perrin, Paris, 2012.

Lacaze, Pierre, *En garde : du duel à l’escrime*, collection “Découvertes”, Gallimard, Paris, 1991.

Lemoine, Pierre, *Versailles et Trianon : château et jardins, guide du musée et domaine national de Versailles et Trianon*, Réunions des Musées nationaux, Paris, 1990.

Levron, Jacques, *La Cour de Versailles aux XVIIe et XVIIIe siècles*, collection "Tempus", Perrin, Paris, 2010.
–, *Les Inconnus de Versailles : les coulisses de la Cour*, collection "Tempus", Perrin, Paris, 2009.
Louis XIV, *Manière de montrer les jardins de Versailles*, Réunions des Musées nationaux, Paris, 1992.
Maurepas, Arnaud de, Brayard, Florent, *Les Français vus par eux-mêmes : le XVIIIe siècle. Anthologie des mémorialistes du XVIIIe siècle*, collection "Bouquins", Robert Laffont, Paris, 1996 .
Newton, William Ritchey, *L'Espace du roi : la Cour de France au château de Versailles, 1682-1789*, Fayard, Paris, 2000.
–, *La Petite Cour : services et serviteurs à la Cour de Versailles au XVIIIe siècle*, Fayard, Paris, 2006.
–, *Derrière la façade : vivre au château de Versailles au XVIIIe siècle*, Perrin, Paris, 2008.
–, *Versailles, côté jardins : splendeurs et misères de Louis XIV à la Révolution*, Tallandier, Paris, 2011.
Pérouse de Montclos, Jean-Marie, Polidori, Robert, *Versailles*, éditions Place des Victoires, Paris, 2001.
Petitfils, Jean-Christian, *Louis XVI*, tome I : *1754-1786*, collection "Tempus", Perrin, Paris, 2010.
Sapori, Michelle, *Rose Bertin, couturière de Marie-Antoinette*, collection "Les métiers de Versailles", Perrin, Paris, 2010.

SOURCES IMPRIMÉES

Alphant, Marianne, *Ces choses-là*, P. O. L, Paris, 2013.
Franklin, Benjamin, *Bagatelles et autres textes*, édité par Éric Dussert, Mille et une nuits, Paris, 2009.

–, *L'Art de choisir sa maîtresse et autres conseils indispensables*, traduit par Marie Dupin, collection "La lettre et la plume", Le Livre de poche, Paris, 2013.
–, *Conseils pour se rendre désagréable*, traduit et préfacé par Francis Guévremont, collection "Rivages Poche/Petite Bibliothèque", Payot et Rivages, Paris, 2013.
Mercier, Louis-Sébastien, *Le Tableau de Paris*, introduction et choix des textes par Jeffry Kaplow, La Découverte Poche, Paris, 1998.
Lauzun, duc de, *Mémoires du duc de Lauzun, général Biron*, édité par Jean-Jacques Fiechter, Olivier Orban, Paris, 1986.
Oberkirch, baronne d', *Mémoires de la baronne d'Oberkirch sur la cour et la société française avant 1789*, présentation et notes par Suzanne Burkard, collection "Le temps retrouvé", Mercure de France, Paris, 1989.

ALMANACHS

Almanach royal, 1777, chez Le Breton, imprimeur du roi.
Almanach de Versailles pour l'année 1777, chez Blaizot, libraire.

REMERCIEMENTS

Je remercie Eulalià Duocastella et Sophie Cousina-Chabant, qui ont accepté de relire ce texte. Leurs conseils aussi avisés qu'amicaux m'ont été utiles. L'enthousiasme de la première a souvent été d'un grand réconfort. Nelly Gratacap ne sera pas oubliée. Je dois autant à sa fidélité qu'à son expérience de lectrice.

Enfin ce livre doit beaucoup à la patience de mon épouse et à son indéfectible soutien. Je dois aussi remercier Mme de La Fayette et MM. Molière, Marivaux, Beaumarchais, Choderlos de Laclos, Hugo, Flaubert, Rimbaud, Claudel, Proust, Aragon, Eduard von Keyserling, Pierre Benoit, et beaucoup d'autres.

Retrouvez le chevalier Hilarion de S.
chez Actes Sud.

HILARION

L'ÉNIGME DES FONTAINES MORTES

Automne 1776, Aix-en-Provence s'anime. Le roi, en signe d'apaisement, vient de rétablir les parlements du royaume. Le chevalier Hilarion est envoyé en mission par le jeune Louis XVI pour asseoir son autorité dans la province. Mais très vite, le temps n'est plus aux réjouissances ni aux plaisirs mondains : le corps du fils d'un parlementaire est retrouvé dans une impasse. Et ce ne sera que la première d'une série de morts aux mises en scène aussi macabres que scandaleuses. Le chevalier va devoir débusquer l'auteur de ces meurtres, et faire face par la même occasion à ses propres démons…

HILARION

LA COULEUR DE L'APOCALYPSE

Paris, juillet 1777. Hilarion de S. doit répondre à une demande singulière du duc de Chartres, prince et libertin notoire : retrouver Suzanne, l'une de ses maîtresses. Or, comme d'autres le seront après elle, elle a été assassinée. Les victimes présentent des similarités : les femmes ont les mains coupées, les hommes sont émasculés. Et l'on trouve, près des cadavres, une brochure clandestine interdite quelques mois plus tôt : Le Plan de l'Apocalypse. *Commence alors une enquête, menée tambour battant par Hilarion, qui va révéler bien des mensonges et enchevêtrements d'intérêts…*

OUVRAGE RÉALISÉ
PAR L'ATELIER GRAPHIQUE ACTES SUD
REPRODUIT ET ACHEVÉ D'IMPRIMER
EN FÉVRIER 2022
PAR NORMANDIE ROTO IMPRESSION S.A.S.
À LONRAI
POUR LE COMPTE DES ÉDITIONS
ACTES SUD
LE MÉJAN
PLACE NINA-BERBEROVA
13200 ARLES

DÉPÔT LÉGAL
1re ÉDITION : MARS 2022
N° impr. : 2106779
(Imprimé en France)